Josephine Cantrell
Als der Wind die Wellen rief

AF178701

Das Buch

Wind und Wellen, Salz und Licht. Mehr erwartet die junge Fotografin Orla Donovan nicht, als sie in ihr Heimatdorf Saltmore an der irischen Küste zurückkehrt. Im Pub lernt sie den Saisonarbeiter Seán Gallagher kennen, der gerade einen alten Leuchtturm restauriert. Orla kann sich seinem Charme nicht entziehen, doch je tiefer ihre Beziehung wird, desto sicherer ist sie sich, dass er ein Geheimnis mit sich trägt. Orla sucht nicht nur seine Nähe, sondern folgt auch seinen Spuren. Vor vielen Jahren kam es in Saltmore zu einer schrecklichen Tragödie – gibt es eine Verbindung zu Seán?

Die Autorin

Josephine Cantrell lebt in Baden-Württemberg. Beruflich ist sie als Psychologin und Heilerziehungspflegerin in der Begleitung von Menschen mit Behinderung tätig.

Ihre Freizeit verbringt sie am liebsten mit ihrem Mann und ihrem Hund. Sie liebt die Atlantikküste, besucht gern Konzerte und interessiert sich für Kunst. Bücher gehören schon seit früher Kindheit zu ihrem Leben – Josephine Cantrell liest gern, doch noch viel lieber schreibt sie selbst. Nach den Bestsellern »Als der Sommer verschwand« und »Als die Tage leiser wurden« ist »Als der Wind die Wellen rief« ihr dritter Roman.

Josephine Cantrell

ALS DER *Wind* DIE WELLEN RIEF

ROMAN

Deutsche Erstveröffentlichung bei
Tinte & Feder, Amazon Media EU S.à r.l.
38, avenue John F. Kennedy, L-1855 Luxembourg
September 2022
Copyright © der deutschsprachigen Ausgabe 2022
By Josephine Cantrell

Umschlaggestaltung: zero-media.net, München
Umschlagmotiv: © Sweet Pepper © Cinematographer
© Milosz_G © mark gusev © Burben / Shutterstock;
© Tetra Images, LLC © Ben Jeayes / Alamy
1. Lektorat: Marketa Görgen
2. Lektorat: Rainer Schöttle
Korrektorat: Manuela Tiller/DRSVS
Gedruckt durch:
Amazon Distribution GmbH, Amazonstraße 1, 04347 Leipzig /
Canon Deutschland Business Services GmbH, Ferdinand-Jühlke-Straße 7,
99095 Erfurt /
CPI books GmbH, Birkstraße 10, 25917 Leck

ISBN 978-2-49671-138-7

www.tinte-feder.de

Vorwort der Autorin

Bevor Sie abtauchen, möchte ich Ihnen noch ein paar Informationen mit auf den Weg geben. In diesem Buch beschreibe ich einen Mann mit Autismus-Spektrum-Störung. Es ist wichtig zu verstehen, dass sich deren Symptome für jeden Menschen individuell ausdrücken – sie bewegen sich auf dem Spektrum. Nicht alle Autist:innen haben eine sogenannte Inselbegabung und sind Genies, die zu herausragenden kognitiven Leistungen fähig sind. Manche Autist:innen erleben durch ihre Störung gravierende Beeinträchtigungen, wodurch ihnen die Teilhabe am gesellschaftlichen Leben erschwert wird. Anderen Autist:innen gelingt trotz einiger Herausforderungen (wie beispielsweise einer erhöhten Reizempfindlichkeit) ein vollkommen selbstständiges und selbstbestimmtes Leben.

Außerdem thematisiere ich das Leben einer Familie, die in einem Caravan durch Irland zieht. Sie gehören zu den *Irish Travellers* (Selbstbezeichnung: *Mincéirs*), einer ethnischen Minderheit, die weniger als ein Prozent der irischen Bevölkerung ausmacht. Zum Herzstück ihrer Kultur gehört das Reisen. Früher zogen sie mit Pferdewagen – sogenannten Vardos – durch die Lande und verdienten ihren Unterhalt zum Beispiel mit Handwerksarbeiten oder dem Sammeln von Altmetall.

Lange bevor es Zeitungen oder Radiofunk gab, war es das fahrende Volk, das Neuigkeiten von Dorf zu Dorf transportierte.

Kulturelle Identität ist etwas Plastisches, das sich stetig verändert. So wurde es den Travellers durch entsprechende Gesetze der irischen Regierung erschwert, ihre Tradition als fahrendes Volk fortzuführen – wie etwa das Lagern mit ihren Gespannen. Mittlerweile mussten die meisten von ihnen das nomadische Leben und damit einen Teil ihrer Kultur aufgeben und leben entweder in Häusern oder auf von der Regierung zur Verfügung gestellten Siedlungsplätzen.

Am gáeth i mmuir
Am tond trethan
Am fúaim mara

Ich bin der Wind des Meeres
Ich bin eine Welle des Ozeans
Ich bin das Tosen der See

Auszug aus dem »Lied des Amergin«
The Book of Leinster (um 1160), Lebor Gabála

PROLOG

Zwei Minuten mit dem Fahrrad hügelabwärts. Wind im Nacken. Sonne im Gesicht. Ich bin aufgekratzt wie eine Wunde, von der man nicht die Finger lassen kann. Viel mehr als an das Ende denke ich an alles, was davor passiert ist. Wir wollten abhauen. Vielleicht nicht morgen, aber irgendwann. Und ich wusste, dass ich alles besser ertragen konnte, weil sich meine Gedanken an dieser Idee entzündet haben. Irgendwann gehen wir irgendwohin. Deine Stimme war frei und dein Blick grenzenlos, als du davon gesprochen hast. Dabei war es uns vielleicht nie um Erfüllung gegangen, sondern darum, etwas zum Träumen zu haben.

Als ich die Weggabelung erreiche, bremse ich so scharf ab, dass Kieselsteine aufspritzen. Mit beiden Händen halte ich den Lenker meines Fahrrads umklammert. Auf meiner Nase sitzt immer noch diese lächerliche Herzchensonnenbrille, die ich mir von meinem Taschengeld bei Heneghan gekauft habe. Die verschmierten Gläser verleihen der Szenerie eine Weichzeichnung, doch der Schrecken lässt sich nicht ausblenden.

Selbst Tage später rieche ich noch das verschmorte Plastik in der Luft. Bilde ich mir das nur ein? Längst ist der Wind übers Land gefegt und hat neue Gerüche gebracht. Salz und Algen, Fische und die bunten Flechten auf den Felsen. Wie hast du gerochen?

Ich versuche mich daran zu erinnern. Nach Limonade und dem Waschmittel, das deine Mutter benutzt hat, wenn sie eure Klamotten für einen Zehner in einer dieser Waschmaschinen an der Tankstelle gewaschen hat.

Mein Blick wird von zwei Männern abgelenkt, die in ihrem Ölzeug zum Hafen stapfen. Sie haben ihre Gesichter hinter hochgeschlagenen Mantelkrägen versteckt und ich stelle mir vor, dass ihre Münder zu lautlosen Schreien aufgerissen sind.

Alle sollten schreien, doch wir bleiben stumm. Das Meer schwappt träge an Land. Aus den Haselnusssträuchern zwitschern Vögel, in den Wiesen summen Insekten. Neben dem Aschefeld liegt ein Fahrrad im Gras – das Hinterrad dreht sich, als wäre nichts gewesen und als würde nichts mehr kommen.

1. ORLA

Schwarzer Asphalt trennte die grauen Wellen von den grünen – das Meer von der weitläufigen Hügellandschaft. Orla konzentrierte sich auf den *Wild Atlantic Way*, der sich ihrer Heimat entgegenschlängelte. Mit abnehmender Entfernung wuchs ihre Anspannung. Zwar konnte sie sich in inneren Monologen davon überzeugen, die richtige Entscheidung getroffen zu haben, doch gleichzeitig regte sich in ihr eine kindliche Furcht. Seit Jahren vermied sie die Auseinandersetzung mit ihrer Vergangenheit und berührte sie nur mit den Fingerspitzen. Nun hatte sie sich jedoch dazu entschieden, mehrere Wochen dort zu leben, wo sie ihre Kindheit verbracht hatte. Mehr Konfrontation ging nicht.

»Wird schon!« Orla warf einen Blick in den Rückspiegel und verzog ihre Lippen zu einem Grinsen, das sich kümmerlich anfühlte und auch so aussah. »Immerhin hab ich Verstärkung dabei.« Auf der Rückbank hatte sich Captain, ihr brauner Mischling, lang gestreckt. Er schlief so fest, dass er nicht mal blinzelte, wenn der Wagen über Schlaglöcher holperte.

Immer wieder wanderte ihr Blick hinaus zur See. Zwei schmale Felsen ragten nebeneinander aus dem Wasser. Im Gegenlicht sahen sie aus wie menschliche Gestalten, die Schulter an Schulter den Fluten trotzten. Möwen spielten mit dem Wind, schwangen sich empor, stürzten in die Tiefe und glitten majestätisch über die Wellen hinweg.

Orla Donovan war in Saltmore, einem irischen Küstendorf im Westen der Insel, aufgewachsen. Die Wildheit des Landes war in sie hineingekrochen wie ein Dachs in seinen Bau. Es störte sie nicht, wenn sie vom Wind gepackt wurde und ihr die Gischt ins Gesicht spritzte. Sie liebte Stürme, bei denen sich die Wellen auftürmten und Blitze den Himmel spalteten.

Nach etwa zehn Minuten zeichneten sich zwei Felseninseln am Horizont ab. Wärme durchströmte ihre Brust, als das Gesicht ihres Bruders vor ihrem inneren Auge aufflammte. Kieran war Autist und seine Leidenschaft galt seit jeher der *Skellig Michael* – sie war im wahrsten Sinne des Wortes seine Inselbegabung.

Seit einigen Jahren arbeitete er für eine Reederei, deren Boote zwischen dem Festland und der *Skellig* verkehrten. Kieran liebte den Atlantik. Besonders, wenn gischtgekrönte Wellen wie weiße Pferde über die Reling sprangen und das Boot an die schroffen Felsen drängten. In der Sommersaison stand er jeden Tag in einer dunkelgrünen Windjacke an der Anlegestelle, um die Tickets der Passagiere zu kontrollieren.

»Herzlich willkommen. Die Überfahrt zur Skellig Michael wird ungefähr eine Stunde dauern.« Das waren die ersten Worte, die er in monotoner Stimmlage aufsagte. Sein Blick glitt dabei über die Köpfe hinweg, als stünde er vor einer Klasse und müsste ein Gedicht rezitieren.

»Sie haben zweieinhalb Stunden Zeit, um die Insel und das Kloster St. Fionán zu erkunden. Bitte bleiben Sie auf den Wegen. Die Treppe hat 643 Stufen. Kommen Sie pünktlich zur Anlegestelle zurück!«, waren dann seine letzten Worte, bevor die Touristen das Boot verließen.

Das mystische Eiland zwischen Welt und Wellen, lockte eine Werbetafel am Hafen. Die Skellig Michael war eine schroffe

Felseninsel, auf der die Ruine eines frühchristlichen Klosters stand, in das sich einst zwölf Mönche zur Kontemplation zurückgezogen hatten. Die perfekte Kulisse für eine leidenschaftliche Fotografin wie Orla – sie hatte ihr gesamtes Equipment im Gepäck.

Das Straßenschild am Fahrbahnrand zeigte an, dass sie nur noch fünfzehn Kilometer von Saltmore entfernt war. Nur noch wenige Minuten bis zum vertrauten Anblick des Hafens, der bunt getünchten Häuser und der Menschen, mit denen sie aufgewachsen war. Als ihre Mutter Siobhan aus dem Krankenhaus angerufen und gefragt hatte, ob sie für ein paar Wochen nach Hause kommen könnte, hatte sie sofort zugestimmt und dabei sogar eine gewisse Freude empfunden. Orla wunderte sich darüber. Eigentlich war sie darum bemüht, Saltmore zu meiden, ihrer Mutter aus dem Weg zu gehen und die Vergangenheit ruhen zu lassen.

Vielleicht hatte ihr Bedürfnis nach einer Auszeit in Saltmore auch etwas mit Adam zu tun. Sie kurbelte das Fenster hinab und ließ würzige Luft ins Wageninnere strömen. An ihrem Finger steckte ein Ring – eine Frage vielmehr, auf die sie antworten würde, sobald sie zurück in Dublin war. Adam verlangte, dass sie ihn nach Frankreich begleitete, denn dort wartete ein hochdotierter Job auf ihn und dort wollte er sie heiraten. Er sprach von einem Weingut umgeben von Lavendelfeldern und Olivenbäumen. *Der Rosmarin blüht, die Luft flimmert und die Zikaden singen ein Abendlied. Braun gebrannte Haut in weißem Leinenstoff. Es gibt ofenwarmes Fougasse mit Oliven und Sardellen. Savoir-vivre.*

Zwar sah sie die Bilder lebhaft vor sich, wenn Adam ihr davon erzählte, doch sosehr sie sich auch anstrengte – sie konnte sich nie darin wiederfinden.

»Wenn du zurückkommst, brauche ich eine Antwort«, hatte Adam gesagt, als sie sich am Morgen voneinander verabschiedet hatten. »Dann fangen wir an, Orla, dann fangen wir richtig an.«

Doch sie dachte ans Aufhören.

* * *

Sie fuhr den Skellig Drive entlang und fokussierte für einige Sekunden die Mülltonnen am Straßenrand, aus denen Säcke mit Abfällen quollen. Nichts erinnerte mehr an die Menschen, die vor vielen Jahren hier gelebt hatten. Nur noch selten blitzten Bilder in ihren Erinnerungen auf und raubten ihr den Atem. Sie schaltete das Radio an und drückte entschlossen den Fuß hinab, um zu beschleunigen.

In Saltmore lebten knapp achthundert Menschen – im Sommer mehr, im Winter weniger. Sträßchen mit hubbeligem Kopfsteinpflaster zogen ausgehend von der Küstenstraße die Hügel hinauf und verliefen sich dort zu schmalen Wegen und zugewucherten Pfaden. Aus der Vogelperspektive musste Saltmore aussehen wie ein Kamm.

Über den Skellig Drive gelangte Orla zum Hafen, in dem unzählige Boote vertäut lagen – die Menschen lebten vom Meer, seitdem die Siedlung in grauer Vorzeit entstanden war.

Schemenhaft erkannte sie Männer in gelbem Ölzeug, die über den Steg marschierten oder auf ihren Schiffen arbeiteten. Als sie auf der anderen Seite der Straße das seegrüne Haus erblickte, verzogen sich ihre Lippen zu einem kläglichen Lächeln. Hier befand sich der einzige Pub des Dorfes, das *Selkie*. Es gehörte zu ihrer Familie wie die grünen Augen und das aufbrausende Temperament. Daher waren die Schwestern Siobhan und Erin Donovan immer davon ausgegangen, dass auch Orla irgendwann hinter dem Tresen stehen würde, um ihr Erbe anzutreten. So verlangten es zumindest die ungeschriebenen Gesetze des Dorfes. Doch Orla hatte sich dagegen entschieden.

Vor dem Pub parkten einige Autos. Die ersten Gäste hatten sich eingefunden, um den Tag bei gedämpftem Licht, kaltem Bier und einer würzigen Fischsuppe ausklingen zu lassen.

Als Orla die Geschwindigkeit drosselte, den Blinker setzte und auf die kleine Straße einbiegen wollte, die zu ihrem Elternhaus führte, jaulten hinter ihr Sirenen auf. Im Rückspiegel erkannte sie ein pulsierendes Blaulicht, das schnell näher kam.

Erschrocken trat sie auf die Bremse und beobachtete, wie sich ein Wagen der Garda Síochána, der irischen Polizei, auf ihre Höhe schob. Mit schuldbewusster Miene ließ sie die Scheibe hinab und hob an, sich zu entschuldigen, ohne zu wissen, was sie verbrochen hatte: »Es tut mir schrecklich ...«

Der blonde Polizist lehnte sich grinsend aus dem Fenster. »Junge Dame! Ich frage mich, ob dieser Hund ordnungsgemäß angeschnallt ist. Außerdem fahren Sie wie eine Betrunkene.«

»Tomás! Mein Gott, ich hätte fast einen Herzinfarkt bekommen, weißt du das?«

»Ich war mir sicher, dass du's bist. Das Gesicht und dazu noch das Kennzeichen. Wir haben uns ja ewig nicht mehr gesehen. Was verschlägt dich in die alte Heimat?«, fragte er und zupfte eine Zigarettenschachtel aus seiner Brusttasche. Als er ihr eine Kippe entgegenstreckte, schüttelte sie den Kopf.

»Hast du's nicht mitbekommen? Siobhan ist die Treppe runtergefallen und hat sich die Hüfte gebrochen.« Bei der bloßen Vorstellung des Unfalls stellten sich ihr die Nackenhaare auf. »Sie hat mich gebeten zu kommen.«

Er rieb sich über die Stirn. »Ach, sorry. Hätte mir ja denken können, dass du deswegen hier bist. War eine Katastrophe, kann ich dir sagen. Hat ewig gedauert, bis der Rettungswagen da war. Hätte auch schiefgehen können, dieser Sturz. Deine Mutter fällt bestimmt ein paar Wochen aus. Dann übernimmst du den Pub, ja?«

»Nein, das macht natürlich Erin. Ich bin nur für Kieran da, kümmere mich um das Haus und den Garten. Es gibt ja immer etwas zu tun.«

»Klar.« Tomás blies Rauch in die Luft, hustete und klopfte sich mit der Faust auf die Brust. »Wirst 'ne ganze Weile hierbleiben müssen, was?«

»Erst kommt die Operation, dann die Reha. Das wird mindestens vier Wochen dauern. Genug Zeit, um ein paar Fotos zu machen und festzustellen, dass Saltmore zwar wunderschön, aber immer noch viel zu klein und eintönig ist.«

»Saltmore wächst, ist eine richtige Touristenattraktion geworden. Im *Selkie* haben sie am Wochenende alle Hände voll zu tun, kann ich dir sagen. Der Pub platzt aus allen Nähten.«

»Ich hoffe, Siobhan kommt schnell wieder auf die Beine und kann zurück hinter ihre Theke.« Sie lächelte matt. »Jetzt muss ich aber weiter. Erin wartet bestimmt schon mit dem Abendessen. Wir sehen uns.«

»Melde dich mal bei Molly, okay? Sie ist mit den Kindern zwar für ein paar Tage zu ihrer Schwester gefahren, aber du musst sie trotzdem anrufen, sonst reißt sie dir den Kopf ab.«

»Wird gemacht.« Orla griff nach ihrem Telefon und hob es demonstrativ in die Höhe.

»Aber nicht am Steuer!«, wurde sie von Tomás ermahnt, bevor er die Kippe auf die Straße schnippte und den Wagen wendete.

Der Wind jagte über das Meer den Hügel hinauf. Er wirbelte durch die Birken, hinter denen das reetgedeckte Cottage stand, in dem sie aufgewachsen war.

Orla parkte den alten Volvo in der Einfahrt, stieg aus und klappte den Sitz vor, damit Captain hinausspringen konnte.

»Endlich!« Sie streckte die Arme in die Höhe und atmete tief durch. Der Duft von Harz und Salz lag in der Luft. Das

Meer rauschte, der Wind säuselte. Das war die Musik, die ihre gesamte Kindheit begleitet hatte. Ihr Blick wanderte über den steinernen Trog, in dem die Gummistiefel ihrer Mutter standen. Getrocknete Algen klebten daran. Vom Vordach baumelte ein Windspiel.

Die Tür wurde aufgerissen und ihre Tante hüpfte in einem senfgelben Kleid aus dem Haus. »Da bist du ja endlich! Das Essen ist schon seit Stunden fertig.« Erin hatte das graue Haar streng zurückgebunden, sodass ihre Segelohren mit den Perlenohrringen stärker hervortraten und ihr trotz ihres fortgeschrittenen Alters ein mädchenhaftes Aussehen verliehen. »Bist du gut durchgekommen? Hast du Hunger?«

»Ja und ja.« Lachend schloss Orla ihre Tante in die Arme und streichelte ihr über den Rücken. »Ich freue mich so, dich mal wieder zu sehen. Hast du den Schock inzwischen verdaut?«

»Ach, ich bin einfach froh, dass Siobhan nichts Schlimmeres passiert ist. Du kennst ja diese vermaledeite Treppe. Da hätte sie sich sonst was brechen können. Ich habe direkt zwei neue Lampen und einen Handlauf bestellt.«

»Ich will mir gar nicht ausmalen, was für Schmerzen das gewesen sein müssen …« Orla schnalzte mit der Zunge. »Zum Glück ist Siobhan so zäh. Sie hat am Telefon schon wieder gescherzt und wollte wissen, ob sie sich erst halb umbringen muss, damit ich mal nach Hause komme.«

Erin tätschelte ihre Schultern. »Tja, du warst eben lange nicht mehr hier. Du fehlst ihr, auch wenn sie das vielleicht nicht so geschickt ausdrücken kann.«

»Mhm, ich weiß. Sag mal, wo ist eigentlich Kieran?«, fragte Orla. »Sein Fahrrad steht gar nicht hier.«

»Dein Bruder hat eine neue Gewohnheit, die sich leider keinesfalls verschieben ließ. Er fährt neuerdings jeden Freitagabend zu Seán Gallagher. Hat er dir das nicht erzählt? Ihr habt doch vorhin telefoniert.«

»Da wollte Kieran nur wissen, ob ich ihm *Taytos* mitbringen kann. Also, wer ist Seán Gallagher?« Orla zog die Augenbrauen hoch. »Handelt es sich dabei um irgendein neues Schiff in der Flotte?«

»Seán ist kein Schiff, sondern ein Mensch aus Fleisch und Blut«, sagte Erin schmunzelnd. »Kieran muss mit ihm jeden Freitag in irgendeinem Videospiel irgendwelche Galaxien retten. Er hat mir gesagt, wie es heißt, aber ich hab's vergessen.«

»Klingt nach einer wichtigen Aufgabe. Und woher kommt dieser Seán?«

»Du weißt wirklich nicht, wer er ist? Er arbeitet schon seit ein paar Monaten im Pub. Ich hätte schwören können, dass wenigstens *ich* dir von ihm erzählt habe.«

»Ist mir wahrscheinlich entfallen.« Orla hob die Schultern. »Und dieser Typ hat es tatsächlich geschafft, sich mit Kieran anzufreunden? Das ist beachtlich!«

»In der Tat. Kaum angekommen, ist er schon unverzichtbar. Ganz Saltmore vergöttert ihn für sein handwerkliches Geschick, kann ich dir sagen. Erst hat er das Stalldach bei den Connor-Brüdern repariert, sogar die Fenster neu verglast, dann die Zapfanlage im *Selkie* erneuert und gerade kümmert er sich um den Boden im Turm, weil deine Mutter sich da etwas in den Kopf gesetzt hat.«

»Was hat sie ...« Orla klatschte in die Hände und sprang auf ihren Hund zu, der das Bein hob. »Cap! Nicht immer ans Auto. Meine Güte, kannst du denn nicht an Bäume pinkeln wie jeder normale Hund?«

Es roch nach Bienenwachs, feuchten Mänteln, die langsam vor sich hin trockneten, und einer hölzernen Süße. In dem engen Korridor des Cottages hingen unzählige Bilder an den Wänden. Schief und unbeachtet. Orla streifte hastig ihre Stiefeletten ab und schlüpfte aus ihrem Mantel. Als sie an den Bildern vorbeigehen wollte, fiel ihr Blick auf ein Foto, das sie innehalten ließ. Darauf war Kieran vielleicht neun Jahre alt. Er hielt einen Stock in der Hand und lachte – ein seltener Anblick –, während ein kleiner Hund an seinen Beinen hochsprang.

Bean war der schwächste und schwärzeste Welpe aus dem Wurf gewesen. »Mit dem stimmt was nicht, ist nicht richtig gewachsen, das Tier, sieht man ja«, hatte der Bauer gesagt und auf den verkürzten Vorderlauf des Hundes gedeutet. Ihrem Bruder war diese Missbildung einerlei gewesen. Ein Blick hatte genügt und er wusste, welches Tier er mit nach Hause nehmen würde. Bean besaß heterochrome Augen. Das eine war leuchtend blau wie der Sommerhimmel, das andere tiefblau wie die Nacht. Kieran hatte den Hund von der ersten Sekunde an geliebt. Vielleicht, weil er sich in dem Tier selbst erkannt hatte, denn auch Kieran besaß zwei verschiedene Augenfarben: grün und braun. Eine Laune der Natur, die man fasziniert betrachtete, sobald man ihm gegenüberstand.

»Kommst du? Ich habe schon dein Bett bezogen«, rief Erin aus dem Innern des Hauses. Orla riss ihren Blick von dem Bild los, schulterte ihre Tasche und folgte der Stimme ihrer Tante. Je näher sie der Küche kam, desto intensiver roch es nach geschmortem Gemüse und gebratenem Speck.

»Ich dachte, du wärst in Dublin schwer beschäftigt. Konntest du dir so einfach freinehmen?«, fragte ihre Tante.

»Einfach war's nicht, nein, aber ich habe ein paar Kollegen gebeten, meine Aufträge zu übernehmen«, erwiderte Orla und stieg die Treppe hinauf, die bei jedem ihrer Schritte ein klägliches Ächzen von sich gab. Auch im Obergeschoss hingen Bilder, die Orla fotografiert hatte, als sie noch jeden Tag mit ihrer Kamera durch die Heide gestapft war. Immer auf der Suche nach neuen Motiven.

»Es ist wirklich lieb von dir, dass du gekommen bist. Kieran hätte sich schon allein arrangiert, er ist ja kein Kind mehr, aber

Siobhan ... Ich sage immer, dass sie ihn ruhig mal ins kalte Wasser werfen kann, damit er schwimmen lernt, aber deine Mutter hat einen Dickkopf, weiß alles besser. Es ist furchtbar, mit ihr zu diskutieren.«

»Überkompensation«, murmelte Orla, winkte aber ab, als sie den fragenden Blick ihrer Tante bemerkte.

Erin blieb vor einer schmalen Tür am Ende des Gangs stehen. »Erinnerst du dich noch daran, wie wir zusammen dein Hochbett gebaut haben? Tagelang haben wir geschuftet.«

»Natürlich weiß ich das noch.« Orla strahlte bei der Erinnerung an ihre Höhle. Eine wilde Kissensammlung, Fotos, die sie mit Stecknadeln an der Wand befestigt hatte, Postkarten und Lichterketten.

»Siobhan hat's rausgeschmissen.«

»Oh!« Ihr Lächeln erstarb.

»Dafür darfst du jetzt in Opas altem Bett schlafen. Dieses massive Ding, in dem man die Irische See überqueren könnte, wenn man's zu Wasser ließe.«

Erin hatte sich in die Küche zurückgezogen, klapperte mit den Töpfen und sang vor sich hin. Eigentlich wollte Orla nur ihre Tasche auspacken, um sich dann zu ihrer Tante zu gesellen, doch allein in ihrem Zimmer vergaß sie die Zeit. An der Wand klebte immer noch die altmodische Tapete mit den Streublumen, in denen man irgendwann Muster erkennen konnte, wenn man nur lang genug darauf starrte. Auch ihr Schreibtisch stand wie damals vor dem Sprossenfenster, durch das man in den Garten hinabblickte. Auf dem Tisch stapelten sich ein paar Bücher, die Siobhan vermutlich dort abgelegt hatte: *Irische Gärten, Pflege deinen Seelengarten, Kräuter und ihre mythologische Bedeutung.* Daneben lagen Holzplatten, zwischen denen Pflanzen getrocknet und gepresst wurden, bevor Siobhan sie in ihr Herbarium klebte.

Wahllos zog Orla die Schubfächer des Buffetschranks auf, der früher im Korridor gestanden hatte. In der linken Schublade entdeckte sie abgegriffene Schulhefte. *Die gesammelten Wörter von Orla Donovan.* Sie nahm das oberste Heft heraus und setzte sich damit auf einen Stuhl, der unter ihrem Gewicht gefährlich knarzte.

Wie jedes andere Kind hatte sie in der Schule Irisch gelernt. Die Sprache hatte sich einen direkten Weg in ihr Herz gebahnt, weshalb sie angefangen hatte, schöne Wörter zu sammeln. Entweder weil sie ihre Bedeutung mochte oder weil sie fast in Vergessenheit geraten waren. Es gab Wörter, die den Geruch von Seegras beschrieben, diese moderige Süße. Wörter, mit denen man ausdrückte, wie sich die Fingerspitzen über einem Feuer langsam aufwärmten, und Wörter, die von dem tief verwurzelten Glauben an eine Anderswelt zeugten, in der Feen und Geister wirkten.

Eines ihrer Lieblingswörter war *Caibleadh* – Stimmen aus der Ferne, die man bei Nacht hört, wenn das Meer ganz still ist – oder *Gleo* – das ohrenbetäubende Tosen der Wellen. Eine Weile blätterte Orla durch ihre Sammlung und wanderte mit dem Zeigefinger über die kindliche Schrift, mit der sie Wörter für Felsenhöhlen, Gerüche und Geräusche des Meeres notiert hatte.

Als sie die dumpfe Stimme ihrer Tante aus dem Erdgeschoss vernahm, stand sie auf und legte das Heft zurück in die Schublade. In den kommenden Wochen hätte sie noch reichlich Zeit, um die Erinnerungen zu durchforsten, die sie in Saltmore zurückgelassen hatte.

2. ROSIE

Sommer 1997

Das Dorf wird im Rückspiegel immer kleiner. Manche sagen, man bräuchte auf der einen Straßenseite das Meer, auf der anderen die Hügel. Mir sind die schiefergrauen Wellen am liebsten. Es sieht aus, als würde der Himmel ganz hinten ins Meer fließen, und ich stelle mir vor, unser Caravan wäre ein Schiff.

Der schwarze Rosenkranz, der am Rückspiegel hängt, baumelt hin und her. Er hat meiner Urgroßmutter gehört, die ihn von einer Pilgerreise nach Frankreich mitgebracht hat. Manche Perlen sehen aus wie schwarze Rosen. Sie glänzen und machen Geräusche, die mich an die Tastatur erinnern, auf die der Garda gestern nach Rónáns Missgeschick mit seinen spindeldürren Fingern eingehackt hat – eisiger Blick unter buschigen Augenbrauen.

»Name?«

»Rónán Malachy McDonagh.« *Klack-klack-klack.*

»Wohnhaft in?«

»Nirgendwo. Geboren in Limerick.«

»Rumtreiber, was?« *Klack-klack-klack.*

Gestern hat mein Bruder ein paar Kinder mit Äpfeln abgeworfen, weil sie uns durchs ganze Dorf verfolgt und irgendwelche Parolen gegrölt haben. Dabei hat Rónán versehentlich eine Statue getroffen, die inmitten eines Blumenbeets stand. Der Engel mit den ausgebreiteten Flügeln ist umgekippt und hat seinen Kopf verloren. Wir haben ihn unter den Rosenbüschen hervorgeholt und an der Tür geklingelt, um uns zu entschuldigen. Eine Frau öffnete und als sie uns gesehen hat – mit dem Kopf des Engels im Arm –, ist sie ausgerastet. Sie hat so hysterisch geschrien, dass die Nachbarn auf die Straße gestürmt sind. Die Garda kam mit Getöse angerauscht – noch mehr Schaulustige – und hat uns wie Schwerverbrecher abgeführt. Als mein Vater auf der Wache erschienen ist, um uns abzuholen, hat er mit ruhiger Stimme und gesenktem Kopf gesprochen – wie immer, wenn es darum geht, bloß keinen Ärger zu machen. Nachdem wir dem Garda versprochen haben, unsere Sachen zu packen und aus dem Ort zu verschwinden, durften wir gehen.

»Warum habt ihr ausgerechnet dem Erzengel Michael den Kopf abgeschossen, hm?«, wollte mein Vater auf der Rückfahrt wissen. Dabei hat er breit gegrinst. »Der muss doch das Paradies bewachen. Schon vergessen? Dort wollen wir irgendwann mal ankommen. So ein Ziel darf man nicht aus den Augen verlieren.«

Jetzt sind wir wieder auf der Straße. Wir fahren auf der N70 in den Süden, bis wir am äußersten Zipfel Irlands ankommen. Saltmore heißt das Dorf, auf das wir zusteuern. Früher gab es dort einen großen Pferdemarkt, zu dem alle Irish Travellers einmal jährlich gepilgert sind, um sich zu treffen. Heute findet dieser Markt nicht mehr statt, weil die Sesshaften es nicht so gern mögen, wenn wir mit unseren Wohnwagen in ihrer Nähe lagern. Denen sind wir nicht ganz geheuer, sagt Dad, weil sie nicht verstehen, dass wir lieber unterwegs sind, als immer am selben Fleck zu bleiben. Manchmal nennen sie uns

Tinker oder geben uns noch schlimmere Namen. Ich bin richtig gut darin, sie zu ignorieren, behandle sie wie Luft und gehe einfach vorbei.

Wenn ich vorn neben Dad sitzen darf, schaue ich nie geradeaus. Lieber sehe ich dabei zu, wie die Landschaft an uns vorbeifliegt. Der Motor schnurrt wie ein Kätzchen, lullt mich ein und macht mich ganz schläfrig.

Ich habe ein neues Armband. Ein Mädchen hat es mir gegeben. Victoria. Das ist ein ganz vornehmer Name, finde ich, und so sah sie auch aus. Blonde Locken, die in der Sonne wie ein Weizenfeld geleuchtet haben, spitze Nase, kleiner Mund. Sie hat das Armband gegen drei Zigaretten eingetauscht, die ich aus der Schachtel meiner Mutter geklaut habe.

Im flackernden Sonnenlicht schimmern die Perlen, als wären sie kostbar, dabei sind sie aus Plastik. Ich hebe den Arm dicht vor mein Gesicht und kneife die Augen zusammen, um die eingeschlossenen Luftbläschen zu betrachten.

»Spinnst du?«, ertönt die höhnische Stimme meines Bruders. Ich drehe mich um, strecke die Zunge raus und stütze das Kinn auf der Rückenlehne ab.

»An deiner Stelle wäre ich lieber still, Rónán! Wenn du dich nicht immer prügeln müsstest, könnten wir …«

»Die haben angefangen«, erwidert er lässig und blickt dabei nicht mal von dem Comic auf, den er in den Händen hält. Er ist nur zwei Jahre älter als ich und mein bester Freund. Ich habe ja auch keine andere Wahl, als mich mit meinem vierzehnjährigen Bruder zusammenzuraufen, weil wir ständig unterwegs sind und nie genug Zeit bleibt, um Freundschaften zu schließen.

»Das sagst du immer.« Ich öffne das Handschuhfach und hole die Dose mit Bonbons hervor.

»Es ist auch immer die Wahrheit.«

»Die Wahrheit ...« Dad lacht. Dabei hebt er seine schmalen Schultern und lässt sie wieder fallen. »Die Gardaí würden uns nicht mal glauben, dass es geregnet hat, wenn sie bis zur Gürtelschnalle in einer Pfütze stehen. Das müsst ihr euch merken, Kinder. Menschen wie wir, die mit dem Wind durchs Land ziehen, sind den Gardaí ein Dorn im Auge. Wenn sie einen von uns beim Klauen erwischen, glauben sie, wir wären alle so. Schublade auf, Schublade zu. Denen wär's am liebsten, wenn wir uns einfach in Luft auflösen.«

Ich stecke mir zwei Bonbons in den Mund. Das gelbe schiebe ich in die rechte Wange, das rote in die linke. Zitrone und Kirsche dürfen sich nicht treffen.

»Buffer.« Rónán greift nach seiner roten Kappe und setzt sie verkehrt herum auf. »Beschissene Buffer.«

Damit meint er die Sesshaften. Menschen, die unsere Art zu leben nicht verstehen und deswegen nichts mit uns zu tun haben wollen.

»Rede nicht so«, weist meine Mutter ihn zurecht. »Denk doch mal an Emma und daran, was sie für unsere Familie getan hat.«

»Aber Emma ist eine Ausnahme«, erwidert Rónán. »Ich meine, sie ist ja selbst eine Außenseiterin.«

»Aber sie ist sesshaft, nicht wahr? Es ist wichtig, sich solche Ausnahmen vor Augen zu führen. Es gibt Menschen, die sehr gut zu uns sind, Rónán.« Mam sitzt hinten auf der Rückbank und gibt Joseph die Brust. Baby James schläft neben ihr in einem braunen Knäuel aus Decken. Nur seine rosafarbenen Füße schauen wie die Fühler einer Schnecke daraus hervor.

»Weil wir gute Menschen sind«, brummt mein Vater, den Blick fest auf die Straße gerichtet. »Ist nicht so, dass wir's verdient hätten, wie Dreck behandelt zu werden, Maureen. Wir haben uns nichts zu Schulden kommen lassen.«

Unser Ruf eilt uns immer voraus, ist längst da und gräbt sich in die Köpfe der Leute. Es kommt selten vor, dass wir mit offenen Armen empfangen werden. Eigentlich nie.

Die Bonbons kleben in meiner Wange. Ich drücke mit der Zunge dagegen, bis sie sich lösen. Die Haut fühlt sich an den Stellen kühler und rauer an. Dad kurbelt das Fenster herunter, sein schulterlanges Haar flattert im Wind, dann dreht er die Lautstärke auf. Rory Gallagher singt uns *A Million Miles Away*.

3. ORLA

Den Abend verbrachte Orla mit ihrer Tante im Wohnzimmer. Sie teilten sich eine Flasche Wein und lümmelten auf dem großen Sofa herum. Der Himmel hinter den Fenstern wurde allmählich dunkler. Bald würde Kieran von der Arbeit heimkehren. Immer wieder spähte Orla zur Uhr, weil sie es kaum erwarten konnte, ihren Bruder endlich in die Arme zu nehmen.

Während sie der vertrauten Stimme ihrer Tante lauschte, wanderten ihre Gedanken zurück in eine Kindheit, deren Erinnerungen sie nur ungern aufleben ließ.

In diesem Haus hatte Orla miterlebt, wie sich ihr Vater verändert hatte – wie aus dem sensiblen Mann jemand geworden war, der stockbesoffen auf dem Boden schlief, weil er es nicht mehr ins Bett geschafft hatte. Genauso häufig, wie er die Besinnung verloren hatte, war ihm die Beherrschung entglitten. Aus diesem Grund hatte Orla sich oft zu ihrer Tante geflüchtet. Dort hatte sie sich die Zeit vertrieben, Klamotten und Schminke ausprobiert, im *New Musical Express* geblättert und heimlich gelauscht, wenn Erin am Fenster saß, um mit ihren Freundinnen zu telefonieren. Wie viele junge Menschen hatten auch sie davon geträumt, nach Amerika abzuhauen oder sonst wohin – Hauptsache raus hier. Doch Orla hatte nie daran geglaubt, dass ihre Tante wirklich gehen könnte. Bis sie an einem sonnigen Mittwoch in der letzten Augustwoche 1997 eines Besseren belehrt wurde. An diesem Tag stand Erin mit einem Reiserucksack und einer neuen Frisur vor ihr – wenn man das so nennen konnte, denn ihr Kopf war kahl geschoren.

»Ich muss hier weg!«, hatte Erin gesagt. »Ich kann's dir nicht erklären, Orla, aber ich halte es hier keinen Tag länger aus.«

Zuerst hatte sie es für einen dummen Scherz gehalten, doch dann war Erin tatsächlich in einen weißen Überlandbus von Bus Èireann gestiegen. Selbst in ihren Erinnerungen tat dieser Abschied noch weh.

Ihre Träume von einem besseren Leben hatte sich Erin in San Francisco aber nicht erfüllen können. Nur drei Jahre später war sie nach Saltmore zurückgekehrt, um ihre Schwester im *Selkie* zu unterstützen.

»Jetzt sitzt der Freigeist Erin Donovan seit Jahren in Saltmore fest. Hand aufs Herz. Vermisst du wirklich nichts?«, fragte Orla und musterte ihre Tante, deren Haut um die hellgrünen Augen herum welk geworden war.

»Oh, ich vermisse es, mich in der Anonymität zu verstecken. Das kannst du mir glauben. Hier wissen die Leute ja sogar, wann ich meine Wäsche mache und welche Tabletten ich schlucke. Außerdem redet Mary Clark nicht mehr mit mir, seitdem ich ihr bei der Kommunion ein Bein gestellt habe und sie vor dem Altar hingeknallt ist. Das war vor über vierzig Jahren. Kannst du dir das vorstellen?« Erin spießte mit der Gabel eine Olive auf. »Und trotzdem: Saltmore ist mein Zuhause. Und deins auch, wenn ich dich daran erinnern darf.«

»Meinst du, das hätte ich vergessen?«

»Kommt mir manchmal so vor, wenn Wochen vergehen, ohne dass wir etwas von dir hören.« Erin seufzte und betrachtete ihre Hände. An jedem Finger steckte ein silberner Ring mit einem eingefassten Halbedelstein. Jade. Onyx. Aventurin.

Als Kind hatte es Orla geliebt, den Schmuck ihrer Tante anzuprobieren.

»Ich habe einfach wahnsinnig viel um die Ohren«, erklärte Orla. »Wenigstens schaffe ich es, jeden Montag kurz mit Kieran zu sprechen, damit er mir vom Wetter berichten kann. Ich weiß immer, woher der Wind weht.«

»Kannst du in Dublin gut gebrauchen, hm? Erzähl mir von dort. Was macht die Kunst und wie geht es Adam?«

»Ach, du weißt doch, wie's ist. Mit der Kunst verdiene ich gerade so viel, dass ich mich über Wasser halten kann.« Während sie sprach, streifte Orla den Ring von ihrem Finger und schob ihn in die Gesäßtasche ihrer Jeans. Adam hatte ihn ihr förmlich aufgezwungen, und sie war sich nicht wirklich sicher, ob sie ihn behalten wollte.

»Für eine Frau aus Saltmore kein Problem, was?«, fragte ihre Tante. »Wir halten uns immer irgendwie über Wasser. Aber solange die Menschen heiraten, brauchst du dir als Fotografin keine Sorgen zu machen. Du wirst immer einen Job haben. Das ist praktisch. Wie bei Bestattern. Solange Menschen sterben ...«

Erin verstummte, als ein Schlüssel im Schloss umgedreht wurde und sich die Haustür mit einem schleifenden Geräusch öffnete.

»Kieran!« Orla sprang auf, als ihr Bruder in einer tannengrünen Windjacke und knallgelben Gummistiefeln im Türrahmen erschien.

»Hallo Orla!«, grüßte er. Seine tief liegenden Augen wanderten über ihr Gesicht, dann strahlte er sie an. »Du bist wieder zu Hause!«

»Kieran ...« Erst berührte sie nur seine Schulter, doch dann schlang sie die Arme um ihn und küsste seine kühle Wange. »Ich hab dich so vermisst, weißt du das? Telefonieren ist ja ganz nett, aber es ist tausendmal schöner, dich zu sehen.«

29

Sie trat einen Schritt zurück, ohne jedoch die Hände von seinen Schultern zu nehmen.

»Nichts ersetzt eine persönliche Begegnung, denn auch Mimik und Gestik sprechen eine Sprache«, stellte Kieran mit seiner sonoren Stimme fest. Sein Blick glitt über ihren Kopf hinweg. »Du bleibst für mindestens vier Wochen und wohnst in deinem alten Kinderzimmer. Aber sobald Mam wieder gesund ist, fährst du zurück nach Dublin.«

Orla unterdrückte den Impuls, ihn erneut in den Arm zu nehmen. »Jetzt bin ich erst einmal hier. Wir machen's uns richtig schön. Wie früher. Du bist der Küchenchef, ja?«

»Einverstanden.« Kieran fuhr mit einer Hand durch sein lockiges Haar – im Lampenschein schimmerte es kupferfarben. »Ich ernähre mich jetzt vegetarisch.«

»Hast du mir erzählt. Find ich gut.« Sanft stieß sie ihn an. »Dich erwarten herrliche Zeiten. Jetzt kann ich dir wieder den ganzen Tag auf den Geist gehen.«

»Geht leider nicht.« Kieran starrte sie aus schillernden Augen an. »Ich bin nicht den ganzen Tag hier, da ich arbeiten muss, wie du weißt.«

»Aber gelegentlich wirst du doch bestimmt etwas mit deiner kleinen Schwester unternehmen, hm? Ich will unbedingt rüber auf die Skellig, um zu fotografieren.«

»Mal sehen, was sich einrichten lässt. Ich muss jetzt ins Bett. Ich bin sehr müde und brauche mindestens sieben Stunden Schlaf, um erholt zu sein.« Kieran räusperte sich, dann linste er über ihre Schulter zum Sofa. »Erin, du kannst jetzt nach Hause gehen.«

»Sehr charmant.« Erin hob ihr Weinglas hoch und zwinkerte ihrem Neffen zu. »Ich gehe, wenn das hier leer ist und Orla mir alles aus Dublin erzählt hat, okay?«

»Okay.« Er lächelte, dann warf er seiner Schwester einen flüchtigen Blick zu. »Und wie geht's dir so? Wie war die Fahrt?

Wenn du die M7 genommen hast, sind es ja beinahe vierhundert Kilometer. Das ist ein sehr weiter Weg.«

Kieran hielt sich nicht immer an zwischenmenschliche Konventionen – das war erfrischend und gleichzeitig wohlvertraut.

»Puh! Ich war ewig unterwegs, fast sechs Stunden, aber ich bin gut durchgekommen. Kaum Schafe, wenige Schlaglöcher.«

»Das ist gut!« Kurz presste er die Lippen gegen seinen Handrücken – wie immer, wenn er nachdenken musste –, dann deutete er zum Tisch, auf dem zwei Schüsseln standen. »Ich habe schon für uns gedeckt. Morgen können wir zusammen frühstücken, aber dafür wirst du sehr früh aufstehen müssen. Um sechs Uhr klingelt mein Wecker.«

»Ich stell mich darauf ein.«

»Stell dir lieber einen Wecker!«, rief Erin lachend. Orla versuchte, sich nicht anmerken zu lassen, dass sich alles in ihr gegen die Vorstellung sträubte, so früh aus dem Bett zu kriechen. Als Kieran sich umdrehte und zurück in den Flur trottete, sah sie den Kamm, der aus seiner Gesäßtasche hervorblitzte. Seit sie denken konnte, trug ihr Bruder immer einen Kamm bei sich. Die Kämme mussten aus Plastik sein, damit sich die Zinken biegen ließen. Er mochte das Gefühl, wenn er mit dem Daumen darüberstrich, und das Geräusch, wenn die Zinken aneinanderschnalzten.

* * *

Als Orla tief in der Nacht die Treppe emporstieg, sah sie aus dem Zimmer ihres Bruders bläuliches Licht flimmern. Schon als Kind hatte Kieran nicht einschlafen können, wenn absolute Dunkelheit herrschte. Orla streckte den Kopf in sein Zimmer und erkannte, dass die erste Episode von *Star Wars* lief. Wie immer. Kieran beherrschte jede Zeile, konnte jeden Soundeffekt intonieren. Ihr Blick fiel auf das passende Poster über seinem Bett: *Go mbeidh an fórsa leat.* »Ja, möge die Macht mit dir sein«, flüsterte sie ihrem schlafenden Bruder zu, dann zog sie die Tür ins Schloss.

Sie war glücklich, wieder zu Hause zu sein, bei Erin und ihrem geliebten Kieran, der sich jeden Tag so sehr anstrengen musste, um seinen Platz in der Welt zu finden. Andere Menschen waren für Kieran ein großes Rätsel. Er verstand die Worte, aber es fiel ihm schwer, aus den vielen Deutungsmöglichkeiten zu wählen. Er betrachtete Gesichter, beobachtete, wie sich Mundwinkel hoben und Augen mit Tränen füllten – was bedeutete das? Wut, Freude, Trauer? Der Singsang einer Stimme, Zwinkern, beiläufige Berührungen, schallendes Gelächter. Seit seiner Kindheit studierte er andere Menschen und eignete sich an, wie sie sich verhielten. Gestik, Mimik, Intonation – er lernte die Bedeutung dieser feinen Nuancen menschlicher Kommunikation wie die Vokabeln einer Fremdsprache. Für Kieran besaßen alle Reize die gleiche Relevanz.

Ratsch – ein Feuerzeug und das Knistern einer Zigarette, wenn sie abbrennt. Lippen, die sich zu einem Lächeln verziehen, ohne dass dabei die Zähne freigelegt werden. Ein vorbeifahrendes Auto, aus dem dumpfe Musik nach außen dringt, das Läuten der Kirchturmglocken. *Zisch* – eine Dose, die geöffnet wird, und der Kehlkopf, der sich beim Schlucken unter der Haut bewegt, dann Worte, die mit gesenkter Stimme vorgetragen werden. Worauf sollte er reagieren? Nichts rückte je in den Hintergrund. Alles prasselte ungefiltert auf ihn ein.

Noch im Gehen zog Orla ihr Telefon hervor und warf einen Blick darauf. Adam sendete ihr Liebe und sie schickte ihm ein Herz zurück.

Spürte er nicht, wie groß die Kluft zwischen ihnen geworden war, seitdem er das Jobangebot angenommen hatte? Als er vor sechs Monaten mit einem gummiartigen Baguette und einer

Flasche Wein nach Hause gekommen war, um ihr zu eröffnen, dass er nach Frankreich gehen würde, war ein fürchterlicher Streit entbrannt. Er traf Entscheidungen, mit denen sich alle um ihn herum arrangieren mussten. »Wenn du mich liebst ...«, hatte er gesagt. Er wollte ihre Priorität sein, aber wo stand Orla in seiner Hierarchie? Hinter Frankreich – das war sicher, sonst hätte er sie nicht vor vollendete Tatsachen gestellt. Wenn sie nur daran dachte, wurde sie wütend. Adam zog an den Fäden und sie sollte tanzen wie eine Marionette? *Wenn du mich liebst ...* In letzter Zeit drängte sich ihr immer wieder die Frage auf, wohin sie gehen würde, wenn Liebe ihr Kompass wäre. Selten dachte sie dabei an Adam. Eigentlich nie.

In ihrem Zimmer zog sie die Vorhänge zurück und riss das Fenster auf. Kalte Nachtluft strömte ihr entgegen, füllte ihre Lungen aus. Orla schlang die Arme um ihren Oberkörper und starrte in die Nacht. Hier war die Dunkelheit lebendig. Die Brandung des Meeres, der Ruf einer Eule, Rascheln in den Sträuchern und das wehmütige Säuseln des Windes. In Dublin waren die Nächte anders: begrenzter, heller.

Orla würde sich erst wieder an diese Art der Dunkelheit gewöhnen müssen.

4. ORLA

Aus dem gemeinsamen Frühstück war ein stilles Nebeneinander geworden. Orla hatte Mühe, die Augen offen zu halten, und hielt ihre Teetasse umklammert. Kieran beobachtete die Wolken am Himmel, schätzte die Windstärke ab, checkte den Wetterbericht. Nachdem er hastig einen Porridge mit Honig verdrückt hatte – er aß morgens nie etwas anderes – und zur Arbeit aufgebrochen war, kochte Orla sich einen starken Kaffee.

Mit der dampfenden Tasse stellte sie sich auf die Terrasse. Die Morgendämmerung in Dublin war zwar ganz schön mit den glänzenden Dächern und dem Nebel über dem Liffey, aber hier draußen wirkte die Dämmerung wie etwas Heiliges, das leise und langsam vollzogen wurde. Die Welt schälte sich aus der Nacht, um in ein paar Stunden wieder darin zu versinken. Orla lauschte dem Wind, der durch die Haselnusssträucher und Birken raschelte. Ein Kiebitz stakste über die Wiese und präsentierte sein schwarzes Kopfgefieder, aus der Ferne hörte sie das Kreischen der Möwen. Während die Seevögel über dem Meer kreisten, kreisten ihre Gedanken um Adam und seine Frage: *Begleitest du mich?*

Vor acht Jahren war sie fortgegangen, weil sie die Situation mit ihrer Mutter – diese aufgestauten Gefühle aus ihrer Kindheit

– nicht mehr ertragen konnte und einen unbändigen Hunger verspürt hatte. In Dublin wollte sie sich in alle Richtungen entfalten, nächtelang tanzen, Pizzaschachteln auf dem Boden liegen lassen, fremd und frei sein.

Adam war als Expat eines kanadischen Softwareunternehmens nach Irland gekommen. Zum ersten Mal waren sie sich im Hausflur des Mehrfamilienhauses begegnet, in dem sie beide lebten. Adam in einer Maisonettewohnung mit Wendeltreppe, sie in einer Einraumwohnung mit Pantryküche und Dachschrägen. Beide waren neu in der Stadt, suchten Anschluss und mochten trockenen Rotwein.

Und jetzt? Eigentlich hatte sich nicht viel geändert. Ihr Hunger war ungestillt. Orla fühlte sich immer noch fremd, war auf der Suche und mochte Wein mit wenig Restzucker.

Hastig leerte sie die Tasse und trat zurück ins Haus. Sie brauchte Klarheit – und nichts eignete sich dafür besser als frühmorgendliches Schwimmen in eiskaltem Wasser.

Die Küste im County Kerry war zerklüftet – tiefe Buchten, hohe Klippen, einsame Strände. Wind und Wellen peitschten nimmermüde gegen die Felsen, hatten mancherorts Höhlen in den Stein geschlagen, aus denen ein schauderhafter Gesang ertönte, wenn eine Bö hineinjagte. Das Lied der Selkies, sagte man in Saltmore. Es war eine raue Gegend mit einer eigenwilligen Schönheit.

Ein alter Weißdorn – von Stürmen bizarr verformt – thronte auf dem Hügel. Ihre Augen wanderten über den Küstenpfad, suchten nach einem Stein, den sie in ihre Hosentasche stecken und dort vergessen konnte. Das hatte sie schon als Kind geliebt: Sie sammelte Dinge, versteckte und vergaß sie, um sie später irgendwann zu finden und sich darüber zu freuen.

Schließlich entdeckte sie einen schwarzen Kiesel, winzig und seitlich eingedrückt, sodass er an ein Herz erinnerte. Sie ließ ihn in ihre Hosentasche gleiten und spazierte den Küstenpfad entlang, bis sie den Weg erreichte, der zwischen schroffen Felsen und Herkuleskraut zu einem halbmondförmigen Strand hinabführte. Das Handtuch lag wie ein Umhang um ihre Schultern. Den Badeanzug trug sie unter der Leinenhose, die vom Wind aufgebläht und dann wieder an ihre Beine gedrückt wurde, während sie durch den Sand stapfte.

Weit draußen im Meer auf einem Felsen entdeckte sie zwei Seehunde. Früher hatten sich vor der Küste unzählige Tiere getummelt, doch mit den Jahren waren es immer weniger geworden. Orla band ihr Haar zu einem Dutt zusammen, ohne die Seehunde dabei aus dem Auge zu lassen. Sie würde einen großen Bogen um den Felsen schwimmen müssen, um sie nicht zu stören.

Hastig zog sie sich aus und wärmte sich auf, indem sie auf der Stelle dribbelte und dabei die Arme kreisen ließ. Schließlich marschierte sie zügig dem Wasser entgegen, bis ihre Zehen eiskalt umspült wurden. Dann die Waden, Oberschenkel. Als die Wellen gegen ihren Bauch schlugen, verkrampfte sich ihr Körper. Orla keuchte. Für einen Moment schloss sie die Augen, dann spannte sie ihre Muskulatur an, holte Luft und tauchte unter. Ihre Haut kribbelte. Kräftig und schnell schwamm sie hinaus. Allmählich gewöhnte sich ihr Körper an das kalte Wasser und bewegte sich fließend durch die Wellen.

Sie fokussierte den Horizont, wo das Meer kaum vom Himmel zu unterscheiden war. Was, wenn sie einen Schlussstrich zog und Adam auf der anderen Seite stehen ließ? Was, wenn sie seinen Ring verlor? Wäre sie erleichtert?

Nach zwanzig Minuten ging Orla zurück an Land, rannte zu dem Felsen, über dem ihr rotes Handtuch lag, und fing an, sich abzutrocknen. Als sie gerade ihr nasses Haar in den Frotteestoff presste, entdeckte sie auf der Klippe direkt über ihr einen

Mann. Er trug eine Wachsjacke, deren Kapuze er sich tief in die Stirn gezogen hatte. Als er sie zurückschob, kam ein grinsendes Gesicht zum Vorschein. Sympathisch, aber unbekannt. Wind und Wellen dröhnten, sodass sie zunächst nicht verstand, was er ihr zurief.

»Bist du eine Selkie?«, wiederholte er, als sie ihn fragend anschaute.

»Genau!« Orla lächelte gequält und wandte sich ab. Weder kannte sie ihn noch war sie darauf erpicht, mit einem Fremden zu sprechen. Eilig schlüpfte sie in ihre Hose, dann in ihre Pantoletten. Als sie den Kopf wieder hob, war der Mann verschwunden.

Fröstelnd schlang Orla die Arme um ihren Oberkörper. »Selkie«, murmelte sie und musste lachen, weil ihr dieser Name anhaftete wie Kletten einem Wollpullover, seitdem Siobhan den Pub übernommen hatte.

Wenn man der Mythologie glaubte, waren es Selkies gewesen, die Saltmore einst gegründet hatten: Vor vielen Jahrhunderten wechselten sie ihre Gestalt wie der Wind seine Richtung, doch eines Tages tobte ein fürchterlicher Sturm. Der Sand, in dem die Selkies ihre Robbenfelle vergraben hatten, um als Menschen umherzugehen, wurde fortgerissen. Die Flut spülte alle Felle davon und den Selkies blieb nichts anderes übrig, als sich an Land niederzulassen.

Auch die Evolutionsbiologie bestätigte, dass alles Leben dem Wasser entstiegen war, überlegte Orla mit einer gewissen Erheiterung, während sie über den Küstenpfad stapfte. Die alte Sage ihrer Vorfahren war also gar nicht so abwegig.

* * *

Das seegrüne Haus in der Hafenstraße konnte man selbst dann vom Meer aus erkennen, wenn das Wetter diesig war. Über der massiven Holztür lockte ein goldener Seehund die Schiffe in den Hafen und die Gäste ins Innere des Pubs. Das *Selkie* war schon im Mittelalter ein Zufluchtsort für Seemänner, Schmuggler und Kaufleute gewesen. Sie kamen aus fernen Ländern über den Atlantik, um sich am Tresen von ihren Reisen zu erholen. Selbst die berühmte Piratin Grace O'Malley soll hier untergekommen sein. Es gab zwar keine Dokumente, die das belegten, doch solche Geschichten wurden vom ganzen Dorf gepflegt und munter verbreitet.

Nachdem Orla ihr Fahrrad an der Hauswand angelehnt hatte, stemmte sie sich gegen die massive Tür und trat in eine düstere Wärme. Vor den Fenstern standen Tische, an denen niemand saß. Auch die Stehtische waren verwaist, was sich im Laufe des Tages ändern würde. An der Stirnseite glänzten unzählige Flaschen in den Regalen, die vor einer Spiegelwand hingen.

Orla blieb inmitten des Gastraums stehen und lockerte ihren Schal. Nichts hatte sich verändert, dachte sie, als sie eine hagere Gestalt entdeckte, die auf einem Barhocker vor dem Tresen saß. Der alte James las Zeitung und trank Stout aus einer Tasse, die er jedes Mal von zu Hause mitbrachte.

»Hallo Orla! Jetzt hast du Dublin aber satt, was?« Er schenkte ihr ein zahnloses Lächeln. »Wusst ich's doch. Früher oder später kommen sie alle zurück, die jungen Leute. Die Stadt ist ja ganz schön, aber Saltmore hat mehr zu bieten, was? Schafe, so weit das Auge reicht, und ein Meer voller Fische.«

Ehe sie ihm erklären konnte, dass sie nur vorübergehend in Saltmore war, hatte er sich die Zeitung schon wieder vors Gesicht gehoben.

Der Fernseher lief ohne Ton und warf flackerndes Licht auf den Tresen. Aus dem Radio dudelte leise Musik und noch immer hingen ihre Fotografien an den Wänden: Schiffe im Hafen, der Leuchtturm und die Felseninseln.

Die Tür zum Abstellraum schwang auf und Erin trat mit einem Stapel Geschirrtücher hinter den Tresen. »Da bist du ja, Orla. Na? Kommen viele Erinnerungen hoch?«

»Es riecht sogar wie früher«, stellte Orla fest und kletterte auf einen der Barhocker. »Holz, Malz und Männerparfüm.«

»Hier hat sich nichts verändert. Nur die Gesichter werden älter und verdrießlicher. Bedien dich, wenn du was trinken willst. Du kennst dich ja aus.« Erin stieß die Küchentür auf und verschwand in gleißendem Licht.

Orla ließ den Blick durch den Raum schweifen. Es war eine Genugtuung, dass sich seit ihrem letzten Besuch nichts verändert hatte – im Grunde war es immer noch derselbe Pub, in dem sie als Kind über die Dielenbretter gekrabbelt war.

Gerade wollte sie aufstehen, um die alten Fotografien aus der Nähe zu betrachten, als die Küchentür aufgestoßen wurde.

»Darf ich vorstellen?« Erin legte eine zarte Hand auf ihre Schulter. »Das ist meine Nichte Orla und das hier sind Jack Thompson – ihr kennt euch ja – und Seán Gallagher.« Hinter ihrer Tante waren zwei Männer aus der Küche getrottet.

Zuerst begrüßte sie Jack, einen stämmigen Mann, der seine Lippen über die Zähne zog, als wollte er sie verstecken. Orla konzentrierte sich auf seine Augen. Sie waren hellgrün und wurden von dunklen Wimpern umrahmt. Ungewöhnlich stark geschwungen, fast mädchenhaft. Als sie seine Hand ergriff, drückte er so kräftig zu, als wollte er beweisen, dass rein gar nichts Zartes an ihm war. Irritiert über seinen Griff hob sie die Brauen.

»Willkommen zurück in Saltmore!« Er entblößte schräg hervorstehende Schneidezähne. »Schön, dich mal wieder zu sehen. Ist lange her. Erin war so aufgeregt, dass sie am liebsten eine Parade veranstaltet hätte, um dich zu begrüßen.«

Sie spürte seinen Griff selbst dann noch, als er längst losgelassen hatte.

Der andere Mann war etwa in ihrem Alter, schätzte sie. Das braune Haar fiel ihm strähnig in die breite Stirn. Mit einer lässigen Bewegung strich er es sich aus dem Gesicht, bevor er ihr die Hand reichte. Als sich ihre Blicke begegneten, zog sich ihr Magen zusammen. In seinen Augen lag etwas, das ihr bekannt vorkam. Die Farbe war eine glänzende Melange aus Grün und Grau. Wie das Meer. Vielleicht war es das.

»Ich bin Seán Gallagher. Wir haben uns vorhin am Strand gesehen. Du bist ganz schön hartgesotten, muss ich sagen. Der Atlantik ist eisig.« Seine Stimme hingegen war warm.

»Na, ich bin eben eine waschechte Selkie«, erwiderte sie schmunzelnd und schüttelte seine Hand. »Was hat dich denn nach Saltmore verschlagen?«

»Der Zufall.« Er kratzte sich an seiner schmalen Nase.

»Seán kam mit den Filmleuten, die drüben auf der Skellig gedreht haben«, erzählte Erin und rollte die Ärmel ihres rosafarbenen Cardigans hoch. »Eines schönen Tages saß er draußen und hat sein Bier getrunken, als Siobhan rauskam, um ihre Geranien zu gießen. Da hat sie ihm das Ohr abgekaut. Du kennst ja deine Mutter. Hat ihm von der Plackerei im Pub erzählt und davon, dass wir kaum Unterstützung haben, weil alle jungen Leute das Weite suchen. Tja, aber Seán ist geblieben, hatte nichts Besseres zu tun, als hierzubleiben. So war's doch, oder?«

»So war das«, bestätigte Seán und verzichtete auf weitere Ausführungen. Stattdessen ordnete er die Pintgläser auf dem Regal, bis sie schnurgerade Linien bildeten.

Orla betrachtete ihn unverhohlen. Seine Klamotten besaßen eine lässige Achtlosigkeit – der Kragen seines schwarzen Shirts war ausgeleiert, die tief auf seinen Hüften sitzenden Jeans über den Knien abgewetzt. Es war ein moderner Stil und trotzdem unterschied er sich von den unzähligen Typen, die in Dublin rumspazierten und in ihren Klamotten wie

Waldarbeiter aussahen. Seán vermittelte den Eindruck, als bekäme er auch ohne ein YouTube-Tutorial einen Nagel in die Wand gehämmert.

»Erin hat gesagt, dass du dich um den alten Leuchtturm kümmerst«, nahm Orla den Faden wieder auf.

»Mhm, dort gibt's viel zu tun.« Er griff zu einem Geschirrtuch und legte es sich lässig über die Schulter, dann riss er eine Packung mit Bierdeckeln auf. »Wenn ich nicht im *Selkie* stehe, fahre ich zum Turm.«

»Woran arbeitest du gerade?«

»Im Moment bin ich im Nebenhaus beschäftigt. Siebzig Quadratmeter Boden müssen verlegt werden. Erst wenn ich damit fertig bin, kommt der Leuchtturm dran.«

»Um das Herzstück kümmerst du dich also zum Schluss.«

Ehe er antworten konnte, schaltete sich Jack wieder ein. »Siobhan hat sich überlegt, daraus ein richtiges Gästehaus zu machen. Es soll etwas Exklusives werden. Vielleicht für Brautpaare. *Erleben Sie die schönste Nacht Ihres Lebens über den Wellen des Atlantiks.* Du weißt schon, dieser ganze Romantikkram, für den die Leute zu miesen Konditionen Kredite aufnehmen.«

Orla hob die Mundwinkel zu einem schrägen Grinsen, als Adam vor ihrem inneren Auge auftauchte.

Als Erin mit den Männern ins Lager gegangen war, um die Vorräte zu kontrollieren, setzte sich Orla ans Fenster.

Die Schiffe, die im Hafen vor Anker lagen, wiegten sich auf den Wellen, die träge an Land schwappten. Nur wenige Menschen waren unterwegs – sie kannte alle mit Namen und mit allen waren Erinnerungen verknüpft. Gedankenverloren rührte Orla in ihrer Tasse und beobachtete, wie Liam Moore in gelbem Ölzeug über seinen Kutter kletterte und ein paar Möwen verscheuchte. Dann wurde ihr Blick abgelenkt. Christy

Nolan, in den sie früher eine Weile verliebt gewesen war, spazierte kaugummikauend die Straße hinab. Er trug eine zerschlissene Lederjacke und schob einen Kinderwagen vor sich her. Waren das graue Haare an seinen Schläfen?

In diesem Moment entdeckte sie die Reflexion ihres eigenen Gesichts in der Fensterscheibe. Nur ein einziges Mal war Adam mit ihr nach Saltmore gefahren. »Kein Wunder, dass du die Flucht ergriffen hast. Hier draußen fühlt sich selbst das Meer einsam. Wie muss es dann erst den Menschen ergehen?«, war sein Resümee gewesen.

Seit Wochen zog sie den Ring an und wieder aus, weil es ihr auf diese Weise leichter fiel, sich in verschiedene Zukunftsmodelle einzufühlen. Mit Adam, allein. Nicht der Ring, aber alles, was er bedeutete, war viel zu eng für alles, was sie sein wollte. Als sie ihren Blick zum Horizont schweifen ließ, dachte sie, dass es die Freiheit, nach der sie suchte, nicht außerhalb der Begrenztheit ihres Körpers zu finden gab. Egal, wohin sie reiste oder mit wem sie zusammen war – diese Befangenheit schleppte sie immer mit sich herum und konnte sie nur von innen heraus loswerden. Aber wie?

* * *

Während sie ihr Fahrrad auf dem Heimweg durch die Straßen schob, begegneten ihr Menschen, die sie von früher kannte. Es waren immer die gleichen Reaktionen: erst ein flüchtiger, dann ein prüfender Blick. Stirnrunzeln, zusammengekniffene Augen und dann ein Ausdruck des Wiedererkennens. »Ach, Orla, du bist's. Was verschlägt dich hierher?«

Sie plauderte mit einer alten Schulkameradin, der Nachbarin ihrer Tante und Kindern, die auf knallbunten Fahrrädern über die Straßen jagten. Im einzigen Geschäft des Dorfes – *Heneghan's* – kaufte sie so viel ein, dass sie unter dem Gewicht des prall gefüllten Korbes ächzte. Anders als in Dublin war die Auswahl begrenzt. Man musste nehmen, was man kriegen konnte. An der Kasse angekommen, hinter der Joe Heneghan in seiner knallgelben Schürze gewartet hatte, häufte Orla einen kleinen Berg *Taytos* an.

»Die bestelle ich nur für Kieran«, erklärte Heneghan und tippte mit einem spindeldürren Zeigefinger auf die oberste Chipstüte. »Er kann's nicht leiden, wenn mal was ausgeht.«

Orla nickte und fing an, ihre Einkäufe auf den schmalen Tresen zu räumen.

»Tut mir leid, was mit Siobhan passiert ist. Meine alte Mammy hat sich auch mal die Hüfte gebrochen. War ein Kampf, das kann ich dir sagen, war nicht einfach.«

»Es muss schmerzhaft sein, aber Siobhan ist in guten Händen. Außerdem ist sie echt zäh«, erwiderte sie, während ihr Blick über die kunterbunten Süßigkeitenregale wanderte, die sie schon als kleines Mädchen angeschmachtet hatte.

»Kieran macht sich gut, was?«, sagte Heneghan, als sie fünf Erdnussriegel aus dem Regal griff.

»Das stimmt.« Orla ließ ein halbherziges Lächeln durchscheinen. »Er liebt die Skellig und er liebt seinen Job. Für ihn könnt's eigentlich nicht besser laufen.«

»Hätt ihm ja keiner zugetraut. Weißt du noch, wie er bei der Regatta ausgerastet ist? Hat wie am Spieß gebrüllt und der Chor musste aufhören zu singen. Die Donovans haben's auch nicht leicht, hab ich mir gedacht.«

Orla konnte sich gut an diesen *Meltdown* erinnern. Früher, als noch niemand verstanden hatte, wie der kleine Kieran die Welt wahrnahm, war es häufiger dazu gekommen, dass ihn Reize überfluteten und er dermaßen überfordert war, dass er sich nicht mehr anders zu helfen wusste, als zu schreien oder um sich zu schlagen. Inzwischen hatte er verlässliche Strategien entwickelt. Außerdem konnte Orla es nicht ausstehen, wenn fremde Menschen über ihren Bruder redeten, als hätte er die Kinderschuhe nie abgelegt.

»Wann soll das gewesen sein? Vor dreißig Jahren?«, fragte sie bissig und fing an, die Einkäufe in ihren Rucksack zu räumen. »Kieran war damals noch ein Kind. Jetzt ist er erwachsen.«

»Nix für ungut, Orla.« Heneghan kratzte sich an seiner Nase, die vernarbt und großporig war. »Ist ein stattlicher Mann geworden, dein Bruder. Könnt mir vorstellen, dass er bei der Damenwelt gut ankäme, wenn er nicht so wäre. Na, du weißt schon.«

»Ich weiß. Also dann ...« Sie winkte dem alten Mann zu und ließ die Tür hinter sich ins Schloss fallen.

Früher hatten sich die Kinder in Saltmore erzählt, Heneghan sei so einsam, dass er nachts einen Schrimp an einen Faden band und hinter sich herzog, um Katzen anzulocken. Tatsächlich waren ihm über die Jahre hinweg verdächtig viele Katzen zugelaufen.

5. ROSIE

Sommer 1997

Wir kampieren am Straßenrand. Um unseren Wagen herum wächst lauter Löwenzahn. Die gelben Köpfe erinnern an die Sonne, die runden Pusteblumen an den Mond und was von ihnen übrig bleibt, ist eine Sternenwiese.

»Hier können wir bleiben«, erklärt meine Mutter, stemmt die Hände in die Hüften und schaut sich um. »Wer kann schon von sich behaupten, zwischen den Sternen zu wohnen, hm?«

Wir lassen einen möglichst großen Abstand zu den Häusern des Dorfes, damit sich niemand darüber aufregen kann, wenn wir Lärm und Feuer machen.

Während unsere Eltern damit beschäftigt sind, das Lager aufzuschlagen, haben Rónán und ich uns die Fahrräder geschnappt, um Saltmore zu erkunden.

Es dauert eine Weile, bis wir das Dorf erreichen. Die Häuser sind klein, manche reetgedeckt. Wir fahren durch enge Gassen, umrunden die Kirche und den Spielplatz. Es ist später Nachmittag, die Schule ist längst aus, doch außer zwei Jungen begegnen uns keine Kinder. Wir sehen Frauen, die ihre Einkäufe nach Hause tragen, und einen bulligen Mann, der vor seinem Laden steht und uns aus zusammengekniffenen Augen beobachtet, während er eine Zigarette raucht.

Irgendwann erreichen wir den Hafen. Trawler und Segelschiffe liegen dort vor Anker. Rónán macht kleine Kunststückchen – reißt sein Vorderrad hoch oder stellt sich auf seinen Gepäckträger – und ich schaue hinaus. Die Wellen sind mächtiger, das Wasser ist dunkler geworden und der Wind hat zugenommen. Wahrscheinlich kommt bald ein Sturm übers Meer gebraust. Seit ich denken kann, sind wir immer auf Küstenstraßen unterwegs. Das hat den Vorteil, dass man uns manchmal mit Touristen verwechselt und wir freundlicher behandelt werden als im Landesinnern.

Vor einem seegrünen Haus bremst Rónán ab. Es ist der Pub – dumpfe Musik dringt hinaus auf die Straße.

»Weißt du, was *Selkies* sind?«, fragt er und deutet hinauf zu einem goldenen Seehund, der über der Eingangstür an der Fassade hängt.

»Dad hat uns doch schon tausendmal von ihnen erzählt. Das sind Seehunde in Menschengestalt. Sie vergraben ihre Felle am Strand, dann sehen sie aus wie Menschen. Und wenn sie zurück ins Meer wollen, ziehen sie ihre Felle einfach wieder an und sehen aus wie Seehunde.«

»So ähnlich.« Er wuchtet sein Fahrrad herum. »Lass uns zurückfahren! Hier ist nichts los.«

Mam sagt immer, dass wir im Dorf langsam fahren sollen, damit die Leute nicht denken, wir hätten etwas ausgefressen, aber als wir das letzte Haus hinter uns gelassen haben, geben wir Gas.

Hinter unserem Caravan erheben sich Felsen, an denen das Meer zerspringt. Rechts weiden Pferde, links stehen große Mülltonnen, die in der Sonne stinken und das Ungeziefer anziehen. Rónán behauptet, er hätte schon Ratten miteinander kämpfen sehen.

Inzwischen hängen Wäscheleinen zwischen den Holunderhecken. Stoffwindeln, Jeans, Unterhemden, Bettwäsche und mein geblümtes Kleid flattern im Wind.

»Zu den Klippen«, ruft Rónán. »Wer zuerst oben ist.«

Wir schmeißen die Räder ins Gras, rennen über die Wiese den Hügel hinauf. Rónán ist schneller als ich, weil er keine Sandalen trägt, sondern Turnschuhe. Oben angekommen, dreht er sich um – keuchend und lachend. Der Wind greift in sein dunkles Haar und bläst es in sein Gesicht.

»Wie ein lahmes Pferd!«, macht er sich über mich lustig. Ich kann nichts erwidern, meine Lungen brennen, aber ich ziehe eine Grimasse. Wir klettern über eine Kalksteinmauer und stehen schließlich nebeneinander auf der Klippe.

»Krass, oder?«

Vor uns erstreckt sich das Meer, schäumt und wellt sich bis zum Horizont, an dem die Sonne gerade hinabsteigt. Doch das meint er nicht.

Rónán tritt näher an den Klippenrand heran.

Beim Anblick der Seehunde, die zwischen den Steinen im Sand liegen, muss ich lachen. Sie haben pechschwarze Augen, groß und kugelrund, und recken ihre Köpfe in die Höhe.

»In Wahrheit bin ich ein Selkie – kein echter Mensch, sondern ein Seehund«, verkündet mein Bruder und lässt sich ins Gras fallen.

»Du bist ein Dummkopf, sonst nichts!« Lachend setze ich mich neben ihn. Das Gras unter meinen Händen fühlt sich weich und seidig an.

»*Rón* bedeutet Seehund. In meinen Adern fließt kein Blut wie bei euch Menschen, sondern Meerwasser.« Er zeigt mir seinen nackten Unterarm. »Siehst du, wie blau meine Adern sind?«

Ich höre nur mit halbem Ohr zu und lasse den Blick schweifen. In der Ferne ragen zwei spitze Felsen aus den Wellen. Ich stelle mir vor, dass es die Dächer einer versunkenen Stadt sind, und muss an ein Märchen denken, das mein Vater uns früher erzählt hat: In Wahrheit leben wir auf dem Rücken eines schlafenden Wals. Die Erde unter unseren Füßen lebt.

»Glaubst du, wir bleiben lange hier?«, frage ich.

»Kann schon sein. Dad hilft den Leuten bei der Arbeit an den Bootshäusern. Die Dächer müssen neu gemacht werden. Gibt gutes Geld, sagt er, aber das kann eine Weile dauern.«

»Schön«, sage ich zufrieden und streiche über die Perlen meines Armbands. An meinen Fingernägeln kleben noch die rosafarbenen Reste des Nagellacks, den Mam mir aufgepinselt hat.

»Schön? Geht so. Wir wohnen neben Mülltonnen.«

»Weil euch keiner gebeten hat, zu kommen, und weil keiner will, dass ihr bleibt!«

Als wir herumwirbeln, stehen zwei ältere Jungen vor uns. Kaugummikauend, breitbeinig, grinsend. Vorhin habe ich sie im Dorf gesehen, wie sie vor einem Haus herumgelungert und die Straße bewacht haben.

»Was wollt ihr?«

Rónán steht mit einem Satz auf den Füßen und stellt sich vor mich. Wir haben schon oft erlebt, dass Fremde auf uns losgegangen sind – wir müssen vorsichtig sein.

»Das frag ich dich, Tinker!«, sagt der blonde Junge und sticht mit dem Zeigefinger in die Luft. »Was wollt ihr in Saltmore?« Sein Gesicht ist übersät von dicken Pickeln. Manche blutig gekratzt, manche eitrig.

»Geht dich nix an.«

»Mein Dad ist Polizist und der hat euch im Auge. Nur damit ihr Bescheid wisst. Wir kennen eure Sorte. Und nehmt bloß euren Scheißmüll mit, ja?«

»Als würde dich der Müll interessieren.« Rónán schnaubt auf und verschränkt die Arme vor der Brust. In seinem Blick liegt ein bedrohliches Glühen – auf alles gefasst, zu allem bereit.

»Wir wollen hier keine Tinker. Ihr bringt nur Ärger, sonst nichts.«

»Du kennst uns doch gar nicht. Was ist denn dein Problem?«, frage ich mit schriller Stimme.

»Ihr seid nicht die Ersten, die hier lagern. Was glaubst du denn? Benzin klauen und so, Altmetall und den ganzen Kram. Hatten wir schon alles.« Sein Gesicht ist inzwischen rot angelaufen. »Lasst die Finger von unseren Sachen, sonst hetzen wir die Hunde auf euch, klar? Das ist eine Warnung.«

»Lasst eure Hunde nur kommen.« Rónán schaut ihn höhnisch an. »Ein Blick genügt und sie kriechen mir winselnd in die Arme, dann gehören sie mir und ich kann sie verkaufen.«

Ich muss gegen ein Lachen ankämpfen. Der Blonde schnappt nach Luft. Er will etwas erwidern, aber er ist offensichtlich nicht so schlagfertig wie Rónán, sodass ihm nur ein Ächzen entweicht.

»Komm, Tomás, wir hauen ab!« Der rothaarige Junge zupft an der Jeansjacke seines Freundes. Erst glaube ich, sein Gesicht wäre vor Wut gerötet, aber als sich unsere Blicke begegnen und er sofort den Kopf senkt, glaube ich, dass er sich schämt.

* * *

Vorhin kamen drei Männer aus dem Dorf, um uns ein paar Fragen zu stellen. Mit ihren strengen Gesichtern und den scharfen Worten wirkten sie wie Gardaí, aber sie trugen keine Uniform. Ob wir wüssten, dass sie ein Auge auf uns haben, wollten sie wissen. Was wir hier machen. Wie lange wir bleiben und ob noch mehr von uns kommen.

»Nur wir«, hat Dad gesagt und sich eine Zigarette angezündet. »Nur, solange es Arbeit gibt. Wir müssen Geld verdienen, bevor der Winter kommt.«

Seitdem wir hier unser Lager aufgeschlagen haben, fahren immer wieder Autos in Schrittgeschwindigkeit an uns vorbei. Bleiche Gesichter hinter den Fensterscheiben. Wir tun so, als würden wir sie nicht bemerken. Die Leute seien hier misstrauischer als anderswo, behauptet Mam.

Am Abend, als die Zwillinge schlafen, sitzen wir draußen. Mam hat mir ihre dunkelgrüne Strickjacke um die Schultern gelegt und es fühlt sich an wie eine Umarmung. Die Wolle riecht so gut, dass ich am liebsten mein Gesicht darin vergraben würde. Süß, blumig, tröstlich.

»Siehst aus wie deine Mutter, als sie jung war«, flüstert Dad mir zu. Sein Atem riecht nach Bier, unter seinen Nägeln klebt noch der Dreck von der Arbeit am Hafen.

Ich wickle mir eine rote Locke um den Zeigefinger. Es ist schön, wie Mam auszusehen. Sie hat rotblonde Haare, die in Wellen über ihre Brust fallen. Tagsüber steckt sie ihr Haar mit einer Spange am Hinterkopf zusammen oder flicht es zu einem langen Zopf. Nur abends, wenn die Arbeit getan ist, trägt sie es offen. Ihre Augen sind wachsam und so glänzend grün wie die See an sonnigen Tagen.

Rónán müht sich schon seit einer Weile mit der Mundharmonika ab und presst wimmernde Töne daraus hervor. Ich habe keine Ahnung, was das für ein Lied sein soll.

»Vielleicht kann Maureen etwas für uns singen?«, fragt mein Vater, als Rónán gerade Luft holt.

»Ja, bitte!« Ich klatsche in die Hände. »Schluss mit diesem Trauerspiel.«

»Du kannst mich mal!« Rónán zeigt mir den Mittelfinger, dann steckt er die Mundharmonika in seine Hosentasche. »Hab sowieso keine Lust mehr.«

»Was soll ich denn singen?« Meine Mutter schlägt die Beine übereinander. Ihre Jeans sind über den Knien aufgerissen, der Stoff klafft auseinander.

»*Ride On!*«

Mir entgeht nicht, dass Rónán die Augen verdreht, weil er den Sänger Christy Moore nicht sonderlich mag, doch als Mam anfängt, mit ihrer sanften Stimme zu singen, lehnt er sich zurück und starrt nachdenklich in die Flammen.

Inzwischen ist die Sonne fast untergegangen. Ein kalter Wind weht vom Meer her, verwirbelt die Feuerfunken, sodass sie wie Glühwürmchen durch die Luft schwirren. Ich stochere mit einem Stock in der Glut, beobachte, wie sie immer wieder auflodert. Als ich den Kopf hebe, sehe ich unter der Wäscheleine eine schmale Gestalt, dann ein Gesicht. Ein Mädchen starrt uns so fassungslos an, als hätte jeder von uns vier Köpfe. Als sie meinen Blick bemerkt, zieht sie erst die Augenbrauen zusammen, dann erklimmt ein scheues Lächeln ihre Lippen. Das kastanienbraune Haar schwingt von einer Seite zur anderen, als sie herumwirbelt und davonrennt. Rónán sitzt mit offenem Mund neben mir, sein Blick ist dorthin gerichtet, wo eben noch das Mädchen stand.

»Mach den Mund zu, sonst wird dein Herz kalt!«

»Wer war das?«

»Woher soll ich das wissen?«

6. ORLA

Captain flitzte voraus, steckte seine Schnauze in Mäuselöcher und schreckte mit seinem wilden Gebell Kormorane auf. Gerade hatte er Orla einen Stock vor die Füße geworfen, als sie im Augenwinkel einen Schatten wahrnahm.

»Still«, flüsterte sie dem Hund zu. Seán stapfte über die Klippen – nicht auf dem Trampelpfad, sondern so weit am Rand, dass er genau prüfen musste, wohin er seine Füße setzte. Der Wind zerzauste sein Haar und verwirbelte den Rauch seiner Zigarette. Orla trat hinter die Ginsterhecke und zog Captain mit sich.

Die Wolken hingen tief, wurden immer dunkler, je näher sie dem Horizont kamen. Das Meer warf sich an Land – graue und grüne Wellen mit weißen Schaumkronen. Davor zeichnete sich seine Silhouette ab. Ohne den Blick abzuwenden, schraubte Orla das Teleobjektiv auf ihre Kamera. Es war schwer, ohne Stativ ein scharfes Foto zu schießen – vor allem, wenn sich das Objekt bewegte.

»Bleib doch mal stehen«, beschwor sie ihn. Als hätte er ihre Worte vernommen, hielt er an, schmiss seine Kippe auf den Boden und trat sie aus. Orla knipste ein Foto. Dann beobachtete sie, wie er den Zigarettenstummel aufhob und in seine Schachtel steckte.

Orla fotografierte ihn, während er zwischen Heidekraut und Ginster immer kleiner wurde, dann schulterte sie ihren Rucksack und folgte ihm langsam. Seán marschierte zu der Kapelle, die auf einer Anhöhe thronte und wie eine Wächterin das Meer überblickte.

Als er auf die Mauer kletterte, die den alten Friedhof umgab, blieb Orla stehen. Er vergrub die Hände in den Jackentaschen und ließ den Blick übers Meer wandern. Wellen seien die Mimik des Ozeans, sagte man in Saltmore. Manchmal rollten sie wie ein Lächeln an Land und manchmal rissen sie auf, drohten alles zu verschlingen.

Seán saß ganz still, doch es kam ihr vor, als würde er die Lippen bewegen.

Als Orla durch die Linse ihrer Kamera spähte und den Auslöser betätigte, wandte er den Kopf um. Verflucht. Bemüht freundlich winkte sie ihm zu, doch ihr Gruß blieb unerwidert. Stattdessen sprang Seán von der Mauer und schlenderte auf sie zu, während ihr bei jedem seiner Schritte unwohler wurde.

»Machen wir das jetzt so, Orla Donovan?« Er grinste. »Wir beobachten uns gegenseitig?«

»Nein, ich bin nur in der Gegend, um zu fotografieren.« Sie spürte Hitze in sich aufwallen. Hastig schaltete sie das Display ihrer Kamera aus.

»Hast du mich fotografiert?«, erkundigte er sich und trat näher an sie heran.

»Natürlich nicht. Ich wollte nur sehen, wer da so mutterseelenallein auf der Mauer sitzt. Das Objektiv funktioniert wie ein Fernglas.« Orla war selbst überrascht, wie schnell die Erklärung über ihre Lippen kam. »Was machst du hier draußen?«

»Nichts Besonderes«, erklärte er lakonisch. Seine Augen wanderten suchend über den Horizont. »Was gibt's hier denn zu fotografieren außer Meer?«

»Die alten Seemannsgräber beispielsweise.« Sie deutete zum Friedhof, dessen Grabsteine so schief aus dem Boden ragten, als hätten die Toten versucht, sich aus der Erde zu wühlen.

»Dann solltest du dich beeilen. Sieht nach Regen aus. Dort hinten braut sich was zusammen. Könnte ein richtiger Sturm werden.«

»Stört mich nicht. Ich glaube, im strömenden Regen kommen moosbewachsene Grabsteine am besten zur Geltung.«

»Ist deine Kamera wasserdicht?«

»Nee, leider nicht«, erwiderte sie. »Wenn's ganz schlimm wird, verkrieche ich mich in der Kapelle und warte, bis der Sturm vorbei ist.«

»Und wenn's nachts zu kalt wird, zündest du einfach alle Kerzen an, die du auftreiben kannst, und machst aus den Gesangbüchern ein kleines Feuerchen.«

»Gute Idee!« Sie strahlte ihn an. »Ich könnte damit Schiffe durch die Sturmnacht navigieren.«

»Ich werde danach Ausschau halten.« Seán vergrub seine Hände tief in den Hosentaschen und kickte einen Stein in den Ginsterbusch. Obwohl sie ihn nicht kannte, kam er ihr seltsam vertraut vor. Verschmitzt und auf eine höfliche Art distanziert. »Dein Bruder kommt später zum Zocken vorbei. Wir treffen uns eigentlich nur einmal in der Woche, aber im Moment haben wir eine wichtige Mission und müssen öfter in den Weltraum fliegen.«

»Ich bin über alles informiert. Er hat mir heute Morgen erzählt, dass ihr jetzt dranbleiben müsst.«

»Mhm. Davor muss ich aber noch einkaufen.« Seán befreite seine Hände aus den Hosentaschen. »Wir laufen uns bestimmt noch öfter über den Weg.«

Nachdem sie sich verabschiedet hatten, schulterte Orla ihren Rucksack und stapfte den Weg zur Kapelle hinauf.

Als sie bei der Mauer angelangt war, rief Seán ihren Namen. »Vielleicht bekomme ich deine Bilder ja irgendwann zu Gesicht. Ich interessiere mich nämlich für alte Seemannsgräber.«

* * *

Zurück im Cottage hatte Orla es sich in dem weichen Ohrensessel bequem gemacht, der vor dem Kamin im Wohnzimmer stand – das einzige Möbelstück, das noch an ihren Vater erinnerte. Hier hatte er gesessen, um jeden Samstagabend die Gameshow *Winning Streak* auf *RTÉ One* zu verfolgen. Unzählige Male hatte er davon gesprochen, irgendwann bei der Gameshow mitzumachen, irgendwann zu gewinnen und ein richtig gutes Leben zu führen. Doch daraus war nichts geworden.

Gedankenverloren klickte Orla durch die Fotos, die sie heute aufgenommen hatte. Seán, der durchs Heidekraut schlenderte. Seán, dessen Blick sich in der Ferne verlor. Je länger sie ihn betrachtete, desto ungewöhnlicher erschien ihr die Freundschaft zu ihrem Bruder. Zweifelte sie an seiner Aufrichtigkeit, weil Kieran so anders war und in seinem ganzen Leben nur einen einzigen Menschen je seinen Freund genannt hatte? Cormac, der mehr als doppelt so alt und außerdem mit Erin verheiratet war. Fürchtete sie, dass ihr Bruder ausgenutzt wurde?

Sicher. Außerdem war es ungewöhnlich für so einen jungen Typen, sich ausgerechnet in Saltmore niederzulassen. Hier lebten Menschen, die am Geruch des Windes erkannten, wie spät es war. Menschen, die mehr vom Meer verstanden als von anderen Menschen. Vielleicht war es das.

Nachdem Kieran von der Skellig heimgekommen war und vor dem Fernseher drei Toastbrote mit Butter, Cheddar und Senf verdrückt hatte, schlüpfte er wieder in seine Jacke. *Battle Star 2000*. Obgleich sie ahnte, dass Kieran sie heute Abend nicht dabeihaben wollte, folgte sie ihm in den Korridor.

»Kann ich mitkommen?«

»Nein.« Kieran schloss den Reißverschluss seiner Jacke und zog seine senfgelbe Mütze auf.

»Ach, komm schon. Ich will nicht allein zu Hause bleiben«, versuchte sie ihn umzustimmen. »Außerdem würde ich Seán gern kennenlernen. Immerhin ist er dein Freund und arbeitet im *Selkie*. Ich schaue euch nur zu und bin ganz still.«

Sein Blick huschte über die Wand, als stünde dort, wie er sich angesichts ihrer Bitte zu verhalten hatte. Er nagte an seiner Unterlippe, schaute auf seine Hände. »Seán weiß nicht, dass du kommst.«

»Dann ist es eben eine Überraschung.«

»Wieso hast du dich geschminkt? Sonst schminkst du dich nie.« Kieran war ein guter Beobachter und zierte sich nicht, andere Menschen mit seinen Fragen in Verlegenheit zu bringen.

»Das ist nicht wahr. Du schaust mir eben nie richtig ins Gesicht. Ich habe immer Mascara drauf.« Orla blitzte ihn an. »Und das mit dem Rouge ist eine notwendige Maßnahme, um nicht mit einer Totenfee verwechselt zu werden.«

Kieran zögerte kurz, dann öffnete er die Tür. »Klingt logisch. Es riecht übrigens sehr penetrant, dein Parfüm, wenn du mich fragst.«

»Das verfliegt.«

»Gut, sonst wird mir nämlich schlecht«, erklärte er und trat aus dem Haus.

»Du bist unmöglich, Kieran Donovan!«, empörte sie sich, musste aber im selben Moment lachen.

»Kommst du? Wir müssen pünktlich sein.«

Captain saß wie eine Galionsfigur in ihrem Fahrradkorb und streckte die Schnauze in den Wind. Sie ließen sich den Hügel hinabrollen, fuhren an schmalen Häusern vorbei bis zum Hafen. Die Fenster des *Selkie* waren hell erleuchtet.

»Wohnt Seán am anderen Ende der Welt?«, fragte sie und trat in die Pedale, um zu Kieran aufzuschließen.

»Streng genommen ist auf der anderen Seite nur Meer. Der Antipode zu Saltmore befindet sich vor der Küste Neuseelands.«

»Das hätte ich mir ja denken können.« Orla lachte hell auf. »Eigentlich wollte ich nur wissen, ob es noch weit bis zu seinem Haus ist.«

»Hab ich schon kapiert. Wir sind gleich da.« Kieran bog in eine schmale Gasse ein, die zwischen Häuserreihen hindurch hinauf in die Hügel führte. Vor dreißig Jahren, als die große Fischfabrik noch Arbeitskräfte hierhergelockt hatte, waren ein paar entseelte Reihenhäuser nebeneinandergesetzt worden. Die Arbeiter waren verschwunden, als die Fabrik ihre Pforten geschlossen hatte, doch die Gebäude waren geblieben.

Vor einem Haus mit kirschroter Tür bremste Kieran ab. Licht fiel aus den Fenstern hinaus auf den Asphalt, bildete darauf goldene Rechtecke. »Hier wohnt er.«

Kaum hatten sie ihre Fahrräder an die Hauswand gelehnt, wurde die Tür geöffnet. Seán trug helle Jeans und ein ausgewaschenes Bandshirt der *Pogues*. Als er Orla hinter ihrem Bruder entdeckte, hob er die rechte Augenbraue. »Ist deine Schwester gekommen, um mit uns die Menschheit zu retten?«

»Nein, damit kennt sie sich nicht aus. Sie schaut nur zu, weil ihr nichts anderes eingefallen ist, womit sie sich die Zeit vertreiben könnte.«

»Verstehe.« Seán nickte ernsthaft. »Liest sie denn keine Bücher?«

»Doch, sie liest Bücher.« Kieran hob die Schultern. »Na ja, in ein paar Wochen ist sie sowieso wieder weg.«

Ohne ein weiteres Wort zu verlieren, trat ihr Bruder in den Flur und ließ Orla allein vor der Tür stehen.

»Ist das ein Versprechen oder eine Drohung?«, fragte Seán, ohne den Blick von ihr abzuwenden.

»Weder noch. Es ist eine Information.«

Orla schüttelte lachend den Kopf, dann bückte sie sich, um ihren Hund auf den Arm zu nehmen. »Ich hoffe, Cap stört dich nicht. Er ist nur gekommen, um zu schlafen, und ich werde mich auch ganz leise verhalten. Versprochen.«

»Tja, wenn das so ist ...« Ein strahlendes Lächeln breitete sich auf seinem Gesicht aus, dann trat er einen Schritt zurück und zog die Tür noch weiter auf. »Kommt rein.«

Der Korridor, durch den sie ihm folgte, war schmal. Eine Wachsjacke hing an der Garderobe, dem Glanz nach zu urteilen frisch eingefettet. Darunter standen Gummistiefel auf einer Zeitung, die sich mit einer braunen Brühe vollgesogen hatte.

»Möchtest du Bier oder vielleicht einen Tee?« Seán blieb stehen und deutete in eine behagliche Küche.

Ehe sie antworten konnte, ertönte die Stimme ihres Bruders aus dem Innern des Cottages: »Tee, bitte!«

»Würde ich auch nehmen.«

Die Schränke waren aus Holz gefertigt und in einem Grünton lackiert, der sie an Salbei erinnerte. An den Kanten, wo die Farbe abgeblättert war, erkannte sie die Schichten vergangener Anstriche. Auf dem Tisch stand ein Stövchen mit einer schwarzen Kanne. Daneben lag eine aufgeschlagene Zeitung. Das Kreuzworträtsel war mit ungelenken Großbuchstaben komplett ausgefüllt, nur das Lösungswort fehlte. Orla tippte mit dem Zeigefinger darauf.

»Requiem.«

»Entschuldige?« Seán öffnete den Küchenschrank und nahm eine zerbeulte Teedose hervor.

»Die Totenmesse. Das Lösungswort lautet Requiem.« Orla deutete auf die Zeitung, dann vergrub sie die Hände in ihren Hosentaschen und schaute aus dem Fenster. In der Ferne glommen die Lichter des Hafens, spiegelten sich auf dem Wasser, zerflossen ineinander.

»Wo wir gerade dabei sind: Wie sind eigentlich die Fotos der Seemannsgräber geworden?«

»Sehr melancholisch«, erwiderte sie und wandte sich zu ihm um. »Verwitterte Steine mit Inschriften, die kein Mensch mehr entziffern kann, dahinter das Meer.«

»Liegt jemand aus eurer Familie dort?« Er trocknete seine Hände an einem Geschirrtuch ab und lehnte sich gegen den Kühlschrank.

»Mhm, da gibt es zum Beispiel den Stein für William Donovan. Er ist auf See verloren gegangen. Man hat ihn nie gefunden. War der Cousin meines Großvaters, wenn ich mich recht entsinne.«

»Sag mal, was ist eigentlich mit eurem Vater? Niemand spricht je von ihm und ich habe mich immer gefragt – na ja, gibt es ihn noch?«, fragte er zögerlich. Seine Stimme war so anschmiegsam, dass Orla nicht mal den Impuls verspürte, sich zu verschließen.

»Tot. Mein Vater war schon innerlich ertrunken, bevor er ins Meer gegangen ist«, erklärte sie und beobachtete, wie Seán die Wangen aufblies. In seinem Blick lag dasselbe Entsetzen, das sie so oft bei Menschen sah, wenn sie vom Tod ihres Vaters sprach.

»Ins Meer gegangen«, wiederholte er tonlos. Seine Augen wanderten über ihr Gesicht, als suchten sie nach einer emotionalen Reaktion.

»Ein Unfall. Er war betrunken und ist nachts vom Pier gefallen. Wahrscheinlich wollte er auf eins der Boote klettern.«

Sie hob gleichmütig die Schultern. »Aber das ist alles schon sehr viele Jahre her.«

»Tut mir leid.«

»Schon gut.«

Auf seiner Beerdigung hatte sie nicht um den Menschen geweint, der gestorben war, sondern um den Vater, den sie schon Jahre zuvor verloren hatte.

Orla deutete auf den cremefarbenen Kessel, in dem das Wasser brodelte. »Hast du den von Erin geerbt? Die Delle kommt mir so bekannt vor. Sie hat den Kessel mal vom Herd gefegt, als wir in der Küche zu *Patti Smith* getanzt haben.«

Just in diesem Moment fing der Kessel an zu pfeifen.

Seán warf ihr einen zweifelnden Blick zu, dann musste er lachen.

Kieran hatte es sich in einer Ecke des Ledersofas gemütlich gemacht, während Captain sich auf der anderen Seite zusammengerollt hatte. Neben einem überfüllten Bücherregal stand ein Ofen, davor ein Eimer mit Torfbriketts. Doch Orlas Blick wurde von einer monochromen Fotografie gebannt, Passepartout in schwarzem Rahmen, auf der ein Caravan zu sehen war. Dahinter erhob sich ein Hügel, auf dem Stechginster und Holunderhecken wuchsen. Als Orla näher trat, erkannte sie Wäsche, die an einer Leine zwischen den Sträuchern flatterte. Sie kannte diesen Ort, erinnerte sich an den Caravan und die Menschen, die darin gelebt hatten.

»Woher hast du das?«, fragte sie, ohne den Blick von der Fotografie abzuwenden.

»Na ja, Erin hat's echt gut mit mir gemeint und ständig irgendwelche Dinge angeschleppt, damit ich mich hier einrichten kann. Das Bild stand im Lager des *Selkie* und ist dort nur eingestaubt, meinte sie.«

»Ich hab's gemacht. Das war im Sommer 1997. Ich wusste gar nicht, dass es dieses Foto noch gibt.« Langsam schüttelte sie den Kopf. »Verrückt.«

»Der Caravan hebt sich von der dunklen Landschaft ab, als würde er leuchten. Sieht ein bisschen gespenstisch aus. Willst du's zurück?«, fragte Seán und ließ sich zwischen Kieran und Captain auf dem Sofa nieder.

»Quatsch. Ich finde, es passt wunderbar hierher.«

Eine Weile saß sie still im Sessel, verfolgte das Spiel – eine Explosion nach der anderen – und nippte an ihrem Tee, dann stand sie auf. Sie betrachtete rund gewaschene Treibhölzer, die in einem Glas auf der Kommode standen, und einen alten Plattenspieler, dann ließ sie ihren Zeigefinger über ein paar Buchrücken wandern. Sachbücher, unzählige Romane und drei Bildbände, die ihre Aufmerksamkeit erregten. Vorsichtig zog sie ein Buch hervor und blätterte durch die Seiten. Pferde, Planwagen, Menschen mit furchtsamen Augen und eingefallenen Wangen – viele Kinder.

»Interessierst du dich für die Travellers?«, fragte sie und schob das Buch zurück. Seán schien sie nicht gehört zu haben. Unbewegt starrte er auf den Bildschirm. Seine Kiefermuskeln traten hervor. Nervöse Daumen, die über die Knöpfe des Controllers hüpften. Kieran wippte vor Aufregung vor und zurück. Offensichtlich standen sie bei der extraterrestrischen Ressourcenbeschaffung vor einem Durchbruch. Orla ließ sich wieder in den Sessel sinken, doch anstatt das Spiel zu verfolgen, beobachtete sie den Mann, der seine Abende mit ihrem Bruder verbrachte. Er hatte dunkles Haar, in das die Sonne goldene Strähnen eingeflochten hatte. Seine Haut war auf dem Nasenrücken und an den Wangen leicht gerötet.

»Woher kommst du eigentlich ursprünglich, Seán?«, fragte sie irgendwann.

Er warf ihr einen flüchtigen Blick zu, dann nahm er einen Schluck Bier. »Limerick. Bin am Shannon aufgewachsen.«

»Und hast du vor, in Saltmore zu bleiben?«

»Wenn Kieran sich anstrengt, ja. Wenn er weiterhin so eine schwache Leistung zeigt, eher nicht.«

»Wie bitte? Meine Leistung ist überdurchschnittlich«, protestierte Kieran und ließ den Controller sinken, um seinen Freund fassungslos anzustarren. »Ich habe mich als Chief Commander qualifiziert.«

»Das war nur ein Scherz. Du bist mit Abstand der beste Weltraumpilot, den ich je getroffen habe. Vielleicht sogar besser als ich.« Seán zwinkerte ihm zu, dann wandte er sich zu Orla um. »Um auf deine Frage zurückzukommen: Ich bleibe, solange es Arbeit gibt und es mir hier gefällt.«

Sie griff zu ihrer Tasse. Der Zucker hatte sich unten gesammelt, weswegen sie auf den letzten Schluck verzichtete.

»Es gibt schlechtere Orte als Saltmore. Das Leben wird hier eben auf die wesentlichen Dinge komprimiert.«

»Warum bist du eigentlich fortgegangen?«

Orla zwirbelte eine Haarsträhne um ihren Zeigefinger und hob die Schultern. »Zu viel Kompression, schätze ich. Ich war einfach erschöpft von dieser Trägheit hier draußen, von den immer gleichen Gesichtern. Es war so schlimm, dass ich mich sogar an den Wellen sattgesehen hatte. Da wusste ich, dass ich gehen muss.«

»Kommst du irgendwann zurück? Jemand muss doch das *Selkie* übernehmen. Erin und Siobhan sind ja nicht mehr die Jüngsten und würden sich bestimmt wünschen, dass der Pub in Familienbesitz bleibt.«

»Daraus wird wohl nichts. Ich arbeite für die Skellig und habe nicht vor, damit aufzuhören«, erklärte Kieran und brachte damit zum Ausdruck, dass er sich in erster Linie der Felseninsel, nicht seinem Chef Freddie McLaughlin verpflichtet fühlte.

»Orla bleibt in Dublin, denn dort gefällt es ihr besser als hier. Irgendwann wird der Pub verkauft oder verpachtet.«

Müsste sie bald mit Kieran darüber sprechen, dass sie nicht in Dublin bleiben, sondern mit Adam nach Frankreich ziehen würde? Allein der Gedanke klang so abwegig, dass sie lachen musste. Orla war meilenweit davon entfernt und mit jedem Tag wuchs die Distanz. Je länger sie wartete, desto unüberwindbarer wurde sie.

7. ROSIE

Sommer 1997

Jedes Mal, bevor wir einkaufen gehen, schließen Rónán und ich eine Wette ab. Er wettet, dass man uns in hohem Bogen wieder rausschmeißt, und ich setze trotzig dagegen, obwohl ich mir nie so ganz sicher bin. Oft haben die Leute etwas gegen Travellers und weigern sich, uns etwas zu verkaufen. Deswegen war ich auch tierisch aufgeregt, als ich mit Dad gestern in den Dorfladen spaziert bin. Mein Herz hat so heftig geschlagen, dass ich das Bimmeln des Glöckchens über der Tür kaum gehört habe. Der Mann, der hinter dem Tresen stand, hat uns zwar die ganze Zeit beobachtet, aber er hat uns nicht daran gehindert, mit einem Einkaufskorb durch die Gänge seines Ladens zu wandern. Wir konnten Milch, Tee, Kartoffeln und Butter kaufen – ich war so glücklich darüber, dass ich mich tausendmal bedankt habe. »Wie im Paradies. Das ist das schönste Geschäft, in dem ich je gewesen bin.«

Auch Dad war richtig gut gelaunt, als wir mit den Einkäufen zurück zum Caravan spaziert sind. Er hat gepfiffen und jeden gegrüßt, der uns begegnet ist, selbst Leute, die in Autos an uns vorbeigetuckert sind. Saltmore ist ein Ort, an dem wir bleiben können.

Dad sagt, es wäre möglich, dass wir den ganzen Sommer hier verbringen. Es gibt jede Menge Arbeit. Dächer müssen repariert, Böden verlegt und Zäune ausgebessert werden. Auch wenn ich es liebe, unterwegs zu sein, gefällt mir die Vorstellung, hierzubleiben.

* * *

Die Fenster des Caravans stehen offen und ich lausche dem Rauschen und Gurgeln des Meeres. James liegt neben mir und strampelt mit seinen dicken Beinchen. Als ich mich über ihn beuge, lacht er. Mit geschlossenen Augen rieche ich an seinem Kopf, atme ganz tief ein. Ich hoffe, der Himmel riecht so süß wie ein Babykopf. James greift nach meinem Zeigefinger und hält ihn fest. Die Augen, aus denen er mich anblinzelt, sind so schiefergrau wie das Meer. Ich drücke meine Nase sanft auf seine. Er sagt »Dah« und ich sage »Duhduh«.

»Du wirst mal eine tolle Mama, Rosie!« Meine Mutter lächelt. Vorsichtig legt sie den frisch gewickelten Joseph auf die Matratze. Er rudert mit seinen Armen durch die Luft.

»Aber ich will keine Mama werden«, erwidere ich und drücke meinem Bruder einen Plüschhasen in die Hand, dessen Ohr er sich sofort in den Mund steckt.

»Was willst du stattdessen werden?« Mam streichelt liebevoll über meinen Kopf. In unserem Volk wird früh geheiratet, es werden früh Kinder in die Welt gesetzt – viele Kinder. Wir leben schneller als andere Menschen, weil wir immer unterwegs sind. Deswegen sterben wir auch früher, sagt mein Vater.

»Ich will einfach so bleiben.«

»Tja, aber die Zeit lässt sich nicht aufhalten. Du bist schon ein großes Mädchen und mit deinen zwölf Jahren so erwachsen, dass ich mich manchmal richtig erschrecke.« Mam greift über sich, öffnet ein Klappfach und holt ihren Metallkamm hervor. Behutsam fängt sie an, mich zu kämmen. »Du trägst das reinste Vogelnest auf deinem Kopf«, schimpft sie und versucht, meine zerzausten Locken zu entwirren. »Gib mir mal das Haaröl.« Folgsam nehme ich den runden Flakon, schraube den Deckel ab und schnuppere daran, bevor ich ihn ihr reiche.

»Du wirst schon sehen, Rosaleen«, sagt Mam und tröpfelt ein wenig Öl auf ihre Handfläche. »Irgendwann lernst du einen lieben Jungen kennen und ihr zieht in euren eigenen Caravan. Vielleicht auch in ein Haus.«

Ich drehe mich um und starre sie entsetzt an. »Ich will keinen Jungen kennenlernen und schon gar nicht in einem Haus wohnen. Ich bin eine *Travellerin*! Ich will später mal meinen eigenen Caravan!«

»Weißt du, ich habe mal in einem richtigen Haus gelebt. Vor langer Zeit«, sagt sie mit wehmütiger Stimme und verteilt das Öl in meinen Locken. »Dort gab es sogar eine Wanne. Ich habe es geliebt, stundenlang zu baden und dabei zu lesen. Manchmal lag ich so lange in der Wanne, bis das Wasser ganz kalt geworden ist.«

»Aber dann hast du Daddy getroffen und bist mit ihm abgehauen, weil dir die Badewanne piepegal war.« Ich greife nach einem dicken Füßchen, um mit dem Zeigefinger über die weiche Fußsohle zu streicheln. Joseph lacht und zeigt mir seinen zahnlosen Mund.

»Ja ... Wer braucht schon eine Wanne, wenn er den Wind haben kann?« Sie kichert. »Man kann deinen Daddy nicht einfangen, nicht zähmen. Wenn du seine Gesellschaft willst, musst du deine Sachen packen und mit ihm gehen.«

»Mich kann man auch nicht einfangen!«

»Niemand soll dich einfangen, mein süßes Mädchen, mein *lackeen*. Du wirst, wer du sein willst.« Mam beugt sich hinab und küsst meinen Scheitel. Als sie anfängt, ein Lied zu singen, hören die Zwillinge abrupt auf, mit ihren Beinchen zu strampeln. Mir kommt es vor, als würde ihre warme Stimme direkt in mein Herz fließen. Ich kenne keinen schöneren Klang.

Bevor mein Vater sie zum ersten Mal gesehen hat, war es ihre Stimme, in die er sich verliebt hat. Mam saß in einem Pub in Limerick, um zu musizieren, und er stand davor in der Kälte, weil man ihn und die anderen Travellers nicht reingelassen hatte. »Sie klang wie eine Fee, wie irgendein Zauberwesen. Ich konnte mich keinen Millimeter mehr bewegen, stand da wie vom Donner gerührt. Das war wirklich so. Könnt ihr alle fragen, die dabei gewesen sind.« Dad hat den ganzen Abend vor der Tür auf sie gewartet.

Plötzlich verstummt ihr Gesang. »Ich dachte mir, dass ihr hier vielleicht die Schule besuchen könntet, Rónán und du«, überlegt sie. »Es ist schon wieder viel zu lange her.«

»Bitte nicht«, jammere ich.

»Ohne Bildung wirst du's heutzutage nicht weit bringen.« Mit flinken Fingern fängt sie an, mein Haar zu flechten. »Je mehr du lernst, desto unabhängiger wirst du. Emma sagt, du hättest das Zeug dazu, bist ein richtig helles Köpfchen.«

Meinem Vater ist es nicht wichtig, ob wir die Schule besuchen oder nicht. Wie sichert man Propangasflaschen, wann dreht der Wind, wo bekommt man Strom her? Was wir wissen müssen, können wir ebenso gut auf der Straße lernen. Anders als Dad ist meine Mutter zur Schule gegangen, hat lesen und schreiben gelernt. Sie findet es wichtig, dass wir von echten Lehrern unterrichtet werden – zumindest manchmal. Emma ist eine gute Freundin unserer Familie. Wenn wir sie im Winter besuchen, unterrichtet sie uns am Küchentisch, lässt uns lesen und rechnen, aber meistens sind wir unterwegs und der Unterricht muss ausfallen. Manchmal kommt es jedoch vor, dass wir länger an einem Ort bleiben. Dann weiß ich, was uns blüht, sobald

Mam unsere guten Klamotten hervorkramt. Rónán und ich werden wieder in die Schule geschickt und in irgendeine Klasse gesteckt. Wenn wir Glück haben, werden wir ignoriert, aber meistens haben wir kein Glück. Dann werden wir gezwungen, zur Tafel zu kommen, um mit Kreide quietschende Sätze aufzuschreiben: *An den Farbn der Sterne erkent man ire Temprahtur. Blaue Sterne sind am heisesten.*

Dann brüllt die gesamte Klasse vor Lachen. Unsere Gesichter brennen und wir wissen, dass es hart wird. Nicht nur, dass die anderen Kinder uns für Abschaum halten, weil wir zum fahrenden Volk gehören – sie halten uns auch noch für dummen Abschaum und wir bekommen selten die Chance, sie vom Gegenteil zu überzeugen. Doch eins weiß ich ganz sicher über mich: Ich bin voller Gedanken und wer so viele Gedanken hat, kann nicht dumm sein.

* * *

Die Sonne strahlt, als wäre jemand hochgeklettert und hätte sie poliert. Es ist unser erster Schultag. Das geblümte Kleid ist frisch gebügelt und schwingt bei jedem Schritt um meine Beine. Mam hat darauf bestanden, mich zu frisieren, damit ich ordentlich aussehe und einen guten Eindruck mache. Ich trage einen Zopf und glitzernde Spangen, die unangenehm an meiner Kopfhaut kratzen.

»Wie eine echte Prinzessin«, zischt Rónán mir zu, als wir nebeneinander den Korridor hinabgehen.

»Halt die Fresse.«

»Wie bitte?« Der Headmaster dreht sich abrupt zu uns um und glotzt uns aus zusammengekniffenen Augen an. Ich glaube, in seinem Blick einen gewissen Ekel zu erkennen.

»›Wie in der Messe‹, hat sie gesagt. Das ist nämlich 'ne richtig schicke Schule!« Rónán pfeift durch die Zähne und deutet hinauf zu den schmalen Fenstern, die an Schießscharten erinnern und nur wenig Licht hineinlassen. »Richtig nobel! Fast wie in einer Kathedrale oder so.«

Zum Glück wurde Rónán derselben Klasse zugeteilt wie ich. Wir stehen vor der Tafel und starren über die Köpfe hinweg zur gegenüberliegenden Wand. Dort hängen Poster mit irischen Wörtern, ein Kruzifix, eine Irlandkarte und die Flagge unserer Nation. *Grün-weiß-orange.*

»Das sind Rónán McDonagh und seine Schwester Rosaleen. Sie besuchen unsere Schule, solange ihr Wohnwagen hier steht. Dort wohnen sie nämlich, in diesem Caravan. Sie wissen noch nicht, wie lange sie bleiben, aber wir wollen sie herzlich willkommen heißen, nicht wahr?«

Wer noch nicht mitbekommen hat, dass die Travellers im Dorf angekommen sind, weiß es jetzt. Die Lehrerin riecht unangenehm nach gekochtem Fleisch und hat ihre schwitzige Hand auf meine Schulter gelegt.

Ein Raunen geht durch den Raum. Die Kinder gaffen uns aus Fischgesichtern an. Ihre Haare glänzen und ihre Haut ist weiß wie Porzellan, als würden sie nur vor die Tür gehen, um die Milchkanne reinzuholen.

»Stellt euch euren neuen Freunden vor!« Die Hand tätschelt meine Schulter.

Ich weiche ihr aus, trete einen Schritt zur Seite und schaue zu Rónán. Nur seine krebsroten Ohren verraten, wie aufgeregt er ist. Er wird nichts sagen, das weiß ich, kein einziges Wort, weil er immer stottert, wenn er vor Fremden sprechen muss.

»Wir sind Rónán und Rosie McDonagh«, erkläre ich und überlege kurz, ob ich noch einen Knicks machen soll. »Wir kommen von überallher.«

»Kann dein großer Bruder sich nicht selbst vorstellen?«

»Rónán!«, presst er hervor. »Da-das haben Sie doch sch-schon gesagt.«

»Dürfen wir vielleicht noch erfahren, wie alt ihr seid?«

»Zwölf«, sage ich schnell. »Und Rónán ist …«

»Dein Bruder kann selbst sprechen«, unterbricht mich die Lehrerin mit einem Lächeln, das so falsch ist, dass ich es ihr am liebsten aus dem Gesicht kratzen würde.

»Fü-fünfzehn.«

Irgendwoher ertönt ein ersticktes Lachen. Rónán ballt die Hände zu Fäusten. Ich weiß, dass er innerlich vor Wut kocht. Er hasst es – alles daran, aber am meisten seine Stotterei.

»Ach, wirklich?« Die Lehrerin schnalzt mit der Zunge. »In meinen Unterlagen steht, dass du erst vierzehn bist, Rónán.«

»Er wird in drei Wochen fünfzehn.«

»Das mag sein, Rosaleen, aber jetzt ist dein Bruder noch vierzehn«, korrigiert mich die Lehrerin, dann fuchtelt sie mit den Papieren durch die Luft. »Husch, husch. Sucht euch einen Platz. Jungen zu Jungen, Mädchen zu Mädchen.«

Als ich zwischen den Tischen hindurchgehe, erkenne ich das Mädchen, das uns vorgestern beobachtet hat, als wir am Feuer saßen. Kurz streift mich ihr Blick, dann starrt sie auf ihr Federmäppchen.

8. ORLA

Den ganzen Morgen hatte sie damit zugebracht, ihre Archive zu sortieren. Projektarbeiten, Porträts und analoge Fotografien, die sie selbst digitalisiert hatte. Nächtelang hatte sie mit einem Glas Rotwein vor dem Computer gesessen und Hunderte Bilder bearbeitet. Grüne und blaue Farben waren mit den Jahren verblichen, sodass alle Fotos rotstichig waren und aussahen, als wäre damals immer Sommer gewesen.

Meer und Menschen waren ihre liebsten Motive – wandelbar und unergründlich. In ihrem Schlafzimmer in Dublin hing ein großes Bild von Kieran. Darauf sah man ihn in einer gelben Regenjacke auf den Klippen stehen und sehnsüchtig zur Skellig hinüberblicken. Neben ihm saß Bean und streckte seine Schnauze in den Wind. Schon als Kind war Kieran von der Felseninsel fasziniert gewesen und hatte wie ein Schwamm alles darüber in sich aufgesaugt. Manchmal kam es Orla vor, als würde er insgeheim darauf hoffen, dort eine Welt vorzufinden, die ihn umarmte – eine Zuflucht, wo die Dinge eine verlässliche Ordnung besaßen und ihm erlaubten, so zu sein, wie er war.

Captains Schlappohren flatterten im Wind, während Orla über den verschlungenen Pfad radelte. Das Heidekraut blühte zwischen gelben Ginsterhecken, die Sonne ließ alle Farben leuchten und das Meer rollte friedlich an Land.

Es war nicht weit bis zu dem kleinen Leuchtturm. Zu Fuß ungefähr zehn Minuten. Ihr Urgroßvater war der letzte Wärter gewesen. Ein echter Seemann, der mit der britischen Handelsmarine über die Weltmeere gekreuzt war, bevor er sich hier niedergelassen hatte. Nach seinem Tod war der Turm in Vergessenheit geraten. Nur ihre Familie und das *National Heritage Office* schienen sich noch dafür zu interessieren.

Sie erkannte das schwarze Leuchthaus schon von Weitem. Der Turm thronte auf einem vorgelagerten Felsen, an dem die Wellen zu weißer Gischt zerschellten. An besonders stürmischen Tagen kam es vor, dass sich die Fluten bis zum Leuchthaus aufschwangen.

Orla lehnte das Fahrrad an einen Felsen und schulterte ihren Rucksack. Auf der Klippe stand ein alter Vauxhall Combo. Captain jagte bellend ein paar Möwen hinterher, als sie den Trampelpfad hinabstapfte. An manchen Stellen war er so steil, dass sie sich an den Felsen abstützen musste, die den Weg flankierten. Der Wind griff nach ihren Haaren und dem Stoff ihres Kleides. Als Orla unten angelangt war, band sie sich einen Zopf und knüpfte ihren Cardigan zu.

»Hallo?«, rief sie, doch ihre Stimme wurde vom Wind fortgerissen. Die Wellen rauschten heran, umspülten den Felsen und zogen sich schlürfend zurück.

Orla kramte ihre Kamera aus dem Rucksack, leinte Captain an und trat auf den Turm zu. Seine weiße Farbe war an manchen Stellen abgeplatzt und legte graues Mauerwerk frei. Die Tür des Hauses, das an den Leuchtturm angrenzte, stand offen. Seán kniete auf dem Boden und trieb einen Nagel ins Holz, als sie eintrat. Entlang der Wände stapelten sich Planken aufeinander.

»Hi!« Hinter ihr fiel die Tür krachend ins Schloss.

Seán fuhr herum und starrte sie an. »Was machst du denn hier?« Sein Gesicht war gerötet. Mit dem Ärmel seines Hemdes wischte er sich über die verschwitzte Stirn.

»Ich wollte den Turm fotografieren.«

»Ach so, das macht man als Fotografin, schätze ich. Und Kieran ist …« Er deutete zum Fenster, hinter dem sich das Meer ausstreckte.

»Auf der Skellig, ja.«

Seán schlüpfte aus seinen Arbeitshandschuhen. »Ich habe hier im Nebenhaus echt viel zu tun.«

»Das sehe ich. Wird hier eigentlich noch gestrichen?« Mit dem Zeigefinger fuhr sie die raue Wand entlang.

»Muss ich noch machen. Es war blödsinnig, mit dem Boden anzufangen, aber jetzt kann ich's nicht mehr ändern. Siobhan ist weg und mir fehlt eine Bauaufsicht.«

»Das schaffst du auch ohne Siobhan. Wenn du die Dielen abdeckst, ist das bestimmt kein Problem.« Orla streichelte über Captains Kopf. »Kann ich ihn vielleicht bei dir lassen, während ich vom Turm aus ein paar Bilder mache?«

»Klar.« Er nahm die Leine entgegen, dann ging er vor dem Hund in die Hocke und kraulte ihn. »Heute haben wir klare Sicht. Alles ist gestochen scharf.«

»Um ehrlich zu sein, hoffe ich auf Nebel.« Orla sah vom Display ihres Fotoapparats auf und lächelte. »Und dann hoffe ich, dass ich zur Skellig rauskomme. Kein Mensch weit und breit. Nur ich, der Nebel und die Kamera.«

»Klingt utopisch. Die Leute überrennen die Insel, seitdem *Star Wars* dort gedreht worden ist.«

»Dann muss ich wohl ein Boot kapern und tief in der Nacht rausfahren.« Sie taxierte ihn. »Was war damals eigentlich dein Job? Warst du Nebendarsteller?«

»Ich habe keinerlei schauspielerisches Talent. Ich wurde drüben in Dingle eingesetzt. Wir haben die Bienenkorbhütten nachgebaut, weil die Crew nicht ständig auf die Skellig durfte, um dort zu drehen. Naturschutz, du weißt schon. Es gibt strenge Regeln.«

»Kieran kann stundenlang darüber referieren, glaub mir.«

»Habe ich schon mitbekommen. Er mag Regeln.«

»Er liebt klare Anweisungen und würde selbst im Nirgendwo ewig vor einer roten Ampel stehen bleiben.«

»Zum Glück wohnt er in Saltmore. Hier gibt's weit und breit keine Ampeln. Hier gibt's ja nicht mal Fahrbahnmarkierungen.«

»Wie auf dem Meer«, erwiderte sie. »Es ist seltsam: Als Kind war Kieran davon überzeugt, das Meer hätte keinen Grund und man würde sinken, bis man auf der anderen Seite wieder rauskommt. Deswegen hatte er panische Angst davor, ins Wasser zu fallen, aber gleichzeitig hat er das Meer schon immer geliebt. Ich denke, er könnte an keinem anderen Ort der Welt je glücklich werden.«

»Und was ist mit dir?«, fragte Seán. »Hast du kein Heimweh? Immerhin bist du hier aufgewachsen.«

Ihr Magen zog sich zusammen. Hastig hängte sie sich die Kamera um und schaltete das Display ein. »Ich bin flexibel.«

»Bist du glücklich in Dublin?«

»Was ist das für eine Frage? Klar! Mal mehr, mal weniger.« In großen Schritten durchquerte sie das Nebenhaus und entfloh seinem forschenden Blick. Mit ihrem ganzen Gewicht musste sie sich gegen die Tür zum Leuchtturm stemmen, um sie zu öffnen.

Zwölf Meter über dem Meer. Orla trat auf die Plattform, die das Leuchthaus umschloss. Die Wellen rannten gegen die Felsen an, zerbrachen und zogen sich schäumend zurück. In der Ferne erkannte man den Hafen.

Als sie die Belichtungszeit der Kamera anpasste, fiel ihr Blick auf einen bleichen Streifen an ihrem Ringfinger, der sie unweigerlich an Adam und seinen Antrag erinnerte. Mit wenigen Worten wäre alles beendet gewesen. Sie war wegen seiner Tränen und Erwartungen geblieben und hatte sich die Beziehung aufgebürdet, wie sie sich auch den Ring hatte anstecken lassen. Es war ihr nie gelungen, zu ihren Gefühlen zu stehen. Ein Eheversprechen war kein Zugeständnis, keine Gefälligkeit. Warum hatte Orla so große Angst davor, einen anderen Menschen zu enttäuschen? Um dem Konflikt auszuweichen, nahm sie in Kauf, sich selbst zu enttäuschen. Das war der Knackpunkt.

Orla hob ihre Kamera empor und fing an zu knipsen: Licht auf Wellen, dazwischen Seevögel, weiße Gischt.

Irgendwann – sie hatte unzählige Bilder geschossen – setzte sie sich auf die Plattform und lehnte sich mit dem Rücken gegen das Leuchthaus. Sollte sie warten, bis sie zurück in Dublin war, um persönlich mit Adam zu sprechen? Dann würde jedes Telefonat bis dahin einem Theaterspiel gleichen, in dem sie ihm vorgaukelte, alles wäre in Ordnung. Und was sollte sie ihm überhaupt sagen? Sie war nicht endgültig dazu bereit, mit den Konsequenzen zu leben, die eine Trennung mit sich brächte. Adam war ein sicherer Hafen. Wollte sie das?

Weit draußen auf dem Meer kämpfte sich ein Schiff durch die Wellen. Es war nicht für den Hafen gebaut worden, sondern für die schäumende See. Plötzlich nahm sie einen Schatten wahr. Seán stand über ihr, hielt Captain im Arm und grinste zu ihr hinab.

»Da bist du ja.« Der Wind verwirbelte sein Haar. »Wir hatten schon befürchtet, du wärst runtergefallen und in den Fluten verschwunden.«

Orla streckte die Arme aus, um ihren Hund auf den Schoß zu nehmen. »Sorry, ich habe total die Zeit vergessen. Es ist so schön hier oben. Ich habe diese Weite vermisst.«

»Hypnotisierend, oder? Kann mir nichts Schöneres vorstellen.« Seán setzte sich neben sie, winkelte die Beine an und ließ den Blick über die Wellen wandern.

Minuten verstrichen, in denen sie schwiegen. Aus dem Augenwinkel betrachtete sie seine Stiefel, die voller Holzstaub waren, die zerschlissene Jeans und seine Hände. Sie waren kräftig und wettergegerbt, trotzdem besaßen sie etwas Zartes. Als wären sie nicht imstande, Schaden anzurichten. Orla lachte über ihre eigenen Gedanken und lehnte sich zurück.

»Was ist so lustig?«, wollte er wissen und kramte in seinen Hosentaschen. Erst förderte er eine zerdrückte Zigarettenschachtel zutage, dann ein Feuerzeug.

»Ach, nichts. Ich musste gerade daran denken, wie ich meiner Mutter den Schlüssel zum Leuchtturm geklaut habe, um mich hier oben zu verstecken, wenn mir alles zu viel wurde.«

»Das hätte ich auch gemacht. Wer so einen Ort hat, sollte nirgendwo sonst auf der Welt sein.« Seán zündete sich eine Zigarette an. Auch wenn sie selbst nicht rauchte, mochte sie den Geruch. Er legte seine Hand auf dem angewinkelten Knie ab. Dabei rutschte der Ärmel seines Hemdes hoch und entblößte nicht nur ein bleiches Handgelenk, sondern auch eine kleine Tätowierung, die Orla zuerst für eine Kugelschreiberkritzelei gehalten hatte: fünf parallele, schräg verlaufende Striche.

»Ist das diese altirische Ogham-Schrift?«, fragte sie und deutete auf sein Handgelenk.

»Yep. Jeder Buchstabe steht für einen Baum.« Seán strich mit dem Zeigefinger über die Tätowierung.

»Welchen Baum hast du dir ausgesucht?«

»Holunder.«

»Das ist direkt über deinen Pulsadern. Dort ist die Haut so empfindlich.« Ohne darüber nachzudenken, berührte sie mit den Fingerspitzen sein Handgelenk. »Hat der Holunder eine besondere Bedeutung?«

»Die Kelten haben geglaubt, Holunder würde böse Geister abhalten und gute anlocken. Deswegen wurden die Wiegen früher aus Holunderholz gebaut.« Er inhalierte den Rauch, sog ihn tief in seine Lungen, dann zupfte er am Band ihrer Kamera. »Wie sind eigentlich deine Fotos geworden?«

»Ganz gut, glaube ich. Die Lichtstimmung war jedenfalls faszinierend«, sagte sie und ließ das Display aufleuchten. Orla klickte durch die Fotografien, dann hielt sie ihm die Kamera unter die Nase. »Siehst du das Funkeln auf den Wellen?«

»Das nennt man *Loinnir*, dieses Schimmern«, erklärte er mit samtiger Stimme, während seine Augen über den kleinen Bildschirm wanderten.

»*Loinnir*.« Das Wort hatte sie schon lange nicht mehr gehört, hatte es schon fast vergessen. Eine Weile klickte sie durch die Aufnahmen.

»Mir gefällt, was du machst. Diese Details, die du fotografierst, überhaupt zu bemerken, ist schon eine Kunst.« Seán drückte die Kippe aus und rappelte sich auf. »Jetzt muss ich aber weiterarbeiten. Ich habe tierischen Hunger und nichts dabei, also muss ich mich beeilen, schnell in den Pub zu kommen und noch eine Portion Irish Stew abzugreifen.«

»Wir kochen heute Abend.« Orla schaute hinaus aufs Meer, weil sie spürte, wie heiß ihre Wangen wurden. »Wenn du möchtest, kannst du mitessen.«

»Was gibt's denn?«

»Tja, das steht noch nicht fest, aber Kieran und ich sind ein richtig gutes Team in der Küche. Mal sehen, was der Kühlschrank so hergibt.«

»Wie könnte ich da widerstehen?«, fragte er. »Wann soll ich bei euch sein?«

9. Orla

Shepherd's Pie war ein traditionelles Gericht, bei dem nicht viel schiefgehen konnte. Kieran saß am Wohnzimmertisch, schälte Karotten und schaute nebenher eine Dokumentation über ein Gezeitenkraftwerk. Währenddessen kochte sie Salzkartoffeln, schwitzte Zwiebeln an und hackte Knoblauch. Thymian und Rosmarin, die sie im Garten gepflückt hatte, verströmten einen herben Geruch.

»Warum hast du Seán eingeladen?«, wollte Kieran wissen, als er mit den gewürfelten Karotten in die Küche trat. Sein Haar sah aus, als hätte er sich durch einen Wirbelsturm gekämpft.

»Ich finde ihn interessant.« Orla griff zu den Kräutern und schnupperte daran. »Außerdem freue ich mich, dass du einen Freund gefunden hast.«

»Man findet keine Freunde. Am Anfang kennt man sie nicht, da sind es noch keine Freunde, sondern Fremde«, erwiderte Kieran und steckte sich einen Karottenwürfel in den Mund.

»Aber du kannst Menschen finden, die dich einladen, vorbeizukommen, um *Battle Star 2000* zu spielen. Dann werden sie Freunde.« Lächelnd drehte Orla sich zu ihrem Bruder um.

»Magst du Seán?« Kieran kniff die Augen zusammen und taxierte sie.

»Ich kenne ihn nicht. Ehrlich gesagt, hoffe ich einfach auf ein bisschen Unterhaltung. Du bist nämlich ziemlich wortkarg, mein Lieber.« Grinsend streckte sie ihm ein Bündel Selleriestangen entgegen. »Hier wartet noch eine äußerst wichtige Aufgabe.«

Der Tisch war gedeckt, der Auflauf fertig. Kieran tigerte ungeduldig durch den Flur, öffnete die Tür, spähte hinaus und schloss sie wieder. »Ich hasse Unpünktlichkeit«, schimpfte er. Mit jeder Minute, die Seán sich verspätete, wurde sein Geduldsfaden dünner. »Außerdem habe ich Hunger.«

»Beruhig dich. Er kommt bestimmt …«

In diesem Moment riss ihr Bruder die Tür auf. »Da ist er!«

Seán stand im Lichtstrahl der Lampe, zog die Augenbrauen hoch und schaute sie irritiert an. »Habt ihr mir aufgelauert? Ich habe noch nicht mal geklopft.«

»Du bist zehn Minuten zu spät.«

»Ich weiß, tut mir leid. Dafür habe ich Wein dabei.« Seán hielt eine Rotweinflasche hoch.

»Eine nette Geste, aber wie du weißt, trinke ich keinen Alkohol«, erklärte Kieran ungerührt. »Mein Vater war Alkoholiker und das hat ihn das Leben gekostet. Der Kontrollverlust betrunkener Menschen ist beachtlich und ich verstehe nicht, weshalb man so etwas absichtlich herbeiführen sollte. Eine Intoxikation, die vom Körper zwar wieder abgebaut wird, aber beträchtliche Schäden …«

»Ich glaube, es reicht«, unterbrach Orla ihren Bruder sanft.

Seán kratzte sich an der Stirn und warf ihr einen hilfesuchenden Blick zu. »Und was ist mit deiner Schwester? Trinkt sie Wein?«

»Ja, sie trinkt Alkohol, nicht nur, aber …«

»Kieran!« Lachend stieß sie ihn an.

Nachdem Seán seine Jacke ausgezogen hatte, saßen sie schließlich an der eingedeckten Tafel im Wohnzimmer. Hinter den bodentiefen Fenstern war es bereits dunkel geworden, sodass man anstelle des Gartens sein Spiegelbild darin betrachtete.

Seán trug einen grauen Rollkragenpullover, dessen Muster ihr bekannt vorkam.

»Von den Aran-Inseln?«, fragte sie, während sie ihm eine große Portion auf den Teller lud.

»Exakt.« Er schaute an sich hinab und strich mit beiden Händen über seine Brust. »Habe ich mir gekauft, als ich auf Inishmore zu tun hatte. Das Zopfmuster symbolisiert Schiffstau, hat mir eine Frau dort erklärt. Soll mich vor Schiffbruch bewahren.«

»Das funktioniert. Siobhan hat einen Mantel mit dem gleichen Muster.« Orla schmunzelte. »Und sie ist noch nie über Bord gegangen, kein einziges Mal.«

»Oh, wie geht's ihr eigentlich?«, erkundigte er sich und griff nach seiner Gabel.

»Morgen ist die Operation. Sie klang vorhin am Telefon sehr entspannt, fast so, als könnte sie sich nichts Schöneres vorstellen. Schwester Karen, ihre Pflegerin, sei irgendeine Großcousine von jemandem, der vor zwanzig Jahren mal in Saltmore gewohnt hat, jetzt aber in Chicago lebt und ...« Lachend winkte sie ab. »Wahrscheinlich haben die Ärzte schon früher damit angefangen, die Narkose einzuleiten, um sie zum Schweigen zu bringen.«

»Ist das ein Scherz?« Kieran riss den Kopf empor.

»Ja, natürlich. Siobhan ist einfach erstaunlich gelassen und scheint sich dort pudelwohl zu fühlen. ›Gott wird's schon richten‹, meint sie. Ich würde vor Nervosität wahrscheinlich die Wände hochgehen.«

Eine Weile sprachen sie über die ärztliche Versorgung abgelegener Landstriche und überlegten, wie lange wohl ein Hubschrauber aus Cork oder Tralee bräuchte, bis er in Saltmore landete.

Seán präsentierte seine vernarbten Schienbeine, die an eine wilde Kindheit erinnerten. »Hier hab ich mich mal am Auspuff verbrannt, als ich hinten auf 'nem Mofa gesessen bin. Das hat richtig gezischt«, sagte er und strich über eine fingerdicke Narbe.

»Okay, jetzt ist mir der Appetit vergangen.« Kieran stellte sein Glas demonstrativ auf den leer gekratzten Teller.

»Sorry!« Hastig schob Seán die Jeans zurück über seine muskulösen Waden. »Geht's wieder?«

»Es lag nicht an deinem Bein. Ich bin immer noch satt.«

Orla kannte ihren Bruder gut genug, um zu wissen, dass er sich nun zurückziehen wollte. Nachdem sie ihren Teller beiseitegeschoben hatte, beugte sie sich vor und griff nach seiner Hand. »Wir sind zwar mit dem Essen fertig, aber du bleibst doch bestimmt noch ein Weilchen bei uns, oder?«

»Um diese Uhrzeit gehe ich schlafen.«

»Aber es wäre wirklich schön, wenn du uns Gesellschaft leistest.« Sie warf ihm einen eindringlichen Blick zu. »Seán ist doch zu Besuch.«

»Man bleibt am Tisch sitzen, obwohl man satt ist und nichts mehr trinken möchte.« Seine Worte klangen, als würde er eine Gebrauchsanweisung vorlesen. Kieran seufzte. »So sind die Konventionen. Es geht um die Geselligkeit.«

»Genau. Außerdem hast du mir noch gar nicht erzählt, wie's heute auf der Arbeit war.« Orla lehnte sich zurück und nippte an ihrem Wein.

»Wie immer.«

Manchmal kam es vor, dass Kieran in seinen eigenen Monologen über die Skellig versank, doch meistens zog er es vor, nur knappe Antworten zu geben.

»Wann kann ich denn mal mitkommen, um zu fotografieren?«

»Die *Landing Tour* ist für die nächsten Wochen ausgebucht. Du kannst die Rundfahrt machen.«

»Du könntest doch ein gutes Wort für mich einlegen, oder nicht? Ich weiß ja, dass nur wenige Menschen auf die Insel kommen dürfen, aber ich bin deine Schwester.«

»Die Regeln gelten für alle. Es gibt keine Ausnahmen.«

»Mal angenommen, ich hätte ein Boot.« Seán senkte die Stimme. »Wäre es verboten, mit deiner Schwester zur Insel zu fahren? Morgens im Nebel, sodass niemand uns sieht?«

Verwundert schaute sie ihn an.

»Nein, das ist nicht verboten.« Kieran kratzte sich an der Stirn. »Aber ihr dürft nicht von Bord gehen, wenn ihr keine Lizenz habt. Man würde euch anzeigen.«

»Aber nur, wenn wir erwischt werden«, warf Seán ein. »Auf der Skellig gibt's schon lang keine Wächter mehr.«

»Jetzt weiß ich davon. Ich bin ein Zeuge.«

»Aber du bist ein sehr vergesslicher Zeuge, der sich an dieses Gespräch gar nicht mehr erinnern kann«, flüsterte Orla und leerte ihr Weinglas.

»Ich bin nicht vergesslich.«

»Keine Sorge.« Seán straffte die Schultern. »Ich habe gar kein Boot. Wir müssten schwimmen und ich bezweifle, dass deine Schwester das hinbekäme. Das sind über zwölf Kilometer.«

»Fordere mich bloß nicht heraus. Ich bin eine ausgezeichnete Schwimmerin«, protestierte Orla lachend. »Ich bin in Saltmore nicht umsonst als Arielle bekannt.«

»Arielle«, echote Kieran. »Das habe ich ja noch nie gehört. Sie macht Witze, damit du sie sympathisch findest.«

»Na toll! Danke für diese unangebrachte Verhaltensanalyse«, zischte sie ihrem Bruder zu und stand auf. Am liebsten hätte sie ihm kräftig gegen das Schienbein getreten, doch stattdessen stapelte sie hektisch die leeren Teller aufeinander.

»Sie macht das ziemlich gut bisher«, hörte sie Seán sagen, als sie mit heißen Wangen in die Küche marschierte. »Besteht wirklich keine Chance, in den nächsten Tagen auf die Insel zu kommen?«

»Nein. Es sei denn, reservierte Plätze bleiben unbesetzt, weil die Leute nicht erscheinen, aber das passiert so gut wie nie.«

»Vielleicht hat Arielle ja Glück.«

Orla konnte das Grinsen hören, das Seáns Stimme wärmte. Eine Weile blieb sie vor dem geöffneten Kühlschrank stehen und dachte darüber nach, ob sie zu einer Weinflasche greifen sollte. Damit würde sie ihm implizit zu verstehen geben, dass der Abend noch nicht vorbei war. Orla schloss die Tür, wischte ihre Hände an den Jeans ab und trat zurück ins Wohnzimmer.

»Das Essen hat mich echt müde gemacht«, behauptete sie und wollte gerade erklären, dass sie nun ins Bett gehen müsse, als ihr Blick auf das Notebook fiel. »Aber bevor ich mich verkrümele, wollte ich Seán noch ein paar Bilder zeigen.«

»Mir?« Er runzelte die Stirn.

»Als wir dich besucht haben, sind mir deine Bücher über die Travellers aufgefallen«, erklärte sie auf dem Weg zum Sofa. Sie setzte sich und klappte ihr Notebook auf. »Vor vier Jahren habe ich eine Reportage fotografiert. Die Bilder sind wirklich gut geworden. Willst du sie sehen?«

Ihr Zeigefinger wanderte über das Trackpad und klickte die monochromen Fotografien an. Während Kieran sich im Sessel lümmelte und Tetris auf seinem Smartphone spielte, ließ Seán sich neben ihr nieder. Als er sich über das Notebook beugte, stieg ihr sein Geruch in die Nase. Salz und Harz, angenehm herb.

»Außerhalb von Dublin gibt es einen Platz, auf dem sie mit ihren Wagen stehen«, erklärte Orla. »Vor allem in den Wintermonaten. Dort bin ich hingegangen.«

»Aus Sensationslust?«

»Aus Interesse an ihrer Kultur.« Orla bedachte ihn mit einem strengen Blick. »Ich wollte zeigen, wie vielfältig und einzigartig diese Menschen sind. Ausdrucksstarke Porträts, die mit Vorurteilen spielen und dazu anregen, genauer hinzuschauen.«

»Woher kommt dein Interesse?«

»Mich interessieren eben Menschen, die aus irgendwelchen Gründen am Rand leben. Menschen, die übersehen oder übergangen werden – Minderheiten.« Ihr Blick verirrte sich kurz zu Kieran, der mit verbissener Miene auf sein Telefon starrte, dann lehnte sie sich zurück. Übersehen. Sie selbst hatte sich oft so gefühlt. »Vor vielen Jahren hat eine Familie hier kampiert. Ihr Wohnwagen stand am Skellig Drive, nicht weit von unserem Haus entfernt. Ich habe mich mit den Kindern angefreundet. Der Junge hieß Rónán und das Mädchen Rosaleen. Ich habe sie wirklich sehr gemocht. Sie waren anders als die Kids aus dem Dorf, nicht nur wegen ihrer Lebensweise. Kämpferischer und gleichzeitig verletzlicher – das hat sie so besonders gemacht.«

Orla wünschte, sie hätte sie damals fotografiert. Ihre Erinnerungen waren verblasst, doch sie sah einen Jungen mit feinen Gesichtszügen vor sich. Der pausbäckige Übergang vom Kind zum Mann, braunes Haar und eine breite Stirn, versteckt unter einer Kappe der *Chicago Bulls*. Rosie war zierlich und hatte rotes Haar, das in Wellen über ihre Schultern fiel und bis zu ihren Hüften reichte. Kirschrote Lippen, freches Mundwerk. Augen wie zwei Smaragde mit rötlichen Wimpern, die sich wie eine Welle emporhoben. Orla hatte das Mädchen sofort ins Herz geschlossen.

»Und dann?«, riss Seán sie aus ihren Gedanken.

»Und dann bin ich viele Jahre später losgezogen, um diese Reportage zu knipsen.« Sie deutete auf den Bildschirm. »Dieses Mädchen ist den ganzen Tag in einem alten Kommunionkleid herumspaziert und hat sich *Princess* nennen lassen. Sie hat mich auf Schritt und Tritt verfolgt und mir dabei irgendwelche Märchen erzählt.«

10. ROSIE

Sommer 1997

Wir stoßen die Tür auf, springen auf die taunasse Wiese und
bleiben wie angewurzelt stehen. Auf dem Tisch vor unserem
Caravan steht ein Korb. In der Morgenkälte sieht man Dampf
daraus emporsteigen.

»Was ist das denn?«, frage ich an Rónán gewandt, doch
er zuckt nur mit den Schultern. Wir nähern uns dem runden
Weidenkorb wie Wildkatzen ihrer Beute.

»Jemand stellt uns Kuchen vor die Tür?« Rónán leckt sich
über die Lippen. »Sind wir hier im Schlaraffenland, oder was?
Abgefahren!« Da wir keinen Backofen haben, läuft uns selbst
beim Anblick von Sandkuchen das Wasser im Mund zusammen.

»Na, das ist ja eine Überraschung.« Das Gesicht meiner
Mutter ist ein einziges Leuchten, als sie sich über den Kuchen
beugt und daran riecht. »Fruchtig und süß. Ganz frisch gebacken. Da wollte uns jemand eine Freude machen.«

»Hab euch doch gleich gesagt, dass die Leute hier in
Ordnung sind. Ich kümmere mich um den Tee.« Mein Vater
schwenkt den Wasserkessel und stapft zum Kanister, der neben
den zwei Gasflaschen hinter dem Caravan steht.

Rónán fallen fast die Augen aus dem Kopf, als Mam den Kuchen aus dem Korb nimmt.

»Finger weg!«, kläfft sie mich an, als ich einen Streusel klauen will. Erschrocken zucke ich zurück. Mit zusammengekniffenen Lippen hebt sie ein Blatt Papier hoch, das am Boden des Korbs gelegen war.

»Betrachten Sie den Kuchen als Proviant für die Reise. Saltmore ist kein Lagerplatz!«

Schlagartig ist allen der Appetit vergangen. Wir werden keinen Krümel davon anrühren. Dad sagt, da könnten Zehennägel, Glassplitter oder sonst was drin sein. Der Kuchen landet im Feuer, über dem wir unseren Tee kochen.

* * *

Am Nachmittag liegen Rónán und ich bäuchlings auf der Klippe und kauen auf sauren Drops herum, die wir uns im Dorfladen besorgt haben.

Unter uns schlagen Wellen an den Felsen. Es riecht nach angeschwemmten Algen. Manche hängen aus den Felsspalten, andere liegen wie eine Decke über den Steinen. Glibberig und schwarz oder hellgrün wie frisches Gras. Manchmal gehen wir mit Mam zum Strand, um Algen zu sammeln. Das Meer ernährt uns und will kein Geld, sagt sie immer. Ich mag das Gefühl, selbst für mein Essen zu sorgen. Es schmeckt viel besser, wenn man sich dafür gebückt und durch den Wind gekämpft hat.

Mit dem Zeigefinger pule ich einen Stein aus der Erde, rubbele ihn sauber, bis er glänzt, und betrachte ihn eingehend. Die Größe passt – so groß wie mein Daumennagel.

»Wieder ein Geist«, verkünde ich triumphierend und stecke ihn in meine Hosentasche. Seitdem mein Babybruder kurz nach seiner Geburt gestorben ist, sammle ich vollkommen weiße Steine. Im Caravan habe ich ein eigenes Fach für meine

Sachen und darin liegen die ganzen Geistersteine, die ich seit vier Jahren sammle. Immer wenn ein Mensch stirbt, schlüpft die Seele in einen Stein, dann wird er schneeweiß – das ist die Sage, von der ich gehört habe. Ich weiß nicht mehr, wer sie mir erzählt hat. Vielleicht habe ich sie mir auch selbst ausgedacht.

»Ich hasse es, wie sie mit uns reden«, sagt Rónán.

Ich runzle die Stirn. Möwen kreisen über unseren Köpfen und schreien so laut, dass ich ihn kaum verstehe. »Wen meinst du?«

»Die Leute reden, als wären wir dumm. Und wie sie immer tun – als wäre nichts vor uns sicher, als könnten wir die Finger nicht stillhalten. Hast du gesehen, wie dieser Mann uns angeglotzt hat?« Er zieht die Augenbrauen zusammen, sodass sich dazwischen eine tiefe Furche bildet. »Der ist fast umgekippt, als wir mit echtem Geld bezahlen wollten und ›bitte – danke‹ gesagt haben.«

»Der hat nur Angst gehabt, dass wir was klauen«, erkläre ich gleichgültig und ziehe die Kapuze über meinen Kopf, weil mir der Wind ständig Haare ins Gesicht weht. »So ist das eben. Deswegen sollen wir die Hände nicht in die Taschen stecken, wenn wir einkaufen gehen.«

»Ich hasse es.«

Rónán ist wütend. Manchmal kommt es mir so vor, als könnte er gar nicht mehr damit aufhören, wütend zu sein. Früher war er nicht so, da war er quirlig und ist vor Neugier fast geplatzt. Jetzt regt er sich ständig auf, fängt Streit an, ist schlecht gelaunt. Das wäre die Pubertät, sagen meine Eltern achselzuckend und lassen Erwachsenwerden wie eine Krankheit klingen, vor der man sich mit allen Mitteln schützen sollte.

Plötzlich schießt mir ein Gedanke in den Kopf, heiß und panikartig. Ich packe Rónán am Unterarm. »Auch wenn du erwachsen bist, musst du bei uns bleiben. Du darfst nicht weggehen!«

»Wohin sollte ich denn gehen?«

»Du darfst nicht heiraten.«

»Warum sollte ich heiraten?« Rónán verzieht das Gesicht, als hätte er auf eine Zitrone gebissen.

»Du wirst bald fünfzehn und dann bist du schon fast erwachsen. Das geht mir alles zu schnell«, sage ich mit bebender Stimme und umschließe seinen Arm noch fester. »Wir werden immer älter und irgendwann heiraten wir und was ist dann? Die Zeit vergeht in Windeseile.«

»Ernsthaft, Rosie? Du bist doch noch ein Baby. Darüber machst du dir Gedanken?« Er tippt mit dem Zeigefinger an meine Stirn, doch dann seufzt er und legt mir seinen Arm um die Schulter. »Keine Sorge. So schnell heiratet hier niemand. Wir bleiben alle zusammen.« Er hält mir seinen kleinen Finger unter die Nase und wartet darauf, dass ich einhake.

»*Gradum a gradum.*« Für immer und immer.

Schon als wir den Hügel hinabrennen, hören wir ihre Stimmen. Ein paar Jugendliche haben einen Jungen in einer gelben Regenjacke umzingelt. Er hält sich die Ohren zu und wippt mit dem Oberkörper vor und zurück, während er das Kinn an seine Brust drückt.

Der Kreis um ihn herum wird enger, als die Jugendlichen auf ihn zugehen. Wir verstehen nicht, was sie sagen, aber ihre Stimmen klingen gehässig und ihr Lachen strotzt vor Überlegenheit. Ein Schwarzhaariger tritt vor und reißt an der gelben Jacke, sodass sie dem Jungen von seinen eckigen Schultern rutscht, dann schubst er ihn. Ein Schrei ertönt und Rónán packt mich am Arm, um mich am Weitergehen zu hindern.

Ich erkenne in seinem Blick, was gleich passieren wird. »Halt dich da raus«, zische ich.

»Du wartest hier!« Dann rennt er auf die Gruppe zu. Ich drücke mich mit dem Rücken gegen einen Baumstamm, bilde mir ein, darin versinken zu können, unsichtbar zu werden.

»Ist das dieser stotternde Tinker?«, fragt ein Junge mit roten Haaren.

»Ti-ti-tinker«, brüllt jemand. »Titty Tinker.«

»Lasst ihn in Ruhe.« Rónán baut sich vor der Gruppe auf. Ich muss sein Gesicht nicht sehen, um zu wissen, wie es aussieht: hart und kampfbereit.

»Das ist unser Freund Kieran und was wir hier machen, geht dich nichts an. Kapiert?«

»Doch, geht mich was an. Lasst ihn in Ruhe. Seht ihr nicht, dass er Angst hat?« Rónán tritt noch einen Schritt vor. In diesem Moment versucht Kieran, abzuhauen, doch zwei Jungen packen ihn an den Oberarmen und halten ihn fest.

»Willst du dich mit uns anlegen, Titty?«

»Kommt her. Auf der Straße lernt man, wie man sich verteidigt. Traut euch.«

Ich frage mich, ob mein Bruder wahnsinnig oder mutig ist. Am liebsten würde ich wegrennen, um meinen Vater zu holen, damit er ihn zur Vernunft bringt. Wir sollen uns unauffällig verhalten, Streit aus dem Weg gehen – das hat man uns eingebläut –, aber Rónán zieht den Ärger an, als wäre er ein Magnet.

Der schwarzhaarige Junge schiebt seine Brust vor und stampft breitbeinig auf ihn zu. »Lern erst mal richtig reden, du A-a-affe!«

Rónán holt aus, trifft den Jungen am Kinn. Sein Kopf wird herumgeschleudert und er taumelt zwei Schritte nach hinten.

»Was ist?«, brüllt mein Bruder. »Komm schon!«

Dann geht alles ganz schnell. Der schwarzhaarige Junge stürzt sich auf ihn, tritt gegen seine Hüfte, schlägt blind um sich, reißt an seinem Haar. Ich wende den Blick ab, höre nur, wie die anderen ihn anfeuern. »Mach ihn fertig!«

Plötzlich ertönt ein schriller Schrei. »Kieran!«

Ein Mädchen schießt an mir vorbei.

»Ihr feigen Arschlöcher!« Sie stößt die beiden Jungen zur Seite, die den Regenjackenjungen festgehalten haben. Jetzt vernehme ich zum ersten Mal seine Stimme: »Orla ist hier. Orla ist hier.« Fürsorglich legt sie den Arm um seine Schulter und flüstert ihm etwas ins Ohr, dann hebt sie den Kopf und wirft bitterböse Blicke in die Runde. »Was war es diesmal? Wolltet ihr Geld? Oder wolltet ihr ihn einfach nur fertigmachen?«

Keiner antwortet.

»Wie kann man nur so erbärmlich sein? Wenn ich noch mal mitbekomme, dass ihr versucht, ihn abzuziehen, gehe ich zur Garda. Da könnt ihr Gift drauf nehmen. Ihr solltet euch schämen«, faucht das Mädchen. »Kieran ist heilig, kapiert?«

Rónán reibt sich die feuerrote Stirn. Der schwarzhaarige Junge hat die Hände auf den Knien abgestützt und ringt nach Luft.

Alle starren dem Mädchen mit halb geöffneten Mündern hinterher, als sie davonstolziert und Kieran vor sich herschiebt.

»Hey, Orla! Warte mal!« Ein Junge mit roten Locken rennt ihr nach, doch sie beschleunigt ihre Schritte.

»Verschwinde, Freddie!«

»Ich wollte ihm ja helfen«, ruft er verzweifelt.

»Hast du aber nicht.«

»Weil dieser Tinker kam und Stress gemacht hat. Deswegen. Ich wollte gerade …«

Erst jetzt bemerke ich, dass mein Bruder schnaufend vor mir steht. »Glaubst du, dieser Junge ist wirklich heilig?«

»Man kann's nie wissen. Wenn er's ist, dann kommst du jetzt garantiert in den Himmel.« Ich strecke die Hand aus und berühre drei blutige Kratzer auf seiner Stirn. »Tut's weh?«

11. ORLA

Siobhan hatte berichtet, dass sie heute – zwei Tage nach ihrer Operation – die ersten Schritte mit ihrer Hüftprothese gegangen war. Die Beine waren geschwollen, ihr Körper schmerzte und es fiel ihr schwer, der Prothese zu vertrauen, weswegen sie sich zu jeder Bewegung überwinden musste. Trotzdem war sie guter Dinge, erzählte von einer Zimmernachbarin, mit der sie Scrabble spielte, und von den Blumen, die ihr Jack und Seán mit den besten Genesungswünschen geschickt hätten.

»Schöne Ranunkeln, aber die werde ich nicht mitnehmen können, wenn's in die Reha geht. Erin und Kieran kommen übrigens, um mich dorthin zu fahren, weil ich es selbst ja kaum vom Fleck schaffe«, sagte Siobhan und baute eine erwartungsvolle Pause ein.

Obwohl Orla wusste, dass ihre Mutter hoffte, sie würde ebenfalls nach Killarney kommen, konnte sie sich nicht dazu überwinden. »Die Reha wird dir bestimmt guttun. Du musst jetzt viel trainieren, um deine Muskulatur zu kräftigen«, erwiderte sie hölzern. »Ich bin mir ganz sicher, dass du wieder so beweglich wirst wie früher. Du bist ja in guten Händen.«

Siobhan fragte nicht, ob Orla sie besuchen würde. Stattdessen gab sie ihr genaue Anweisungen zur Pflege der Pflanzen.

Während Kieran schon früh zum Hafen aufgebrochen war, arbeitete Orla im Garten. Sie fegte die Terrasse, entfernte Wildtriebe, ölte das Gartentörchen und stutzte den wuchernden Rhododendron, der alle anderen Pflanzen verdrängen würde, wenn man ihn nicht zähmte. Captain stromerte durch den Garten. Immer wieder musste sie ihn daran hindern, zu buddeln, was ihn irgendwann so frustrierte, dass er sich ins Haus verzog. Die Arbeit war wohltuend, weil Orla ganz darin versinken konnte.

Als die Sonne hoch am Himmel stand, schlenderte sie mit einem Kaffee zum Briefkasten und zog ein paar Prospekte und die neuste Ausgabe des *Skellig Chronicle* hervor. Sofort stach ihr der Name ihrer Freundin ins Auge, die einen Artikel über aktuelle Fangquoten verfasst hatte. Molly. Sie musste sich unbedingt bei Molly melden. Gerade hatte sie sich zum Haus umgewandt, als sie ein Motorengeräusch vernahm. Ein weißer Vauxhall Combo tuckerte die Straße hinauf. Hinter der Windschutzscheibe erkannte sie einen dunklen Schopf. Lächelnd hob sie die Hand.

»Orla Donovan!« Der Wagen hielt vor ihr an und Seán streckte den Kopf aus dem Fenster. »Alles klar?«

»Kann nicht klagen. Und bei dir?«

»Bin unterwegs zum Turm.« Er deutete nach hinten zum Kofferraum und verzog das Gesicht. »Heute fange ich an, die Wände im Nebenhaus abzuschleifen, und dann ist ein neuer Anstrich fällig. Dabei bin ich echt untalentiert, was Malerei anbelangt.«

»Dafür musst du kein Michelangelo sein. Es sind simple Streicharbeiten«, erwiderte sie kichernd. »Brauchst du vielleicht ein bisschen Hilfe? Ich hätte Zeit.«

Ein paar Sekunden verstrichen, in denen er sie so aufmerksam musterte, als versuchte er einzuschätzen, ob ihre körperliche Konstitution es zuließ, einen Pinsel zu halten, dann verzogen sich seine Lippen zu einem Grinsen. »Danke für das Angebot, Orla, aber wie du schon sagtest: Es ist ja nicht so, als müsste ich ein Fresko in der Sixtinischen Kapelle restaurieren. Das schaffe ich schon. Gibt es denn nichts, das du fotografieren musst?«

»Das Licht ist nicht optimal. Vielleicht kann ich zur blauen Stunde ein paar Bilder schießen, sobald die ersten Sterne durchschimmern. Die Kamera packe ich vorsichtshalber natürlich ein.«

Zehn Minuten später saß Captain auf der Rückbank und Orla auf dem Beifahrersitz. Sie trug Jeans, die über den Knien aufgerissen waren, und einen alten Pullover ihrer Mutter. Der Aufdruck – SELKIE – war an manchen Stellen abgeblättert.

Nachdem Seán das Auto geparkt hatte, schleppten sie die Sanierungsfräse, zwei Farbeimer und verschiedene Utensilien zum Turm hinab.

Anschließend begann Orla, das Stromkabel in regelmäßigen Abständen mit Kreppband am Boden festzukleben. »Ich wusste gar nicht, dass Siobhan den Leuchtturm renovieren will.« Ihre Stimme wurde von den nackten Wänden zurückgeworfen. »Niemand interessiert sich dafür. Er ist alt, winzig und hat nicht mal eine automatische Lichtanlage.«

Seán, der sich am Generator zu schaffen gemacht hatte, wischte sich mit dem Unterarm über die Stirn. »Das ist der Grund, denke ich. Der Leuchtturm soll wieder einen Zweck erfüllen.« Er deutete zum Fenster. »Wäre schade, wenn er einfach verfällt. Wenn man oben auf der Plattform steht ... Kann mir keinen schöneren Ausblick vorstellen. Manchmal tummeln sich hier Seehunde, manchmal sieht man in der Ferne Wale vorbeischwimmen, manchmal auch direkt vor der Küste. Erst letzte Woche habe ich zwei Buckelwale gesehen.«

Orla rappelte sich auf, klopfte Staub von ihren Jeans und trat vor das kleine Fenster. Heute war das Wasser nicht grau, sondern tiefgrün. Das Meer war aufgewühlt. Man hörte sein Murmeln, wenn das Wasser in die Bucht strömte und wieder hinausgesaugt wurde. »Wenn ich's in Dublin nicht mehr aushalte, packe ich meine Koffer und ziehe in den Leuchtturm«, verkündete sie.

»Deine Mutter wäre froh, wenn du nach Hause kämst. Siobhan redet ständig von dir. Es hängt schon allen zu den Ohren raus«, erklärte er und fuhr mit heller Stimme fort: »Orla mag keinen Kräutertee. Orla kann Spagat und Spanisch. Orla singt wie eine Nachtigall. Orla kann das Alte Testament auswendig. Orla hat …«

»Das ist alles gelogen«, unterbrach sie ihn kichernd. »Außer das mit dem Kräutertee.«

Seán wühlte in der Tasche und förderte neben zwei Farbrollen und einigen Bogen Schleifpapier auch ein paar Pinsel zutage, an denen eingetrocknete Farbe klebte. »Wer bezahlt dich eigentlich für deine Fotos?« Die Borsten der Pinsel waren steif und er bog sie, um die Farbe abbröckeln zu lassen.

»Ich fotografiere Hochzeiten«, antwortete sie. »Das wollte ich zwar nie und finde es wirklich ermüdend, aber das ist meine größte Einnahmequelle. Hochzeiten rund um Dublin.«

»Ist doch was Schönes.«

»Geht so.« Orla wandte sich ab und inspizierte eine bräunliche Verfärbung der Wand, die aussah, als hätte jemand Kaffee daran hinabrinnen lassen. Ihre Gedanken wanderten zu Adams Heiratsantrag. Er schrieb ihr, bevor er zur Arbeit fuhr, in der Mittagspause und wenn er abends nach Hause kam und sie wusste, dass er die ganze Zeit darauf hoffte, sie würde ihn erlösen. *Vive la France!* Warum hatte sie nie die Chance ergriffen, offen mit ihm zu sprechen? Orla brauchte keine Bedenkzeit, sondern Mut. In Wahrheit war es nie um die Frage gegangen, ob sie ihn nach Frankreich begleiten wollte. Es ging darum, ob ihre Gefühle ausreichten, um mit diesem Menschen ihr Leben zu teilen.

»Kommst du mal wieder zum Essen vorbei?«, fragte sie, als wollte sie sich selbst beweisen, wie unverzagt sie sein konnte. Orla drehte sich zu Seán um, der mit der flachen Hand über die Wand strich, um sie auf Unebenheiten zu überprüfen. Aus seiner Gesäßtasche baumelten knallrote Arbeitshandschuhe.

»Klar, wenn du mich einlädst.«

»Vielleicht mache ich das.«

»Cool.« Licht fiel durch das Fenster und erhellte sein Gesicht.

Zwei Stunden arbeiteten sie im Nebenhaus und lauschten dabei der Musik, die aus der portablen Box tönte, die Seán mitgebracht hatte. Manchmal wechselten sie ein paar Worte, manchmal einen Blick, dann ein Lächeln.

»Sehen wir uns eigentlich bei Erins Geburtstag?«, fragte sie irgendwann. »Sie feiert ja übernächsten Samstag.«

»Ich habe ihr versprochen, im Pub die Stellung zu halten. Jemand muss sich um die Gäste kümmern«, erklärte er und strich sich eine Haarsträhne aus der Stirn – weißer Staub blieb auf seiner Haut zurück. »Und nach so einer Schicht bin ich meistens viel zu platt, um noch irgendwas zu reißen.«

»Klar.« Orla nickte verständnisvoll. »Vielleicht kannst du ja nächstes Jahr kommen. Das Fest ist wirklich schön. Es gibt ein großes Lagerfeuer, jede Menge Essen und natürlich Musik.«

»Wenn ich bis dahin noch in Saltmore bin.« Seán zuckte mit den Achseln, dann deutete er zum Fenster hinauf. »Darum muss ich mich dringend kümmern. Überall blättert die Farbe ab.«

»Dann lackieren wir eben. Arbeitest du morgen wieder hier?«

»Mhm, klar.« Er schritt an der Wand entlang und kontrollierte mit fachmännischer Miene den Bereich, den er mit der Fräse bearbeitet hatte.

»Soll ich dir helfen?«

»Ich dachte, Siobhan hat dir aufgetragen, dich um den Garten zu kümmern.«

»Ach, der blüht auch ohne mich.«

»Und was ist mit Kieran?«

»Der sowieso«, erwiderte sie schmunzelnd.

»Wenn das so ist ... Ich hole dich ab, sobald ich im *Selkie* fertig bin. Einverstanden?«

12. Orla

Das Wasser nahm sie in sich auf, als sie sich vom Boden abstieß und die ersten Züge schwamm. Ihr Körper wurde eiskalt umspült. Es war noch früh am Morgen und obwohl die Sonne von einem wolkenlosen Himmel schien, war es so kalt, dass ihr das Blut in den Adern zu gefrieren schien.

Die Muskeln ihrer Oberarme brannten, als sie sich durch die Wellen bewegte. Innerlich zählte sie. Einatmen, eintauchen – einundzwanzig, zweiundzwanzig. Es dauerte nicht lange, bis sie einen Rhythmus gefunden hatte. Orla dachte an Adam. Mit eiserner Verbissenheit arbeitete er für seinen Erfolg. Diese Beharrlichkeit zeigte er auch beim Triathlon: Mehrmals im Jahr kämpfte er um den ersten Platz. Am Anfang war sie mit dem Fahrrad neben ihm hergefahren, wenn er im Phoenix Park trainiert hatte. Runde um Runde. Am Anfang hatte sie ihn zu seinen Wettkämpfen begleitet und selbst gemachte Müsliriegel bereitgehalten, um ihn mit Energie zu versorgen. Doch das war lange her.

Auch sein Interesse an ihrer Fotografie war verschwunden. Wenn Orla nach einem Wochenende in den Wicklow Mountains nach Hause kam, erkundigte er sich zwar nach der

Witterung, aber niemals nach den Bildern, die sie geschossen hatte.

Orla tauchte unter, blies Luft aus ihren Lungen, sodass sie die Blasen an ihrem Gesicht spürte. Warum wollte Adam sie überhaupt heiraten? Merkte er nicht, wie weit sie sich voneinander entfernt hatten?

Kaum hatte sie sich umgedreht, um mit den Wellen dem Ufer entgegenzuschwimmen, sah sie eine Person in dunkler Kleidung den Strand entlangstapfen.

Obwohl Orla gut dreißig Meter entfernt war, erkannte sie ihn. Seán hielt sich ein Telefon ans Ohr. Waren ihre Schwimmzüge gerade noch kräftig gewesen, sodass sie zügig vorangekommen war, verlangsamte Orla nun ihre Geschwindigkeit. Mit den Augen verfolgte sie, wie Seán über die Felsen am Ufer balancierte, immer wieder anhielt, lachte. Als sie Boden unter den Füßen und den Wind an ihren Schultern spürte, blieb sie einige Sekunden stehen. Seán hatte sich inzwischen hingesetzt und mit dem Rücken gegen einen Felsen gelehnt. Eine Hand vergrub er im Sand, die andere hielt immer noch das Telefon.

»Vergessen?«, hörte Orla ihn fragen, dann erklang ein höhnisches Lachen. »Das ist absurd, Ricky, und das weißt du auch. Ich muss das hier zu Ende bringen, damit endlich jemand …« Er warf einen Blick über die Schulter und entdeckte sie zwischen den Wellen. Ein Schatten verdunkelte sein Gesicht, doch dann lächelte er. »Muss jetzt aufhören. Hier ist gerade jemand aufgetaucht. Im wahrsten Sinne des Wortes.«

Das Wasser war nur noch hüfthoch und Orla schlang die Arme um ihren Oberkörper. Sie fühlte sich unwohl in ihrem schwarzen Badeanzug und mit dem triefend nassen Haar, das wie ein Helm an ihrem Kopf klebte.

»Ich melde mich wieder bei dir. Du kennst mich doch. Ich komme klar … Grüße an deine Eltern … Ja, mach ich.«

Hastig eilte Orla zu dem Felsen, hinter dem sie ihre Tasche abgestellt hatte, zog das Handtuch daraus hervor und fing an, sich abzutrocknen.

Seán war inzwischen aufgestanden und steuerte auf sie zu. »Guten Morgen«, grüßte er. »Es stimmt also, was die Leute über euch sagen.«

»Was sagen sie denn?«, fragte sie und schlang das Handtuch um ihren Körper.

»Dass die Donovan-Frauen die einzigen Selkies sind, die es noch in Saltmore gibt, und dass ihr keinen Tag überleben könnt, ohne im Wasser gewesen zu sein.«

Ihr Gesicht erhellte sich. »Dazu kann ich mich leider nicht äußern. Das unterliegt strengster Geheimhaltung.« Orla stützte sich am Felsen ab und schlüpfte umständlich in ihre Hose, dann griff sie nach ihrem Shirt.

»Du musst nichts dazu sagen. Ich weiß es auch so.« Seán senkte den Kopf, trotzdem erkannte sie das breite Grinsen, zu dem sich seine Lippen verzogen. Mit der Schuhspitze pflügte er durch den Sand, sodass zwischen ihnen eine tiefe Furche entstand. »Äh, ich hab telefoniert und war spazieren. Irgendwie bin ich am Strand gelandet. Dabei ist es hier unten so windig, dass ich kaum was verstanden habe«, sagte er, als wäre er ihr eine Erklärung schuldig.

»Es gibt eindeutig bessere Orte, um zu telefonieren.« Orla knöpfte den dicken Wollmantel zu und legte sich das Handtuch um die Schultern, dann lächelte sie ihn an.

»Musst du gleich in den Pub?«

»In knapp zwei Stunden«, antwortete er, nachdem er einen prüfenden Blick auf sein Telefon geworfen hatte.

Sie schlüpfte in ihre Schuhe. »Und danach ...«

»Hole ich dich ab, oder?« Sein Lächeln ließ sie für einen Moment den eisigen Wind vergessen, der über das Meer wehte.

»Klar. Ich bin sowieso zu Hause. Komm einfach vorbei.«
Sie drehte sich um und stapfte durch den Sand. Dabei spürte sie
seinen Blick in ihrem Rücken auch noch, als sie am Weißdorn
vorbeimarschierte und hinter den Ginsterhecken verschwand.

* * *

So vergingen die Tage. Sobald Kieran zur Arbeit aufgebrochen war, pflügte Orla durch die Fluten, um danach an ihren
Fotografien zu arbeiten, Mails zu beantworten oder zu telefonieren. Seán hatte mit Erin ausgehandelt, sich nun verstärkt um
den Leuchtturm zu kümmern, um mit der Arbeit voranzukom-
men. Und da Orla ihn dabei unterstützen wollte, wartete er
jeden Tag mit laufendem Motor vor dem Cottage.

Orla mochte die Stille, wenn sie nebeneinander im
Leuchtturm arbeiteten und in wortloser Übereinkunft einen
Rhythmus fanden. Sie ließen einander Raum, gaben einander
Zeit. Zwei fremde Menschen, die sich durch eine gemeinsame
Aufgabe verbanden. Nach der Arbeit fuhren sie ins *Selkie*, saßen
schmutzig und erschöpft am Tresen und warteten darauf, dass
Kieran von der Skellig zurückkam. Natürlich waren Orla die
neugierigen Blicke nicht entgangen, die Erin ihnen zuwarf,
doch ihre Tante stellte keine Fragen zu der neu formierten
Arbeitsgemeinschaft.

An diesem Samstag musste Seán nicht im *Selkie* arbeiten, weswegen sie schon morgens zum Leuchtturm gefahren waren.
Inzwischen hatten sie alle Wände mit der Fräse bearbeitet, sich
durch den Putz und unzählige Anstriche gescheuert, bis ein
bräunliches Gemäuer zum Vorschein gekommen war.

Ein langer Tag stand ihnen bevor. Sie würden den Boden
mit Folie abdecken, die Holzstreben abkleben und anfangen,
die Wände neu zu verputzen. Während der Arbeit erzählte Seán

von den Bienenkorbhütten, die er für das Filmset errichtet hatte und die seither an der Küste von Dingle standen.

»Wir haben die *clocháns* auf die alte Weise gebaut. Kein Mörtel, kein hölzernes Rahmenwerk. Allein die ganzen Steine zu sammeln, hat ewig gedauert. Teilweise haben wir sie mit bloßen Händen aus den Äckern gegraben.«

Nachmittags legten sie eine Pause ein. Orla stand vor dem Fenster, kaute auf einer trockenen Honigwaffel herum und überlegte, ob sie Erin und Kieran am nächsten Tag nach Killarney begleiten sollte, um Siobhan in die Rehabilitationsklinik nach Cork zu bringen, als sie dicht hinter sich einen Schatten bemerkte.

»Hey!« Orla drehte sich um und starrte in die Linse ihrer Kamera. »Was machst du da?«

»Bleib, wie du bist«, erklärte Seán und trat noch einen Schritt auf sie zu. »Du siehst gerade aus wie vergoldet. Die Sonne in deinen Haaren, auf deiner Haut.«

»Ach, lass das.« Orla wandte sich demonstrativ ab.

»Warum denn?«

»Weil ich mich vor der Kamera nicht wohlfühle.«

Er umkreiste sie langsam und drückte mehrmals den Auslöser. Orla hatte die Arme vor der Brust verschränkt und starrte unbewegt hinaus aufs Meer, über dem die Sonne von einem wolkenlosen Himmel strahlte.

»Moment.« Vorsichtig strich Seán ihr eine Haarsträhne hinters Ohr. »So ist es besser.« Er grinste sie breit an, bevor er die Kamera wieder vor sein Gesicht hob. »Vielleicht wusstest du das nicht, Orla Donovan, aber in deinem dreckigen Pullover siehst du bildschön aus. Dazu die Farbe deiner Mähne und dieser skeptische Blick – puh!«

»Seán! Es reicht jetzt«, protestierte sie lachend und trat einen Schritt auf ihn zu.

»Warum? Du siehst aus wie ein Gemälde. Ich kenn mich zwar nicht mit Kunst aus, aber ...« Er zuckte mit den Achseln.

Orla wollte etwas Lockeres erwidern, doch ihr fehlten die Worte. Also schnaubte sie nur.

»Außerdem siehst du so aus, als wärst du nicht an Komplimente gewöhnt.« Sein spöttischer Gesichtsausdruck ließ ihr das Blut in die Wangen schießen.

»Kann ich sie jetzt zurückhaben?«, fragte sie gereizt und zog am Band ihrer Kamera.

»Erst, wenn du mir sagst, wann du mich mal wieder zum Essen einlädst.«

»Was sind denn das für Ansprüche, Seán Gallagher? Ich helfe dir im Turm. Reicht das nicht?«

Sein Blick ruhte auf ihr, blieb sekundenlang in ihren Augen verhaftet, dann drückte er ihr die Kamera in die Hand. »Doch, entschuldige! Das ist mehr als genug.«

Mit großen Schritten durchquerte er den Raum, um seine Wasserflasche vom Fenstersims zu nehmen. Er trank einige Schlucke, dann wischte er sich mit dem Handrücken über die Lippen und drehte sich wieder zu ihr um. »Ist mir allerdings ein Rätsel, warum du dir das freiwillig antust. Du könntest in deinem Garten sitzen und die Füße hochlegen, auf einem Trawler als Makrelenfischerin anheuern oder dir im Pub das Ohr abkauen lassen. Aber nein. Orla Donovan zieht es vor, Farbe von den Wänden zu kratzen.«

»Siobhan ist ja nicht da, um deine Arbeit zu kontrollieren, und ich muss sie vertreten. Ich bin so etwas wie die Bauaufsicht«, flunkerte sie.

»Bauaufsicht ...«, echote er und blies sich eine Haarsträhne aus der Stirn. »Das hättest du wohl gern.«

»Außerdem fotografiere ich fürs Heimatmuseum. Ich dokumentiere jeden einzelnen Handgriff für die Nachwelt.«

»Nett von dir, aber in Saltmore gibt es kein Heimatmuseum.«
Er tippte sich mit dem Zeigefinger an die Stirn. »Weißt du, was
ich glaube, Orla? Wovon ich regelrecht überzeugt bin?«

»Ich höre?« Sie erwiderte seinen Blick mit hochgezogenen
Augenbrauen.

»Du bist von mir besessen.«

»Was?« Ihr Lachen war vielmehr ein fassungsloses Prusten.

»Daran ist überhaupt nichts Verwerfliches. Es wundert
mich nicht mal«, erwiderte er, lehnte sich lässig an die Wand
und verschränkte die Arme vor der Brust. »Wir sind uns fremd
und es gibt keine gemeinsame Vergangenheit, mit der du dich
rumschlagen musst. Das gefällt dir. Wir sind uns nichts schuldig, sind wie weißes Papier.«

»Aha! Interessante Perspektive.« Etwas anderes fiel ihr nicht
ein. Orla kramte in ihrem Rucksack, ohne zu wissen, wonach
sie suchte. Schließlich zog sie ihr Telefon hervor. Sie öffnete
Instagram, registrierte die Reaktionen auf den letzten Beitrag,
den sie hochgeladen hatte, überflog die Kommentare, dann las
sie die eingetroffenen Nachrichten. Adam schrieb, er habe im
Pub einen Typen gesehen, der wie Steven Tyler von Aerosmith
ausgesehen habe. Orla nagte an ihrer Unterlippe, überlegte kurz,
ob sie ihm antworten sollte, tippte dann aber stattdessen eine
Nachricht an ihre Mutter ins Telefon: *Wir sind richtig fleißig
und arbeiten gerade im Nebenhaus. Ich bin gespannt, was du zum
Ergebnis sagst. Sei nicht böse, dass ich morgen nicht mitkomme,
aber hier gibt es jede Menge zu tun. Wir sehen uns, wenn du wieder
zu Hause bist, ja? Später schicke ich dir Fotos.*

Schließlich ließ sie das Handy wieder in den Tiefen ihres
Rucksacks verschwinden. Als sie sich zu Seán umdrehte, lehnte
er immer noch entspannt an der Wand.

»Aber vielleicht irre ich mich. Vielleicht geht es hier gar
nicht um mich«, knüpfte er nahtlos an ihr Gespräch an und
grinste verwegen. »Es könnte ja sein, dass du einfach verdammt

gern Farbe von den Wänden kratzt. Du findest das vielleicht irgendwie befreiend, fast schon spirituell. Gibt so Leute.«

»Mhm.« Sie lächelte. »Vielleicht bin ich so jemand.«

»Gefällt mir«, sagte er schlicht und schlüpfte in seine blutroten Arbeitshandschuhe. »Genug philosophiert. Weiter geht's!«

* * *

Spät am Abend, nachdem sie mit Kieran gegessen hatte, setzte Orla sich aufs Bett und übertrug die Fotos der Kamera auf ihr Telefon. Sie pflegte sie in ihr digitales Archiv ein und wählte diejenigen aus, die sie Siobhan schicken wollte.

Während Orla die Bilder bearbeitete, Kontrast und Farbtiefe anpasste, telefonierte sie mit Adam.

Er erzählte von seinem Training und einer Studentenparty im Trinity College, auf der er gestern zufällig gelandet war. »Dort haben sich nur Kinder rumgetrieben, ich kam mir richtig alt vor. Und die Band war grausam. Wir sind nach zehn Minuten geflohen, weil uns die Ohren geblutet haben. Andrew wollte die Jungs sogar wegen Körperverletzung anzeigen.«

Orla hatte gerade ein Foto eines freigelegten Gemäuers bearbeitet – die Schatten zweier Menschen zeichneten sich darauf ab –, als sie auf die Bilder stieß, die Seán von ihr aufgenommen hatte.

»Dann sind wir den Liffey entlangspaziert und im *Green Horse* gelandet. Ist fast geplatzt, der Pub. Da war Karaoke.«

Sie klickte sich durch die Fotoreihe, während Adam von seiner Partynacht erzählte. Das erste Bild zeigte ihr Gesicht. So nah, dass man jede einzelne Wimper hätte zählen können und haarfeine Äderchen auf ihren Wangen erkannte. Dann ihre Lippen, die sich zu einem Lächeln verzogen, sich zum Sprechen öffneten, aufeinandergepresst wurden. Ihre Haare, die im Abendlicht rötlich schimmerten, am Hinterkopf zerzaust, in den Längen gelockt. Nahaufnahme reihte sich an Nahaufnahme. Vielleicht wusste Seán nicht, wie man mit einem Objektiv umgehen musste. So fotografierte man nur, wenn man keine Ahnung hatte oder jemandem nahekommen wollte. *Sehr nah*, dachte sie und spürte ihrem Herzschlag nach, der von einem gemächlichen Pochen in ein Klopfen übergegangen war.

»Und du?«, fragte Adam. »Was hast du heute getrieben?«

»Ach, nichts Besonderes. Erst habe ich ein paar Mails beantwortet, gebügelt und geputzt, dann war ich wieder beim Leuchtturm, um Seán zu helfen. Wir haben die Wände bearbeitet.«

»Bin gespannt, wie der Leuchtturm aussieht, wenn ihr damit fertig seid. Vielleicht könnten wir die erste Nacht dort verbringen und das Gästehaus einweihen. Hey, das musst du mal mit Siobhan abklären.«

Kein Wort über Seán. Sein Interesse an dem Mann, mit dem sie ihre Nachmittage verbrachte, war erloschen, nachdem er erfahren hatte, dass Seán mit ihrem sonderbaren Bruder befreundet war. Vermutlich genügte ihm diese Information, um sich ein Bild zu machen.

Ein Bild von Seán. Sie hatte unzählige.

Ihre Augen wanderten über das leuchtende Display, betrachteten den Mann, der vor dem Leuchtturm in der Sonne stand, während hinter ihm das Meer an den Felsen zersprang. Sein Haar war staubig, sein Shirt fleckig und die Hände, in denen er sein Telefon hielt, voller Farbe. Orla zoomte, bis sein Gesicht das ganze Display ausfüllte. Obwohl er nicht lächelte, erkannte sie ein amüsiertes Flackern in seinem Blick, eine Spannung um seine Mundwinkel.

»Du fehlst mir«, sagte Adam.

»Du mir auch«, murmelte sie automatisch und starrte in schiefergraue Augen, die etwas in ihr hervorriefen, ein warmes Gefühl, als besäße sie tief in sich eine vage Erinnerung daran.

Was sollte das? War sie vollkommen übergeschnappt? Hastig schaltete sie das Handy aus und sprang aus dem Bett. »Kommst du mich besuchen?«, fragte sie.

»Eher nicht. Saltmore ist zu weit weg, um schnell vorbeizufahren. Tut mir leid.« Adam stieß einen lang gezogenen Seufzer aus, der die Erleichterung unterstrich, die sie in diesem Moment empfand.

»Ich verstehe natürlich, wenn dir der Weg zu weit ist«, sagte Orla. »Es ist eine Weltreise und man wird ständig von Schafen und Schlaglöchern aufgehalten.« Bei diesen Worten kam sie sich furchtbar kalt vor. Aber Adam gehörte nicht hierher und würde den Rhythmus stören, in dem sie sich eingefunden hatte. Das Problem war, dass er nicht zum Kern ihrer Persönlichkeit passte, sondern zu der Dublin-Orla, die im Lichtermeer zerfließen wollte und kein Salz auf der Haut ertrug. Noch ehe sie den Gedanken beendet hatte, riss sie das Fenster auf und starrte in einen wolkenverhangenen Nachthimmel.

Oft hatte sie in der Gaube ihrer Dachgeschosswohnung gestanden und war dem Gedanken verfallen, dass sich über Dublin ein fremder Himmel aufspannte, fremde Wolken, fremde Sterne – wie eine vergessene Jacke über einer Stuhllehne, von der niemand wusste, wem sie gehörte. Außerdem waren die Nächte viel zu hell. Die Stadt hatte die meisten Sterne ausradiert. Nur vereinzelt flackerte noch ein Himmelskörper über dem großen Leuchten der irischen Metropole. *Duibhlinn* – was nichts anderes bedeutete als schwarzer Teich. Paradox.

Seitdem Orla in Dublin lebte, konnte sie den Anblick des Himmels nicht mehr genießen. Es hätte sie nicht weiter gestört, wenn sie das, was darunterlag, gemocht hätte. Nun, vierhundert Kilometer von Dublin entfernt, hatte der Himmel wieder eine Bedeutung. Wie das Wasserglas einer Künstlerin. Mal hatte sie gerade die Pinsel eingetaucht, sodass die Farben langsam ineinanderflossen, mal verrührte sie alle Farben zu einem undurchsichtigen Grau und manchmal war das Wasser so schwarz und still, als gäbe es keine Künstlerin. Als würde es außerhalb des Wasserglases nichts als einen grenzenlosen Raum geben.

»Wenn man beschäftigt ist, verfliegt die Zeit. Nur noch ein paar Wochen, dann bist du wieder bei mir«, erklärte Adam mit sanfter Stimme. »Vorfreude ist doch die schönste Freude, hm?«

»Das stimmt«, erwiderte sie. Schon am Montag würde wieder ein weißer Vauxhall vor dem Cottage warten.

13. ROSIE

Sommer 1997

Das Thema lautet: Heimat im Wandel. Während die anderen Kinder darüber schreiben, dass sie Saltmore irgendwann verlassen müssen, um in den Städten eine gut bezahlte Arbeit zu finden, soll ich beschreiben, was Heimat für mich bedeutet.

Rónán starrt aus dem Fenster, beobachtet Eichhörnchen in den Baumkronen, als die Lehrerin sich erkundigt, worüber er seine Hausarbeit verfassen wird. »Ich will nichts schreiben«, brummt er.

»Selbst wenn er schreiben wollte ... Was soll da schon rauskommen? Der kann ja nicht mal richtig reden«, spottet William, ein dicklicher Junge, der direkt hinter mir sitzt.

»Pass bloß auf, was du sagst!« Ich fahre herum und richte meinen Kugelschreiber auf ihn, als wäre es ein Dolch.

»Hört auf zu streiten. Dafür finden wir schon eine Lösung!«, beschwichtigt uns die Lehrerin und baut sich vor dem Pult auf, an dem mein Bruder sitzt. »Rónán könnte uns etwas vom Straßenleben erzählen. Wäre das nicht spannend? Er ist schließlich Experte auf dem Gebiet. Nachdem alle ihre Aufsätze vorgelesen haben, setzen wir uns zusammen und lauschen seinen Geschichten. So war das früher. Das fahrende Volk hat Geschichten von seinen Reisen mitgebracht, um die Menschen in den Dörfern zu unterhalten. So war's doch, Rónán, nicht wahr?«

Seine Ohren sind leuchtend rot, sein Blick versteinert. Er protestiert nicht, dabei weiß ich genau, dass er lieber ein Tänzchen aufführen würde, als diesen Menschen von unserem Leben zu erzählen. Alles, was sie von uns hören wollen, sind Märchen, vollgesaugt mit Straßenromantik und Brutalität. Sie wollen sich nur bestätigen lassen, was sie sich längst zusammengereimt haben: grobschlächtige Männer und Frauen, die etwas von Magie verstehen. Zottelige Kinder, die weder schreiben noch lesen können, aber in der Hundezucht und im Faustkampf ausgebildet werden. Ein Leben in Armut, alkoholdurchtränkt, am Rande der Legalität.

Aber wir sind kein Wanderzirkus und machen keine Kunststücke für ein schaulustiges Publikum. Unsere Wurzeln ziehen sich durch die gesamte irische Geschichte. Wir waren schon immer da, haben als Nomaden auf dieser Insel gelebt, noch bevor die Kelten sich hier niedergelassen haben.

* * *

Heute müssen wir nicht in die Schule – dafür waren wir in der Messe und wurden danach von Father Andrew ausgehorcht. Er wollte alles von uns wissen. *Natürlich sind wir getauft, Father, und gehen regelmäßig zur Beichte. Unser Leben ist eine Pilgerfahrt, Father, deswegen sind wir immer unterwegs.*

Während unsere Eltern einen Spaziergang über den Küstenpfad machen, fläzen wir uns in der Sonne. Wir trinken Cola aus der Dose und lehnen mit dem Rücken am Caravan. Rónán hat uns aus Holunderzweigen Blasrohre geschnitzt und wir versuchen, mit den Beeren in eine leere Tasse zu treffen, die fünf Schritte von uns entfernt im Gras steht. Aus dem knallroten Kofferradio plärrt ein Song von *Oasis* und wir wippen im Takt mit den Füßen. Rónán wünscht sich eine Jeansjacke zum Geburtstag, sagt er. Als der Moderator die neue Single von U2 ankündigt, schiebt er sich den Schild seiner Kappe in den Nacken. »Und eine Sonnenbrille wie *Bono*.«

»Du hast doch schon den Ohrring bekommen«, erinnere ich ihn, beuge mich vor und zupfe an dem silbernen Ring. »Dad muss erst mal Geld verdienen, bevor du dir wieder was wünschen kannst.«

Er nimmt einen Schluck Cola und nickt. »Weiß ich.«

Ich betrachte meine Hände. Sie sind braun gebrannt, weil wir die ganze Zeit draußen sind, und haben viele Schrammen. Der Nagellack ist fast verschwunden. Nur auf dem kleinen Finger schimmert noch ein zartes Rosa.

Plötzlich fällt ein Schatten auf uns. »Hallo!«, grüßt eine helle Stimme. »Ich bin gekommen, um mich zu revanchieren.«

Ich schirme die Augen mit dem Unterarm ab. Erst jetzt erkenne ich das Mädchen. Ich glaube, sie heißt Orla. Sie trägt ein blütenweißes Kleid, einen lindgrünen Cardigan mit glitzernden Knöpfen und knöchelhohe Turnschuhe aus schwarzem Stoff.

»Was heißt revoschieren?«, frage ich und ziehe die Nase kraus.

»Eine Hand wäscht die andere«, sagt sie. »Die Typen haben schon ein paarmal versucht, Kieran abzuziehen. Er kann sich nicht dagegen wehren und deswegen ...« Ihr Blick wandert zu Rónán und sie lässt ein Lächeln aufleuchten. »Du hast meinem Bruder geholfen. Das war echt mutig. Jetzt will ich dir helfen.«

Rónán sitzt regungslos neben mir und starrt Orla an, als hätte er noch nie in seinem Leben ein Mädchen gesehen.

111

»Was ist?«, fragt Orla und verlagert das Gewicht auf ihr anderes Bein. Ich drücke meinen Ellbogen in seine Flanke, doch Rónán macht keine Anstalten, sich zu rühren. »Ist er zurückgeblieben oder so?«

Ich platze fast. Das Lachen steckt in meiner Kehle fest. Alles, was ich hinbekomme, ist ein heftiges Nicken.

»Bu-bullshit!« Rónán macht ein zischendes Geräusch und fuchtelt mit dem Holunderzweig herum, als wollte er damit die Luft zerteilen. »Ich weiß nur nicht, womit du mir helfen willst. Da gibt es nix.«

»Du musst einen Vortrag halten«, erinnert ihn Orla.

»Dabei brauch ich keine Hilfe!«

Skeptisch hebt sie die Augenbrauen, dann verschränkt sie die Arme vor der Brust. »Wir machen es so«, kündigt sie an. »Ich schreibe alles auf, was du mir diktierst, und dann üben wir so lange, bis jeder Satz sitzt. Keiner wird es wagen, sich über dich lustig zu machen. Ich bin dir was schuldig, oder nicht?«

»Schon gut. Die Typen sind Arschlöcher und ich kann's nicht ab, wenn jemand fertiggemacht wird, der nichts dafürkann. Dein Bruder hat's bestimmt nicht verdient, so behandelt zu werden.« Er spricht mit belegter Stimme und so langsam, als wäre seine Zunge auf die Größe eines Boxhandschuhs angeschwollen.

»Was ist jetzt? Kommst du mit?«, fragt sie. »Deine Schwester kann uns natürlich begleiten, wenn sie will, dann zeige ich euch die alte Kapelle am Meer. Dort sind wir ungestört, weil sich niemand mehr dafür interessiert. Nur manchmal kommen ein paar Alte vorbei, um Kerzen anzuzünden. Das war's.«

»Wir waren heute schon in der Kirche«, brummt Rónán.

»Mhm, ich hab euch gesehen, saß schräg hinter euch.« Orla kichert und wickelt sich eine Haarsträhne um den

Zeigefinger. »Hast wirklich ein bezauberndes Stimmchen für einen Jungen.«

Ich muss so laut lachen, dass Vögel aus den Haselnusssträuchern aufflattern. Mein Bruder ist mitten im Stimmbruch. Er singt nicht. Nur wenn Mam ihn ermahnt und mit dem Ellbogen anstößt, macht er den Mund auf und klingt dabei wie einer dieser Teddybären, die man nach hinten kippen muss, damit sie brummen.

14. Orla

Kieran und Erin waren aufgebrochen, um Siobhan aus dem Krankenhaus in Killarney abzuholen und in ein Rehabilitationszentrum zu bringen, das außerhalb von Cork direkt am Meer lag. Niemand hatte versucht, Orla zum Mitkommen zu überreden. Stattdessen erhielt sie ein Foto, auf dem die drei grinsend in die Kamera blickten und Pints wie Pokale in die Höhe hoben. *Wir machen Cork unsicher. Schade, dass du nicht dabei bist,* schrieb Erin.

Orla war schon lange nicht mehr dabei. Ihre distanzierte Haltung wurde geduldet, nach all den Jahren beinahe erwartet. Kieran stellte keine Fragen und Siobhan wagte es nicht. Nur Erin ließ sich gelegentlich zu einem Kommentar hinreißen und rüttelte an der Mauer, die Orla vor sich errichtet hatte. Konnte man hinter Mauern glücklich werden? Orla zweifelte daran.

Um sich abzulenken, stürzte sie sich in Arbeit. Erst werkelte sie im Garten, brach die Seitentriebe der Tomatenstauden und lockerte die Erde der Gemüsebeete auf, dann kratzte sie Moos aus den Fugen der Steinplatten.

»Hast du wirklich keine Zeit, Mam in Cork zu besuchen?«, fragte Kieran, als er spät am Abend nach Hause kam.

»Das ist schwierig. Ich habe gerade echt viel um die Ohren. Das Haus und der Garten, der Leuchtturm, meine Fotos.«

»Und Seán«, ergänzte er ungerührt.

»Seán hat damit herzlich wenig zu tun.«

Der skeptische Blick ihres Bruders ließ Hitze in ihr aufsteigen. Erwischt! Anstatt sich mit Menschen auseinanderzusetzen, die ihr nahestanden, vertrieb sie sich die Zeit lieber mit einem Mann, den sie kaum kannte. Außer dem gegenwärtigen Moment verband sie nichts miteinander.

Aber mit Seán war alles einfach. Deswegen stieg sie auch am nächsten Tag wieder in sein Auto. Sie hatten verabredet, die Wände des Nebenhauses zu streichen. Trotz ihrer schmerzenden Arme genoss Orla die Arbeit. Sie störte sich nicht an den Farbklumpen in ihrem Haar und an ihren Boots, die inzwischen wie zwei abstrakte Gemälde aussahen. Sie mochte die Atmosphäre – die flapsigen Bemerkungen, die sie sich gegenseitig an den Kopf warfen, das Schweigen und Augenzwinkern zwischendurch. Manchmal durchzuckte sie der Gedanke an Adam, jäh und drängend, doch gelang es ihr jedes Mal, ihn weit von sich zu schieben.

Das Licht, das von außen in den Raum fiel, hatte sich mit der untergehenden Sonne verändert, wurde weicher, erst golden, dann kupfern. Es war Abend geworden und sie hatten gerade die Farbrollen und Pinsel ausgewaschen.

Während Seán auf seinem Telefon herumtippte, trat Orla nach draußen. Das Meer war sanft und säuselnd. Sie suchte sich eine trockene Stelle, legte sich auf die Felsen und drückte ihre Handflächen auf den sonnenwarmen Stein.

Sie hörte, wie eine Tür aufgestoßen wurde, und kurz darauf fiel ein Schatten auf sie. Mit einer Hand schirmte sie ihre Augen ab und blinzelte zu Seán hinauf. Es sah aus, als stünde der Himmel hinter ihm in Flammen. Tiefrote Schlieren durchzogen ein grelles Orange.

»Bist du hier gestrandet, Selkie?«, fragte er und riss eine Packung mit Erdnüssen auf.

»Ich liege nur.«

»Sieht echt gemütlich aus«, spottete er, doch dann ließ er sich neben ihr nieder und streckte sich aus. »Willst du?«

Sie griff in die Tüte und steckte sich zwei gesalzene Erdnüsse in den Mund.

Schweigend lagen sie nebeneinander, aßen Nüsse und schauten hinauf in den lodernden Himmel. Der Wind trieb Federwolken darüber hinweg.

Als Orla sich zu ihm umwandte, war sein Gesicht ihr so nah, dass sie die feinen Linien auf seiner Stirn erkennen konnte, die Bartstoppel an seinem Kinn und eine haarfeine Narbe auf seiner Unterlippe. Seine Pupillen weiteten sich – das Schwarz wurde groß und anziehend. Orla lächelte nervös, als sie wahrnahm, wie kräftig ihr Herz gegen ihren Brustkorb schlug.

Seáns Mundwinkel zuckten, schafften es jedoch nicht, ihr Lächeln zu erwidern. Er räusperte sich. »Äh, Cap hat echt außergewöhnliche Augen«, sagte er und streckte die Hand nach dem Hund aus, der sich neben ihm zusammengerollt hatte, um über seinen glänzenden Rücken zu streichen. »Wie Kieran.«

»Ursprünglich war Cap auch für Kieran gedacht«, sagte Orla. Lebhaft erinnerte sie sich an den Tag vor fünf Jahren, als sie mit dem Welpen nach Saltmore gefahren war, um ihren Bruder zu überraschen. »Aber er wollte ihn nicht, hat ihn keines Blickes gewürdigt. Ich denke, die Erinnerungen an Bean waren einfach zu schmerzhaft, sind es wahrscheinlich immer noch.«

»Wer ist Bean?«

»Ein Hund. Klein wie ein Böhnchen, mit einem hellblauen und einem dunkelblauen Auge. *Eins für den Himmel, eins fürs Meer,* haben wir immer gesagt. Kieran hat ihn echt geliebt, aber

116

...« Orla verstummte. In ihren Gedanken blitzten Bilder auf – sie besaßen scharfe Kanten, sodass man sie vorsichtig anfassen musste. Die Jahre hatten diese Erinnerungen nicht rundgewaschen. Ein schlaffer Körper lag vor dem Trog, in dem sich über Nacht trübes Regenwasser gesammelt hatte. Triefend nasses Fell mit blicklosen Augen. Das Hemd ihres Vaters hatte sich bis zum Ellbogen mit Nässe vollgesogen.

Erst als Orla tief durchgeatmet hatte, gelang es ihr, mit fester Stimme fortzufahren. »Bean hat nicht lange gelebt. Mein Vater hat ihn ertränkt.«

»Wa-was?« Seán setzte sich auf und legte schützend seine Hand auf den neben ihm ruhenden Hund.

»Er hat ihn unter Wasser gedrückt. Es sollte eine Strafe sein, weil Kieran … Es war eine Kleinigkeit, aber mein Vater hat total die Beherrschung verloren.«

»Scheiße. Warum denn?«, fragte Seán bestürzt.

»Na ja, Bean hat sich oft an den Küchenabfällen bedient. Danach sah die Küche immer aus wie ein Schlachtfeld. Mein Vater wollte zum Kühlschrank, ist auf Kartoffelschalen ausgerutscht, hat sich das Bein verdreht und tja …«

»Und deswegen tötet er den Hund?«

Orla setzte sich auf und schlang die Arme um ihre angewinkelten Beine. Mit dem Zeigefinger kribbelte sie Farbe aus dem Gewebe ihrer Jeans. »Er war kaputt.« Sie hob die Schultern. »Erst hat er seinen Führerschein verloren, weil er betrunken in einen Viehstall gedonnert ist, dann hat sein Chef ihn rausgeworfen. Es wurde immer schlimmer. Alkohol konserviert nicht. Alkohol zersetzt, saugt die Menschen aus, obwohl sie sich volllaufen lassen. Irgendwann war nichts mehr von ihm übrig. Und darunter hat die ganze Familie gelitten.«

»War euer Vater euch gegenüber gewalttätig?«

»Nur ganz selten«, murmelte sie und erinnerte sich daran, wie er ihr einmal fast das rechte Ohr abgerissen hatte, an das

117

Brennen auf der Haut und daran, wie seine zornige Stimme durch alle Wände und Schichten gedrungen war.

Plötzlich legte Seán seine Hand auf ihre – trocken und tröstlich. Mit dem Daumen streichelte er über ihren Handrücken. Mehr geschah nicht. Es war nur seine Hand, die ihre wärmte. Er sagte etwas, doch seine Stimme ging im Wellenrauschen unter und sie hakte nicht nach. Stattdessen konzentrierte sich Orla auf ihren Herzschlag.

Sie dachte an das Paradoxon, das ihr Leben bestimmte: Sobald sie den Anker auswerfen wollte, sehnte sie sich danach, die Segel zu hissen. Orla versuchte, gleichzeitig anzukommen und aufzubrechen.

Kurz nach ihrer Ankunft in Dublin hatte sie eine Therapie begonnen. Während der erwachsene Anteil ihrer Persönlichkeit sich losreißen und befreien wollte, suchte der kindliche Anteil Schutz und Geborgenheit. »Beide Bedürfnisse dürfen nebeneinander existieren, ja müssen sogar miteinander in Kontakt treten, um befriedigt zu werden«, hatte die Therapeutin gesagt, aber offengelassen, wie Orla beiden Sehnsüchten gerecht werden sollte.

»Ich habe eine Frage an dich«, hob sie an und zog ihre Hand vorsichtig unter seiner hervor. »Stell dir vor, du würdest ein Leben führen, in dem es dir eigentlich ganz gut geht. Nicht überschäumend, nicht turbulent, aber okay. Du lebst einfach. Und plötzlich wird dir ein Deal angeboten: Du kannst dieses Leben haben. Für immer, wenn du willst. Nicht überschäumend, nicht turbulent, aber okay.«

»Was ist die Alternative?«

»Oder du verzichtest auf den sicheren Boden unter deinen Füßen, wirfst alle Pläne über Bord und erfindest dich neu.«

Eine Weile wanderte sein Blick über die Wellen, dann drehte er sich zu ihr um. »Im Zweifel würde ich mich immer für den Neuanfang entscheiden, für absolut weißes Papier.«

»Und für die absolute Unsicherheit«, ergänzte sie.

»Yep. Man zahlt immer einen Preis.« Er rollte die Ärmel seines Shirts hoch, dann erschien ein Lächeln auf seinen Lippen. »Ich hatte noch nie Probleme damit, Dinge hinter mir zu lassen. Liegt vielleicht an meinem ausgeprägten Sinn für Abenteuer.«

»Deswegen bist du nach Saltmore gekommen?«, fragte sie neckisch. »Weil dieses verschlafene Nest so viele Abenteuer zu bieten hat, ja?«

»Aye. Eins dieser Abenteuer hat eine rätselhafte Vorliebe für Renovierungsarbeiten.« Er zwinkerte ihr zu, dann knüllte er die Erdnusspackung zusammen und stopfte sie in seine Gesäßtasche. »Aber eigentlich bin ich nur in Saltmore gelandet, weil meine Freundin mich damals rausgeschmissen hat. Damit habe ich auch die Arbeit bei ihrem Vater verloren und musste mich mit Gelegenheitsjobs durchschlagen. Ein paar Zufälle später saß ich dann vor dem *Selkie*.«

»Aber dass du geblieben bist, war ganz bestimmt kein Zufall«, erwiderte sie.

»Ach? Was war's denn dann?«

»Du wirst hier gebraucht und dir gefällt das Gefühl, gebraucht zu werden.«

»Niemand braucht mich hier. Jeder Vollidiot kann meine Arbeit machen.«

»Aber nicht jeder Vollidiot schafft es, sich mit meinem Bruder anzufreunden«, gab sie sanft zurück. »Das gelingt nur ganz besonderen Vollidioten, und Menschen von dieser Sorte haben uns hier wirklich gefehlt.«

»Menschen von dieser Sorte …«, echote er und kratzte sich am Hinterkopf.

»Sollen wir eigentlich mal los?«, fragte sie, klatschte in die Hände und stand mit einem Satz auf den Beinen. »Es ist spät geworden.«

* * *

»Ich glaube, ich bin wie eine dieser Meeresschnecken«, meinte er, nachdem er die Tür zum Nebenhaus abgeschlossen und den Schlüssel in seiner Hosentasche verstaut hatte.

»Wie bitte?« Orla blieb stehen und versuchte, mit einer Hand ihr Haar zu bändigen, das wild um ihren Kopf flatterte.

»Es gibt da so eine Meeresschnecke, die sich selbst köpft. Sie lebt dann eine Weile ohne Herz und andere Organe, aber das ist nur der Übergang. Innerhalb von ein paar Tagen wächst nämlich alles nach.«

»O-okay. Echt jetzt?« Orla lachte irritiert und beobachtete, wie eine Staubwolke in die Luft stieg, als Seán seinen Rucksack schulterte.

»Na ja, ich finde Neuanfänge gut. Vielleicht nicht ganz so radikal, aber grundsätzlich ...« Er machte zwei Schritte und warf einen Blick über die Schulter. Ein breites Grinsen zog sich über sein Gesicht. »Kommst du?«

Als Orla zu ihm aufgeschlossen hatte und sie nebeneinander zwischen den Felsen zur Klippe hinaufstapften, neigte er den Kopf zu ihr. Seine Stimme hatte einen vertraulichen Unterton. »Warum wolltest du wissen, für welches Leben ich mich entscheiden würde?«

Sie zuckte mit den Achseln. »Manchmal frage ich mich, was ich noch in Dublin verloren habe, und überlege mir alternative Lebensmodelle. Nichts Außergewöhnliches, nur andere Menschen an anderen Orten.«

»Dann bist du in Dublin doch nicht so glücklich, wie du allen weismachen willst.«

In seinen Augen erkannte sie ein herausforderndes Schimmern. Sie war nicht glücklich, aber es war ihr immer einfacher erschienen, ihre Unzufriedenheit auszuhalten, als etwas dagegen zu tun. Fast hätte sie von Adam erzählt, doch

120

irgendetwas hinderte sie daran – vielleicht das Gefühl, dadurch etwas kaputtzumachen, das noch gar nicht wirklich angefangen hatte. Orla erklomm die Klippe. Sofort griff der Wind in ihr Haar.

»Was ist mit deinem Leben in Dublin?«, hakte er nach und riss die Tür des Vauxhalls auf.

»Ist okay.« Orla schmiss ihren Rucksack in den Laderaum. »Ich stelle keine hohen Ansprüche und könnte vollkommen zufrieden sein.«

»So, wie du dich anhörst, ist okay nicht ansatzweise genug.«

»Das muss ich noch herausfinden«, sagte sie, stellte sich in den Türeinstieg und stützte sich auf dem Wagendach ab. »Vielleicht ist das auch nur eine Phase, die wieder vergeht.«

Seán war im Laderaum verschwunden, sodass sie nicht sicher war, ob er sie überhaupt verstanden hatte. Orla spürte die Erschütterungen, als er Taschen, Werkzeuge und Eimer verschob, um sie für die Fahrt zu sichern.

Kurz darauf tauchte sein Kopf hinter dem Wagen auf. Er rieb seine Handflächen aneinander. »Tja, Orla, die Frage ist: Was machst du, wenn die Phase nicht vergeht und okay tatsächlich nicht genug ist?«

Anstatt ihn anzusehen, ließ sie ihren Blick über das Meer schweifen. Sie konzentrierte sich auf die Wellenberge, als läge in den Tälern dazwischen die Antwort auf seine Frage. »Eigentlich wollte ich Saltmore weit hinter mir lassen.« Orla kämmte mit den Fingern durch ihr zerzaustes Haar. »Aber wenn ich hier bin, zieht alles an mir und ich bekomme ein schlechtes Gewissen, weil ich fortgegangen bin.«

Seán stützte sich auf der geöffneten Wagentür ab. »Was zieht an dir?«

»Das Meer und die Menschen, Kieran vor allem. Alles zieht mich zurück nach Hause und gleichzeitig bekomme ich Panik, wenn ich mir vorstelle, hier nicht mehr wegzukommen.«

»Was ist denn so schlimm an der Vorstellung, hier zu leben?«

Früher wären ihr tausend Gründe eingefallen, jetzt fehlten ihr die Argumente.

Bevor sie antworten konnte, klingelte ihr Telefon. *Skellig Cruise Company* stand auf dem Display. »Ja?«, meldete sie sich.

»Na endlich, es wäre einfacher, den Papst höchstpersönlich ans Telefon zu bekommen als eine von euch Donovans. Hallo Orla.«

Ein Lächeln breitete sich auf ihrem Gesicht aus, als sie die Stimme ihres ehemals besten Freundes vernahm. »Freddie! Das ist ja eine Überraschung. Wie geht's dir?«

»Du musst kommen. Kieran ist noch auf der Skellig, aber wir holen ihn gleich.«

»Wie bitte?«, fragte sie verständnislos. »Was soll das heißen?«

»Hier ist die Kacke am Dampfen. Die Garda kommt gleich. Kieran ist mit Dermot noch drüben, weil er …«

»Ist er verletzt, oder was?«, fragte sie schrill und spürte eine beißende Panik in sich aufsteigen.

»Kieran ist ausgerastet und hat eine Frau von der Anlegestelle ins Meer gestoßen. Das ist passiert. Sie muss ins Krankenhaus.«

»Oh Gott! Das darf doch nicht wahr sein!« Sie wandte sich zu Seán um, der die Arme vor der Brust verschränkt hatte und sie aus wachsamen Augen beobachtete.

»Ist es aber. Ich habe jetzt keine Zeit, dir alles zu erklären. Du musst sofort ins Büro kommen, Orla. Du musst da sein, wenn das Schiff einläuft.«

Seán manövrierte den Wagen über holprige Wege, düste den Hügel hinab und brachte ihn am Hafen zum Stehen. Der Krankenwagen fuhr gerade davon. Menschen schauten aus ihren Fenstern und waren auf der Straße stehen geblieben, um ihm nachzuschauen und die Köpfe zusammenzustecken. Nicht lange und man würde sich im Dorf die wildesten Geschichten erzählen. Über Kieran, die Skellig und den Angriff. Orla ballte die Hände zu Fäusten.

Vor dem Bürogebäude der *Skellig Cruise Company* stand ein Garda, rauchte eine Zigarette und blickte auf sein Handy. Es war Tomás. Sein Anblick ließ sie aufatmen.

»Also ich geh dann mal und versuche, meinen Bruder zu retten«, erklärte sie und lachte tonlos. »Danke, dass du mich gefahren hast.«

Seán legte seine Hand auf ihren Unterarm, streichelte sanft darüber. »Mach dir keine Sorgen. Das ist bestimmt nur ein Missverständnis.«

Es war kein Missverständnis, sondern eine Katastrophe, doch Orla presste die Lippen aufeinander und nickte.

»Soll ich später mal bei …«

»Danke, geht schon.« Sie öffnete die Tür und sprang aus dem Wagen. Ein schneidender Wind schlug ihr entgegen.

Freddie war nicht nur verärgert, sondern regelrecht bestürzt. Kreidebleich stand er im Büro und erzählte knapp, was auf der Skellig geschehen war.

»War ein Tag wie jeder andere. Kieran hat wie immer auf dem Boot gewartet, während die Leute über die Skellig gekraxelt sind. Zwei Stunden Aufenthalt. Niemand darf früher zurück an Bord, so verlangen es die Richtlinien. Keine Ausnahmen, das habe ich meinen Leuten eingetrichtert. Wenn ich gewusst hätte, wozu das führt …«

Nach einer halben Stunde war eine Dame erschienen, die verlangte, wieder an Bord gelassen zu werden, weil sie sich ausruhen wollte. Sie fing an, lautstark mit Kieran zu diskutieren. »War ein richtiges Affentheater, meinte Jim.« Die anderen Crewmitglieder beobachteten das Geschehen aus einiger Entfernung und machten sich über das Gezeter lustig.

»Und die anderen haben es nicht für nötig erachtet, Kieran zu helfen, damit er wieder ruhiger wird? Sie wissen doch, wie er ist!«

»Wir sind Kollegen, keine Sozialarbeiter«, erwiderte Freddie achselzuckend.

»Tolle Kollegen!« Orla schnaubte verächtlich auf. »Was ist dann passiert?«

»Tja, die Frau wollte sich an Kieran vorbeidrängen, um an Bord zu gehen, hat ihn dabei wohl angerempelt. Da ist er ausgerastet«, erklärte Freddie und tippte sich mit dem Zeigefinger an die Stirn. »Er hat sie geschubst und sie ist von der Anlegestelle ins Meer gefallen.«

Gequält verzog Orla das Gesicht. »Oh nein!«

»Dermot und die anderen haben der Frau dann wieder an Land geholfen. Zum Glück ist sie nicht auf einem Felsen gelandet. Herrgott noch mal, das hätte richtig schiefgehen können, Orla.«

»Tut mir leid!«

»Mir auch. Kieran ist dann einfach abgehauen. Dermot hat ihn gesucht und eine halbe Stunde später in einer Bienenkorbhütte gefunden. Er war völlig außer sich, hat rumgeschrien und konnte sich gar nicht mehr beruhigen. Deswegen hat sich die Crew dafür entschieden, zuerst die Frau ans Festland zu bringen.«

»Kieran ist noch da drüben? Ganz allein?« Ihre Stimme zitterte.

»Quatsch! Dermot ist bei ihm und passt auf, dass er keinen Blödsinn macht. Sie werden gerade abgeholt.«

»Und die Frau? Wie geht es ihr?«

»Ist auf dem Weg ins Krankenhaus. Hat wohl nur eine Schramme abbekommen, aber man weiß ja nie. Sie ist natürlich geschockt. Mit so etwas rechnet man ja nicht.«

»Das ist einfach nur furchtbar.« Orla vergrub das Gesicht in den Händen. »Du weißt doch, dass Kieran mit solchen Situationen total überfordert …«

»Darum geht's jetzt nicht. Dein Bruder hat einen Menschen verletzt! Ich werde mit der Frau sprechen, mich im Namen der Company entschuldigen und versuchen, Schlimmeres zu verhindern.«

»Meinst du, sie zeigt Kieran an?«

»Ich hoffe nicht.« Freddie seufzte. »Es tut mir wirklich leid, Orla, aber das hat natürlich Konsequenzen. Soll ich Siobhan informieren?«

»Nein!«, fauchte sie. »Das überlässt du Kieran. Kein Wort zu Siobhan. Das würde sie total aus der Bahn werfen.«

Als Orla aus dem Büro zurück auf die Straße trat, lehnte Seán an seinem Wagen und rauchte eine Zigarette. Er grinste schief, als er sie erblickte. »Ich dachte, ich könnte euch vielleicht nach Hause fahren.«

Wortlos lehnte sie sich neben ihn, nahm ihm die Zigarette aus der Hand und zog daran. Der Rauch kratzte in ihrem Hals.

»Und?«

»Scheiße!«, flüsterte sie und starrte dem Schiff entgegen, das ihren Bruder zurück ans Festland bringen würde. Sie konnte es als weißen Tupfen zwischen den Wellen erkennen.

»Ist es sehr schlimm?«, erkundigte sich Seán.

»Es ist ein Desaster. Könnte sein, dass Kieran seinen Job verliert.«

»Kann ich irgendwas tun, um euch zu helfen?«

Langsam schüttelte sie den Kopf, dann gab sie ihm die Zigarette zurück. »Aber du könntest uns vielleicht wirklich nach Hause bringen.«

Kieran war kreidebleich, als er von Bord ging und ihnen entgegentrottete. Mit zusammengepressten Lippen ließ er ihre Umarmung über sich ergehen, dann setzte er sich auf die Rückbank des Wagens.

Während der Fahrt zum Cottage herrschte eine angespannte Stille. Durch den Rückspiegel beobachtete Orla ihren Bruder. Kieran bearbeitete seinen Kamm. Er drückte die Zinken so fest gegen seinen Daumen, dass zwei abbrachen, doch er schien davon keine Notiz zu nehmen. Seine Lippen bebten vor Anspannung.

Keiner versuchte, die Stimmung aufzulockern oder tröstende Worte zu finden.

Nach wenigen Minuten kam der Vauxhall mit einem Seufzen zum Stehen.

»Jetzt kannst du meinen Job haben, Seán«, sagte Kieran und hob den Kopf, um durch die Windschutzscheibe nach draußen zu starren.

»Quatsch! Ich arbeite doch im *Selkie*.«

»Aber zuerst hast du versucht, bei Freddie anzuheuern, oder nicht? Du wolltest immer aufs Meer.«

»Aye. Hat zum Glück nicht geklappt. Sonst wäre ich bestimmt nur zum Trinken im Pub gelandet.«

Kieran nickte mechanisch, dann ließ er die Tür aufspringen, blieb jedoch auf der Rückbank sitzen. »Ich habe einen Fehler gemacht. Ich hätte die Frau nicht schubsen dürfen«, murmelte er und drückte die Lippen gegen seinen Handrücken.

»Kopf hoch, Kumpel. Ist dumm gelaufen. Wenn du dich entschuldigst, renkt sich das bestimmt wieder ein. Niemand ist perfekt, jeder macht Fehler. Man muss nur dafür geradestehen«, versuchte Seán, ihn zu trösten.

Anstatt etwas zu erwidern, sprang Kieran aus dem Wagen, donnerte die Tür zu und marschierte zum Cottage.

»Er ist ziemlich durch den Wind.« Orla zwang sich zu einem Lächeln und legte die Hand auf den Türöffner. »Ich versuche, mit ihm zu reden, aber vermutlich werde ich nichts aus ihm herausbekommen.«

»Na ja, vielleicht wäre es auch ganz gut, ihn erst mal nicht mit Fragen zu bombardieren. Ich könnte mir vorstellen, dass er sich schon genug anhören musste.«

Orla linste zum Haus, dessen Tür sperrangelweit offen stand. »Als Kind ist ihm das öfter passiert. Deswegen wurde er auch von der Schule geworfen und musste zu Hause unterrichtet werden. Aber er hat wirklich hart an sich gearbeitet, damit er besser zurechtkommt. Er hat Therapien gemacht, ist erwachsen geworden. Mittlerweile kommt er echt gut klar. Aber ... Ich weiß auch nicht.«

»Es war keine böse Absicht.«

»Wird ein Verhalten nach seiner Wirkung bewertet oder nach der Absicht, die dem Verhalten vorausgegangen ist?«

»Tja, gute Frage. Die Absicht sagt jedenfalls mehr über einen Menschen aus«, erklärte er und beugte sich vor, bevor er mit gedämpfter Stimme fortfuhr. »Wenn du mir zum Beispiel einen Kuchen backst, ohne zu wissen, dass ich eine Nussallergie habe, und ich esse den Kuchen und sterbe einen qualvollen Erstickungstod, dann wäre ich dir nicht böse, weil deine Absicht ...«

»Ach komm, der Vergleich hinkt.« Trotz des miesen Gefühls in ihrem Bauch musste Orla lachen. »Ich gehe jetzt. Danke, dass du uns nach Hause gebracht hast.«

»Jederzeit!« Er salutierte, indem er zwei Finger an seine Stirn hob. »Ich hab übrigens gar keine Nussallergie.«

»Weiß ich«, sagte sie und deutete auf die bunte Folie der Erdnusspackung, die aus seiner Hosentasche ragte.

15. ORLA

Auch am Morgen nach dem Vorfall auf der Skellig wollte Kieran seine Ruhe. Er schloss sich in sein Zimmer ein, ließ den Fernseher in ohrenbetäubender Lautstärke laufen und ignorierte jegliches Klopfen. Nachdem Orla lange mit Erin telefoniert hatte, unternahm sie einen Küstenspaziergang mit Cap. Als sie eine Stunde später nach Hause kam, war Kieran immer noch nicht bereit, mit ihr zu sprechen.

»Wenn du's dir anders überlegst, findest du mich im *Selkie*«, rief sie und harrte einige Sekunden aus, doch in seinem Zimmer rührte sich nichts.

Frustriert radelte Orla zum Hafen.

Im *Selkie* wurde sie mit sorgenvoller Miene begrüßt.

»Ich verstehe es nicht. Das ist doch seit Jahren nicht mehr passiert«, sagte Erin kopfschüttelnd.

»Gerade ist nichts so, wie er's gewohnt ist. Mam ist krank und nicht zu Hause. Stattdessen muss er sich mit mir rumschlagen. Es gibt so viele Veränderungen, mit denen er klarkommen muss.« Orla griff nach dem Guinness, das Erin vor ihr abgestellt hatte, und trank einen großen Schluck. »Kieran kennt seine Grenzen. Er weiß, was zu tun ist, wenn's ihm zu viel wird. Was auf der Skellig passiert ist, war eine absolute Ausnahme. Die Frau hat ihn drangsaliert.«

»Aber das spielt keine Rolle. Die arme Frau ist verletzt und Kieran ist der Täter.«

»Nenn ihn nicht so!«, erwiderte Orla ärgerlich. »Das klingt bösartig und trifft nicht zu. Es war ein Unfall.«

Den ganzen Nachmittag verbrachte sie am Tresen, diskutierte mit Erin, trank zwei Guinness, aß eine Fischsuppe – das Salz fehlte, wie Seán es gesagt hatte – und rief irgendwann Molly an, um sich mit ihr zu verabreden.

Am frühen Abend machte sie sich auf den Heimweg. Während sie langsam durchs Dorf radelte, hielt sie Ausschau nach einem weißen Kombi. Gerade als sie darüber nachdachte, noch einen kurzen Abstecher zum Leuchtturm zu machen, klingelte ihr Telefon. Verdammt. Jetzt musste sie rangehen. Sie konnte Adam nicht länger vertrösten.

»Schatz«, meldete sich eine vertraute Stimme am anderen Ende der Leitung. »Wo warst du denn? Ich habe tausendmal versucht, dich zu erreichen.«

»Sorry, ich war im *Selkie*.«

»Und ich habe schon angefangen, mir Sorgen zu machen.«

»Ach, hier passiert doch nichts«, erwiderte sie. »Alles ist wie immer. Dieselben Menschen, dasselbe Meer.«

Orla wusste selbst nicht genau, weshalb sie ihm verschwieg, was gestern geschehen war. Vielleicht, weil sie heute schon genug darüber gesprochen hatte. Vielleicht, weil sie nicht mehr wollte, dass er an ihrem Leben Anteil nahm.

Der Küche nach zu urteilen hatte Kieran sich in der Zwischenzeit etwas zu essen gemacht. Auf dem Backblech lagen noch ein paar verkümmerte Pommes. Orla verzog sich mit einer Flasche Wein und einem Käsetoast ins Wohnzimmer, zappte durch die Programme und blieb bei *Crimecall* hängen. Ungelöste Kriminalfälle, bei denen sich die Garda nun Hilfe aus der Bevölkerung erhoffte.

Es ging um einen verheerenden Brand in Enniskillen, bei dem eine Herde mit achtzig Rindern umgekommen war. Orla starrte in die Flammen, die auf dem Bildschirm loderten, und driftete ab. Familie McDonagh. Obwohl es so viele Jahre her war, konnte Orla die Bilder des verkohlten Wohnwagens nicht vergessen. Sie hatten sich eingebrannt. Und dann die Erkenntnis, dass alle Menschen, die darin gelebt hatten, gestorben waren.

Plötzlich hörte sie aus dem Flur ein Geräusch.

»Kieran?« Sie schaltete den Fernseher aus. Jetzt vernahm sie deutlich ein Klopfen, dann klingelte jemand an der Haustür.

Orla löste den Dutt auf ihrem Kopf und kämmte mit den Fingern durch ihr Haar, bevor sie sich aufraffte und in den Flur trat. »Wer ist da?«

»Ich bin's«, drang eine dumpfe Stimme zu ihr durch. »Der Typ vom Leuchtturm.«

Ein Lächeln breitete sich auf ihrem Gesicht aus, noch bevor sie die Tür geöffnet hatte. Seán stand in Jeans und einem grauen Pullover im Lampenschein.

»Was machst du denn hier?«, fragte sie.

»War in der Gegend und wollte nur mal hören, wie ihr klarkommt. Wie geht's ihm?«

Orla lehnte sich in den Türrahmen und zwirbelte eine Haarsträhne um ihren Zeigefinger. »Kieran ist den ganzen Tag nicht aus seinem Zimmer gekommen, aber ich habe gehört, wie er mit sich selbst gesprochen hat. Das macht er oft, um seine Gedanken zu sortieren. Ich denke, er braucht Zeit, um das alles zu realisieren.«

»Tut mir echt leid.«

Für einen Moment verlor sich ihr Blick in der Dunkelheit. Keine Wolke war am Himmel, kein Mondschein, nur Abertausende von Sternen und die schwarzen Ränder der Welt. Grillen zirpten aus den Wiesen. »Sternenklar«, sagte sie.

»Mhm. Heute sieht man sogar die Milchstraße so deutlich, als hätte sie jemand in die Nacht geritzt.«

In diesem Moment kam ihr ein verwegener Gedanke. »Begleitest du mich, wenn du noch ein bisschen Zeit hast?«

»Was hast du vor?«

»Siehst du gleich. Warte hier!«

Kurz entschlossen riss Orla ihren Mantel von der Garderobe und schlüpfte hinein, dann stieg sie in ihre Stiefel und schnappte sich ihre Kameratasche. Wahrscheinlich würde Kieran nicht mal merken, wenn sie das Haus verließ, trotzdem stapfte sie die Treppe hinauf und klopfte an seine Tür. »Ich mache einen Spaziergang zum Turm.«

»Dann halt dich bloß von den Klippen fern«, drang seine Stimme durch die Tür.

»Keine Sorge. Ich bin vorsichtig.«

Nachdem sie die Treppe wieder hinuntergesaust war, klemmte sie sich das Stativ unter den Arm, schulterte ihre Tasche und trat hinaus.

»Oh, du hast Gepäck dabei? Verreisen wir?«, fragte Seán.

»So ungefähr. Ich wollte den Leuchtturm unbedingt mal bei Nacht fotografieren. Das perfekte Motiv: Unten rauscht der Atlantik gegen die Felsen und darüber erstreckt sich ein stilles Meer aus Sternen.«

»Du willst jetzt zum Turm? Um diese Uhrzeit?« Seán blies sich eine Haarsträhne aus der Stirn. »Ist ganz schön dunkel da draußen.«

»Eben. Das sind die besten Voraussetzungen!« Sie schaltete die Taschenlampe an und ließ den Lichtkegel über den Weg geistern. »Also, was ist? Kommst du mit?«

»Eigentlich hatte ich auf ein Bier oder wenigstens 'ne Tasse Tee spekuliert.«

»Bekommst du später«, versprach sie und setzte sich in Bewegung. »Wir sind nicht lange unterwegs. Ich will nur ein paar Bilder machen.«

»Na schön.« Seán stieß einen inbrünstigen Seufzer aus.

Während sie nebeneinander auf den Küstenpfad einbogen, erzählte Orla von den Dark Sky Reservaten, die es überall auf der Welt gab und die der Bewahrung der Dunkelheit dienten – sie wohnten in einem davon. »Die Menschen verschmutzen die ganze Galaxie mit ihrem Licht. Über den großen Städten sieht man kaum Sterne am Himmel. Ist dir das schon mal aufgefallen? Aber hier, an abgeschiedenen Orten und einsamen Landstrichen, ist die Nacht noch so finster, dass man selbst das kleinste Glimmen erkennt. Es ist überwältigend, wie viel Licht dort oben ist. Siehst du?« Sie blieb stehen, schaltete die Taschenlampe aus und verfolgte mit dem Zeigefinger das helle Band aus Sternennebel, das sich über die Erde spannte. »Manche pulsieren. Sieht aus, als hätten sie einen Herzschlag.«

Auch Seán hatte den Kopf in den Nacken gelegt und starrte hinauf. »Weißt du, was ich spannend finde? Das, was wir sehen, ist immer nur die Erinnerung an einen Stern. Vielleicht ist er dort oben, Lichtjahre entfernt, schon längst erloschen.« Nach einer Weile straffte er seine Schultern und streckte den Arm aus. »Gib mir deinen Kram. Ich schleppe, du leuchtest uns den Weg, okay?«

Langsam wanderte Orla über den Küstenpfad, dicht gefolgt von Seán. Die Klippen stürzten nur zwei Schritte vom Weg entfernt in die Tiefe – sie hätte nichts dagegen gehabt, sich jetzt an einer Hand festzuhalten. Stattdessen umklammerte sie die Taschenlampe. Die Wellen schwappten an Land, auch der Wind war in dieser Nacht beruhigt und strich sanft durch die Heide.

Es war nicht weit bis zu den Felsen, zwischen denen eine Schneise zum Meer hinabführte. Nach wenigen Minuten erblickte sie die Silhouette des Leuchtturms, der sich in den Sternenhimmel erhob. Orla erinnerte sich vage an seinen letzten Auftritt, bei dem er sein Licht in eine wolkenverhangene Septembernacht geschickt hatte. Damals war sie ein kleines Mädchen gewesen, vielleicht vier Jahre alt. Ihr Vater hatte sie auf dem Arm getragen und die ganze Zeit fest an sich gedrückt, als Saltmore feierlich Abschied genommen hatte – vom Licht. Sie erinnerte sich daran, dass ihr Vater die ganze Zeit leise gesungen und sie das Vibrieren seines Brustkorbs genossen hatte. Es gab auch gute Erinnerungen – manchmal wichen die Schatten, dann lagen sie glänzend vor ihr, so wie jetzt. Wo hatten sie damals gestanden?

»Hier!« Abrupt blieb Orla stehen, verwischte die Erinnerungen wie Kreidemalerei und drehte sich zu Seán um. »Was meinst du?«

Er stellte die Tasche auf dem Boden ab, stemmte die Hände in die Hüfte und trat näher an die Klippe heran. »Netter Ausblick«, sagte er. »Ich hatte mal ein Date hier draußen. Ist noch nicht so lange her. Mit Picknick und Sonnenuntergang. Wir waren sogar auf dem Leuchtturm.«

»Ein Date auf dem Leuchtturm?« Orla verlängerte die Beine des Stativs und suchte nach einem stabilen Stand. »Das klingt sehr romantisch. Wer war die Glückliche?«

»Cassie Thompson.«

»Jacks Cousine aus Tralee?«

»Yep! Er meinte, wir wären das Traumpaar schlechthin. Wie aus dem Bilderbuch. Ich wollte der Sache eine Chance geben und habe mich ein paarmal mit ihr getroffen, aber der Funke ist einfach nicht übergesprungen.«

»Woran lag's?« Orla kramte den Fernauslöser aus ihrer Tasche, dann griff sie nach dem Weitwinkelobjektiv.

»Kein Feuer, kein Knistern.« Seán drehte sich zu ihr um. »Cassie konnte sich für nichts begeistern. Nicht fürs Meer, nicht für den Himmel, nicht für mich. Nicht mal für Seesterne, und das ist schon ein starkes Stück, wenn du mich fragst! Wusstest du, dass Seesterne Augen haben?«

»An jedem Arm eins«, erwiderte sie und befestigte die Kamera auf dem Stativkopf, dann schaltete sie das Display ein.

»Nicht zu glauben! Das weißt du?«

»Kieran ist mein Bruder.«

»Hätte ich mir ja denken können!« Er seufzte. »Dann kennst du bestimmt auch seine Vortragsreihe zur Tiefsee, oder?«

»Ich weiß alles über Biolumineszenz.« Sie warf ihm einen amüsierten Blick zu. »Und ich mag Glaskopffische. Sie sehen immer so bedröppelt aus, als hätten sie einen richtig schlechten Tag gehabt.«

»Biolumineszenz, Glaskopffische. Ich hab wohl keine Chance, mit Wissen zu glänzen.« Lachend raufte sich Seán das Haar. »Womit soll ich dich jetzt noch beeindrucken, hm?«

»Ach, du musst mich nicht beeindrucken.«

»Würd ich aber gern.« Seán setzte sich auf den Boden, winkelte die Beine an und stützte seine Arme darauf ab.

Mit zusammengekniffenen Lippen beugte sie sich über die Kamera und gab vor, hoch konzentriert an den manuellen Einstellungen zu arbeiten. Ihr Herz schlug zu kräftig und ihr war zu heiß – sie war viel zu beeindruckt, um etwas zu erwidern, das auch nur halbwegs souverän geklungen hätte.

Seán fläzte sich in scheinbarer Gelassenheit neben ihr und beobachtete jeden ihrer Handgriffe.

Nachdem sie die Kamera so ausgerichtet hatte, dass sie den Leuchtturm zentral einfing, setzte Orla sich neben ihn ins Gras. »Am Anfang habe ich mich darüber gewundert, dass du mit Kieran abhängst«, sagte sie und betätigte den Fernauslöser, um ein Foto aufzunehmen. »Er hat nicht viele Freunde. Eigentlich keine. Ich war echt misstrauisch und dachte, du hättest irgend-welche Hintergedanken.«

»So etwas wie finanzielle Ausbeutung?«, fragte er und lachte hell auf. »Keine Sorge. Ich mag ihn einfach. Man kann sich auf ihn verlassen. Außerdem sagt er immer, was er denkt. Das gefällt mir.«

»Kann auch ganz schön verletzend sein. Manchmal schadet es nicht, ein bisschen zu flunkern, um die Wogen zu glätten. Aber diese feinen zwischenmenschlichen Nuancen findet er furchtbar kompliziert.«

»Puh, ich auch. Menschen sind mir schon immer ein Rätsel gewesen«, behauptete er und blies Luft aus seinem Mundwinkel.

»Deswegen kommt Kieran so gut mit dir aus«, sinnierte sie, während sie vergeblich versuchte, in der Ferne die Umrisse der Skellig auszumachen. »Weil du ihn verstehst.«

»Ich verstehe niemanden, bin mir selbst vollkommen schleierhaft.« Seán warf ihr einen langen Blick zu. »Aber ich kann nachvollziehen, wie es ist, am Rand zu stehen. Nicht so richtig dazuzugehören, sich immer fremd zu fühlen. Vielleicht ist das unsere Gemeinsamkeit. Abgesehen von der Vorliebe für Videospiele, versteht sich.«

Lächelnd erwiderte sie seinen Blick, beobachtete, wie der Wind sein Haar zerzauste. *Menschen, die am Rand stehen.* Ein weißer Caravan erschien in ihren Gedanken. Lagerplätze am Straßenrand. Sie rückte näher an ihn heran, um mit ihrer Stimme nicht gegen den Wind ankämpfen zu müssen.

»Hast du eigentlich einen persönlichen Bezug zu den Travellers?«

»Als Kind habe ich welche gekannt, ja. Ich hatte eine richtig gute Freundin, die mit ihrer Familie in einem Caravan gelebt hat.«

Orla schlang die Arme um ihre angewinkelten Knie und stützte den Kopf darauf ab. »Wie hieß deine Freundin?«

»Kann mich nicht erinnern.« Er zuckte mit den Achseln. »Wir hatten leider nicht so viel Zeit miteinander, aber als Kind sind Tage wie kleine Ewigkeiten. Ich hab sie nie vergessen, dieses Mädchen.«

Seán erzählte von einem Plastikfass, mit dem sie auf dem Shannon herumgeschippert waren, von *Push Pops,* die sie sich händeweise in die Hosentaschen gesteckt hatten, und von Tee aus zerbeulten Emailletassen.

Je länger er sprach, desto wärmer wurde seine Stimme. Zumindest kam es Orla so vor – fast hätte sie vergessen, den Fernauslöser zu betätigen. »Wo ist sie jetzt?«, fragte sie.

»Keine Ahnung. Sie könnte überall sein. Wir haben uns schon vor Jahren aus den Augen verloren. Sie ist weitergezogen, ich bin geblieben. So ist das eben.«

»Vielleicht begegnest du ihr eines Tages wieder. Ganz zufällig. Mitten auf der Straße.«

Seán nickte. »Das hoffe ich. Sie ist auf dem Weg und irgendwann treffe ich sie an einer Kreuzung im Nirgendwo. Dort wartet sie mit ihrem Caravan. Das wär's.«

Trotz seines Grinsens klangen seine Worte so wehmütig, als würde er nicht wirklich daran glauben.

Orla verlor sich für einen Moment in ihren eigenen Erinnerungen, dann hob sie den Kopf und deutete auf die Kamera. »Ich glaube, das reicht jetzt«, erklärte sie und rappelte sich auf.

»Was ist das für eine Arbeitsmoral? Du hast kein einziges Foto gemacht.«

»Fernauslöser.« Orla zeigte ihm den Schalter in ihrer Hand, dann beugte sie sich über den Fotoapparat und klickte durch die Aufnahmen. »Sieht gut aus. Da ist auf jeden Fall was dabei.«

»Aber das Highlight fehlt noch.« Er fischte seinen Schlüsselbund aus der Hosentasche, warf ihn in die Höhe und fing ihn lässig aus der Luft. »Was ist, Orla Donovan, gehen wir hoch?«

»Auf den Turm?«

»Wohin sonst?« Selbst in der Dunkelheit meinte sie das herausfordernde Glänzen seiner Augen zu erkennen.

Orla schraubte das Objektiv ab und verstaute es in der Tasche, dann machte sie sich an der Kamera zu schaffen. »Ach, die Sterne sehen von hier unten doch genauso schön aus.«

»Unsinn. Das ist eine vollkommen andere Erfahrung!« Seán stand mit einem Satz auf den Beinen, klopfte Staub und Grashalme von seinen Jeans. »Dort oben ist man einer von ihnen. Auf dem Leuchtturm stehst du mittendrin, musst nur den Arm ausstrecken, schon hast du 'nen Stern in der Hand. Ist wie Äpfelpflücken.«

»Das sind nur zwölf Meter, Seán, keine zwölftausend«, erwiderte sie und schob das Stativ auf eine kompakte Größe zusammen.

»Fantasie, Orla.« Er tippte sich mit dem Zeigefinger an die Stirn. »Das ist alles eine Frage der Fantasie.«

Kurz darauf durchquerten sie das dunkle Nebenhaus, dann zog Seán die Tür zum Leuchtturm auf. »Nach Ihnen, Mylady.«

Die steinerne Treppe war schmal und steil. Orla klammerte sich mit einer Hand am Geländer fest, während sie die Stufen emporstieg. Auf mittlerer Höhe befand sich ein Zimmer, von dem aus eine Wendeltreppe ins Leuchthaus führte.

»Kommst du nachts oft hierher?«, fragte sie und warf ihm über die Schulter einen kurzen Blick zu.

»Als Siobhan mir den Schlüssel ausgehändigt hat, kam's mir vor wie ein Ritterschlag. Als wäre der Leuchtturm so eine Art Schloss. Deswegen hab ich am Anfang auch jede freie Minute hier verbracht. Aber mittlerweile ... Ich bin ja tagsüber hier.«

Orla betrat das Leuchthaus, in dessen Mitte sich die Überreste einer gigantischen Lichtanlage befanden, und trat dicht ans Fenster heran. Der Wind heulte um den Turm und pfiff durch die Ritzen, während sie still nebeneinanderstanden und hinausblickten.

»Gefällt's dir?«, fragte er, als habe er das Meer eigenhändig ausgerollt und Sterne über den Himmel gestreut.

»Es ist perfekt.« Sie betrachtete einen Felsen, der wie eine Flosse aus dem Wasser ragte und von schwarz glänzenden Wellen umspült wurde, dann glitt ihr Blick über die Bucht zu den verschwommenen Hafenlichtern. Sie folgte den Laternen entlang der Straße – Skellig Drive.

»Die Travellers, von denen ich dir erzählt habe, die Familie … Erinnerst du dich?«, fragte sie. »Alle sind gestorben.«

»Oh, tut mir leid!« Seán lehnte sich mit der Schulter gegen das konvexe Fenster, verschränkte die Arme vor der Brust und verzog das Gesicht. »Wie ist das passiert?«

»Ihr Wohnwagen stand am Skellig Drive«, sagte sie und drückte ihren Zeigefinger gegen das kalte Glas. »Eines Nachts ist dort ein Feuer ausgebrochen. Sie sind alle darin umgekommen. Die Kinder und ihre Eltern. Keiner hat überlebt.« Orla hob die Schultern, dann wandte sie sich zu ihm um. »Es war wohl ein Unfall.«

Sein Gesicht schien in der Dunkelheit weiß wie Elfenbein. Unruhig wanderte sein Blick über die Wellen.

»Ich habe sie wirklich sehr gemocht, Rosie und Rónán«, fuhr sie fort. »Am liebsten wäre ich mit ihnen rumgereist. Ich hab's mir immer so wildromantisch vorgestellt, auf der Straße zu leben. Die Freiheit, das Abenteuer.«

»Du meinst: kein fließendes Wasser, Kälte im Winter und das Gefühl, nirgendwo hinzugehören außer in die zwölf Quadratmeter eines Caravans.« Seine Lippen kräuselten sich zu einem Lächeln.

»Ach, ich war doch erst vierzehn und hatte keine Ahnung, wie das Leben auf der Straße wirklich ist. Ich wollte einfach nur verschwinden. Egal mit wem. Egal wohin«, erklärte sie und bemühte sich um einen beschwingten Tonfall.

»Verstehe schon. Du hast in diesen Menschen etwas gesehen, das du vermisst hast. Aber dann hat man ihren Wohnwagen angezündet und …«

»Es war ein Unfall«, unterbrach sie ihn. »Nach ihrem Tod konnte ich wochenlang nicht mehr klar denken. Ich habe mich ständig auf dem Friedhof rumgetrieben und mir die Augen aus dem Kopf geheult. Es war wirklich schlimm. Kennst du das Lied *Fast Car* von Tracy Chapman? Das habe ich damals in Endlosschleife gehört.«

Seán nickte bedächtig. Seine dunklen Augen ruhten auf ihr, als versuchte er, in ihrem Gesicht das Mädchen von damals zu sehen. »Sie müssen dir viel bedeutet haben.«

»Rónán ist an seinem fünfzehnten Geburtstag gestorben. Morgens habe ich ihn noch besucht, um ihm eine Kette zu schenken, die er wahrscheinlich niemals getragen hätte. An diesem Tag haben wir uns zum ersten Mal geküsst.«

»So ist das also. Dieser Junge war mehr als nur ein Kinderfreund.«

»Mhm.« Orla erinnerte sich lebhaft an das prickelnde Gefühl dieser Nähe, das noch intensiver geworden war, nachdem ihr Vater ihr jeglichen Kontakt verboten hatte. »Aber wir waren vor allem ein Traum in unseren Köpfen. Ich war so fasziniert von ihm und seiner Familie, dass ich sie immer heimlich beobachtet habe. Ich wollte alles über sie erfahren.«

»Das hast du dir beibehalten … diese Angewohnheit, heimlich Menschen zu beobachten, meine ich«, sagte er und stieß sie sanft an.

»Wenn sie interessant genug sind.« Mit einer aufreizenden Bewegung strich sie sich eine Haarsträhne hinters Ohr.

»Dann bin ich in deinen Augen also interessant genug, ja?«

»Mhm. Weil wir uns fremd sind.«

»Nicht mehr«, murmelte er und trat näher an sie heran. Seán stand so nah bei ihr, dass sie seinen Duft wahrnahm. Holzig und süß. Sein Blick wanderte von ihren Augen hinab zu ihren Lippen. Es verschlug ihr den Atem, als er seine Hand auf ihre Wange legte und mit dem Daumen bedächtig über ihr Kinn strich. Schlagartig wurde es still um sie herum. Ihr Puls raste. Nicht, weil sie das Gefühl nicht mochte, von ihm berührt zu werden – es gefiel ihr viel zu sehr. Wie gebannt starrte sie ihn an.

»Diese kleine Narbe ... Was ist da passiert? Das wollte ich dich schon die ganze Zeit fragen.«

»Gefallen«, flüsterte sie abwesend. Als er die rechte Augenbraue hob, rief sie sich zur Räson und entzog sich seiner Berührung, indem sie den Kopf senkte, um die Schnallen ihrer Kameratasche erst zu öffnen und dann wieder zu schließen. »Als Kind. Ich bin auf einen Zaun geklettert. Das Holz war total glitschig, weil es geregnet hat. Ich bin abgerutscht und auf einen Eimer gefallen. Musste genäht werden.«

Orla war heilfroh, als sie die Tür des Nebenhauses aufstieß und hinaus in den tosenden Wind trat. Dieser Ausflug entpuppte sich als verfänglicher, als sie geglaubt hatte. Von Anfang an hatte diese elektrisierende Spannung in der Luft gelegen, wann auch immer sie Seán begegnet war. Doch anstatt ihn zu meiden, was vernünftiger und moralisch weniger verwerflich gewesen wäre, hatte sie mehr und mehr seine Nähe gesucht.

Plötzlich legte er eine Hand auf ihre Schulter. »Wir machen's wie vorhin«, sagte er. »Ich schleppe, du leuchtest.«

Nachdem sie ihm geholfen hatte, die Tasche über seine Schulter zu hängen, stapften sie nebeneinander zu dem schmalen Weg, der hinauf zu den Klippen führte.

»Ich habe das vorhin nicht so gemeint. Du bist mir nicht fremd. Eigentlich bist du mir sogar verblüffend vertraut«, sagte Orla in die Windstille zwischen den Felsen.

»Aber du hast Fragen, hm?«

»Tausende.«

»Schieß los.«

»Okay!« Sie warf ihm einen amüsierten Blick zu. »Was hast du eigentlich auf den Aran-Inseln gemacht? Du hattest eine Freundin dort, das weiß ich schon. Und sonst? Was hast du gearbeitet?«

»Erst war ich auf einer Farm als Saisonarbeiter, dann habe ich bei einem Fischer angeheuert. Zufälligerweise war's der Vater meiner damaligen Freundin. Sie hieß Sheila.«

Während sie dem Lichtstrahl der Taschenlampe über den Pfad folgten, erzählte Seán von seiner Zeit auf Inishmore, als er jeden Tag mit einem Trawler aufs Meer rausgefahren war, um Seelachse und Makrelen zu fischen. »Ich mag's, mit meinen Händen zu arbeiten und am Ende des Tages zu sehen, was ich geschafft habe. Ein Netz voller Fische, ein repariertes Dach, achthundert Meter Weidezaun. Wenn ich mir vorstelle, den ganzen Tag am Schreibtisch sitzen zu müssen – da würde ich innerlich verkümmern.«

Während er sprach, drifteten ihre Gedanken zu Adam mit seinen zarten Händen und der bleichen Haut. Seán war rauer und trotzdem besaß er etwas Sanftes. Vor allem, wenn er lachte oder mit leiser Stimme sprach, so wie jetzt. Orla schaute nachdenklich auf das Wiegen der schwarzen Baumsilhouetten, die sich von dem sternenklaren Himmel abhoben.

»Ist es dir nicht schwergefallen, aus Limerick fortzugehen und Inishmore zu verlassen?«

»Geht so. Ich mag Neuanfänge. Alles, was ich brauche, habe ich ja bei mir, und an Orte, die mir etwas bedeuten, kann ich immer wieder zurückkehren.«

»Aber was ist mit den Menschen?«, fragte sie.

»Tja, was soll ich sagen?« Er vergrub die Hände tief in seinen Hosentaschen und warf ihr einen kurzen Blick zu. »Manchmal tauchen Menschen auf, die von sich selbst behaupten, Selkies zu sein. Und manchmal denk ich mir dann, dass solche Menschen es vielleicht wert wären, ein bisschen länger zu bleiben.«

Seine Worte verursachten ein Flattern in ihrem Bauch. Sie starrte auf den weißen Kreis des Lampenscheins, der über den Pfad huschte. »Du meinst, Verrückte?«

»Mhm. Aber um ehrlich zu sein, weiß ich nicht, ob's ein Segen oder ein Fluch ist, so jemanden kennenzulernen. Ich kann mich kaum noch auf die Arbeit konzentrieren und verliere mein Ziel aus den Augen, weshalb ich mit dem Gedanken spiele, schnellstmöglich das Weite zu suchen.«

»Das wäre zwar verständlich, aber auch sehr traurig.« Sie verlangsamte ihre Schritte, obwohl das Blut durch ihre Adern tobte. Als sie die befestigte Straße erreichten, knipste Orla die Taschenlampe aus. Eine einsame Laterne glomm in der Dunkelheit – direkt gegenüber stand das Cottage. Plötzlich überkam sie der dringende Wunsch, den Abend in die Länge zu ziehen. Seán berührte etwas in ihr – eine Sehnsucht – und obwohl sie ahnte, dass sie den Bogen überspannte, deutete sie zum Cottage: »Kommst du noch mit rein, bevor du das Weite suchst?«

»Siehst du?«, fragte er lachend. »Ich werde ständig aufgehalten. Aber ja, ich würde echt gern noch mit reinkommen.«

»Du lässt dich ziemlich leicht aufhalten.« Orla warf ihm über die Schulter ein strahlendes Lächeln zu. Leise öffnete sie die Haustür und schlüpfte in den Korridor. Nachdem auch Seán eingetreten war, zog sie ihren Mantel aus und streifte die Stiefel ab. Als sie sich umdrehte, runzelte sie die Stirn. Seine Hand ruhte auf der Türklinke.

»Weißt du, Orla, es ist echt verdammt spät geworden und morgen hab ich einen langen Tag vor mir ... Ich sollte wohl gehen.«

»Woher der plötzliche Sinneswandel?«

»Ich versuch gerade, vernünftig zu sein.«

»Schade. Aber das verstehe ich natürlich.« Sie trat einen Schritt auf ihn zu. »Danke für den Ausflug, Seán. Das war echt schön. Ich hoffe, wir sehen uns bald wieder.«

Sein Kehlkopf bewegte sich, als er schluckte, dann räusperte er sich. »Das lässt sich zum Glück kaum vermeiden. Außerdem bist du doch meine Bauaufsicht. Schon vergessen?«

»Eine, die dich von der Arbeit abhält«, erinnerte sie ihn schmunzelnd.

»Kann nicht behaupten, dass mich das sonderlich stören würde.« Seine grauen Augen fesselten ihren Blick. Behutsam strich er ihr eine Haarsträhne hinters Ohr. »Halt mich ruhig auf, Orla Donovan.«

Es lag so viel Spannung in der Luft, dass sie nicht wagte, sich zu rühren. Seán beugte sich vor, dann berührten warme Lippen ihre Wange. Als sie ihre Hand auf seine Brust legte, spürte sie unter dem dicken Wollstrick einen kräftigen Herzschlag.

»Ich will nicht, dass du gehst.«

»Okay«, murmelte er. Erst strich sein Atem über ihren Mund, dann seine Lippen. Ihre Knie wurden butterweich. Orla schlang die Arme um seinen Hals. Nach kurzem Zögern öffnete sie ihre Lippen, um den Kuss zu vertiefen.

Sie küssten sich gefühlvoll und verlangend. Ohne es sich einzugestehen, hatte sie diese Intimität forciert. Selbst wenn sie ihm gegenübergestanden hatte, um über Wandfarben und Schmirgelpapier zu diskutieren, hatte sie sich von ihm angezogen gefühlt.

Seán seufzte. Langsam ließ er seine Hände zu ihren Hüften hinabgleiten und zog sie noch näher zu sich heran. Sein Kuss schmeckte nach dem Kaugummi, den er sich vorhin in den Mund gesteckt hatte. Süßlich mit einer kühlenden Schärfe. Orla sank mit dem Rücken gegen die Wand, tastete nach dem Saum seines Pullovers. Das Brennen in ihrer Brust wanderte tiefer, als sie die Hände unter den Stoff schob und lusterfüllt über seine nackte Haut streichelte.

Doch plötzlich schrillten ihre Alarmglocken, Adam tauchte vor ihrem inneren Auge auf. »Scheiße, Seán, ich kann das nicht.« Sie unterbrach den Kuss und starrte ihn schockiert an. »Adam will nach Frankreich.«

»Was?« Die Frage war vielmehr ein Keuchen. »Wer ist Adam?«

»Mein Freund. Er will mich heiraten, wenn ich ihn nach Frankreich begleite.« Hilflos hob sie die Schultern.

»Was zum Teufel …?« Seán blies die Wangen auf. »Das kommt jetzt etwas überraschend, muss ich sagen. Du heiratest?«

»Nein, keine Ahnung.« Sie schüttelte den Kopf. »Ich weiß doch nicht mal, ob ich bei ihm bleiben soll.«

»Aha, okay.« Er rieb sich das Genick und wich ihrem Blick aus. »Das solltest du herausfinden, bevor du heiratest.«

»Das versuch ich schon die ganze Zeit. Ich dachte, es würde mir helfen, nach Saltmore zu kommen, um mir darüber klar zu werden, aber … Ich bin völlig durch den Wind.« Mit der flachen Hand rieb sie über ihre Stirn. »Ich kann nicht klar denken, wenn ich mit dir zusammen bin.«

»Und deswegen küsst du mich?« Seine Kiefermuskeln bewegten sich, während seine Augen prüfend über ihr Gesicht wanderten. »Ich wusste nicht, dass du vergeben bist. Das ist eine Information, die ich früher gebraucht hätte, viel früher. Ich wäre nicht hier, wenn ich's gewusst hätte.«

»Ich wollte es dir irgendwann sagen, aber dann habe ich keine Gelegenheit gefunden und …« Orla wusste nicht, wie sie ihm erklären sollte, welche Gefühle er in ihr auslöste. Sie fand keine Worte, nicht mal eine Rechtfertigung für sich selbst. Hinter ihrer Stirn verspürte sie einen pulsierenden Schmerz.

»Du wolltest einfach mal sehen, was zwischen uns passiert, oder?«, fragte er mit rauer Stimme.

»Vielleicht.«

»Jetzt weißt du's.« Seán lachte tonlos und starrte hinab auf seine Stiefel. »Scheiße, Orla. Das ist richtig beschissen.«

»Im Moment weiß ich nicht, wohin mit mir und meinen Gefühlen. Ich bin echt gern mit dir zusammen und deswegen … Ich hätte dir von Adam erzählen sollen.«

»Tja, jetzt weiß ich ja, woran ich bin.«

»Tut mir leid, Seán. Das hätte wirklich nicht passieren dürfen.« Sie presste die Lippen aufeinander und strengte sich an, seinem Blick standzuhalten.

»Kein Drama. War nur ein Ausrutscher, mehr nicht«, sagte er und zuckte gleichgültig mit den Achseln.

»Tut mir leid.«

»Schon vergessen.« Seán tippte sich mit dem Zeigefinger an die Stirn, dann öffnete er die Tür, schlüpfte hinaus in die Nacht und ließ Orla allein im Korridor stehen. Kein Abschied, nur das beschissene Gefühl, sich schuldig gemacht zu haben. Mit grimmiger Miene stieß sie die Tür zu, dann lehnte sie sich gegen die Wand und schloss die Augen. Sie musste sich von Adam trennen und durfte den Abschiedsschmerz nicht länger hinauszögern.

Aus der Küche drangen Geräusche in den Flur. Wasser plätscherte aus dem Hahn ins Spülbecken. Eine Schranktür wurde geöffnet.

»Willst du eine Tasse Tee, Orla?«, tönte die Stimme ihres Bruders aus der Küche.

145

Was auch immer geschah – in diesem Haus würde es immer Zeit für Tee geben. Eine Handvoll Wärme. Geschmackvoll, aber so klar, dass man bis zum Grund sehen konnte.

Orla atmete tief durch. Als sie den Stoff ihrer Bluse glatt streichen wollte, bemerkte sie, dass zwei Knöpfe aufgesprungen waren. Wenn sie nicht im letzten Moment das Ruder herumgerissen hätte ...

»Ob du Tee willst!«, riss Kieran sie aus ihren Fantasien.

16. ROSIE

Orla geht nicht wie ein normaler Mensch. Es sieht aus, als würde sie tanzen, weil sie bei jedem Schritt ein bisschen in die Höhe hüpft, und wenn sie redet, hört es sich an, als würde sie singen. Die Leute in Saltmore haben einen eigenwilligen Dialekt. Ich tänzele neben ihr her, während sie mir erzählt, dass ihrer Mutter der Pub gehört und ihr Urgroßvater der letzte Leuchtturmwärter gewesen ist.

»Euch gehört der Leuchtturm?«, frage ich ungläubig.

»Quatsch. Der gehört dem *National Heritage Office*. Meine Mutter verwaltet ihn nur.«

»Können wir da mal hoch?«

Orla schüttelt den Kopf. »Das darf nur meine Mutter. Manchmal nimmt sie uns mit, weil Kieran es dort oben liebt, aber das ist eine absolute Ausnahme.«

Ich sehe den Regenmanteljungen vor mir. Er presst eine Hand auf sein Ohr und verdeckt mit der anderen sein Gesicht. »Ist dein Bruder eigentlich krank im Kopf?«

»Nee, er ist einfach so.«

Ihre Lippen verziehen sich zu einem Lächeln.

147

»Geht er nicht in die Schule?«

»Nicht mehr. Er wird jetzt zu Hause unterrichtet. Deswegen geht er zu Noreen Saunders. Dort hat er seine Ruhe und kann besser lernen als in der Schule.«

»Was hat er denn?«

»Mann, Rosie, frag nicht so dämlich«, ermahnt mich Rónán. Er stapft hinter uns her, die Hände tief in den Hosentaschen vergraben. »Sie will nicht drüber reden. Merkst du das nicht?«

»Schon gut. Solche Fragen kenne ich«, erklärt Orla unge-rührt. »Kieran nimmt die Welt anders wahr, viel mehr davon. Deswegen verhält er sich eben anders. Manchmal fällt es ihm schwer, sich zurechtzufinden. Er ist schnell überfordert. Das ist alles.«

»Er ist einfach komisch«, stelle ich fest.

»Er ist kein Freak!« Sie blitzt mich an. »Nur anders.«

Über die Schulter werfe ich Rónán einen kurzen Blick zu.

»Wie Emma«, erklärt er. »Sie ist auch anders.«

Wir sind Emma vor vielen Jahren begegnet, als wir neben ihrem Cottage in Beldare unser Lager aufgeschlagen haben. Sie trug immer einen Mantel mit dicken Schulterpolstern. Die Beine, die daraus hervorragten, sahen aus wie Zahnstocher. Am Anfang sind wir ihr heimlich gefolgt, wenn sie zur Küste spazierte. Wir kauerten zwischen Ginsterhecken auf den Felsen und beobachteten sie. Emma sammelte Muscheln, leere Zigarettenschachteln und Kronkorken, die wie Goldnuggets in Felsritzen klemmten. Eigentlich sammelte sie alles, denn ihr schien alles kostbar zu sein. Bei gutem Wetter, wenn es nicht gerade in Strömen regnete, stand sie mit so weit ausgestreckten Armen vor dem Meer, als würde sie die Wellen in Empfang neh-men wollen. Sie sang mit den Seevögeln und ihre Stimmen ver-mischten sich mit dem Wind zu einem seltsamen Chor. Emma liebt die *Pogues*. Ihr Repertoire umfasst drei Lieder, die sie nach Lust und Laune miteinander verwebt.

Zuerst hat Mam sich mit ihr angefreundet, weil sie schwanger war und ein eigenes Schlafzimmer gebraucht hat. Emma hat sie bei sich wohnen lassen und ihr geholfen, unseren Bruder Paul zur Welt zu bringen. Der gefährlichste Moment im Leben sei die Geburt, hat Emma gesagt und dabei ganz traurig ausgesehen. Paul ist gleich nach der Geburt gestorben. Hat kaum geatmet, da war er schon tot. Mam hat so fürchterlich geweint, dass allein die Erinnerung an diese Schluchzer mir Tränen in die Augen treibt. Emma hat sie stundenlang im Arm gehalten. Seitdem sind sie Freundinnen.

Immer wenn wir im Winter auf der Wiese neben ihrem Cottage lagern, versorgt sie uns mit Kuchen und sitzt abends mit uns am Feuer. Wir dürfen ihr Badezimmer und ihre Waschmaschine benutzen und manchmal können wir sogar bei ihr fernsehen. Seit wir Emma kennen, mag ich den Winter. Mam sagt, dass sie jetzt zu unserer Familie gehört. Vor vielen Jahren hat Emma nämlich ihren Mann und ihren Sohn bei einem Autounfall verloren – und das ist schrecklich, so ziemlich das Schrecklichste, was ich mir vorstellen kann. Deswegen bin ich besonders lieb zu ihr, aber auch, weil ich sie mag. Emma gibt uns Bücher, aus denen wir ihr vorlesen sollen, damit wir besser lesen lernen. Dann setzt sie eine silberne Brille auf, deren Bügel sie mit einem Heftpflaster repariert hat, und tippt mit dem Zeigefinger an ihre Lippen, während sie uns lauscht. Früher war sie mal Lehrerin, sagt sie, und wir sind kluge Kinder. Das hat sie sofort bemerkt.

* * *

Wir treffen uns in der alten Kapelle, die abseits des Dorfes auf einem Hügel thront. Sie ist der heiligen Maria gewidmet.

»Wir nennen sie Stella Maris«, erklärt Orla. »Das ist Latein und bedeutet Stern des Meeres. Die Seeleute orientieren sich daran, um sicher nach Hause zu finden.«

Das Gemäuer schützt uns vor dem schneidenden Wind und vor neugierigen Blicken. In der Kapelle stehen fünf Bänke mit dunkelroten Polstern und abgewetzten Kniebrettern. Es riecht ein bisschen muffig, was vielleicht am Staub und an den alten Gesangbüchern liegt, die sich neben dem Weihwasserbecken aufstapeln. Vor dem Altar brennen ein paar Kerzen, doch sie spenden keine Wärme, werfen nur flackerndes Licht an die Wände.

Orla hat grüne Augen. Kein normales Grün, sondern Goldgrün wie oxidiertes Metall. Ich beobachte sie, wie sie neben meinem Bruder in der Kirchenbank sitzt und ihn mit Fragen löchert, als wäre sie die Moderatorin einer Fernsehsendung. Rónán hat die Arme vor der Brust verschränkt und antwortet, ohne sie dabei anzusehen. Nach zehn Minuten – er hat gerade erzählt, dass er im Wohnwagen geboren wurde – fragt Orla, ob er später auch in einem Caravan herumreisen will.

»Nicht unbedingt«, höre ich ihn sagen und traue meinen Ohren kaum. »Hier ist's ja auch ganz schön. Mit dem Hafen und so.«

»Wir sind Reisende«, erwidere ich in gereiztem Ton und blitze ihn an. »Unsere Heimat ist die Straße. Das ist unsere Tradition. Seit Jahrhunderten leben wir so.«

Rónán räuspert sich. »Ja, schon, aber es gibt auch welche, die das Straßenleben satthaben und sesshaft werden. Onkel Eamon zum Beispiel.«

»Weil er im Knast gelandet ist.«

»Jetzt ist er wieder frei und wohnt in einem ganz normalen Haus, oder nicht? Er könnte herumreisen, aber er will's nicht mehr.«

Ich widerspreche nicht, obwohl Onkel Eamon nur auf Bewährung draußen ist und deswegen nicht herumreisen kann. Erstaunt schaut Orla von einem zum anderen, dann trommelt sie mit dem Kugelschreiber auf den Block in ihrem Schoß.

»Okay, zurück zum Thema«, sagt sie zögerlich. »Jetzt müssen wir uns überlegen, was du der Klasse über euch erzählen kannst.«

»Wir? Ich überlege mir gar nichts«, brummt er.

»Was sollen die Leute wissen?«, fragt sie unbeirrt.

»Die Leute haben keine Ahnung, wer wir sind. Sie täuschen sich! Das sollen sie wissen.«

»Es ist wichtig, dass sie euch besser kennenlernen.«

»Das wollen sie doch gar nicht. Sie wollen ihre eigenen Geschichten erzählen, nicht unsere.«

Orla starrt hinab auf ihren Block und malt einen Schnörkel, dann hebt sie den Kopf. »Aber ich will euch kennenlernen.«

»Du kannst auch mich fragen«, springe ich ihr zu Hilfe.

Orla dreht sich zu mir um und schenkt mir ein erleichtertes Lächeln. »Danke, Rosie. Das ist echt nett.«

»Gut! Dann kann Rosie ja auch meinen Vortrag halten«, schlägt Rónán vor und steht auf.

17. ORLA

Am nächsten Morgen saß Kieran mit eingesunkenen Schultern am Tisch im Wohnzimmer und schaute hinaus in den Garten. Die grüne Windjacke hing über der Stuhllehne.

»Wie geht's dir?« Orla streichelte ihm sanft übers Haar. Eigentlich rechnete sie damit, dass er sich unter ihrer Hand wegducken würde, doch er ließ die Berührung zu.

»Ich arbeite heute nicht auf der Skellig«, erklärte er und hob einen Löffel mit Porridge in die Höhe, ohne sich ihn in den Mund zu schieben. »Morgen auch nicht, nie wieder.«

»Das wissen wir nicht, aber vorerst musst du leider hierbleiben, ja. Ich fahre später runter zum Hafen und rede mit Freddie. Vielleicht kann ich ihn davon überzeugen, dass es eine einmalige Sache war und so etwas nie wieder vorkommen wird.«

»Ein Ausrutscher.« Kieran nickte. »Die Frau ist ins Meer gerutscht, weil ich sie geschubst habe.«

»Du weißt selbst, dass es ein Fehler war und nie wieder vorkommen darf.«

»Retreat, Relax, Reflect. Zieh dich raus, wenn's dir zu viel wird. Atme kohärent. Beruhige dich, damit du klar denken kannst«, wiederholte Kieran die Regeln, die er vor vielen Jahren von einem Therapeuten gelernt hatte.

»Du hattest den Auftrag, niemanden aufs Schiff zu lassen, und den hast du ausgeführt. Aber die Frau ... Das war schwierig. In der Situation konntest du nicht ausweichen, um mal kurz durchzuatmen und darüber nachzudenken. Das war vermutlich das Problem.«

»Ich muss mich bei der Frau entschuldigen.«

»Das wäre angebracht. Ich denke, Freddie kann den Kontakt herstellen. Vielleicht schreibst du ihr einen Brief?«

»Kann ich dann wieder zur Arbeit gehen?«

»Ich hoffe es. Aber du solltest dich auch unabhängig davon entschuldigen.« Orla nahm eine Keramiktasse vom Regal und ging in die Küche. Während das Wasser auf dem Herd anfing zu brodeln, stützte sie sich am Waschbecken ab und schaute aus dem Fenster. Kaum war sie zurück in Saltmore, fingen die Probleme an. Kieran war kurz davor, seinen Job zu verlieren, und sie war dabei, Gefühle für einen Mann zu entwickeln, den sie erst seit ein paar Tagen kannte. Mit dem Zeigefinger fuhr sie sich über die Lippen und spürte ein Flattern im Bauch. Was hatte sie nur dabei geritten, ihn zu küssen? Sie war offen dafür, weil sie mit Adam abgeschlossen hatte. Wirklich?

»Du weißt selbst, dass es ein Fehler war und nie wieder vorkommen darf«, wiederholte sie die Worte, die sie soeben an ihren Bruder gerichtet hatte, sich selbst gegenüber.

Ihr Handy vibrierte. Erin hatte ihr geschrieben und sich nach Kieran erkundigt. *Hast du schon mit deiner Mutter gesprochen?*, wollte sie wissen.

Nein. Solange Siobhan nicht genesen war, durfte sie keinesfalls von dem Vorkommnis auf der Skellig erfahren. Sie würde sich auf der Stelle in ein Taxi setzen und mit wehenden Fahnen nach Hause rasen. Orla tippte eine knappe Antwort an Erin und versprach, später im Pub vorbeizukommen, dann trat sie zurück ins Wohnzimmer.

»Gehst du heute wieder zum Leuchtturm?«, wollte Kieran wissen.

»Ich bleibe bei dir. Seán kommt auch ohne mich zurecht.«

»Er hat nach dir gefragt.«

»Ach, ehrlich? Wann denn?«, fragte sie und warf einen flüchtigen Blick zur Uhr.

»Vor vier Wochen, als wir das Update downgeloadet haben. Wir mussten warten. Seán hat Tee gemacht und wollte alles über dich wissen. Was du arbeitest, wo du wohnst, wann du zurück nach Saltmore kommst.«

Orla setzte sich ihrem Bruder gegenüber. »Ich denke, solche Fragen gehören dazu, wenn man einen anderen Menschen kennenlernen will.«

»Dachte ich mir schon. Auf diesem Gebiet bin ich kein Experte.« Als sich ihre Blicke begegneten, lachte Kieran laut auf. Es war ein seltenes jungenhaftes Lachen – eines der schönsten Geräusche, die Orla kannte.

»Sag mal, was hat Seán dir eigentlich über sich erzählt? Weißt du etwas über seine Familie?«

»Ich weiß nur, dass er bei seiner Tante aufgewachsen ist. Wir treffen uns nicht zum Reden.«

»Auf dem Gebiet bist du nämlich kein Experte, hm?« Orla bedachte ihren Bruder mit einem liebevollen Blick. Behutsam legte sie ihre Hand auf seine. »Es ist wirklich schön, wieder mit dir zusammen zu sein. Das habe ich total vermisst.«

»Ich auch«, sagte er schlicht und zog seine Hand unter ihrer hervor.

* * *

Der süßliche Duft der Ginsterhecken und Rhododendren, die zwischen den Häusern wuchsen, wehte durch die Straßen.

Das Meer war spiegelglatt, ruhig wie ein schlafender Grauwal. Die Fischer waren längst rausgefahren. Vereinzelt sah man ihre Schiffe auf den Wellen schaukeln. Obwohl Orla Siobhans grauen Strickmantel angezogen hatte, fröstelte sie, als sie zum Hafen radelte. Sie trat kräftiger in die Pedale, noch entschlossener.

Vor dem Bürogebäude der *Skellig Cruise Company* stand eine silberne Limousine, die in der Sonne glänzte. Freddie schien also im Büro zu sein. Je näher sie dem Haus kam, desto unsicherer wurde sie. Es wäre vielleicht clever gewesen, sich eine Strategie zu überlegen. Überzeugende Argumente. Orla sprang vom Rad und strich mit einer Hand über ihr zerzaustes Haar, um es zu ordnen.

Seit ihrem Streit mit Freddie waren viele Jahre vergangen. Kurz bevor sie nach Dublin gegangen war, hatte sie ihm klargemacht, dass sie ihn nur auf platonischer Ebene liebte, dass ihr Verhalten immer nur eins bedeutet hatte: Freundschaft. Seit sie denken konnte, war Freddie an ihrer Seite gewesen. Er hatte jeden Morgen auf sie gewartet, um mit ihr zur Schule zu radeln. Er war abends heimlich über die Garage in ihr Zimmer geklettert, um mit ihr fernzusehen, und trug das Armband, das sie für ihn geknüpft hatte, bis sich die Fäden von selbst auflösten. Nach jeder Party brachte er sie nach Hause, hielt ihre Hand, trocknete ihre Tränen. In all diesen Gesten hatte sie nie mehr gesehen als den Ausdruck einer engen Freundschaft. Erst an ihrem vierundzwanzigsten Geburtstag, als er versucht hatte, sie auf den Mund zu küssen, war ihr klar geworden, dass er schon ewig in sie verliebt gewesen sein musste.

Bevor sie die Glastür öffnete, die in den Empfangsraum führte, straffte sie die Schultern. Freddie war immer noch ein alter Freund – jemand, der ihr wohlgesinnt war. Es gab keinen Grund dafür, so nervös zu sein.

An den Wänden hingen neben den Abfahrtszeiten auch Fotografien von Schiffen und den Felseninseln. Niemand saß an der Rezeption.

»Freddie, bist du hier?« Sie klopfte auf den Tresen und erspähte an der Pinnwand ein Foto, auf dem Kieran inmitten der Crew vor dem größten Schiff der Flotte zu sehen war. Er war der Einzige, der nicht in die Kamera blickte, sondern den Kopf zur Seite gedreht hatte. Mit zusammengekniffenen Augen beugte sie sich vor, um den Schriftzug auf dem Bug entziffern zu können. Orla erinnerte sich gut an die Schiffstaufe vor unzähligen Jahren, als sie noch ein fester Teil der Dorfgemeinschaft gewesen war. *Súitú* lautete der Name des Schiffs. Mit *Súitú* wurde das Geräusch bezeichnet, das entstand, wenn sich die Wellen ins Meer zurückzogen und Strandkiesel durch den Sog des Wassers aneinandergerieben wurden. Es war ihr Vorschlag gewesen, das Schiff so zu nennen.

Die Tür zu den Büroräumen öffnete sich.

»Orla, ich dachte mir schon, dass du heute kommst.« Das sommersprossige Gesicht war ihr vertraut und erfüllte sie mit warmen Gefühlen. Seine Augen waren tiefblau, noch dunkler als sonst. Freddie lächelte schwach.

»Können wir reden?«, fragte sie.

»Können wir, natürlich, aber ich muss dir gleich sagen, dass sich an meiner Meinung nichts ändern wird. Komm, wir setzen uns ins Büro.«

Sie folgte ihm durch einen langen Flur. Es roch nach dem abgewetzten Industrieteppich unter ihren Füßen und nach Kaffee.

»Bitte schön.« Freddie öffnete die Tür und ließ sie an sich vorbeigehen. »Mach's dir bequem.«

Über seinem Schreibtisch hing ein Hochzeitsbild, das ihn im Smoking neben Mary-Ann zeigte. Er hatte sie im Internet kennengelernt und ein halbes Jahr später zum Traualtar geführt. Orla hatte damals in der zweiten Reihe gesessen, um der Zeremonie beizuwohnen. Alles an dieser Hochzeit war ihr merkwürdig erschienen. Als wäre es ein Theaterstück gewesen, das sie nur beklatschte, weil Freddie darin die Hauptrolle spielte.

»Bedauerlich, dass wir uns unter diesen Umständen wiedersehen«, bemerkte er, nachdem er sich ihr gegenübergesetzt hatte.

»Mir wäre es auch lieber gewesen, wenn wir uns im *Selkie* auf ein Bier getroffen hätten«, stimmte sie ihm zu und suchte auf dem harten Stuhl nach einer bequemen Sitzposition. »Wie geht es der Frau?«

»Geschockt und unterkühlt, leichte Gehirnerschütterung.« Freddie griff nach einem Kugelschreiber und fing an, die Mine raus- und wieder reinspringen zu lassen. »Sie wurde im Krankenhaus gründlich durchgecheckt. Zum Glück hat sie keine schwereren Verletzungen.«

Orla blies die Wangen auf. »Das ist echt blöd gelaufen. Kieran würde sich gern bei ihr entschuldigen. Es tut ihm wahnsinnig leid. Er würde alles tun, um die Sache ungeschehen zu machen.«

»Glaub ich dir. Dein Bruder ist ein guter Kerl. Ich habe ihn schon immer gemocht.«

»Ich weiß, Freddie. Du bist der Einzige, der Kieran eine echte Chance gegeben hat, sich zu beweisen. Dieser Job bedeutet ihm die Welt. Er lebt für die Skellig.«

»Er hat den Job nicht bekommen, weil ich einen fünften Mann an Bord gebraucht hätte.« Seine Stimme war rau und besaß einen vorwurfsvollen Unterton. »Ich hab's für dich getan, Orla, weil ich immer gedacht habe, dass du irgendwann kapierst, dass niemand so hinter dir und deiner ...«

Stille. Freddie schüttelte den Kopf. »Lassen wir das. Ich bin Unternehmer und deswegen muss ich dir sagen, dass Kieran nicht mehr bei mir arbeiten kann. Er bekommt noch das Gehalt für diesen Monat, aber dann war's das.«

»Das kannst du nicht machen, Freddie.« Sie legte die flache Hand über ihr Herz und schaute ihn eindringlich an. »Bitte! Kieran macht alles, was du von ihm verlangst. Er braucht das Gefühl, dass seine Leistungen geschätzt werden. Und wenn er nur die Schiffe putzt. Ganz egal.«

»Es geht nicht. Ich habe lange darüber nachgedacht, aber das Risiko ist einfach zu groß.«

»Ich verstehe dich nicht! Er macht einen Fehler und schon schmeißt du ihn raus?« Wütend blitzte sie ihn an.

»Nicht das erste Mal, Orla, nicht das erste Mal.«

»Was heißt das?«

»Ich habe toleriert, dass Kieran unsere Passagiere ignoriert, als wären sie Luft. Ich habe akzeptiert, dass er vor Wut das Werbeschild umgeschmissen hat, und ihn in Schutz genommen, als alle auf halber Strecke wieder umdrehen mussten, weil er seine beschissene Jacke an Land vergessen hatte. Strahlender Sonnenschein – und ich darf den Passagieren erklären, dass mein Mitarbeiter Angst vor Regen hat.«

»Er hat nur Angst, nicht vorbereitet zu sein. Veränderungen verunsichern ihn«, nahm sie ihren Bruder in Schutz. »Dafür ist er zuverlässig, oder nicht? Und er weiß alles über die Skellig. Mehr als jeder andere Mensch.«

»Das ist sehr gut möglich.« Freddie seufzte. »Aber es ändert nichts. Ich mag deinen Bruder und er kann gern als Passagier mit uns rausfahren, aber nicht mehr als Mitglied der Crew.«

»Meine Güte!« Orla schüttelte entsetzt den Kopf. »Ich weiß nicht, wie ich ihm das erklären soll. Oder meiner Mutter. Wir waren alle so glücklich, dass er seinen Platz gefunden hat. Kann ich irgendwas tun, damit du ihm noch eine Chance gibst? Bitte!«

Freddie taxierte sie, schien tatsächlich über ihre Frage nachzudenken, doch dann senkte er den Blick. »Du musst mich verstehen, Orla«, sagte er mit düsterer Stimme. »Ich entscheide nicht als dein alter Freund oder was auch immer ich bin, sondern als Unternehmer, der für seine Crew und seine Passagiere verantwortlich ist. Hier geht's um meinen Ruf.«

18. ORLA

Nachdem sie Kieran von dem Gespräch mit Freddie erzählt hatte, war er die Treppe hochgestapft und hatte sich in seinem Zimmer verbarrikadiert. Der Fernseher lief so laut, dass Orla sich Kopfhörer aufsetzen musste, um nicht bei jedem Soundeffekt zusammenzuzucken. Schon als Kind hatte er die Nähe anderer Menschen nie als etwas Tröstliches empfunden. Wenn er hingefallen war und sich die Knie aufgeschlagen hatte, durfte ihn niemand in den Arm nehmen. Auch wenn er Rotz und Wasser geheult hatte – Kieran tröstete sich selbst. Orla kannte dieses Verhalten von ihm. Trotzdem fiel es ihr schwer, untätig dazusitzen und Däumchen zu drehen, während es ihrem Bruder schlecht ging. Wie sollte es jetzt weitergehen? Kieran konnte unmöglich im Pub arbeiten. Ansonsten gab es in Saltmore kaum Arbeitsplätze. Vielleicht konnte er bei Gavin Moore anheuern, der eine Makrelenfischerei betrieb. Oder bei O'Reilly, dem Bestatter.

Schließlich zog sie sich in ihr Zimmer zurück, legte sich aufs Bett und kraulte Captain, während sie ihren Blick ziellos umherwandern ließ. Als Kind hatte sie die meiste Zeit damit zugebracht, sich fortzuträumen. Sie war zwar körperlich anwesend gewesen, doch gedanklich weit gereist. Tatsächlich hatte sie damals geglaubt, die Travellers würden ein beneidenswertes Leben führen, doch diese Illusion war in Flammen aufgegangen.

Orla rappelte sich auf und riss den Buffetschrank auf, in dem die Kindheitserinnerungen aufbewahrt wurden, die sie nicht mit nach Dublin genommen hatte. Zwischen einer Bibel und einem Stapel alter Schulhefte entdeckte sie ihr Tagebuch. Dunkelgrüner Leinenstoff. Goldenes Schloss. Der Schlüssel steckte noch. Er war verbogen und grünlich oxidiert, weil Orla ihn früher an einer Kette um den Hals getragen hatte. Mit rundlicher Schrift und kleinen Zeichnungen hatte sie die Seiten des Buches gefüllt – ihre ganze Trauer und Verzweiflung waren dort hineingeflossen.

Sie blätterte durch das Tagebuch. Auf den hinteren Seiten hatte sie Fotos eingeklebt, fotografiert mit einer billigen Kamera, die sie von ihrem Taschengeld im Supermarkt gekauft hatte. Die Filme waren so teuer gewesen, dass sie nur wenige Fotos geschossen hatte. Kieran, ihre Mutter, Bean, das Meer – dazwischen ein verschwommenes Bild aus dem Jahr 1997. Darauf sah man den Caravan am Skellig Drive stehen. Von einer Wäscheleine flatterten kleine Hemden und Hosen. Rosie trug ein Baby auf dem Arm. Ihre Mutter saß auf einem Stuhl und beugte sich über ein Deckchen, auf dem ein anderes Baby lag. Im Hintergrund erkannte man den Vater. Er gestikulierte mit beiden Händen, sodass es aussah, als spielte er Theater. Auf seiner nackten Brust prangte eine Tätowierung, doch sie war nur als verwaschener Farbklecks zu erkennen.

Langsam ließ Orla ihren Zeigefinger über das Bild wandern. Rónán spähte aus dem Heckfenster des Caravans, starrte direkt in die Kamera. Damals hatte sie ihn nicht bemerkt. Erst Wochen später war ihr sein bleiches Gesicht aufgefallen. Orla nagte an ihrer Unterlippe, dann hastete sie zu ihrer Kameratasche und nahm den Fotoapparat heraus. Hastig rief sie das Archiv auf und wählte eines der Porträts, die sie beim Leuchtturm geschossen hatte. Seán. Ihr Blick wanderte vom Display ihrer Kamera zu der alten Fotografie des Caravans. Seán sah aus wie eine ältere Version des Jungen, in den sie damals verliebt gewesen war. Seine Kieferpartie war markanter, die Stimme dunkler, die Schultern breiter, aber seine Augen sahen immer noch aus wie das Meer an stürmischen Tagen. Diese Ähnlichkeit … War er ihr deswegen immer so seltsam vertraut erschienen?

Orla rief sich zur Räson. Rónán McDonagh war am Tag seines fünfzehnten Geburtstages gestorben. Wenn man schlief, ruhte auch der Geruchssinn. Niemand hatte den Rauch bemerkt. Niemand konnte sich retten. Alle waren verbrannt. Alle waren tot. Das waren die harten Fakten.

Orla schaltete die Kamera aus und wollte das Tagebuch gerade schließen, als ein Zettel durch die Luft segelte und auf dem Boden landete. Zwar erinnerte sie sich an diesen Brief, aber nicht daran, ihn behalten zu haben. Hektisch entfaltete sie das Papier.

> *Orla, ich hau mit dir ab! Ich kenn eine Frau mit einen grosen Haus nich weit von hier. Dort gehn wir hin. Kiran kann mitkomen. Das ist kein Problem! RÓNÁN*

Er hatte sie damals vor der Kirche abgepasst und so verschwörerisch getan, als wollte er ihr ein Staatsgeheimnis verraten. »Das geht nur dich und mich was an.«

Anstatt nach Hause zu gehen, war sie mit ihm zum Spielplatz geschlichen. Dort hatten sie sich in eine Holzhütte gesetzt, um ungestört miteinander sprechen zu können. Die Hütte war so winzig, dass sich ihre Knie berührten, während sie sich gegenübersaßen. Rónán wollte wissen, wer für das blaue Auge verantwortlich war, das Orla hinter einer lächerlichen Herzchensonnenbrille versteckte. Zuerst hatte sie noch versucht, sich rauszureden, indem sie ihm abstruse Märchen auftischte, doch Rónán war nicht blöd. Irgendwann hatte sie unter Tränen von ihrem Vater erzählt – von der Brüllerei, den Demütigungen und dem Anblick, wenn er wie ein Toter irgendwo im Haus auf dem Boden lag. Und von Siobhan, die weinend in der Küche saß, tief in der Nacht, ganz allein mit einer Tasse Tee, die in ihren Händen langsam abkühlte.

Anstatt etwas zu erwidern, hatte Rónán ihre Hand genommen. Er hatte keine Fragen gestellt, nicht versucht, sie mit Floskeln zu trösten. Er hatte sie nur mit beiden Händen festgehalten und dabei ihrer tränenerstickten Stimme gelauscht.

Als es dunkel geworden war, hatte Rónán ein zusammengefaltetes Papier aus seiner Hosentasche gezogen und ihr in die Hand gedrückt. Orla erinnerte sich daran, wie wild ihr Herz geschlagen hatte – bei jedem Wort heftiger. *Orla, ich hau mit dir ab!*

»Meinst du das ernst?«, hatte sie ihn gefragt und Rónán hatte genickt.

Orla hatte sich so sehr gewünscht, mit ihm in dieses Abenteuer aufbrechen zu können. Nicht nur wegen der ganzen Probleme zu Hause, vor allem wegen der Freiheit, die sie in Rónáns Augen erkannt hatte. Da waren dieses abenteuerlustige Funkeln und dieser Kampfgeist, der ihn älter machte, als er war. *Du musst dich entscheiden, Orla! Entweder du kommst mit oder du lebst genau dieses Leben, bis du stirbst.*

* * *

Als sie am Abend den Pub betrat, wurde sie von einer molligen Wärme und schweren Gerüchen empfangen. Es roch nach feuchten Wachsjacken, altem Holz und den Aromen des Alkohols, der hier ausgeschenkt wurde. Am Tresen saßen zwei Touristinnen, Tomás mit einer jungen Kollegin und drei alte Männer, die hitzig miteinander diskutierten. Es waren die O'Connor-Brüder, die zusammen die größte Schafzucht des Countys führten und sich darüber ständig in der Wolle hatten.

»Hallo«, grüßte Orla in die Runde und hoffte inständig, dass Tomás sie nicht in der Öffentlichkeit auf ihren Bruder ansprechen würde.

»Sieht man dich auch mal hier unten im Dorf?«, wollte er wissen und zwinkerte ihr zu. »Sonst treibst du dich ja lieber an den Klippen rum, was?«

»Das entspricht eben eher meinem Naturell«, antwortete sie. »Ist Molly schon zurück?«

»Morgen. Dann ist wieder die Hölle los. War ganz schön, diese Ruhe am Abend. Kein Kindergeschrei, keine Wachsmalstifte in der Spülmaschine, keine nächtlichen Besucher, die dir ihre stinkenden Füße ins Gesicht strecken, wenn du nichts dringender brauchst als ein bisschen Schlaf.«

»Was für ein hartes Leben, Tomás«, bemerkte seine Kollegin ungerührt und tätschelte seine Schulter.

Orla schaute die Frau an. Das schmale Gesicht mit der schiefen Nase und den hellblauen Augen kam ihr vertraut vor. »Kennen wir uns nicht?«, fragte sie.

»Niamh Kennedy, jawohl. Ich war zwei Klassen unter dir. Komme frisch vom Garda College aus Templemore.«

»Ah, dein Name sagt mir was. Gratuliere zum Abschluss.«

Die Küchentür schwang auf und Erin schob sich hindurch. Sie trug ein Tablett mit zwei Suppenschüsseln, aus denen es dampfte. »Hier kommt eine Stärkung für unsere geschätzten Gardaí«, verkündete sie beim Servieren. »Lasst's euch schmecken.«

Während Erin sich die Hände an einem Geschirrtuch abtrocknete, warf sie ihrer Nichte einen prüfenden Blick zu. »Alles okay?«

»Geht schon. Können wir irgendwo ungestört reden?«

»Natürlich. Jack müsste jeden Moment kommen und kann mich ablösen. Gerade steckt er aber noch im Klo fest. Gestern Abend hat jemand versucht, einen Wolfsbarsch runterzuspülen.«

»Wie bitte?« Niamh ließ den Löffel wieder sinken.

»Gott weiß, was sich der Mann gedacht hat. Wahrscheinlich war er sternhagelvoll. Ferguson hat doch gestern seinen Geburtstag gefeiert. Jedenfalls ist das Tier in unserem alten Rohr stecken geblieben.«

»Lebt der Fisch noch?«, fragte Orla entgeistert.

Erin schüttelte den Kopf. »So ist das hier draußen. Ich weiß noch, wie der alte Peter seinen Ziegenbock mitgebracht hat, weil er auf dem Weg nach Conabally war, um ihn zu verkaufen, und vorher noch ein Bier trinken wollte«, erklärte Tomás und pustete Luft aus seinem Mundwinkel. »Siobhan hat dem Bock sogar Salzstangen hingestellt.«

»Das halte ich für ein Gerücht«, erwiderte Orla kichernd.

Erneut öffnete sich die Küchentür und ihr Magen zog sich zusammen. Seán schleppte einen Korb mit dampfenden Gläsern zum Tresen. Bevor er sie in die Schränke räumte, zapfte er Stout für die O'Connor-Brüder und schwatzte mit ihnen über das Wetter.

»Wenn's in der Sturmnacht vor drei Wochen weitergeregnet hätte, wären wir in unseren Betten zur See gegangen, sage ich. Selbst die Fische wären ersoffen.«

Noch hatte er sie nicht bemerkt. Orla stand still und beobachtete ihn aus den Augenwinkeln. Er trug ein schwarzes Shirt zu einer verwaschenen Jeans, die recht tief auf seinen Hüften saß. Orla nagte an ihrer Unterlippe. Wie sollten sie jetzt miteinander umgehen? So tun, als hätte es diesen Kuss nie gegeben? So tun, als ließe sie seine Anwesenheit kalt?

Orla atmete tief durch. »Hi Seán!«

Seine Augen suchten nach ihr, glitten über die Gesichter der Gäste. Als er sie entdeckte, hob er seine Mundwinkel zu einem Lächeln, das ihr seltsam aufgesetzt erschien. »Oh! Was machst du denn hier?« Seine Frage klang, als wäre es vollkommen absurd, in einem Pub aufzukreuzen.

»Na ja, ich muss mit Erin sprechen.«

»Äh, und willst du dabei was trinken oder so?« Seine Ohren hatten sich gerötet.

Auch Orla spürte eine verräterische Hitze in ihrem Gesicht. Ihr Blick blieb an seinen Lippen hängen. Die Erinnerungen an den Kuss waren so aufwühlend, dass sich ihr Herzschlag beschleunigte. Sie hatte ihn geküsst und jede Sekunde davon genossen. Ihr Blick wanderte über die Whiskeyflaschen, die auf dem Regal vor der Spiegelwand standen. Sie brauchte etwas Hochprozentiges. »Vielleicht wäre ein Kaffee gut«, sagte sie stattdessen.

»Ich kümmere mich drum.« Seán marschierte an der Kaffeemaschine vorbei und verschwand in der Herrentoilette.

»Ähm!« Erin kratzte sich an der Stirn und bedachte ihre Nichte mit einem fragenden Blick. »Was soll man dazu sagen?«

»Mit Milchschaum, wenn's keine Umstände macht«, antwortete Orla hölzern.

Zwei Minuten später stand ein Kaffee vor ihr auf dem Tresen. Sie hatte gerade einen Schluck genommen, als Seán zurückkam. Seine Bewegungen wirkten entschlossen, sein Blick war durchdringlich. »Sorry, musste Jack helfen«, erklärte er lakonisch.

»Indem du den Kopf ins Klo gesteckt hast, um nach diesem Fisch zu suchen, hä?«, wollte Tomás wissen und deutete auf die nassen Strähnen, die auf Seáns Stirn klebten.

»Sehr witzig, Garda. Bin schon seit Stunden auf den Beinen und musste mich mal kurz frisch machen, damit ich nicht im Stehen einschlafe.« Seán fuhr sich mit beiden Händen durchs Haar, dann grinste er. »Muss ich dafür ins Gefängnis?«

»Nichts für ungut, mein Freund. Wie sieht's denn heute Abend bei dir aus? Poker. Sagen wir acht Uhr?«

»Bin raus, sorry. Heute brauche ich meine Ruhe. Hab morgen ziemlich viel vor. Die Fenster im Leuchtturm sind eine Katastrophe. Ich will wenigstens die Rahmen lackieren.«

Kurz streifte sie sein Blick, aber Orla konzentrierte sich auf den Milchschaum, den sie mit dem Löffel von einer Seite der Tasse zur anderen schaufelte.

Sie hatte sich mit Erin an einen der Tische verzogen, die am Fenster standen, um erneut über Kieran und den Vorfall auf der Skellig zu sprechen. Ihre Tante war wohltuend pragmatisch und beschwichtigte Orla. Keiner war gestorben. Kieran würde darüber hinwegkommen und irgendwann einen anderen Job finden. Alles war gut. Schließlich kamen sie überein, Kieran die Entscheidung zu überlassen, wann er Siobhan davon erzählen wollte.

»Was ändert es, wenn sie davon weiß? Nichts. Sie würde sich nur den Kopf zerbrechen und das ganze Dorf damit verrückt machen. Kieran soll mit ihr sprechen.«

Als draußen finstere Nacht war, gesellte sich Erins Mann zu ihnen. Cormac war ein ruhiger Typ mit freundlichen Augen und einer Vorliebe für Algorithmen. An manchen Tagen arbeitete er bei einem Softwareunternehmen in Tralee, an anderen fuhr er mit seinem Trawler hinaus zur See, um die Familientradition fortzuführen.

»Wie ist es so, Orla?«, erkundigte er sich und nippte an seinem Cider.

»Kann nicht klagen. Es ist wirklich schön, mal wieder zu Hause zu sein.«

»Hier weht ein anderes Lüftchen als in der Stadt, was?«

»Der Wind ist ein bisschen schärfer, ja«, erwiderte sie. »Manchmal kommt's mir so vor, als wäre ich nie weg gewesen. Ich kenne immer noch jedes Gesicht, jeden Stein, jedes Schaf. Das genieße ich total.«

»Weißt du, Cormac, ich habe ja immer gedacht, Orla würde in Saltmore bleiben, weil die Luft salzig ist und sie das Gefühl braucht, das Meer einzuatmen.« Erin blinzelte ihr zu. »Ich habe gesagt: Siobhan, warte ab. Orla hat Freddie an der Angel. Ehe du dich versiehst, zerrt sie ihn zum Traualtar und dann spaziert sie ins *Selkie* und übernimmt das Kommando. Aber nein! Orla Donovan lässt alles sausen und verschwindet stattdessen in die Stadt.«

»Du bist damals doch selbst fortgegangen, Erin, wenn ich dich daran erinnern darf.«

»Aber ich bin zurückgekommen. Außerdem kann man das nicht miteinander vergleichen.«

»Natürlich kann man das«, protestierte Orla. »Du warst unglücklich und auf der Suche!«

»Ich war auf der Flucht«, wurde sie von Erin korrigiert.

»Aber das macht doch keinen Unterschied. Wer auf der Flucht ist, der ist auch auf der Suche.« Orla leckte sich malzigen Schaum von der Oberlippe. »Du fliehst nur, wenn dir etwas fehlt.«

»Uns beiden hat jede Menge gefehlt, nicht wahr?« Das Lächeln war aus Erins Gesicht verschwunden.

Als sie in die grünen Augen ihrer Tante sah, war es Orla, als würde sie in einen Spiegel blicken. »Jetzt ist es doch besser, oder nicht?«

»Das ist es.« Erin nickte. »Aber gilt das auch für dich, Orla?«

»Ich ...« Sie verstummte, als Cormac sich erhob.

»Ich lass euch mal allein«, bemerkte er und griff nach seinem Cider, dann deutete er zum Tresen. »Will mal noch ein bisschen mit Paddy plaudern.«

Ihre Tante wartete, bis er außer Hörweite war, dann beugte sie sich so weit vor, dass ihre Perlenkette an das Pintglas stieß. »Ich weiß, warum du gegangen bist. Du hast es dir nicht leicht gemacht, nimmst es immer noch so furchtbar schwer.«

»Was meinst du?«

»Du weißt, wie sehr wir dich vermissen, aber du besuchst uns trotzdem so selten, dass es mir vorkommt wie eine Geistererscheinung, wenn du mal leibhaftig vor mir stehst. Ich kenne dich. Und weißt du, was ich glaube?« Erin wartete einen Moment, bevor sie fortfuhr. »Du rächst dich an uns. Anstatt uns ins Gesicht zu schreien und deine Wut rauszulassen, entziehst du dich.«

»Das ist nicht wahr«, stritt Orla die Behauptung ihrer Tante ab, obwohl ihr längst gedämmert hatte, weshalb sie Saltmore seit Jahren mied.

»Du rächst dich an Siobhan und an mir, indem du so tust, als wäre Dublin in Sibirien oder sonst wo. Jedenfalls so weit weg, dass du es kaum schaffst, nach Hause zu kommen. Klar, du telefonierst mit deinem Bruder, aber er ist auch der einzige Mensch, den du niemals verletzen wolltest.«

Die Stimme ihrer Tante war weich – darin lag keine Härte, kein Vorwurf.

Orla schluckte trocken. »Warum sollte ich mich an dir rächen wollen, Erin? Du warst neben Kieran der wichtigste Mensch in meinem Leben, bist wie eine große Schwester für mich.«

»Und trotzdem bin ich abgehauen, als du mich am meisten gebraucht hast. Ich bin einfach gegangen, obwohl ich genau wusste, wie dein Vater euch behandelt hat und dass keiner euch beschützte.«

»Schon gut. Es war ja nicht deine Aufgabe, uns zu schützen.« Orla senkte den Blick und starrte auf ihre bleichen Hände. »Es war Siobhans Aufgabe. Sie hat uns mit ihm allein

169

gelassen, obwohl sie genau wusste, dass er zum Scheusal wurde, wenn er getrunken hatte. Weißt du, wie oft ich bei meiner Psychotherapeutin saß und mit ihr darüber gesprochen habe? Siobhan hätte uns beschützen müssen.«

»Ich weiß«, räumte Erin mit trauriger Stimme ein. »Damals hat sie's einfach nicht gepackt. Sie war total überfordert und hat sich lange nicht eingestanden, wie schlimm es tatsächlich war. Dein Vater, Kieran mit seinen Bedürfnissen, obendrauf das *Selkie*. Jemand musste Geld verdienen und alles am Laufen halten.«

»Sie hatte ihre Gründe, natürlich, aber ich war ein Kind. Ich hab mich so allein gefühlt. Manchmal kam ich mir so unsichtbar vor, als würde es mich gar nicht wirklich geben.«

»Wir haben dich immer gesehen, Orla, aber wir hätten besser auf dich achtgeben müssen.« Erin streckte die Hand aus und strich ihr übers Haar, dann stieß sie einen Seufzer aus. »Ich bin froh, dass du wieder hier bist, wirklich froh. Du hast uns allen sehr gefehlt.«

»Ihr mir auch.« Hinter ihrer Wut lag ein alter Schmerz, den sie schon als junges Mädchen empfunden hatte. Vielleicht war es nun an der Zeit, diese Gefühle gehen zu lassen? Als sie den Blick ihrer Tante auffing, lächelte sie. Erin nickte – eine stille Übereinkunft.

Während Orla ihren Gedanken nachhing und aus dem Fenster zum Hafen blickte, beobachtete Erin das Treiben im Pub. Die Worte ihrer Tante hatten etwas angestoßen und eine Wahrheit zum Vorschein gebracht, über die Orla vor einigen Jahren schon mit ihrer Therapeutin gesprochen hatte: Sie wusste ganz genau, dass es Siobhan krank machte, sie nur zu Festtagen zu sehen. Wenn überhaupt. Es wäre so einfach, wenigstens regelmäßig bei ihrer Mutter anzurufen, doch selbst darauf verzichtete sie. Stattdessen genoss Orla das Gefühl, schmerzlich vermisst zu werden. Jahrelang hatte sie damit zugebracht, sich unsichtbar zu fühlen. Sie war wie auf Eierschalen um ihren Vater herumgetänzelt, hatte sich vor ihm versteckt, Kieran getröstet, sich in den Schlaf geweint. Sie hatte so vorsichtig gelebt, als würde sie bei Dunkelheit durch ein Zimmer tapsen, in dem überall Legosteine darauf lauerten, sich in ihre nackten Füße zu bohren. Während Siobhan arbeiten gegangen war, musste sie zu Hause dafür sorgen, dass nichts ihren Vater erzürnte – ohne genau zu wissen, worüber er sich aufregen würde. Diese Jahre hatten tiefe Spuren hinterlassen – eine leise Aggression, die immer mitschwang, sobald sie ihrer Mutter begegnete. Insgeheim war es ihr wie ein Akt der Gerechtigkeit erschienen, dass Siobhan nun ohne sie leben musste.

Plötzlich trat jemand an ihren Tisch. »Ihr seht aus, als käme jeden Moment ein Orkan übers Meer. Alles klar bei euch?«

»Seán.« Sein Name huschte über ihre Lippen und ließ ein Lächeln darauf erscheinen.

»Aye!« Er legte die flache Hand auf seine Brust. »Kann ich euch noch was bringen? Bald ist Sperrstunde und wir machen die letzte Runde.«

»Mir reicht's für heute«, erklärte sie und hob ihr halb leeres Glas empor. Das Bier war längst abgestanden. Auch Erin verzichtete.

»Okay. Dann wünsche ich euch schon mal 'ne gute Nacht. Wir sehen uns«, sagte er und klopfte dabei auf den Tisch. »Ah, und viele Grüße an Kieran, ja?«

Orla beobachtete, wie er sich mit großen Schritten entfernte, und verspürte den dringenden Wunsch, ihm zu folgen. Den Kuss ungeschehen machen … wiederholen. Ihre Gedanken sprangen hin und her.

Erin stöhnte auf. »Herrje! Ich dachte mir ja schon die ganze Zeit, dass da was in der Luft liegt. Ihr schmachtet euch an wie Teenager. Weiß er von Adam?«

»Was?« Irritiert sah sie ihre Tante an.

171

»Ob dieser arme Teufel weiß, dass du …«
»Ist doch kein Geheimnis.«

* * *

Vor ihr lag ein weißes Blatt Papier, daneben stand eine Tasse Pfefferminztee. Aus ihrem Notebook ertönten leise im Hintergrund die Folkrock-Harmonien der Staves. Orla spielte gedankenverloren mit dem Kugelschreiber in ihrer Hand.

Die Wut hatte sie nicht nur emotional von ihrer Mutter distanziert, sondern auch räumlich. Manchmal hatte es sich so angefühlt, als hätte sie ein Körperteil abgeschnitten und gelernt, ohne es auszukommen. In Dublin funktionierte die Trennung, doch je länger Orla in diesem Haus lebte, vollgestopft mit Erinnerungen, desto bewusster wurde ihr das Bedürfnis nach mütterlicher Nähe. Sie hatte diese Sehnsucht ignoriert, weil sie als Kind so oft enttäuscht worden war, doch jetzt – viele Jahre später – stellte sie sich vor, wie erleichternd es wäre, die Tür hinter sich zu schließen und endlich wieder zu Hause zu sein.

Liebe Siobhan, schrieb Orla, strich den Namen durch und schrieb stattdessen: *Mam*. Sie hatte sich angewöhnt, ihre Mutter beim Vornamen zu nennen. Dabei war sie sich stark und unabhängig vorgekommen, doch nun spürte sie keinen Widerstand mehr. Mam war ein weiches Wort, mit dem sich ein Kind mit seiner Mutter verband. Orla schrieb, strich die Zeilen durch, zerknüllte das Papier, zog ein neues aus der Schublade. So vergingen zwei Stunden. Irgendwann starrte sie aus müden Augen auf einen vierseitigen Brief hinab:

> *Ich habe insgeheim immer darauf gewartet, dass*
> *du mich um Verzeihung bittest oder wenigstens*
> *das Gespräch suchst. Und je länger du geschwiegen*
> *hast, desto härter musste ich sein, damit es nicht*

so wehtat. Ich bin gegangen, aber ich bin im
Gehen gewachsen. Du ziehst das Schweigen vor.
Anstatt mit mir über alles zu sprechen, schickst
du mir Kekse oder Strumpfhosen und schmückst
jeden Raum mit meinen Bildern. Das ist deine
Art, mir deine Liebe zu zeigen. Es hat eine
Weile gedauert, bis ich das kapiert habe ... Wir
haben so viele Jahre im Stillstand gelebt. Wir
schweigen und bewegen uns nicht, aus Angst,
etwas kaputtzumachen. Wie wär's mit einem
ersten Schritt?

Vielleicht würde Orla den Brief auf dem Kopfkissen ihrer
Mutter platzieren, damit sie ihn lesen konnte, sobald sie wieder
zu Hause war. Vielleicht würde sie die Worte aber auch für sich
behalten. Noch war sie unschlüssig, was mit dem Brief geschehen sollte. Doch ganz egal, von wem er gelesen werden würde
– allein das Schreiben hatte eine Fessel gelöst und ihr ein Stück
Freiheit verschafft. Orla schloss die Augen und legte den Kopf
in den Nacken. *Im Gehen gewachsen.* Sie lächelte.

19. ROSIE

Ich blinzle und strecke gähnend meine Glieder. Grelles Licht fällt durch die Fenster in den Wagen. Die tannengrünen Gardinen flattern und lassen Schatten über die Matratze tanzen. James schläft neben mir, nuckelt an seinem Schnuller.

Es riecht nach Speck, der zischend in der Pfanne verschrumpelt. Mam steht am Herd, singt leise vor sich hin, während der Rock um ihre muskulösen Waden schwingt. Bei jeder Bewegung blitzt die Tasche auf, die sie sich um die Hüften gebunden hat. Jede Perle und jeden Knopf hat sie selbst aufgenäht. In der Tasche bewahrt sie Kleinigkeiten auf, die sie ganz nah bei sich tragen will: unsere ausgefallenen Zähne und den Rosenkranz zum Beispiel.

Ich seufze. Manchmal kriecht das Glück in mich hinein und lässt mich weich wie Butter werden. Plötzlich muss ich an den Erdbeer-Milchshake denken, den ich vor ein paar Monaten in Mallow getrunken habe. Der Verkäufer hat ihn mir geschenkt, weil ich mir mit meinen Münzen allerhöchstens eine Papierserviette hätte leisten können. Als ich mit dem Becher an den Leuten vorbeispaziert bin und an meinem Strohhalm genuckelt habe, kam ich mir vor wie eine Gewinnerin. Ich erinnere mich noch an das triumphierende Gefühl, als ich vor aller Augen in den Caravan geklettert bin. Ein halber Liter rosafarbene Freundlichkeit. Erdbeerkerne zwischen den Zähnen. Das größte Glück der Welt.

Eine Stimme ertönt durch das gekippte Fenster.

»Was zum Teufel …?«

»Wer war das?«, fragt mein Bruder.

Vorsichtig schiebe ich die Gardine zur Seite und linse hinaus. Rónán steht mit rotem Kopf und nacktem Oberkörper in der Morgensonne. Seit ein paar Wochen trainiert er, macht Liegestütze und Klimmzüge, bis die Adern auf seiner Stirn anschwellen. In jeder Hand hält er eine Wasserflasche, die er als Hanteln benutzt hat. Mein Vater trägt Joseph auf dem Arm und starrt unseren Caravan so fassungslos an, als würden gerade ein paar Außerirdische aussteigen. Auch sein Kopf ist gerötet.

»Scheiße!« Plötzlich schubst Rónán einen Stuhl um, sodass er polternd zu Boden fällt, dann tritt er mit voller Kraft gegen ein Stuhlbein. Erst ist es krumm, dann bricht es ab.

»Beherrsch dich!«, brüllt mein Vater und packt ihn am Oberarm. Joseph fängt an zu schreien.

»Was ist hier los?« Alarmiert reißt Mam die Tür auf und stürzt hinaus. Als ich ihr folgen will, stolpere ich über einen Wasserkanister und schlage mir den Kopf an.

»Schau dir das an, Maureen!«, höre ich die Stimme meines Vaters. Mühsam rapple ich mich auf, drücke eine Hand auf die schmerzende Stelle auf meiner Stirn und trete in die Tür.

Alle starren mich an.

»Wer war das?«, fragt Mam entsetzt und krallt sich an ihrem Zopf fest. Sie ist kreidebleich.

»Die Arschlöcher aus dem Dorf. Wer sonst?« Rónán presst die Lippen aufeinander. Sein Blick huscht wild umher.

Verpisst euch, dreckige Landstreicher!

Wir brauchen den ganzen Nachmittag, um die rote Farbe abzuwaschen. Am Ende erkennt man immer noch einen rosafarbenen Schleier. *Verpisst euch, dreckige Landstreicher!* Unsere Wut hat sich inzwischen gelegt.

»Wörter brechen keine Knochen«, sagt Dad schulterzuckend. Die Namen, die sie uns geben, würden nichts bedeuten. Und trotzdem brennen sie in meinen Augen, schmerzen wie heiße Kohlen in meinem Bauch.

Während Mam das Abendessen zubereitet und ihr leiser Gesang nach draußen dringt, sitze ich neben Dad und schaue den Zwillingen zu, die an ihren Fläschchen nuckeln. Es riecht nach geschmorten Tomaten, Bohnen und Kartoffeln – mir läuft das Wasser im Mund zusammen. Alles ist friedlich. Sogar Rónán fläzt sich entspannt auf der Wiese. Er hat die Arme hinter seinem Kopf verschränkt, beobachtet die Wolken und hört durch seine Kopfhörer so laut Musik, dass ich die Bässe deutlich vernehmen kann. Als ich den Blick hinauf zur Klippe hebe, entdecke ich einen Jungen. Sein Haar leuchtet in der untergehenden Sonne kirschrot. Erst als ich die Augen mit der Hand abschirme, erkenne ich, dass er nicht hinaus aufs Meer schaut, sondern zu uns hinab. Ehe ich jemanden auf ihn aufmerksam machen kann, verschwindet er hinter den Haselnusssträuchern.

20. ORLA

Das Meer rauschte tosend an Land, doch man konnte nicht erkennen, woher es kam. Nebelschwaden hingen über den Feldern und hüllten die Küste ein.

Orla stand im Strickmantel ihrer Mutter an der Kalksteinmauer, die den Garten umschloss, und legte sich gedanklich Worte zurecht. Sie presste die Lippen aufeinander. Hatte sie wirklich alles durchdacht? Wollte sie sich von Adam trennen, dem charmanten Kanadier aus Québec, ihm den Ring zurückgeben und das Kapitel ihrer Liebe schließen? Orla hatte bisher immer Gründe gefunden, um die Beziehung nicht beenden zu müssen. Eine Weile hatte sie sich eingeredet, dass die Gefühle zurückkommen würden und dass sie doch eigentlich glücklich sein müsste. Doch allein der Versuch, sich Glück einzureden, zeugte vom Gegenteil.

Und dann fragte er sie, ob sie ihn heiraten wollte. Seine eigenen Worte hatten ihn derart gerührt, dass er in Tränen ausgebrochen war. Und Orla brachte keinen Ton über die Lippen, konnte nur nicken und dabei zusehen, wie er ihr den Ring ansteckte. Später hatte sie ihm gestanden, dass sie Zeit bräuchte, und wollte ihm den Ring zurückgeben, doch er bestand darauf, dass sie ihn behielt.

»Er passt mir doch sowieso nicht. Was soll ich damit, hm? Behalt ihn einfach. Vielleicht hilft er dir ja bei der Entscheidung.«

»Ich bin mir nicht sicher.« Eigentlich bedeutete dieser Satz: Ich bin *dir* nicht sicher, doch sie hatte es nie gewagt, sich Adam gegenüber vollkommen zu öffnen.

Plötzlich löste sich eine Gestalt aus dem Nebel. Rasch bewegte sie sich auf sie zu, wurde größer und schärfer umrissen. Captain, der den Fremden witterte, sprang auf die Mauer und reckte seine Rute in die Höhe.

»Guten Morgen, Orla«, vernahm sie eine vertraute Stimme. Trotz des Windes erfasste sie ein warmer Schauer, als sie Seán erkannte. Auf seiner dunkelgrünen Jacke glänzten Wassertropfen wie der Morgentau, der die Gräser bedeckte. Auch sein Haar war feucht, sah dunkler und lockiger aus.

»Was machst du denn hier?«, fragte sie.

»Komme vom Hafen und habe den Küstenpfad genommen.« Seán kraulte den Hund. »Dachte nicht, dass ich dich hier draußen treffe. Es ist ein wenig ungewöhnlich, so frühmorgens im Nebel zu stehen, findest du nicht?«

Orla hob die leere Tasse empor. »Ich wollte gerade wieder rein, um das Frühstück vorzubereiten. Es gibt Porridge. Was hast du vor?«

»Wie wär's mit einem Ausflug?«, fragte er und stützte sich mit beiden Händen auf der Mauer ab. »Du wolltest doch Nebel. Hier hast du ihn. Später klart er auf und dann sieht die Skellig aus wie eine stinknormale Felseninsel.«

»Du willst jetzt übersetzen?« Verblüfft sah sie ihn an.

»Na ja, ich bin nicht scharf drauf, aber du hast es dir gewünscht und ich bin ein netter Kerl.«

»Ehrlich?«, fragte sie.

»Na ja, immerhin so nett, dass du mich ziemlich leidenschaftlich geküsst hast.« Hitze wallte in ihr auf, als ihr Blick an seinen Lippen hängen blieb, die sich zu einem spöttischen

Grinsen verzogen hatten. Orla schlang die Arme um ihren Oberkörper, öffnete den Mund, um sich zu erklären, doch ehe sie etwas hervorbrachte, winkte er ab. »Bring Cap ins Haus, schnapp dir deine Kamera und komm mit, ja? Wir sollten uns beeilen.«

»A-aber du hast doch gar kein Boot, oder?«

»Mein Kumpel Jack hat eins. Ich darf's mir ausleihen.«

Sie sah ihn zweifelnd an. »Kannst du ein Schiff steuern? Bei solchen Sichtverhältnissen?«

»Müsste ich ausprobieren. Wenn der Motor erst mal läuft, fährt es von allein, hab ich mir sagen lassen.« Er lehnte sich über die Mauer und senkte verschwörerisch die Stimme. »Du kannst mir vertrauen! Männer wie ich brauchen kein Echolot. Wir riechen, wie tief das Wasser ist.«

Orla sah ihn an – halb amüsiert, halb fassungslos. »Ist das dein Ernst?«

Seán nickte, doch dann lachte er auf und berührte flüchtig ihre Schulter. »Vergiss den ganzen Quatsch, ja? Ich kann mit einem Schiff umgehen. Auf Inishmore bin ich ständig rausgefahren und habe die heftigsten Stürme überlebt.«

»Ich weiß nicht ...« Viel mehr als die Frage nach seiner Kompetenz auf offener See beschäftigte sie ihr eigener Herzschlag.

»Los! Mach mit mir eine Fahrt ins Ungewisse.«

»Schwöre, dass du weißt, was du da tust, Seán Gallagher. Ich bin zu jung, um sang- und klanglos im Meer zu versinken.«

»Ich schwöre auf die irische Unabhängigkeit und meine Familie!« Er legte eine Hand flach über sein Herz, die andere hob er zum Schwur. »Niemand wird versinken.«

Zumindest nicht im Meer, dachte sie. »Okay, warte hier. Ich bin gleich zurück.«

»Vielleicht packst du sicherheitshalber deine silberne Haut ein, Selkie«, rief er ihr hinterher, als sie zum Haus stapfte.

179

Während sie ihr Equipment packte, dachte sie daran, dass Selkies im Grunde zerrissene Wesen waren, die nicht wussten, wohin sie gehörten. Sie lebten im Wasser und sehnten sich nach Land oder lebten an Land und träumten vom Meer.

Im Steuerstand des kleinen Motorboots war es so eng, dass sie Schulter an Schulter vor dem Steuerrad stehen mussten. Gemeinsam in dieselbe Richtung zu blicken und sich dabei auf den Wellengang zu konzentrieren, erleichterte die Situation und nahm der Nähe ihre Verfänglichkeit. Seán wirkte souverän. Jeder Handgriff saß, als er das Boot aus dem Hafen manövrierte und an den Positionslichtern vorbeituckerte. Backbord rot, Steuerbord grün. Orla hatte die Arme vor der Brust verschränkt und starrte hinaus aufs Meer. Als Seán einen kleinen Felsen umschiffte, der aus dem Wasser ragte, krachte eine Welle gegen das Boot.

»Nichts passiert«, sagte Seán, nachdem er einen prüfenden Blick aus dem Fenster geworfen hatte. »Alles klar?«

»Ich bin seefest.« Orla lächelte tapfer. Seitdem sie an Bord gegangen war, hatte sie weiche Knie. Doch weder Nebel noch Wellengang waren für ihre Unruhe verantwortlich, sondern der Mann, der in einer zerschlissenen Wachsjacke neben ihr stand und gerade anfing, *I'm a Little Teapot* zu pfeifen. Orla lachte leise. Hatte sie eigentlich völlig den Verstand verloren?

»Wie geht's Kieran inzwischen?«, erkundigte sich Seán, als sie etwa einen Kilometer von der Küste entfernt waren. Es gab keine Felsen mehr, die ihnen gefährlich werden konnten, nur gischtgekrönte Wellen, so weit das Auge reichte. Seine Hände lagen locker auf dem Steuerrad, während er die Geschwindigkeit erhöhte.

»Geht so. Er redet nicht viel darüber, aber ich kenne ihn. Er fühlt sich furchtbar.«

»Dachte mir schon, dass ihn das ganz schön aus der Bahn wirft. So würde es jedem gehen, der plötzlich seinen Job verliert. Tut mir echt leid.«

»Er findet einen anderen Job. Das braucht nur ein bisschen Glück und viel Geduld. In Saltmore sind die Möglichkeiten begrenzt und Kieran ist ja nicht für jede Arbeit geeignet.«

»Ist nur eine Frage der Zeit, bis er irgendwo unterkommt. Kieran ist klug, ehrlich, gewissenhaft. Ich würde ihn sofort einstellen.«

»Vielleicht wird er Leuchtturmwärter, wenn du irgendwann damit fertig wirst«, sinnierte sie. »Nur Kieran und eine weite Welt aus Wellen.«

»Das wäre genau sein Ding.«

Orla lehnte sich an die Wand und studierte Seáns Gesichtszüge. Je länger sie ihn betrachtete, desto deutlicher sah sie Rónán vor sich. Selbst seine Art, wie er sich das Haar aus der Stirn pustete, erinnerte sie an den Jungen, in den sie sich damals verliebt hatte.

»Hast du eigentlich Geschwister?«, erkundigte sie sich.

»Ich bin allein.«

»Und was ist mit deinen Eltern?«

»Tot. Ich bin bei meiner Tante aufgewachsen.« Sein Blick streifte sie kurz und wanderte dann zurück auf die wogende See. Die Haut über seinen Knöcheln war weiß geworden, so fest musste er das Steuer umklammern, um den Kurs zu halten.

Orla berührte seine Schulter. »Tut mir leid, Seán. Warst du sehr jung, als du sie verloren hast?«

»Zu jung.« Er räusperte sich. »Aber bei meiner Tante hatte ich's gut. Sie hat mir alles gegeben, was ich gebraucht habe. Hätte es nicht besser erwischen können.«

»Wie sind deine Eltern denn gestorben?«

»Ach, das tut nichts zur Sache. Sie leben einfach nicht mehr.«

Sie streichelte über seine Schulter und spürte selbst durch den festen Stoff seiner Wachsjacke, wie hart seine Muskeln darunter angespannt waren. »Dann hast du gar keine Familie mehr?«

Es war nicht nötig, dass er antwortete. Seán presste die Lippen aufeinander, starrte unbewegt hinaus zur See, während Orla den Blick nicht von ihm abwenden konnte.

»Und deine Tante?«, fragte sie mit belegter Stimme.

»Ist vor drei Jahren gestorben. Ich habe das Haus verkauft und seitdem bin ich unterwegs. Ein Rumtreiber. Jemand, der nirgendwo so richtig hingehört.«

»Suchst du in Saltmore ein Zuhause?«

»Zuhause ist kein Ort, sondern ein Gefühl wie Freiheit, denke ich. Das kannst du nur in dir selbst finden.«

Ein Lächeln huschte über ihre Lippen – schnell wie eine Sternschnuppe –, dann atmete sie tief durch. Freiheit war dieses schmale Fenster, in dem man sich gestattete, der Mensch zu sein, der man natürlicherweise war. Kein Schauspiel, keine Maskerade.

»Ich wollte dir noch etwas sagen, Seán. Das, was zwischen uns passiert ist, der Kuss ...«

»Wird nicht wieder vorkommen«, vervollständigte er den Satz und warf ihr einen flüchtigen Blick zu.

»Das war so schön, dass ich's einfach nicht vergessen kann. Ich muss ständig dran denken.« Sagen, was man dachte und fühlte – auch das war Freiheit.

Seán öffnete den Mund, dann wandte er sich zu ihr um und schloss ihn wieder. Zwischen seinen Brauen hatte sich eine tiefe Furche gebildet. Orla spürte ein Kribbeln in ihrer Magengrube.

»Sorry, aber ich fange nichts mit verheirateten Frauen an.«

Das erhabene Gefühl von Freiheit und Souveränität verpuffte. Schnell drehte sie sich zum Fenster um. Sie hätte ihn korrigieren können, schließlich war sie nicht verheiratet, doch Orla fehlte der Kampfgeist. Ihr Blick wanderte die Küste entlang, suchte nach dem Leuchthaus, aber der Dunst über dem Meer war immer noch zu dicht. Selbst die Hafenlichter verschwammen darin. Das Boot pflügte durch eine Landschaft aus grauen Wellen, die am Bug zerschellten und sich in Schaumkronen verwandelten. Nichts. Nur Nebel und Wasser. Orla schlang die Arme um ihren Oberkörper.

»Weißt du, ich werde sowieso bald wieder verschwinden«, erklärte er nach einer Weile. »Ich bin schon fast weg.«

Das Boot neigte sich zur Seite und tauchte backbord tief ins Wasser. Mit einer Hand manövrierte Seán das Schiff, die andere Hand griff nach ihrer Weste und hielt sie fest, als sie taumelte.

»Wohin gehst du denn?«, wollte sie wissen.

»Mal sehen, wohin mich der Wind treibt.« Noch immer hatte er ihre Schwimmweste fest im Griff.

Plötzlich verspürte sie das dringende Bedürfnis, ihm von ihren Erinnerungen zu erzählen, die umso lebendiger wurden, je länger sie mit ihm zusammen war. Sie wollte ihm sagen, dass sie sein Gesicht betrachtete und Rónán darin sah. »Du kommst mir so bekannt vor. Weißt du das?«

Erst runzelte er die Stirn, dann lachte er und ließ sie los. »Andernfalls hätte ich an deinem geistigen Zustand gezweifelt. Wir sehen uns heute nicht zum ersten Mal.«

»Nein, das meine ich nicht.« Obwohl sie grinsen musste, bemühte sie sich um einen ernsten Tonfall. »Sind wir uns früher schon mal begegnet? Irgendwo?«

»Nein.«

»Wie kannst du das so sicher sagen? Vielleicht sind wir uns in Dublin über den Weg gelaufen? Es kommt mir vor, als würde ich dich von irgendwoher kennen.«

»Vielleicht aus deinen Träumen.« Auch wenn er feixte, hatte sein Gesicht harte Züge angenommen. »Ich kenne dich nicht, Orla Donovan, habe dich noch nie im Leben gesehen. Und wenn ich dich gesehen hätte, wäre ich auf der Stelle umgekehrt.«

»Das ist nicht wahr«, erwiderte sie schmunzelnd.

»Nee, ich fürchte, ich wäre dir schnurstracks in die Arme gelaufen.«

Kurz begegneten sich ihre Blicke. Orla trat einen Schritt zurück, lachte verhuscht und konzentrierte sich dann auf das Vibrieren des Schiffsbodens unter ihren Füßen.

Der Motor brummte. Sie schwiegen und beobachteten, wie sich der Nebel langsam lichtete. In der Ferne erkannte man schon, wie sich die Skellig scharfkantig aus dem Meer erhob.

»Ich denke, es ist sicherer, wenn du an Bord bleibst und von hier fotografierst.«

»Wegen der Lizenz?«

»Vor allem wegen des Wellengangs. Wenn das Meer so wild tobt, kann ich nicht sicher anlegen. Wir drehen eine Runde um die Insel. Da sind bestimmt ein paar Motive dabei.«

»Dafür sind wir hierhergefahren?«, fragte sie enttäuscht.

»Das ist eine Sicherheitsvorkehrung. Mit Nebel komme ich klar, aber die Wellen kann ich nicht bändigen.«

»Schade.« Orla öffnete ihren Rucksack und nahm die Kamera heraus. Sie drehte an der Blende, bis sein Gesicht gestochen scharf vor ihr erschien, während der Hintergrund verschwamm.

Klick. Klick.

»Fotografier die Skellig, nicht mich!« Er schlug den Kragen seiner Jacke hoch.

»Wenn du bald verschwindest, möchte ich wenigstens noch ein paar Bilder von dir haben.«

»Wozu?«

»Vielleicht werde ich dich suchen und dann brauche ich Fahndungsplakate«, sagte sie und knipste noch ein Foto.

Seán schüttelte langsam den Kopf, seine Ohren waren feuerrot.

Über dem Boot kreisten Möwen. Seán lehnte rauchend an der Steuerkabine und beobachtete sie beim Fotografieren. Das Boot schaukelte auf den Wellen, sodass sie Schwierigkeiten hatte, Details einzufangen.

Inzwischen hatte sich der Nebel aufgelöst. Trotzdem wirkte die Felseninsel wie das Portal in eine andere Welt. Mystisch und erhaben. Sie fotografierte die Treppe, die hinauf zum Nordgipfel führte, auf dem die Klosterruine den Winden trotzte. Wenn die Wellen ruhiger waren, gelang es ihr, Papageientaucher einzufangen, die zwischen den schroffen Felsen brüteten. Orla fotografierte den kleinen Leuchtturm, grasbewachsene Hänge und Wolken, die wie die herausgerupften Fetzen von Zuckerwatte über der Skellig hingen.

»Ich glaube, du hast mich vorhin missverstanden. Es ist nicht so, dass mich dieser Kuss kaltlassen würde«, erklärte Seán unvermittelt und drückte seine Zigarette an der Bootswand aus. »Ganz im Gegenteil, aber ich kann das nicht vertiefen, das mit dir.«

Seine Worte ließen sie erst erschaudern und verwandelten sich dann zu einem dumpfen Pochen in ihrer Brust. Langsam ließ sie die Kamera sinken. Seán stand direkt vor ihr. Der Wind bauschte sein Haar auf, hatte seine Wangen gerötet und seine Augen glasig werden lassen.

»Verstehe«, erwiderte sie mit belegter Stimme. »Es tut mir leid. Ich hätte dir von Adam erzählen sollen, anstatt die Dinge einfach laufen zu lassen. Dann wäre alles klar gewesen.«

»Mhm, vielleicht. Zwischen uns lag von Anfang an diese Spannung in der Luft. Wir können ja nicht mal wie normale Menschen miteinander reden. Da schwingt immer etwas mit. Und das macht mich ganz schön verrückt, aber ...«

Er verstummte. Für einen Moment schwiegen auch Wind und Wellen, als würden sie sich auf die Lauer legen. Was jetzt? Sekunden verstrichen, in denen sie sich wie gebannt gegenüberstanden.

»Das ändert nichts daran«, murmelte er. Als Seán sich durchs Haar fuhr und dabei der Ärmel seiner Jacke zurückrutschte, blitzte die winzige Tätowierung auf.

Reflexartig streckte sie die Hand aus und umschloss sein Handgelenk. »*Bug me a gâp*«, flüsterte sie und beobachtete fasziniert, wie sich seine Pupillen weiteten und das Grau verdrängten.

»Was redest du da?«

»Wir müssen gehen.« Abrupt ließ sie ihn los und versuchte, sich ihre Enttäuschung nicht anmerken zu lassen. Sie hatte sich den Satz eingeprägt und mehrmals in ihrem Heft notiert, nachdem Rosie ihr verraten hatte, was er bedeutete. Wahllos drückte sie auf den Tasten ihrer Kamera herum. »Es ist kalt. Und Hunger habe ich auch.«

»Geht mir auch so«, stimmte er ihr zu. »Wäre wohl besser, wenn wir schnell von Bord kommen.« Seán verschwand in der Kabine.

Auf der Truhe, in der Schwimmwesten, Seile und der Rettungsring aufbewahrt wurden, lagen ein lederner Tabakbeutel und ein Feuerzeug – das Metall war matt und zerkratzt. Orla stutzte, als sie die Gravur eines Segelschiffs erkannte.

Sie trat in die Steuerkabine. »Woher hast du das?«, fragte sie. »Freddie hat so eins von seinem Großvater bekommen. Freddie McLaughlin.«

»Freddie McLaughlin sagst du?« Er bedachte sie mit einem prüfenden Blick, dann streckte er seine Hand aus. »Kann sein, aber das gehört mir.«

»Hast du's hier gefunden?«

»Nope. Ich hab's auf dem Meer gefunden, weit weg von hier. Es hat einem Fischer auf Inishmore gehört. Er hat's mir gegeben. Mit so einem Sturmfeuerzeug ist man auf hoher See gut gerüstet.«

21. ORLA

Sie war den Trampelpfad, der zwischen den Cottages hindurchführte, als Kind tausendmal gegangen. Damals waren ihr die
beidseitigen Mauern unüberwindbar erschienen, heute konnte
sie darüber hinweg in die Gärten sehen. Sie war spät dran, weil
sie schlecht geschlafen und am Morgen ewig gebraucht hatte,
um in die Gänge zu kommen. Bevor Kieran ins *Selkie* geradelt
war, hatte er einen Brief abgeschickt, in dem er sich bei der Frau
entschuldigte, die er vom Anleger der Skellig gestoßen hatte.

Vor dem Postamt hatte Orla sich von ihrem Bruder verabschiedet. Abends waren sie zum Kochen verabredet, da Erin
zum Essen vorbeikommen wollte.

Orla schulterte ihre Tasche und fokussierte ein zweige-
schossiges Haus, vor dem ein senfgelber Van parkte. Molly war
hier aufgewachsen, hatte im Wohnzimmer ihren allerersten
Atemzug getan und der Welt schreiend mitgeteilt, dass sie nun
angekommen war – eine Geschichte, die sie gern erzählte. Beim
Gedanken an ihre Freundin beschlich Orla ein beklemmendes
Gefühl. Mit den Jahren hatte sich ihre Freundschaft verändert.
Die Telefonate waren seltener geworden. Ihre Gespräche bewegten sich an der Oberfläche und hinterließen das Gefühl, mit
der Vertrautheit auch ein Stück Kindheit verloren zu haben.

Molly war aus der Schule direkt zum Traualtar spaziert, um den Nachbarsjungen Tomás zu heiraten und mit ihm eine Familie zu gründen. Orla führte ein vollkommen anderes Leben – haltloser, unbeständiger.

Vor dem Gartentor hielt sie an, um sich kurz zu sammeln, doch dazu blieb ihr keine Zeit.

»Sie ist heimgekehrt!« Die Haustür wurde aufgerissen und eine rundliche Frau mit blondem Pagenschnitt strahlte sie an.

Orla riss die Augen auf. »Ist das dein Ernst?«, fragte sie lachend und deutete auf die Wölbung unter dem Pullover ihrer Freundin.

»Nein, das ist mein Baby«, erwiderte Molly und breitete die Arme aus. »Jetzt komm schon her, Donovan, du alte Rumtreiberin!«

»Herzlichen Glückwunsch!« Orla drückte ihre Freundin an sich. »Tomás hat mir gar nichts gesagt, dabei habe ich ihn ständig getroffen. Meine Güte! Du bist schon wieder schwanger und ich hatte keine Ahnung.«

»Nun weißt du's«, erwiderte Molly sanft. »Ich wollte es dir persönlich sagen, nicht am Telefon.«

Es gab Scones mit Clotted Cream und Erdbeermarmelade. Eine Weile sprachen sie über gemeinsame Bekannte, wer heiraten wollte, wer sich aus dem Staub gemacht hatte und wer so hoch verschuldet war, dass er Haus und Hof verkaufen musste. Schließlich erzählte Molly vom Besuch bei ihrer Schwester und wie froh sie war, dass die beiden Jungs jetzt wieder in den Kindergarten gingen. »Das war kein Urlaub, sondern eine Qual. Wir haben zu dritt auf dem Sofa geschlafen. Kaum ist die Sonne aufgegangen, sind die Kinder auf mir rumgehüpft und wollten in den Zoo oder malen oder einander mit Kissen erschlagen. Ich bin total erschöpft. Kennst du noch Caitlin Rafferty mit den Drillingen? Kein Wunder, dass sie lieber den Fernseher anmacht, als sich mit ihren Kindern zu beschäftigen, was?« Ein mattes Lächeln, dann klopfte Molly mit dem Teelöffel gegen ihre Tasse. »Genug Geschwätz. Erzähl mir lieber, was bei dir los ist. Siobhan, Kieran ... Ich habe so einiges gehört.«

»Hier flüstern selbst die Steine«, bemerkte Orla und lehnte sich zurück. »Das war ja schon immer so.«

»Wie geht es Kieran? Kommt er klar?«

»Du kennst ihn ja. Was in ihm vorgeht, lässt er selten raus, aber ich weiß, dass ihm die Sache total an die Nieren geht.« Molly hörte aufmerksam zu, während Orla von ihrem Bruder erzählte und verschiedene Möglichkeiten durchspielte. »Er braucht einen neuen Job. Es muss ja nichts Weltbewegendes sein, aber irgendeine Arbeit, die seinen Tag strukturiert und mit der er sein eigenes Geld verdient, damit er unabhängig ist.«

»Ich kann mich ja mal umhören. Vielleicht brauchen sie draußen auf der Schaffarm Unterstützung«, bot Molly an, dann neigte sie den Kopf zur Seite. »Aber jetzt mal was anderes, Orla. Was ist mit dir? Ich erinnere mich noch gut an unser letztes Telefonat nach seinem Antrag. Ist es inzwischen besser geworden?«

»Schlimmer.« Sie wich dem Blick ihrer Freundin aus, rührte geräuschvoll um und sah dabei zu, wie der Kaffee in der Tasse einen Strudel bildete. »Es ist kaum noch auszuhalten.«

Mit gesenkter Stimme sprach sie von der Enge in ihrer Brust, sobald sie daran dachte, für den Rest ihres Lebens mit Adam zusammen zu sein. Schon seit Jahren lag Molly ihr damit in den Ohren, endlich eine Familie zu gründen. Auch jetzt rechnete Orla mit den üblichen Worten: *Ist ganz normal, dass du aufgeregt bist. Wie Lampenfieber. In deinem Alter sollte man langsam daran denken. Willst du keine Kinder?*

Doch Molly lächelte traurig. »Dann weißt du, was zu tun ist, Orla. Auch wenn's hart ist. Du hast es lange genug vor dir hergeschoben. Es wird nicht besser, nur schlimmer.«

Um dem Blick ihrer Freundin zu entgehen, betrachtete Orla die Bilder, die an der Wand über dem Tisch hingen. Ungelenke Kopffüßler aus dicken Filzstiftstrichen. Bäume, über denen fischartige Vögel flatterten. Wellen, auf denen knopfäugige Seehunde lagen.

Orla dachte an ein graues Augenpaar. »Da ist noch etwas anderes. Aber du musst mir versprechen, dass du mit niemandem darüber sprichst, okay?« Als Molly nickte, fuhr sie fort. »Du kennst doch bestimmt Seán Gallagher. Er arbeitet seit ein paar Monaten im *Selkie*.«

»Klar, jeder kennt Seán. Manchmal spielt er mit den Männern Poker. Ist ein sympathischer Typ, was? Hat ein ziemlich einnehmendes Wesen.« Molly beugte sich vor. Ihre blauen Augen glänzten verschwörerisch. »Tomás hat übrigens entdeckt, dass sein Wagen ein paarmal vor eurem Haus stand. Das ist höchst verdächtig. Musst du mir etwas beichten?«

»Ach, da ist nichts dabei. Seán ist mit Kieran befreundet und ich verstehe mich auch ganz gut mit ihm. Habe ihm ein bisschen im Leuchtturm geholfen. Das ist alles.«

»Da läuft nichts zwischen euch?«

Allein die Frage ließ ihr Herz höherschlagen. Orla wollte ihre Freundin nicht belügen, trotzdem schüttelte sie den Kopf.

»Schade. Ich dachte, du würdest mir jetzt ein Geheimnis verraten, eine kleine Affäre, aber das klingt ja enttäuschend harmlos.« Molly legte beide Hände auf ihren Bauch und nahm Orla fest in den Blick. »Oder gibt es da noch eine andere Geschichte, die du mir erzählen willst?«

Orla dachte an ihren Ausflug zur Skellig. Als sie nach Hause gekommen war, hatte sie sich auf ihr Bett gelegt und das alte Foto mit dem Caravan so lange angestarrt, bis sie es mit geschlossenen Augen sehen konnte. Seán erinnerte sie so sehr an Rónán, dass sie allmählich an ihrem Verstand zweifelte. Mal war er schroff, mal rührend charmant. Sogar sein Lachen klang wie das Lachen dieses Jungen.

»Erinnerst du dich an die Familie vom Skellig Drive?«

»Ehrlich?« Molly verzog missmutig das Gesicht. »Diese Sache flammt immer wieder auf, oder? Es ist mir bis heute ein Rätsel, was du in diesem Jungen gesehen hast.«

Damals hatte sie Orla trösten wollen und sich die Geschichte hundert Mal anhören müssen. Sie hatte mit ihr vor dem Grab gestanden, Windlichter angezündet und selbst gepflückte Blumen niedergelegt, ohne die Familie gekannt zu haben. Rónán war für sie nur ein rauer Junge gewesen, der auf der Straße lebte, stotterte und andere Menschen mit Messern bedrohte.

»Du weißt doch, was man über die erste Liebe sagt: Sie ist die erste, die endet, und die letzte, die geht«, erwiderte Orla achselzuckend.

»Weil man sie nie so ganz vergisst.« Molly fing an, in kreisenden Bewegungen ihren Bauch zu streicheln. »Und was hat das mit Seán Gallagher zu tun?«

»Plötzlich taucht er hier auf und er sieht Rónán so verdammt ähnlich, Molly. Sie könnten Brüder sein.« Orla beugte sich vor und fuhr mit leiser Stimme fort. »Außerdem frage ich mich, warum so ein junger Typ ausgerechnet nach Saltmore kommt. Hier ist doch nichts außer dem Meer. Er sagt, seine Eltern wären tot, und in seinem Bücherregal habe ich …«

»Orla, langsam! Ich verstehe kein Wort«, wurde sie von ihrer Freundin unterbrochen. »Worauf willst du hinaus?«

»Ich war auf der Beerdigung. Ich stand so oft an diesem Grab, aber Seán ist Rónán wie aus dem Gesicht geschnitten und ich frage mich ernsthaft, ob es möglich ist, dass er damals …« Sie verstummte und schaute aus dem Fenster. Nicht weit von hier war das Unglück geschehen. Der Wohnwagen hatte fast die ganze Nacht gebrannt – als das Feuer bemerkt wurde, war es zu spät.

»Die Familie ist tot. Wir haben die Särge doch gesehen, oder nicht? Sie liegen alle auf dem Friedhof«, erwiderte Molly, schob den leeren Teller beiseite und legte ihre Hand auf den Unterarm ihrer Freundin.

»Und trotzdem sehe ich Rónán vor mir, wenn ich mit Seán zusammen bin. Ich kann dieses Gefühl nicht abschütteln, obwohl ich weiß, dass es vollkommen verrückt ist.«

»Du suchst nach Gemeinsamkeiten, wo keine sein können, und klammerst dich an dieser Kinderliebe fest, um dich nicht mit Adam auseinandersetzen zu müssen. Das ist alles.«

»Vielleicht hat Rónán es geschafft, sich zu retten und irgendwie zu überleben«, warf sie ein, doch ihre Stimme klang wenig überzeugt.

»Erinnerst du dich an diesen Aschehaufen? Da war doch kaum noch etwas übrig. Willst du mir ernsthaft erzählen, dass dort jemand lebend rausgekommen ist? Niemals.« Molly lachte verächtlich auf. »Aber falls Rónán es auf wundersame Weise geschafft hätte, aus diesem skelettierten Wohnwagen zu steigen: Warum sollte er hier leben wollen? Ausgerechnet an dem Ort, an dem seine ganze Familie ausgelöscht wurde? Das macht psychologisch doch überhaupt keinen Sinn.«

»Nur, wenn man zu Verdrängung neigt. Vielleicht sucht er die Konfrontation?«

Bedächtig rührte Molly in ihrem Tee, trank einen Schluck – so langsam, als wäre er brühend heiß – und strich sich dann mit beiden Händen das blonde Haar hinter die Ohren. »Orla, du weißt, ich liebe dich, aber das ist ein Hirngespinst. Hör auf, dir so einen Unsinn einzureden. Du musst dich jetzt um dein eigenes Leben kümmern, okay? Rede mit Adam und sage ihm, was los ist.«

Orla nickte langsam. Es war an der Zeit, die Koffer zu packen und weiterzuziehen – vielleicht zurück nach Saltmore.

Anstatt nach Hause zu radeln, um wie vereinbart mit Kieran zu kochen, fuhr sie hinunter zum Hafen. Vor dem *Selkie* parkte ein weißer Vauxhall. Während sie darauf zufuhr, überlegte sie, ob sie in den Pub gehen sollte, um mit Seán zu sprechen, entschied sich aber im letzten Moment dagegen.

Tomás würde bald Feierabend machen und sie musste ihn allein erwischen.

Die Garda Station – zuständig für die gesamte Halbinsel – befand sich in einem zweigeschossigen Gebäude am Ende der Straße. Orla verzichtete darauf, ihr Fahrrad abzuschließen, und stapfte geradewegs die Treppe hinauf. An den Wänden im Empfangsraum hing eine Anleitung zur Herz-Lungen-Massage, ein Gruppenbild der Gardaí Saltmore und Poster, mit denen nach vermissten Menschen gesucht wurde.

»Hände hoch! Das ist ein Überfall!«, rief sie. Kurz darauf hörte sie, wie eine Tür zugeschlagen wurde und sich Schritte näherten.

»Netter Versuch.« Tomás steckte das blaue Shirt seiner Uniform in die Hose und bedachte sie mit einem amüsierten Blick. »Was kann ich für dich tun?«

»Seitdem ich wieder in Saltmore bin, mache ich mir viele Gedanken und wälze ein paar Erinnerungen. Na ja, und deswegen bräuchte ich eine Ermittlungsakte.«

»Und ich brauche eine Kokosnuss mit Strohhalm und Schirmchen«, erwiderte er lässig und stützte sich auf den Tresen.

»Da gibt es eine Sache, die mich einfach nicht mehr loslässt. Es geht um die Tragödie am Skellig Drive. Ich war mit den ältesten Kindern befreundet, mit Rónán und Rosie, und ich muss einfach wissen, wer damals gestorben ist.«

»Aber das weißt du doch.« Tomás fuhr mit einer Hand über sein blondes Haar, kratzte sich am Hinterkopf. »Die ganze Familie ist in diesem Wagen umgekommen. Verbrannt bis zur Unkenntlichkeit.«

»Und es waren sechs Leichen?«

»Die ganze Familie ist gestorben, jawohl. Ich traue den Kollegen zu, dass sie korrekt gezählt haben. Warum willst du das wissen? Dieser Fall ist längst abgeschlossen und wurde nie als Straftatbestand geführt.«

»Es interessiert mich einfach. Immerhin war ich jeden Tag mit Rónán und Rosie zusammen.« Orla verschränkte die Arme vor der Brust. »Was war die Brandursache?«

»Woher soll ich das wissen? Keine Ahnung. Könnte eine Kippe gewesen sein oder eine Gasexplosion. Das war ein uralter Wagen, in dem sich jede Menge brennbares Material befunden hat. Polster, Holzverkleidung, solche Dinge. Weißt du, wie viele dieser Dinger jedes Jahr abfackeln?«

»Kannst du vielleicht nachschauen und mir ein paar Informationen geben? Das würde mir viel bedeuten.«

»Ich soll jetzt für dich nach der Ermittlungsakte suchen oder was?«, fragte er ungläubig.

»Bitte!« Sie neigte den Kopf zur Seite. »Ich will nur wissen, wie sie gestorben sind und in welchem Zustand ... Ähm, ob man sie noch sicher identifizieren konnte.«

»Das kann ich dir gleich sagen: Nein! Bei verkohlten Leichen hast du vielleicht noch die Chance, sie über ihren Zahnstatus zu identifizieren oder über aufwendige DNA-Analysen, aber wenn's keine Aufzeichnungen gibt, die man zum Vergleich heranziehen kann – unmöglich. In dem Fall musste man sich aber nicht groß anstrengen, um sie zu identifizieren. Es gab genug Zeugen, die bestätigen konnten, dass es sich bei den Opfern um eine sechsköpfige Familie gehandelt hat.«

»In welchem Zustand waren die Körper … also die Leichen?«, fragte sie tonlos.

»Verkohlt. Habe in der Ausbildung mal eine Brandleiche gesehen. Die Muskulatur zieht sich durch die enorme Hitze zusammen. Fechterstellung nennt man das. Sieht wirklich so aus, als …«

»Siehst du bitte in den Akten nach?«, unterbrach sie ihn hastig. »Ich wäre dir für immer dankbar.«

Tomás stöhnte auf, doch als er ihren flehenden Blick bemerkte, musste er lachen. »Ich kann dir aber nichts versprechen, Orla.«

Nachdem sie ihr Fahrrad an die grüne Wand gelehnt hatte, stemmte Orla die schwere Tür auf und betrat das *Selkie*. Schummriges Licht und würzige Gerüche, mit denen sich das Holz vollgesaugt hatte, umfingen sie.

An den Tischen saßen ein junges Paar und eine Familie mit vier Kindern – die Lynchs. Die Eltern steckten die Köpfe zusammen und unterhielten sich, während die Kinder Pommes verputzten. Finger und Münder waren mit Ketchup verschmiert.

Orla steuerte auf die Bar zu und nickte zwei Männern zu, die lautstark miteinander diskutierten. Ihre Gesichter waren gerötet, die Pints leer – sie nahmen keine Notiz von ihr.

»Wir könnten beim Brexit 25 Prozent der Fänge an die Briten verlieren. Ist doch gut, dass die Sardinen kommen. Darauf gibt's keine Quote.«

»Die Sardinen sollen bleiben, wo sie sind. Wasser wird wärmer, Meer wird ärmer. Willst du das?«

Der Vauxhall Combo stand zwar immer noch vor dem *Selkie*, doch von Seán fehlte jede Spur.

Die Küchentür schwang auf und Erin stellte einen Geschirrkorb mit dampfenden Gläsern auf dem Tresen ab. Als sie Orla entdeckte, hellte sich ihre Miene auf. »Was machst du denn hier? Solltest du nicht mit deinem Bruder kochen, damit wir später etwas zu essen haben? Kieran ist schon vor einer halben Stunde nach Hause gefahren.« Sie griff nach einem Geschirrtuch und fing an, die Gläser trocken zu reiben.

»Ach, er fängt bestimmt ohne mich an.« Orla setzte sich auf einen wackeligen Barhocker. »Ich war gerade in der Nähe und hatte Lust auf ein Stout.«

»Warst du endlich bei Molly?«, fragte Erin, nahm ein Glas und ließ schwarzes Bier aus der Zapfanlage.

Orla nickte. »Und sie ist wieder so schwanger, dass sie's nicht mehr verheimlichen kann. Ich hatte keine Ahnung.«

»Dein Leben spielt sich jetzt eben in Dublin ab. Dort arbeitest du, dort hast du Adam.« Erin lächelte und stellte das halbe Pint vor ihr ab.

Mehr nicht, dachte Orla, mehr hatte sie nicht: Arbeit und Adam. Sie hatte das Weite gesucht und war in den engen Straßen Dublins gelandet. Wie paradox. »Ich muss weg. Ich kann so nicht weitermachen«, sagte sie und legte ihre Finger um das kalte Glas, auf dem sich winzige Wassertropfen gebildet hatten. Die Erkenntnis überkam sie in stechender Klarheit.

»Was soll das heißen?«

Orla hob nicht den Kopf, um ihre Tante anzusehen, sondern starrte unverwandt in den cremigen Schaum. »Adam hat mir einen Antrag gemacht – er will, dass ich ihn nach Frankreich begleite.«

»Was?« Erin stieß ein ächzendes Geräusch aus, pfefferte das Geschirrtuch ins Waschbecken und baute sich vor ihr auf. »Du hast einen Heiratsantrag bekommen? Orla! Wieso verschweigst du so etwas? Ich fasse es nicht! Warum tust du das?«

»Nicht so laut.« Sie schaute sich kurz um, dann beugte sie sich vor. »Adam wird nach Frankreich ziehen, weil er dort einen ziemlich guten Job ergattert hat. Davon hat er mir aber erst erzählt, als der Vertrag schon längst unterschrieben war.

Kannst du dir das vorstellen? Wir haben wochenlang deswegen gestritten. Tja, und dann kam der Heiratsantrag ...« Als sie die Worte aussprach, dämmerte ihr, dass sie den Antrag nie als Liebesbekundung aufgefasst hatte, sondern als Bestechung.

»Ich verstehe kein Wort. Ihr zieht nach Frankreich?«, fragte Erin entrüstet. »Weiß Siobhan davon?«

Als sie zu einer Antwort ansetzen wollte, schwang die Küchentür auf. Hastig hob Orla das Bier an die Lippen und trank einen großen Schluck.

Seán war hinter die Theke getreten. Seine Augen huschten über die Gesichter der Gäste und blieben an ihrem hängen. »Hallo.« Er nickte ihr zu. Ehe sie seinen Gruß erwidern konnte, schnappte Seán sich das Geschirrtuch und fing an, die Gläser zu polieren.

Orla spürte ein Ziehen in der Brust, riss ihren Blick aber von ihm los, um ihre Tante anzusehen.

»Und jetzt?« Erin legte eine feingliedrige Hand auf ihren Unterarm. »Werdet ihr heiraten? Nach Frankreich gehen?«

»Nein, auf keinen Fall!«, sagte sie heftiger als beabsichtigt. »Ich hab versucht, mich an den Gedanken zu gewöhnen, und mir den Kopf zerbrochen, aber alles in mir sträubt sich dagegen. Ich kann das nicht.«

»Ich dachte immer, du wärst glücklich mit deinem Leben, mit Adam und ...« Erin räusperte sich. »Ihr seid schon lange zusammen.«

»Das macht es so schwer. Aber seit Wochen, nein, seit Monaten habe ich diese Leere in mir. Ich habe mich ausgeliebt. Dublin, Adam – ich glaube, das ist alles vorbei. Es ist nicht plötzlich passiert. Ich hab es einfach vorbeigehen lassen, weil es nicht mehr genug gab, wofür ich kämpfen wollte.«

Sekunden verstrichen, in denen Erin sie betrachtete – besorgt mit tiefen Furchen, die sich in ihre Stirn eingruben.

»Und jetzt, Orla?«, fragte sie. »Gibt es einen Plan? Wie soll es weitergehen?«

Trotz der Enge in ihrer Brust stieg Wärme in ihr auf. »Ich vermisse das Meer. Mir fehlt sogar dieser Fischgeruch in der Luft. Knietiefe Schlaglöcher in der Straße und ein Wind, der mir mit zehn Beaufort ins Gesicht bläst – das alles fehlt mir. Aber vor allem Kieran.«

»Denkst du darüber nach, wieder nach Hause zu kommen?«

Als Orla nickte, erhellte ein strahlendes Lächeln das Gesicht ihrer Tante und verjüngte sie um einige Jahre.

»Aber zuerst muss ich mir Zeit nehmen und mit …«

Ehe sie den Satz vollenden konnte, zupfte Erin an einem schwarzen Shirt und zog Seán zu sich. »Stell dir vor, Orla käme zurück nach Saltmore.«

Seine grauen Augen glitten forschend über ihr Gesicht. »Wenn mich nicht alles täuscht, dann ist sie schon da, sitzt direkt vor mir.« Mit dem Unterarm wischte er sich Schweiß von der Stirn.

»Vielleicht bleibt sie hier. Vielleicht packt sie ihre Sachen und kommt nach Hause. Stell dir das mal vor!« Erin schüttelte den Kopf und wirkte dabei so glückselig, dass Orla es nicht wagte, ihr zu widersprechen.

»Ich dachte, Saltmore wäre dir zu klein und eintönig?« Seán starrte sie an. »Und jetzt willst du bleiben?«

»Ach, das steht noch nicht fest«, ruderte sie zurück. »Aber ich spiele mit dem Gedanken.«

»Aha! Und was ist mit deinem …« Er verstummte, dann deutete er auf die frisch gespülten Gläser. »Sorry, aber ich muss hier mal weitermachen, sonst müssen wir die Gäste aus dem Zapfhahn trinken lassen.« Er kehrte ihr den Rücken zu und fing an, Gläser zu polieren, während er das Fußballspiel verfolgte, das über den Bildschirm flimmerte.

»Du musst mit Adam sprechen«, sagte Erin leise. »Egal ob du in Dublin bleibst, nach Saltmore gehst oder sonst wohin. Wenn du dir sicher bist, darfst du ihn keine Minute länger in der Luft hängen lassen.«

»Es wird ihm das Herz brechen.«

»Trennungen sind schwer – man trennt sich ja auch von einem Stück des eigenen Lebens –, aber manchmal kommt man nicht drum herum. Dein Herz würde verkümmern, wenn du bei ihm bleibst, obwohl du eigentlich ganz woanders sein willst.«

Am anderen Ende der Theke wurden Stimmen laut. Drei junge Männer mit Wanderrucksäcken und ratlosen Gesichtern standen davor.

Seán hatte sich das Geschirrtuch über die Schulter gelegt und grinste verwegen. »Keine Gästezimmer, tut mir leid, Jungs. Versucht's doch mal in Conabally. In Saltmore nehmen sie sowieso nur Leute auf, die ihre Seele verkaufen. Ich sprech da aus eigener Erfahrung.«

»Ach, so seelenlos kommst du mir gar nicht vor, mein Lieber«, schaltete sich Erin ein und tätschelte seine Schulter, dann wandte sie sich an die Männer. »Ihr sucht Zimmer? Da kann ich euch helfen. Draußen auf der Schaffarm haben sie jede Menge Platz.«

Während Erin sich hinters Telefon klemmte, um für die Männer eine Unterkunft aufzutreiben, zapfte Seán drei Stout. Er stand direkt vor ihr und konzentrierte sich auf den Bierstrahl, der in die Gläser schoss. »Wie sind die Fotos von der Skellig geworden?«, fragte er beiläufig und beobachtete, wie Schaum am Glas hinabfloss und in der Abtropfschale versank.

»Bin noch nicht dazu gekommen, sie anzuschauen.«

»Aha. Dann weißt du also nicht, ob sich der Ausflug gelohnt hat?« Er stellte die frisch gezapften Biere auf ein Tablett.

»Na ja, es sind auch ohne diese Bilder ein paar Eindrücke dabei, die mich echt beschäftigen«, erwiderte sie.

Seán hob den Kopf. »Hat das was mit mir zu tun? Mit uns?«

»Gut möglich, aber das kann ich jetzt leider nicht vertiefen. Ich muss los.« Orla stand auf und schob ihr leeres Glas über den Tresen.

»Vielleicht vertiefst du deine Eindrücke ja ein andermal. Würde mich nämlich brennend interessieren.«

»Wir holen das nach. Heute Abend bin ich mit Kieran zum Kochen verabredet.«

Kieran hatte schon angefangen, Gemüse zu waschen, zu schälen und klein zu schneiden. Er trug seine Kopfhörer und gab ihr damit unmissverständlich zu verstehen, dass er sich nicht unterhalten wollte. Schweigend arbeiteten sie nebeneinander, schoben den Auflauf in den Ofen, deckten den Tisch. Adam hatte in seiner letzten Nachricht nur eine lange Reihe Fragezeichen geschickt, weil sie sich seit gestern nicht mehr bei ihm gemeldet hatte. Orla linste zur Uhr – es war an der Zeit.

»Kieran?« Sie tippte auf die Schulter ihres Bruders. Genervt schob er den Kopfhörer zur Seite. »Ich muss dringend telefonieren und gehe ein bisschen in den Garten, okay?«

»Rufst du bei Mam an? Sie will mit dir sprechen. Das hat sie mir vorhin gesagt.«

»Nein, ich muss mich unbedingt bei Adam melden. Holst du den Auflauf in vierzig Minuten aus dem Ofen, falls ich länger brauche?«

»Erin kommt in exakt vierzig Minuten«, erklärte er mit Blick zur Uhr und zog die Oberlippe hoch.

»Kein Problem. Zuerst machst du den Backofen auf und dann die Haustür. Außerdem muss der Auflauf nicht in exakt vierzig Minuten aus dem Ofen, und was Erin anbelangt – sie verspätet sich doch sowieso.« Im Gehen griff sie nach der halb vollen Rotweinflasche, die auf dem Küchentisch stand, stapfte durchs Wohnzimmer und trat hinaus in den Garten. Orla war in gleichem Maße nervös, wie sie entschlossen war. Kein Zögern mehr, kein Hadern. Sie musste endlich zu ihren Gefühlen stehen.

Eilig drückte sie sich zwischen den Haselnusssträuchern hindurch, die Siobhan als Windschutz gepflanzt hatte. Das Meer warf sich schäumend an Land und umspülte die spitz aus dem Wasser ragenden Felsen. Orla kletterte auf die Kalksteinmauer, dann zog sie den Korken und setzte die Flasche an ihre Lippen. Der Wein schmeckte nicht. Ihr liefen kalte Schauer den Rücken hinab, als sich seine Säure in ihrem Mund ausbreitete, aber sie trank in großen Schlucken. Sieben Jahre. Wollte sie wirklich aufgeben, was sie sich mit Adam aufgebaut hatte? Er war ein charmanter und intelligenter Mann, hatte sie immer liebevoll behandelt – aber er war ihr nie unter die Haut gegangen. Sieben Jahre, in denen sie gemeinsam gewachsen waren. Erst aufeinander zu, dann voneinander weg.

Orla schloss die Augen. »Scheiße!« Fluchend zog sie ihr Telefon aus der Jackentasche und versuchte sich auf das Gespräch einzustellen, das sie seit Monaten vor sich herschob.

Es dauerte nur wenige Sekunden, bis Adam sich meldete.

»Orla, weißt du, wie oft ich versucht habe, dich zu erreichen? Was ist denn los?«

»E-entschuldige.« Sie räusperte sich. »Ich habe ein bisschen Zeit gebraucht, um nachzudenken. Über uns, Frankreich und wie es weitergehen soll.«

»Oh, natürlich. Kommt jetzt deine Entscheidung?«, fragte er und lachte verhalten. »Ich bin ganz Ohr.«

»Adam.« Sie hatte es früher geliebt, seinen Namen so schnell mehrmals nacheinander zu sagen, bis er klang wie Madam. Darüber hatte er sich aufgeregt und sie hatte Tränen gelacht. »Als ich aus Saltmore nach Dublin gekommen bin, war ich total überfordert. Ich war allein, alles um mich herum war fremd, aber dann habe ich dich getroffen. Da wusste ich, dass es gut wird.« Sie wollte weiterreden, aber die Worte versiegten auf ihrer Zungenspitze.

»Was willst du mir sagen, Orla?«, fragte er sanft.

Panik stieg in ihr auf. Wie sollte sie sich trennen, wenn seine Stimme heranwehte wie Frühlingswind und so viele Erinnerungen mit sich brachte? Bildsequenzen liefen vor ihrem inneren Auge ab. Adam, der sich von der sechsjährigen Tochter seines Kollegen als Prinzessin hatte schminken lassen und den ganzen Abend in diesem Aufzug zwischen seinen Arbeitskollegen saß. Adam, der mit ihren Fotos Laternenpfähle entlang des Liffeys tapeziert hatte. Urlaube, Ausflüge, Frühstück im Bett. Sie beide verbanden unzählige schöne Erinnerungen.

»Ich kann nicht in Dublin bleiben.«

»Das ist in Ordnung. Mir geht's doch genauso. Wir gehen dorthin, wo's warm ist, zu den Lavendelfeldern und Zypressen. Ich kann's schon förmlich riechen! Und wenn wir Irland vermissen, steigen wir in den Flieger und sind in wenigen Stunden wieder zurück.«

Stille. Ihre Augen füllten sich mit Tränen. Nicht, weil sie sich vor den Worten fürchtete, sondern aus Trauer um die Liebe und die Träume, die sie nicht mehr mit ihm teilte. »Ich komme nicht mit nach Frankreich«, sagte sie, schob jedes Wort mühsam über ihre Lippen. Die Stille dehnte sich aus. Wurde so groß und bleiern, dass Orla sie nicht mehr ertrug. »Ich kann das nicht.«

»Und was ist mit uns?«, fragte er leise.

Die Leute behaupteten, es sei schwer, einem anderen Menschen seine Liebe zu gestehen, weil man sich dadurch verletzlich machte – ungemein schwerer war es, einem anderen Menschen den Glauben an die Liebe wieder zu entziehen. Zukunftsmodelle einzustampfen. Hoffnungen zu ersticken. Alles, was war, in die Vergangenheit zu schieben.

»Adam, es tut mir so leid, aber ich kann dich nicht heiraten, weil ...« Sie atmete tief durch. »Da ist nicht mehr genug Liebe zwischen uns.«

»Was redest du, Orla?«, fragte er verstört. »Wir sind so lange zusammen, du und ich. Da ist genug Liebe. Wir wollten doch immer ... Was ist denn los mit dir?«

»Es tut mir leid.« Erst jetzt fiel ihr auf, wie fest sie die Flasche umklammert hielt. Sie lockerte ihren Griff. »In der letzten Zeit habe ich mir grundlegende Gedanken gemacht. Über mich selbst, mein Leben und die Menschen darin. Dabei ist mir klar geworden, dass sich viele Dinge nicht mehr richtig anfühlen. Ich bin zu selten glücklich, Adam. Ich brauche etwas anderes.«

»Was denn? Was brauchst du?«

»So eine Art Neuanfang«, sagte sie zögerlich.

Der Wind brauste stärker übers Meer und Orla drehte sich um, damit sie verstehen konnte, was Adam erwiderte.

»Wir wollten uns doch zusammen etwas aufbauen.«

»Aber du wolltest entscheiden, wie dieses Etwas aussehen soll. Hast du mich gefragt, ob ich nach Frankreich will, bevor du die Entscheidung getroffen hast, hm? Das hast du ganz allein getan.«

»Weil ich mich darauf verlassen habe, dass du mich unterstützt. Ich dachte immer, dass du spontan bist, abenteuerlustig und weltoffen«, erwiderte er gereizt. »Dieser Job ist eine Chance, die ich nur ein einziges Mal in meinem Leben ...«

»Lass uns bitte nicht wieder streiten«, unterbrach sie ihn behutsam. »Ich weiß, was dir das Angebot bedeutet. Deswegen hast du's ja auch angenommen.«

»Soll ich den Job in den Wind schießen? Ist es das, was du willst?«

»Nein!«, sagte sie und sprang von der Mauer. »Ich will, dass du ein Leben führst, das dich glücklich macht. Du hast ein anderes Lebenskonzept. Kanada, Irland, Frankreich. Für dich sind das einfach nur Orte, an denen du lebst, weil du dort arbeitest, aber für mich ...«

»Willst du wirklich alles hinschmeißen, was wir miteinander haben?« Seine Stimme bebte.

»Es tut mir leid.«

»Und jetzt?«, fragte er hilflos. »Was kommt jetzt?«

Langsam stapfte Orla dem Cottage entgegen, bis sie hinter den Fensterscheiben Kieran entdeckte, der mit seinen Kopfhörern auf dem Sofa saß.

»Ich will nach Hause.«

* * *

Obwohl er versucht hatte, das Gespräch souverän zu führen und zu beenden, war seine Stimme in Tränen erstickt gewesen. Adam hatte nicht mehr gekämpft, nicht diskutiert. Danach war Orla ins Haus getreten und hatte sich mit der Weinflasche an den gedeckten Tisch gesetzt, um das gemeinsame Abendessen mit Erin und Kieran über sich ergehen zu lassen. Sie stand völlig neben sich, weil sie erahnte, wie sehr Adam sich quälte.

Als Erin gegangen war, Kieran duschte und Cap sich auf dem Sofa zusammengerollt hatte, fing Orla an, das Untergeschoss zu staubsaugen. Flur, Küche, Wohnzimmer. Als Kind hatte Kieran dem Tosen immer andächtig gelauscht – ebenso wie er das monotone Surren des Föhns geliebt hatte oder das Rauschen eines Fernsehers, der kein Signal empfing. Mit diesen Geräuschen hatte er sich immer beruhigen können.

Doch Orla entspannte sich nicht, sondern verspürte eine wachsende, schier unerträgliche Unruhe. Sie riss die Terrassentür auf und tigerte durch den Garten – von der Terrasse bis zur Kalksteinmauer und zurück. Irgendwann kletterte sie auf die

Mauer, schlang die Arme um die angewinkelten Beine und starrte hinaus in die Dunkelheit.

Jetzt war es vorbei.

Sie hatte die Reißleine gezogen und jetzt kam es ihr vor, als würde sie fallen, ohne zu wissen, wo sie sich festhalten sollte. Es kostete keinerlei Mühe, sich zu verlieben, aber es erforderte Anstrengung, sich dieses Gefühl zu bewahren. Kompromisse zu finden. Enttäuschungen auszuhalten. Sie waren gescheitert. Hatten sie sich wirklich bemüht?

Orla konzentrierte sich auf das Säuseln des Windes und das Schäumen der Wellen, die an den Felsen zersprangen. In der Ferne erkannte sie die leuchtenden Spuren der Hafenlaternen auf dem Wasser.

Das Wort für Lichter, die vor den Augen tanzten, war *Sclimpíní*, dachte sie und musste unwillkürlich lächeln. Nach irischer Überlieferung waren diese Lichtpunkte entweder mystische Phänomene oder der Beweis dafür, dass man zu tief ins Glas geschaut hatte. Sie überlegte, wer ihr das Wort beigebracht hatte. Es könnte ihr Vater gewesen sein.

Auch Rosie, das Traveller-Mädchen, hatte ihr ein paar Begriffe ihrer Sprache beigebracht. Orla hatte sie dem Gehör nach aufgeschrieben. An *Havara* erinnerte sie sich gut, weil sie sich darüber gewundert hatte, wo Menschen zu Hause waren, die von überallher kamen und überallhin gingen.

Als Orla von der Mauer kletterte und zurück zum Cottage stapfte, erkannte sie das Licht, das aus Kierans Zimmer hinaus in den Garten schien. *Havara* bedeutete Zuhause und war ein Gefühl wie Freiheit.

22. Rosie

Sommer 1997

Ich schreibe über meine Heimat – in mir drin, von überallher und überallhin. Rónán übt seinen Vortrag und Orla hilft uns. Wir sitzen jeden Nachmittag in der alten Kapelle. Manchmal bleiben wir dort, bis es draußen dunkel geworden ist und wir den Weg zum Dorf kaum noch erkennen können. Manchmal gehen wir auch runter zum Strand. Dort kraxeln wir über Felsen, pulen Steine aus den Ritzen, sammeln Muscheln und lassen Krebse über unsere nackten Arme krabbeln. Ich weiß nicht mehr, wessen Idee es war, aber irgendwann haben wir angefangen, Steine zu sammeln, die aussehen wie unsere Augen. Es war einfach, graue Kiesel zu finden. Rónán brauchte sich nur kurz zu bücken und konnte sich die Hosentaschen damit vollstopfen. Aber Orla hat grüne Augen wie ich. Seegras, Moos, Flechten. Wir haben ewig gebraucht, um zwei Steine zu finden, die ungefähr unsere Augenfarbe hatten.

Wenn wir uns treffen, bringt Orla immer drei Dosen rote Limonade mit, die sie im Pub geklaut hat. Und so sitzen wir dann auf Felsen oder in den Kirchenbänken, unterhalten uns und trinken Limo, bis Orla irgendwann ungeduldig wird.

»Los, genug gefaulenzt! Wir müssen jetzt arbeiten«, sagt sie dann immer und klingt wie mein Vater, wenn er will, dass wir zusammenpacken, um weiterzufahren. Wir arbeiten wirklich. Rónán hat einen richtigen Ehrgeiz entwickelt.

»Die Gardaí haben uns mit Tasern und Schlagstöcken vertrieben, als unser Lagerplatz in Galway geräumt wurde. Niemand will uns. Das habe ich kapiert, aber ich verstehe es nicht. Ehe wir die Chance bekommen zu zeigen, was in uns steckt, werden wir abgestempelt. Wir leben auf der Straße, weil wir's so wollen. Das ist seit Jahrhunderten unsere Kultur. Aber andere Leute sehen darin etwas Schlechtes, weil sie überall ihre Häuser hingebaut haben und für uns kein Platz mehr ist. Keiner traut uns was zu, noch nicht mal, dass wir anständige Leute sind. Das ist nicht fair. Jeder Mensch hat eine Chance verdient.«

Rónán übt seinen Vortrag und ich bin nicht nur darüber erstaunt, welche Gedanken er in seinem chaotischen Kopf herumträgt, sondern auch darüber, dass er sie vor einem fremden Mädchen ausspricht. Orla lauscht ihm mit glänzenden Augen und nagt dabei am Ende ihres Kugelschreibers. Wenn er stottert und sich selbst verflucht, blinzelt sie nicht mal, sondern wartet, bis er sich wieder gefangen hat.

»Wir haben übrigens eine Geheimsprache«, erklärt er. »Worte, die nur uns gehören.«

»Eine Geheimsprache«, echot Orla und lässt den Kugelschreiber sinken. »Ehrlich?«

Mit verschwörerischer Stimme erzählt er von *Shelta*. Diese Sprache ist eine Mischung aus irischen und englischen Wörtern und wird nur von Eingeweihten gesprochen. Es gibt keine Wörterbücher, nur mündliche Überlieferungen.

»*Bini comra* heißt kleiner Hund. *Binsi* bedeutet Flügel und *binsi bero* Segelschiff.« Rónán hat die Arme auf die Rückenlehne gelegt.

»So habe ich das noch nie gesehen! Segel sind die Flügel eines Schiffes. Das ist ja schön. Unterhaltet ihr euch in der Sprache?«

»Wenn wir nicht wollen, dass andere uns verstehen.« Sein Blick huscht durch die kleine Kapelle, dann wendet er sich wieder Orla zu, beugt sich sogar ein wenig vor.

»*Bug me a gåp!*«, raunt er. Seine Mundwinkel zucken.

Ist das sein Ernst? Ich klammere mich mit beiden Händen an der Kirchenbank fest und glotze meinen Bruder an, doch er hat nur Augen für Orla, die seine Worte leise wiederholt. Sie klingen merkwürdig verzerrt.

»Was bedeutet das?«, will sie wissen, neigt den Kopf zur Seite und wickelt eine Haarsträhne um ihren Zeigefinger.

»Wir müssen gehen.«

Abrupt steht er auf und zwinkert mir zu. Ich lasse die Schultern sinken und lache so laut, dass meine Stimme von den Wänden zurückgeworfen wird.

»Wir müssen gehen!« Ich nicke heftig. »*Bug me a gåp!*«

Später an diesem Tag, nachdem es dunkel geworden ist und die Menschen von den Straßen verschwunden sind, gehen wir auf den Spielplatz. Ich setze mich auf die Schaukel und lasse den Kopf in den Nacken fallen, sodass meine Haare über den Boden fegen. Alles ist verkehrt herum. Vom Himmel wachsen Bäume wie Stalaktiten und das Karussell hängt über den Sternen. Rónán schiebt es mit einem Fuß an, träge und gleichmäßig.

»Magst du sie?«, frage ich irgendwann.

»Geht so, ja, schon irgendwie«, erwidert er schulterzuckend. Er scheint intuitiv zu wissen, wen ich meine.

Langsam richte ich mich auf, dann krame ich einen warmen Kaugummi aus meiner Hosentasche und stecke ihn mir in den Mund. Erst lutsche ich die Zuckerschicht ab. Das dauert eine Weile. »Sie ist ein bisschen wie Mam«, überlege ich und fange an zu kauen. »Orla, meine ich.«

»Sie ist überhaupt nicht wie Mam!«

»Aber sie hat grüne Augen und wohnt in einem Haus. Ganz früher hat Mam auch in einem Haus gewohnt.« Ich grinse. »Und eines Tages kam Dad mit seinem Caravan angefahren, hat nett gefragt, ob sie mitkommen will, und sie hat's einfach gemacht.«

»Nichts daran war einfach. Alle sind ausgeflippt«, erinnert Rónán mich und stoppt das Karussell. »Wenn's einfach gewesen wäre, müssten wir nicht immer aufpassen, ja keine anderen McDonaghs zu treffen!«

Ich seufze inbrünstig auf. Es ist kompliziert mit unserer Familie. Eigentlich hätte Dad eine ganz andere Frau heiraten sollen. Seine Eltern hatten sich schon mordsmäßig ins Zeug gelegt, alles arrangiert und eine Sporthalle in Dublin gemietet. Es sollte ein rauschendes Fest geben, zu dem die Leute von überallher angereist wären. Im letzten Moment hat Dad aber entschieden, dass er dieses Mädchen nicht heiraten wollte. Und als er seiner Familie dann auch noch gebeichtet hat, dass er jetzt mit unserer Mam leben will, sind sie völlig ausgerastet. Er würde ihre Ehre beschmutzen, mit der Tradition brechen und zulassen, dass sich unser Volk auflöst, wenn er sich mit einer Sesshaften einlässt. Aber mein Dad ist stur. Wenn er sich etwas in den Kopf gesetzt hat und von ganzem Herzen daran glaubt, lässt er nicht locker. Deswegen reisen wir allein. Manchmal treffen wir unterwegs andere Travellers, aber wir kampieren nie zusammen. Es gibt nur unsere kleine Familie.

»Was sollte das eigentlich? *Bug me a gåp!*« Ich baue mich vor ihm auf und frage ihn spöttisch: »Wolltest du wirklich, dass sie dir einen Kuss gibt, oder was?«

»Schwachsinn. Mir ist in dem Moment einfach nichts anderes eingefallen und ich fand's irgendwie lustig!«, erwidert er und schiebt sich den Schild seiner Kappe in den Nacken. »Sie hat doch sowieso kein Wort verstanden!«

»Tja, vielleicht verrat ich's ihr …«

»Das wagst du nicht!« Rónán springt auf. Ehe er mich schnappen kann, renne ich los. Er jagt mir hinterher. Unser Lachen wird von den Kirchenmauern zurückgeworfen.

23. Orla

Vor zehn Minuten hatte ihr Telefon geklingelt und sie aus einem traumlosen Schlaf gerissen. Tomás informierte sie, dass er gleich vorbeikommen wolle. Wie lange hatte sie geschlafen? Höchstens zwei Stunden. Sie hatte die ganze Nacht wach gelegen und die Trennung immer wieder vor sich selbst gerechtfertigt. Es war richtig und es war fair, weil sie niemandem mehr etwas vormachen musste. Tatsächlich spürte sie neben dem Schmerz auch Erleichterung. Adam würde ohne sie nach Frankreich gehen und seine Karriere verfolgen. Je größer die Distanz wurde – zeitlich, räumlich –, desto leichter wäre es, mit der Trennung umzugehen. Und sie würde ...

Ihre Gedanken rissen ab, als sie vom Küchenfenster aus beobachtete, wie ein Wagen der Garda vorfuhr und Tomás ausstieg. Er klopfte Staub von seiner Mütze, setzte sie auf, entschied sich dann aber wohl dagegen und warf sie auf den Fahrersitz. Es handelte sich also um einen informellen Besuch.

Orla eilte in den Flur und öffnete die Tür. »So früh schon auf den Beinen? Du siehst noch ganz verknittert aus.«

»Bin gerade erst aufgestanden«, erklärte er und sprang die Treppenstufen hoch.

»Hast du ein paar Infos für mich?«

»Japp! Ich hab die Ermittlungsakte rausgekramt und aufmerksam gelesen.« Er tippte sich mit dem Zeigefinger gegen die Stirn.

»Sehr schön. Dann koche ich uns erst mal einen Kaffee, oder?« Orla drehte sich um und schritt voran in die Küche. Dabei band sie den Gürtel des Bademantels fest um ihre Taille. »Warum bist du schon so früh munter?«, erkundigte sie sich.

»Molly scheucht mich immer in die Küche, sobald sie wach ist«, erklärte Tomás und schlüpfte aus seiner Jacke. »Dann muss ich Tee kochen und ihr Schokoriegel ans Bett bringen.«

»Schokoriegel?« Über die Schulter hinweg warf sie ihm einen skeptischen Blick zu, dann öffnete sie den Küchenschrank und nahm zwei Tassen hervor.

»Hilft ihr angeblich gegen Übelkeit.« Tomás hängte seine Jacke über die Stuhllehne und setzte sich. »Du siehst auch noch ziemlich müde aus, Orla. Lange Nacht gehabt?«

»Kann man so sagen.« Während die Maschine sich lärmend an die Arbeit machte, dachte sie an die Nachricht, die sie vorhin von Adam erhalten hatte. *Die Sachen, die du noch bei mir hattest, stehen jetzt in deiner Wohnung. Schlüssel im Briefkasten. Ring kannst du behalten.* Wahrscheinlich hatte er die ganze Nacht damit zugebracht, Kartons zu packen. Adam würde es für die Welt so aussehen lassen, als hätte er schnell damit abgeschlossen, als hätte ihm die Beziehung ohnehin nicht viel bedeutet, doch Orla ahnte, wie verzweifelt er war. Diesmal konnte sie ihm nicht helfen.

»Es ist so: Ich kann dir keine Akten aushändigen, kann dich nicht mal durchblättern lassen«, riss Tomás sie aus ihren Gedanken. »Aber ich kann dir erzählen, was drinsteht.«

Sofort war sie hellwach. »Hast du etwas gefunden?«

»Keine Ahnung.« Er hob die Schultern. »Könnte sein.«

Hastig stellte sie Milch und Zucker auf den Tisch und drückte Tomás schließlich eine Kaffeetasse in die Hand, dann setzte sie sich. »Ich will alles wissen!«

Er trank einen Schluck, bevor er das Wort ergriff. »Fangen wir bei der Substanz an. Dieser Caravan war über dreißig Jahre alt. Ein uralter Hymer ohne Rauchmelder oder andere Sicherheitsvorkehrungen. Darum hat man sich damals einfach nicht gekümmert. Die Familie muss in sehr beengten Verhältnissen gelebt haben. Orla, du machst dir keine Vorstellungen. Da gab's nur vier Kojen für sechs Menschen.«

»Beste Voraussetzungen, oder?«, fragte sie. »Das Feuer muss schnell um sich gegriffen haben.«

Mit düsterer Stimme erzählte Tomás ihr von den Ermittlungen. Es wurde angenommen, dass eine brennende Zigarette auf einem Polster des Caravans zu einem Schwelbrand geführt hatte. Durch verschmortes Material hatten sich immer mehr giftige Dämpfe im Wohnwagen verteilt. Die schlafende Familie bekam davon nichts mit – war durch Kohlenstoffmonoxid und andere Gase erst bewusstlos geworden und dann gestorben.

»Man ist ziemlich schwer weckbar, wenn man getrunken hat. Das kennt jeder, der mal ein Glas zu viel hatte«, sagte Tomás und grinste schief. »Könnte mir gut vorstellen, dass Alkohol im Spiel war. Zumindest bei den Erwachsenen. Vielleicht ist ihnen nicht aufgefallen, dass eine nicht ausgedrückte Zigarette heruntergefallen ist.«

Orla schüttelte betroffen den Kopf. »Hat denn im Dorf niemand etwas bemerkt? Kam niemand dort vorbei? Das muss doch bestialisch gestunken haben.«

»Natürlich wurde das ganze Dorf befragt, aber keiner konnte eine Aussage machen, die den Kollegen weitergeholfen hätte. Wie's aussieht, hat niemand etwas mitbekommen. Der Brand wurde auch erst am nächsten Morgen gemeldet, muss man dazusagen. Da war kaum noch was übrig.« Er hob die Schultern.

»Wer hat ihn gemeldet?«

»Deine Mutter. Weißt du das nicht?«

»Wie bitte?«

»Und Männer vom *County Council*, die den Müll abholen wollten. Die haben ungefähr zur selben Zeit angerufen wie Siobhan.«

»Und dann?«

»Na, Feuerwehr und Garda kamen angerauscht, haben alles untersucht. Lag in Schutt und Asche, das Ding.«

»Und es gab sechs Leichen?«

»Zwei Babys, beide männlich, zwei Frauenleichen, zwei Männerleichen. Verkohlt, Orla, vollkommen schwarz.«

»Wie hat man sie identifiziert?«, fragte sie tonlos und versuchte, sich seine Schilderungen nicht bildlich vorzustellen.

»Ihre Dokumente sind alle verbrannt, aber die Namen hat man mit deiner Hilfe schnell herausgefunden. Dann gab's noch die Zulassung des Caravans beim NVDF. Außerdem waren die älteren Kinder ja in der Schule gemeldet.«

»Ich habe eine Aussage gemacht?«, fragte Orla und hob die Augenbrauen. »Daran erinnere ich mich gar nicht mehr. Ich muss total unter Schock gestanden haben.«

»Die Gardaí haben jeden befragt. Frauen, Männer, Kinder. Aber du weißt ja, wie's hier ist: Wenn's drauf ankommt, verschmelzen die Menschen zu einem einzigen Organismus. Nichts dringt nach außen. Das erschwert die Ermittlungen natürlich ungemein.«

»Niemand wollte die Familie im Dorf haben. Sie wurden beschimpft, ihr Caravan wurde beschmiert und jemand hat nachts Steine dagegengeworfen«, erklärte sie mit düsterer Stimme. »Kannst du mit Sicherheit sagen, dass es kein Anschlag war?«

215

»Nach so vielen Jahren kann ich gar nichts mehr mit Sicherheit sagen, aber ich weiß, dass dieser Vandalismus nichts mit dem Tod der Familie zu tun hatte.«

»Was macht dich so sicher?«, fragte sie und taxierte ihn.

»Tja!« Er fuhr mit einer Hand über sein blondes Haar, kratzte sich an der Stirn, dann stieß er einen lang gezogenen Seufzer aus. »Jeder macht Fehler, weißt du? Ich war noch sehr jung damals. Gerade sechzehn Jahre alt. Wir waren angetrunken und haben uns tierisch gelangweilt. In unseren Köpfen war genauso wenig los wie in Saltmore. Wir wollten, dass etwas passiert. Deswegen haben wir die Steine geworfen, den Wohnwagen beschmiert.«

Schockiert starrte sie ihn an, doch Tomás zuckte mit den Achseln, als wäre nichts dabei. »Das waren dumme Kinderstreiche. Wir wollten ihnen nur Angst machen und sehen, wie sie reagieren. Mehr nicht.«

»Was, wenn ein dummer Kinderstreich außer Kontrolle geraten ist?«, fragte sie aufgeregt. »Was dann?«

»Ich kenne die Jungs, ich war doch selbst einer von ihnen. Orla, ganz im Ernst: Niemals hätte einer von uns gewollt, dass Menschen sterben. Niemals! Das Szenario, von dem die Kollegen ausgegangen sind, ist absolut schlüssig. Lupenrein, wenn du mich fragst. Zigarette, Schwelbrand, Feuer.«

»Sechs Menschen sind in dieser Nacht gestorben, und wenn jemand dafür die Schuld trägt, dann muss er zur Rechenschaft gezogen werden, findest du nicht? So etwas darf nicht ungesühnt bleiben. Fällt dir niemand ein, Tomás? Es muss doch jemanden geben, der damals …«

»Es war keine Straftat, Orla, sondern ein Unfall. Und ganz davon abgesehen lässt man manche Dinge lieber ruhen, tastet sie nicht an. Die Leute wollen ihren Frieden. Erinnerst du dich noch, wen man damals im Dorf verdächtigt hat? Niemand hätte es laut ausgesprochen, aber alle haben hinter vorgehaltener

Hand darüber geredet.« Tomás rührte geräuschvoll in seinem Kaffee, dann hob er den Kopf und warf ihr einen forschenden Blick zu.

Ihr Herzschlag beschleunigte sich. Orla wusste ganz genau, von wem er sprach. »Er hatte damit nichts zu tun.«

»Ich weiß, aber es war ein naheliegender Verdacht. Jeder im Dorf hat mitbekommen, wie dein Vater manchmal ausgerastet ist. Saß brav wie ein Chorknabe in der Kirche und ist dann nach Hause marschiert, um seine Familie zu terrorisieren. Und als er von dir und diesem Jungen erfahren hat – das hat ihm ganz und gar nicht gefallen.«

»Er ist zwar gelegentlich aus der Haut gefahren, aber er wäre nicht dazu fähig gewesen, jemanden ...« Orla verstummte und presste die Lippen aufeinander. Niemals würde sie sich für ihren Vater verbürgen.

Tomás winkte ab. »Schnee von gestern. Es war ganz offensichtlich ein Unfall und wurde auch immer so behandelt. Tragisch, wirklich tragisch.«

Vor ihrem inneren Auge tauchte Rónáns Gesicht auf. Wildes Haar, das in der Sonne golden schimmerte. Daneben seine Schwester, deren Haar in roten Wellen über ihre Schultern floss. Im Traum gestorben.

Tomás beugte sich vor und senkte die Stimme. »Ich weiß, dass du sie echt gemocht hast, diese Kinder. Ich erinnere mich noch, dass der Junge mir ein Messer an die Kehle gehalten hat, als ich euch bei der Kapelle erwischt habe.«

»Er wollte sich nur verteidigen, weil er dachte, dass du ihm an den Kragen willst. Er hat überall Gefahr gewittert.«

»Kann schon sein.« Tomás hielt einen Moment inne, bevor er fortfuhr. »Wir waren alle davon überzeugt, dass man diesen Leuten nicht über den Weg trauen kann. Diebstahl, Betrügereien. Wir dachten, die stellen sonst was mit dir an. Du kennst doch die Geschichten, die man sich über das fahrende Volk erzählt.«

»Solche Geschichten haben mich nie interessiert«, erwiderte sie und verschränkte die Arme vor der Brust. »Was hat man eigentlich gemacht, nachdem die Familie identifiziert wurde? Hat man nach Verwandten gesucht?«

»Klar, das übliche Prozedere. Man hat im *Travellers' Corner* in Dublin angefragt. Die Mitarbeiter wollten sich zwar in der Community umhören, Angehörige auftreiben, aber es kam nie etwas zurück. Erst fünf Jahre später hat sich jemand bei uns gemeldet.«

»Jemand hat sich gemeldet?« Orla ließ die Tasse wieder sinken und starrte ihn an. *Rónán*, dachte sie. Fast hätte sie gelacht.

»Eine Frau, ja. Wollte wissen, ob die Familie auch ordentlich beerdigt wurde und ob sich jemand um das Grab kümmert. Blumen hinstellt und so.«

»Wer war das?«, fragte sie und wäre fast aufgesprungen, weil sich jede Faser ihres Körpers angespannt hatte.

»Wenn ich mich richtig erinnere, war's eine Mrs Gallagher.«

»Gallagher«, wiederholte sie und versuchte, sich nicht anmerken zu lassen, dass sich ihr Herz überschlug. »Wer war diese Frau?«

»Freundin der Familie, mehr stand da nicht. Hat aus Beldare angerufen.«

»Mrs Gallagher aus Beldare. Das ist immerhin ein Anhaltspunkt.« Orla befeuchtete ihre Lippen. »Kannst du ihre Telefonnummer in Erfahrung bringen?«

»Wonach suchst du denn eigentlich? Worum geht es dir?«

»Ich habe nur so ein …« Ein dumpfes Klingeln unterbrach sie.

Hastig zog Tomás sein Telefon aus der Hosentasche. »Was ist los, Niamh? Vermisst du mich auf dem Revier?« Seine heitere

218

Miene gefror. Er stand so schnell auf, dass der Stuhl an die Wand krachte. »Muss los, Orla!«

»Ist was passiert?« Orla folgte ihm durch den Korridor bis zur Tür.

»Kann ich nicht so genau sagen.« Er steckte das Telefon zurück in seine Tasche und nickte ihr zu. »Wir sehen uns spätestens bei Erin, schätze ich.«

Als er sich zum Gehen wandte, schnellte ihre Hand vor und hielt ihn zurück. »Wie viele Gallaghers kennst du? Das ist ein häufiger Name, oder?«

»Kann man so sagen. Ich kenne insgesamt bestimmt zehn Gallaghers. Auf jeden Stern am Himmel kommt ein Gallagher und wir sind hier im Dark Sky Reserve – das sind verdammt viele Sterne da oben.« Tomás straffte die Schultern, dann grinste er sie breit an. »Würde behaupten, in Dublin sieht man zur dunkelsten Stunde maximal drei Sterne. Ist doch so, oder nicht? Aber wir hier in Saltmore, wir haben Trilliarden.«

»Da ist was dran«, erwiderte sie schmunzelnd. Orla blieb in der Tür stehen, um zu beobachten, wie er ins Auto stieg und zum Dorf hinabraste.

Nachdem sie kurz mit Siobhan telefoniert hatte, schrieb sie eine Nachricht an Molly:

Hey, Mo, kannst du für mich nach den Artikeln suchen, in denen es um den Brand 1997 ging? Ich trage gerade alle Informationen zusammen, die ich in die Finger bekomme.

Während Orla auf eine Antwort wartete, tippte sie Namen in die Suchmaschine: Gallagher, Seán Gallagher. Es war sinnlos. Gallagher war ein so klassischer Nachname, dass über achtzehntausend Menschen in Irland ihn miteinander teilten. Myriaden von Seáns. Die Einträge fluteten ihren Bildschirm. Wahllos klickte Orla sich durch die Ergebnisse und betrachtete Fotos fremder Menschen, dann suchte sie nach Unfällen, bei denen Wohnwagen niedergebrannt waren. Schließlich stieß sie auf einen Artikel, in dem beschrieben wurde, dass es zur Kultur der irischen Travellers gehörte, nach dem Ableben eines Menschen seine Habseligkeiten zu verbrennen – mitsamt des Caravans. *Wie bezeichnend*, dachte sie bitter.

Das Telefon vibrierte über den Küchentisch, als eine Nachricht eintraf. Molly schickte ihr das Bild eines Zeitungsartikels:

Saltmore. Ein Dorf in Trauer, ein Wohnwagen in Schutt und Asche. In der Nacht zum 12. August 1997 ereignete sich am Skellig Drive in Saltmore eine Katastrophe, die sechs Menschen das Leben kostete. Der Caravan einer jungen Familie, die zur Travellers Community gehörte, ging aus bislang unbekannten Gründen in Flammen auf und brannte restlos nieder. Keiner der Insassen überlebte das Unglück. Die Brandursache wird derzeit noch untersucht.

»Sie hatten keine Chance, sind gestorben, bevor das Feuer um sich gegriffen hat«, sagte ein Garda am Unglücksort. »Es ist ein sehr schwieriger Einsatz. Wenn kleine Kinder beteiligt sind, verfolgt dich das ein Leben lang. Die Überreste ihrer Spielsachen zu sehen – das ist entsetzlich.«

Siobhan Donovan, die seit sieben Jahren den hiesigen Pub betreibt, zeigt sich bestürzt. »Ich saß mit ein paar Freunden im Selkie (Pub – Anm. d. Red.), als es passiert ist. Wir hatten keine Ahnung, was für ein Drama sich zur selben Zeit da draußen abgespielt hat. Man kann nur hoffen, dass sie nicht leiden mussten.«

Auch Freddie McLaughlin, ein sechzehnjähriger Schüler aus Saltmore, der zur Zeit des Unglücks mit seiner Familie im Pub war, kann nicht fassen, was in der Nacht zum 12. August 1997 geschehen ist. »Es ist schrecklich. Zwei der Kinder sind mit uns zur Schule gegangen. Auch wenn sie erst seit ein paar Wochen in Saltmore gelebt haben – sie waren unsere Freunde! Wir werden sie nie vergessen.«

Ein Fremdverschulden wird derzeit ausgeschlossen. Die Gardaí haben die Ermittlungen aufgenommen. Wenn Sie sachdienliche Hinweise haben, melden Sie sich bitte bei der Garda Station Saltmore, District Headquarter Killarney.

Orla runzelte die Stirn. Warum waren ausgerechnet ihre Mutter und Freddie von der Zeitung befragt worden? Mit dem Zeigefinger strich sie über den Bildschirm, suchte nach dem Verfasser des Artikels. James Keane. Wenn er nicht mit seiner Tasse im Pub saß und daraus Stout trank, war er sicher in seinem Garten. Kurz entschlossen stand Orla auf, schnappte sich Caps Leine und öffnete die Tür zum Korridor.

»Kieran, hast du Lust auf einen Spaziergang mit mir und dem alten Kapitän?«

24. ORLA

Kierans Augen wanderten über die Wellen, während sie den Küstenpfad entlangmarschierten. Sie hatten den Weg zum Leuchtturm eingeschlagen, ohne darüber gesprochen zu haben.

»Wie geht's dir?«, erkundigte sich Orla vorsichtig, bückte sich und ließ Captain von der Leine.

»Ich will arbeiten, aber das geht im Moment nicht.«

»Vielleicht wäre es gut, wenn wir zusammen mit Freddie sprechen würden.«

Kieran schüttelte den Kopf. »Bringt nichts. Das war meine letzte Chance. Freddie will keinen Behinderten an Bord, der ständig ausrastet. Das verstehe ich.«

»Komm schon. Du rastest doch nicht ständig aus«, erwiderte sie energisch und umfasste seinen Arm, um ihn am Weitergehen zu hindern. Eindringlich schaute sie ihren Bruder an. »Du hast dich im Griff, Kieran. Du bist nicht mehr das Kind von damals, das sich von der Welt abkapseln muss, weil es sonst völlig überfordert ist. Alles ist besser geworden, weil du so hart an dir gearbeitet hast. Du bist ein erwachsener Mann. Freddie weiß das. Von mir aus warten wir noch ein paar Tage ab, aber dann gehen wir zu ihm und kämpfen für das, was dir wichtig ist. Wir müssen es zumindest versuchen.«

Kieran brummte etwas, das sie nicht verstehen konnte, und löste sich aus ihrem Griff, um weiterzugehen.

»Soll ich Siobhan anrufen und ihr davon erzählen?« Orla schloss zu ihm auf.

»Das ist nicht deine Aufgabe. Ich rufe an«, knurrte er.

»Wirklich?« Skeptisch hob sie die Augenbrauen.

»Das ist nicht deine Aufgabe, Orla«, wiederholte er mit Nachdruck. »Ich kümmere mich selbst um meine Angelegenheiten.«

Schweigend gingen sie nebeneinanderher. Das Heidekraut breitete sich wie ein Teppich vor ihnen aus. Wollgras wiegte sich im Wind, Ginster verströmte einen süßlichen Duft und vermischte sich mit dem Salz des Meeres. Orla stellte sich vor, wie sie ihre Habseligkeiten in Kartons verpackte, die Tür hinter sich zuzog und in ihren alten Volvo stieg. Am Ende führten alle Straßen heimwärts.

»Seán ist da.« Kieran verlangsamte seine Schritte und deutete auf den Vauxhall, der zwischen zwei Ginsterhecken parkte. »Ich steige hoch. Bei dem Wetter sieht man die Skellig gestochen scharf.«

Entschlossen marschierte ihr Bruder davon und verschwand zwischen den Felsen. Sollte sie hier warten oder Kieran folgen? Im Leuchtturm würde ihr Seán begegnen. Und dann? Wäre es angebracht, ihm zu sagen, dass sie sich von Adam getrennt hatte. Wozu? Und wie? Unschlüssig blieb sie stehen und nagte an ihrer Unterlippe, doch dann folgte sie Kieran hinab zum Meer.

Seegrüne Farbe klebte auf seiner rechten Wange und in seinem Haar. Zwei der Fenster standen offen und waren bereits lackiert worden, die anderen warteten noch auf ihren Anstrich. Seán lehnte in Shorts und einem besudelten Shirt an der Wand und hatte sich über sein Handy gebeugt. Um sein Handgelenk trug er eine Kleberolle.

»Hi«, grüßte sie ihn.

Als er sie entdeckte, stieß er sich von der Wand ab und trat einen Schritt auf sie zu. »Du bist ja auch hier.« Er ließ das Handy in seine Hosentasche gleiten und bückte sich, um Captain zu begrüßen, der ihn schwanzwedelnd umkreiste. »Na, Cap, alles klar?«

»Ich war mit Kieran unterwegs.« Lächelnd deutete Orla auf die Tür, die zum Turm führte. »Ist er schon hoch?«

»Jawohl. Ohne Umschweife. Er hat mich nur kurz darüber informiert, dass er die Skellig sehen will, dann ist er verschwunden«, antwortete er und griff nach einer Wasserflasche, die außen ebenfalls voll seegrüner Farbe war. Er trank mit großen Schlucken. Währenddessen betrachtete sie seine Silhouette, die sich dunkel vor dem Fenster abhob.

Es gab noch so viel zu sagen, doch Seán würde ohnehin gehen. Jedenfalls hatte er das behauptet, als sie zur Skellig rausgefahren waren. Er sei schon fast verschwunden, hatte er gesagt. Hitze wallte in ihr auf, als sie bemerkte, wie er sie musterte.

»Alles in Ordnung? Du bist kreidebleich.« Er trat einen Schritt auf sie zu. »Schlecht geschlafen?«

»Kaum.« Orla strich sich umständlich eine Haarsträhne aus dem Gesicht. »Meine Gedanken drehen Kreise. Davon wird mir erst schwindelig, dann schlecht.«

»Woran denkst du denn?«

Daran, dass ich mein altes Leben losgelassen habe, und an Rónán, den ich vor mir sehe, sobald ich dir ins Gesicht schaue. Ich will mit dir diesen Song von Tracy Chapman hören. Ist dein Auto schnell genug, um uns von hier wegzubringen?

»Was soll ich Erin bloß zum Geburtstag schenken?«, fragte sie stattdessen.

Nachdem er ihr einen skeptischen Blick zugeworfen hatte, ließ er sich auf das Spiel ein. »Salz«, antwortete er. »Der Suppe fehlt Salz, seitdem Siobhan fort ist. Da kannst du jeden im *Selkie* fragen – Erin braucht ganz dringend Salz.«

»Ich werde darüber nachdenken.« Orla hob die Schultern, dann musste sie lachen. »Und? Wie geht's dir so?«

»Gut«, lautete seine knappe Antwort.

»Siobhan wird aus allen Wolken fallen, wenn sie sieht, was du hier geschafft hast.«

»Die Bauaufsicht war eine große Hilfe, muss ich sagen. Nächste Woche fange ich mit dem Leuchthaus an.« Er fuhr sich mit beiden Händen durchs Haar. »Wann kommt Siobhan denn wieder?«

»So genau kann man das noch nicht sagen. Sie trainiert aber eifrig mit ihrem Physiotherapeuten und es würde mich nicht wundern, wenn sie als Hochseilartistin nach Hause kommt. Sie hat gar keine Zeit mehr, um zu telefonieren, weil sie mit Fergus ständig Physiotherapie machen muss.«

Seán hob die Augenbrauen, dann breitete sich ein strahlendes Lächeln auf seinem Gesicht aus. »Sie ist wohl auf dem Weg der Besserung, was? Freut mich zu hören.«

»Bald habt ihr sie zurück, dann kann sie euch wieder den ganzen Tag durchs *Selkie* scheuchen.«

»Und du fährst nach Dublin«, stellte er fest.

Orla schaute zur Tür, die zum Leuchthaus führte, dann hinab zu ihren Turnschuhen. »Vorerst zumindest.«

»Treffen wir uns noch mal, bevor du gehst?«, vernahm sie seine samtige Stimme.

Als sie den Kopf hob und seinen Blick auffing, spürte sie ein Flattern im Bauch. »Kannst du heute Abend wirklich nicht kommen?«

»Zu Erin?« Er schüttelte den Kopf. »Du weißt doch, dass ich die Schicht im *Selkie* übernommen habe. Ich werde den ganzen Abend hinter dem Tresen stehen.«

»Wenn wir uns nicht bei Erin sehen können, sollte ich dich bald wieder zum Essen einladen, hm?«

Nachdem Kieran zurückgekommen war und sie über das Wetter aufgeklärt hatte – frischer Wind, schätzungsweise zwanzig Knoten, ein Tief von Norden kommend –, machten sie sich wieder auf den Weg.

»Ich muss noch kurz bei James Keane vorbei«, erklärte Orla, als sie zum Küstenpfad hinaufmarschierten.

»Warum?«

»Er hat früher für den *Chronicle* gearbeitet und ich habe eine Frage an ihn.«

»Was willst du denn wissen?« Kieran schloss den Reißverschluss seiner dunkelgrünen Windjacke und vergrub die Hände in den Taschen.

»Erinnerst du dich an die Tragödie am Skellig Drive?«

»Sicher. Im selben Jahr ist Erin abgehauen.«

»Stimmt.« Sie nickte langsam und wiederholte dabei gedanklich seine Worte. *Im selben Jahr ist Erin abgehauen.* Das war nichts als ein zeitlicher Zusammenhang, keine Kausalität. Orla straffte die Schultern. »Erinnerst du dich auch noch an Rónán und Rosie, die Kinder der McDonaghs?«

»Nicht wirklich.«

»Aber ich. Deswegen möchte ich mehr über das Feuer rausfinden. James Keane hat damals einen Artikel darüber geschrieben.«

Anstatt den Weg zu ihrem Haus einzuschlagen, folgten sie einem Pfad, der zwischen dichten Rhododendronbüschen hindurchführte. Sie kamen an Wiesen vorbei, auf denen Pferde grasten, und standen irgendwann vor einem schiefen Gartentor.

Der alte James saß in einem zerschlissenen Cardigan vor seinem Cottage. Eine Hand hatte er auf seinem Stock abgestützt, die andere hielt eine Zigarette, die träge vor sich hin qualmte.

»Guten Tag, James. Können wir dich kurz stören?« Orla winkte ihm zu.

»Habt ihr schon«, erwiderte er und lachte laut auf. »War gerade dabei, ziemlich beachtliche Löcher in die Luft zu starren. Wie geht's eurer Mutter?«

Nachdem sie eine Weile unverfänglich miteinander geplaudert hatten, senkte Orla die Stimme und erzählte von ihren Versuchen, mehr über den Brand am Skellig Drive herauszufinden. »Du hast einen Artikel geschrieben. Weißt du noch, was drinstand?«

»Na, als ob ich das noch wüsste. Mein Kopf lässt nach. Liegt am starken Wind hier an der Küste. Bläst einem langsam die Lichter aus«, behauptete er und klopfte mit den Knöcheln an seinen Schädel.

»Ich spendiere dir einen Drink, wenn du deine grauen Zellen ein letztes Mal für mich anstrengst, James. Warum hast du damals ausgerechnet meine Mutter und Freddie befragt?«

»War nur 'ne Sicherheitsvorkehrung.«

»Wie darf ich das verstehen?« Orla runzelte die Stirn.

»Der alte McLaughlin ist zu mir gekommen und hat sich tierisch aufgeregt. Kennst ihn ja noch, oder? Der hatte 'ne cholerische Ader, war richtig außer sich.«

»Was war los?«

»Na, sein Junge hat ein paar Dummheiten gemacht und der Alte hat damals fürs *County Council* kandidiert und konnte sich keinen Ärger leisten.«

»Ach, wirklich?« Orla hob die Schultern. »Ich fürchte, den Zusammenhang verstehe ich nicht.«

James lachte und entblößte eine unvollständige Zahnreihe, dann hustete er. »Na, der alte McLaughlin ist zu mir gekommen, damit ich im Artikel klarstelle, dass der Bursche ein astreines Alibi für die Nacht hat. Deine Mutter hat's bezeugt.«

»Was?« Verständnislos schüttelte Orla den Kopf. »Verstehe ich das richtig? Der alte McLaughlin hat von dir verlangt, dass du diesen Artikel schreibst?«

Mittlerweile hatte auch Kieran das Telefon zurück in seine Hosentasche gesteckt und verfolgte das Gespräch.

»Ich hätte ohnehin über diese Katastrophe geschrieben. Es ging lediglich um die Klarstellung, dass die Familie McLaughlin damit nichts zu schaffen hat, auch wenn Freddie ein paar Dummheiten begangen hat. Kann ja mal passieren bei den jungen Leuten, was?«

»Und du hast einfach geschrieben, was er wollte?«

»Na, deine Mutter hat's doch bezeugt. Auch Erin war damals im *Selkie*.«

»Aber ...« Orla schüttelte verwirrt den Kopf. Es gelang ihr nicht, die Fäden zusammenzuführen.

»Wir wollten der Sache gleich den Wind aus den Segeln nehmen, bevor sie hohe Wellen schlug. Solche Dinge verselbstständigen sich, wenn man untätig bleibt.«

»Ihr habt ein Alibi konstruiert?«

Sein Blick verfinsterte sich. »Nee, junge Dame, so war das nicht. Bin doch kein Lügner, bin ich nie gewesen. Kannst sagen über die schreibende Zunft, was du willst, aber wir sind ehrbare Leute. Habe immer berichtet, was ich mit eigenen Ohren gehört und mit eigenen Augen gesehen habe. Nichts anderes.«

»Es hat sich aber gerade so angehört, als hättest du dich von McLaughlin dazu bewegen lassen, einen ...«

»Was interessiert mich der Seegang von gestern?«, wurde sie von James rüde unterbrochen. »War ein Unfall. Das weiß ich aus sicherer Quelle. Da besteht kein Zweifel. Also hat sich die Sache erledigt.«

Während sie James lauschte, versuchte Orla, sich jedes seiner Worte einzuprägen und gleichzeitig zu verstehen, was die Geschichte, die er ihr auftischte, zu bedeuten hatte. Der

Wahlkampf von Desmond McLaughlin hatte keinesfalls durch einen Skandal gefährdet werden dürfen. Der Artikel war eine Sicherheitsvorkehrung, um Freddie aus der Schusslinie zu nehmen, nichts weiter. Nur für den hypothetischen Fall, dass jemand auf die Idee käme, ihn zu verdächtigen, weil er mit seinen Freunden die Travellers-Familie immer wieder terrorisiert hatte.

25. Rosie

Sommer 1997

Wir haben den ganzen Nachmittag in der Kapelle verbracht. Als wir gehen wollen, kramt Orla ein paar Münzen aus ihrer Hosentasche und wirft sie in das Weidenkörbchen, das auf dem Tisch neben den Kerzen steht, dann hebt sie ein Teelicht empor.

»Warum zündet ihr eigentlich keine Kerzen an? Meine Mutter sagt, das hilft, wenn man einen sehnlichen Wunsch hat.«

»Wir werfen Steine in Quellen. Das hilft auch und kostet kein Geld. Was wünschst du dir denn?«, frage ich.

»Vieles. Eine Familie zum Beispiel.«

»Du hast doch eine Familie.«

»Aber nicht so.« Im schummrigen Licht sieht ihre Haut wächsern aus. Sie zupft mit spitzen Fingern am Docht der Kerze, bis er gerade absteht, dann lächelt sie uns an. »Also, was ist? Wollt ihr auch?«

Wir schütteln die Köpfe, weil wir viele Wünsche, aber kein Geld haben, um dafür Kerzen anzuzünden.

»Wir warten draußen«, erklärt Rónán und stößt die Tür auf.

Ich blinzle, als ich neben ihm aus der Kapelle trete. Ehe die Tür wieder ins Schloss gefallen ist und sich meine Augen an das grelle Licht gewöhnt haben, stehen zwei Jungen vor uns. Sie tragen grüne Trainingsjacken, haben kurz geschorene Haare und rauchen. Beide habe ich schon mal gesehen. Im Dorf, in der Schule. Saltmore ist klein genug, sodass ich schon jetzt jedes Gesicht kenne.

»Ist ja interessant«, sagt der Blonde und tritt so nah heran, dass ich zurückweiche. »Was habt ihr dadrin gemacht, hä? Macht mal die Taschen leer.«

»Wir haben nichts geklaut«, erwidere ich mit ruhiger Stimme und werfe Rónán einen kurzen Blick zu.

»Zeig mal her!«, fordert der Rothaarige. Er hat dunkle Augen mit langen Wimpern, die ihn aussehen lassen wie ein Kälbchen. Sein Gesicht ist übersät von Sommersprossen.

»Nein!«

»Jetzt zeig schon her!« Blitzschnell greift der Blonde nach meiner Jacke und reißt daran. »Ich will sehen, was du einge-steckt hast!«

»Ich habe nichts!«, schreie ich und winde mich, um von ihm loszukommen.

»Was habt ihr so lange dadrin gemacht?«

»Wir saßen rum. Orla war dabei«, erkläre ich verzweifelt.

»Hättet ihr wohl gern«, höhnt der Blonde. »Orla hat Besseres zu tun, als kleine Tinker …«

In diesem Moment schnellt Rónán vor. Ich sehe nur ein silbernes Blitzen, will etwas sagen, schaffe es aber nicht.

Mit weit aufgerissenen Augen starrt der Junge zu dem Schnappmesser hinab, dessen Klinge auf seinen Hals gerichtet ist. Meine Kehle schnürt sich zu.

Rónán bleckt die Zähne. »Was wir machen, geht dich nichts an. Kapiert?« Er schubst den Jungen vor sich her, bis er mit dem Rücken an der Wand steht. »Ob du das kapiert hast?«

»Scheiße, Mann«, ächzt der Junge und ich erkenne das Zittern seines Kehlkopfs.

»Ich hab's satt, dass ihr uns wie Dreck behandelt«, zischt mein Bruder.

»Wir wollten nur aufpassen. Auf die Kapelle und so.« Die Stimme des Rothaarigen klingt kindlich und erschrocken.

»Lasst uns in Ruhe, sonst seid ihr in euren Häusern nicht mehr sicher.« Rónán funkelt ihn aus zusammengekniffenen Augen an. »Reizt uns nicht!«

Abwehrend hebt der blonde Junge seine Hände. »Das ist ein Missverständnis. Wir dachten nur, dass ihr …«

In diesem Moment öffnet sich die Tür der Kapelle. Als Orla die Klinge sieht, bleibt sie wie angewurzelt stehen. »Was ist los?«, fragt sie schrill.

Sofort lässt Rónán das Messer sinken und weicht zurück. »Gar nichts!«

»Ist alles okay bei dir, Tomás?« Ihr Blick wandert forschend über das Gesicht des Jungen. Er wischt mit dem Handrücken über seinen Mund, zieht kräftig an der Kippe und bläst Rauch in die Luft. Seine Haut hat rote Flecken bekommen.

»Der macht mir keine Angst.« Er spuckt aus. »Ich weiß, mit wem ich's hier zu tun hab. Aber was ist mit dir, Orla? Weißt du nicht, was das für welche sind?«

»Doch, weiß ich.«

Er verzieht das Gesicht. »Wenn du's weißt, was hast du dann mit denen zu tun?«

»Ich mag sie eben«, erklärt sie und schlingt die Arme um ihren Oberkörper. »Seid ihr uns hierher gefolgt?«

»Wir hängen einfach rum, mehr nicht, wollten mal nach dem Rechten sehen. Du warst ganz allein mit denen. Das ist leichtsinnig.« Tomás wirft die Zigarette auf den Boden und tritt sie aus, dann huschen seine Augen zu uns. »Solltest dich von denen fernhalten, Orla. Sind keine guten Leute, ehrlich nicht.«

Rónán strafft die Schultern und ich trete so dicht neben ihn, dass sich unsere Arme berühren. Vorsichtig nehme ich ihm das Messer aus der Hand. Ich kann mir denken, warum er es eingesteckt hat. Er will uns verteidigen – nicht, weil er mutig ist, sondern weil er tief im Innern immer Angst hat.

»Ich kann gute Leute von schlechten unterscheiden.« Orla wirft uns über die Schulter einen flüchtigen Blick zu.

»Wird deinem Vater nicht gefallen, dass du dir solche Freunde angelacht hast.« Tomás sieht sie eindringlich an.

Plötzlich tritt der rothaarige Junge vor und packt Orla am Arm. Während er ihr etwas ins Ohr flüstert, starrt sie hinab zu ihren Turnschuhen, dann hebt sie den Kopf. Ihre Augen streifen mich, wandern weiter zu Rónán. Mit einem Mal schäme ich mich und weiß nicht, wofür. Es kommt mir falsch vor, hier zu stehen und ich selbst zu sein.

»Du bist bescheuert, Freddie«, erklärt sie und tätschelt seine Schulter. »Wir sehen uns morgen, okay? Wie immer.«

Die Jungen folgen uns mit einigen Metern Abstand, als wir zum Dorf zurückgehen.

»Was hat der Typ zu dir gesagt?«, will Rónán wissen.

»Dass Mädchen von Typen wie dir entführt werden, wenn sie nicht aufpassen.«

»So ein Schwachsinn!«, knurrt er und tippt sich mit dem Zeigefinger an die Stirn.

»Schade.« Orla kichert und hakt sich bei mir unter, doch mich beschleicht das Gefühl, nicht mehr dazuzugehören.

»Und außerdem ...«, sagt Rónán, als wir nach einigen Minuten das Schulgebäude erreicht haben. »Wenn Typen wie ich jemanden entführen würden, dann sowieso nur das allerschönste Mädchen aus dem Dorf!«

Orla wirft ihm über die Schulter einen belustigten Blick zu. »Soll ich dann schon mal meine Koffer packen?«

Überrascht hebt er die Augenbrauen. Seine Miene hellt sich auf. »Klar!«

26. ORLA

Über den Haselnusssträuchern hatte sich der Himmel rosarot verfärbt und verlief sich in den Höhen zu einem satten Violett. Es war an der Zeit, sich für den Abend vorzubereiten. Eigentlich hatte sie sich auf die Geburtstagsfeier ihrer Tante gefreut, aber nun konnte sie sich kaum dazu aufraffen. Sie brauchte Ruhe, musste Fäden zusammenführen und herausfinden, was damals geschehen war – was mit ihr selbst geschehen würde. Sollte sie ihre Dachgeschosswohnung aufgeben? Wo sollte sie denn hin? In Saltmore gab es keine Wohnungen, allenfalls winzige Cottages. Sollte sie nach einer Gallagher suchen, die in Beldare lebte? Orla war völlig durch den Wind. Ins Selbstgespräch versunken, stapfte sie hinauf ins Obergeschoss, ließ eine Wanne ein und versuchte, sich in Duft und Dampf zu entspannen. Bergamotte und Zedernholz erfüllten den Raum.

Während sie das Shampoo in ihr Haar massierte, dachte sie an Seán. Sie wollte ihm von Adam erzählen – als wäre das alles, was noch zwischen ihnen stand, aber das stimmte nicht. Zwischen ihnen stand dieser leise Zweifel, der ihr immerfort ins Ohr flüsterte, dass Seán etwas verheimlichte – ein Band zwischen früher und heute.

Das Wasser verschwand schlürfend im Abfluss, während sie vor dem Spiegel stand und mit den Fingern durch ihr nasses Haar kämmte. Morgen würde sie ihn besuchen, um ihm von Adam zu erzählen.

* * *

Erin und Cormac lebten mit ihren drei Katzen in einem Haus nur wenige Minuten von Saltmore entfernt. Wie immer hatte Erin zu ihrem Geburtstag das halbe Dorf eingeladen. Im Garten loderte ein Feuer. Drum herum saßen die Menschen auf hölzernen Bänken, unterhielten sich und beobachteten dabei die Flammen. Aus dem Innern des Hauses drang dumpfe Musik. Es hätte schön sein können, doch als Freddie vorhin mit seiner Frau aufgetaucht war, hatte Kieran es nicht mehr ausgehalten und war überstürzt nach Hause geradelt. Nun saß Orla zwischen den anderen Gästen am Feuer, ohne sich an den Plaudereien zu beteiligen.

Die Kamera lag in ihrem Schoß, weil sie Erin versprochen hatte, ein paar Fotos zu schießen. Mit halbem Ohr lauschte sie einem inspirierten Gespräch über den Papst, der nach Irland gekommen war, um den *Knock Shrine* zu besuchen. Angeblich war den Bewohnern des Ortes die heilige Jungfrau erschienen – über dem Boden schwebend, in ein weißes Gewand gehüllt. Unter normalen Umständen hätte die Geschichte ihre Aufmerksamkeit gefesselt, doch heute hing Orla ihren eigenen Gedanken nach. Adam hatte ihr geschrieben, dass er keinen Kontakt mehr wünsche, dass sie einen sauberen Schlussstrich ziehen müssten, um befreit in die Zukunft zu starten.

Wenn ich mich in ein paar Jahren an dich erinnere, vielleicht wenn ich gerade in einem Straßencafé in Paris sitze, dann werde ich keinen Groll empfinden. Irland

235

wird für mich immer deinen Namen tragen. Ich wünsche
dir alles Gute, Orla!

Sie hatte seine Nachricht gelesen, gelöscht und war danach
mit Cap die Küste entlangspaziert. Gedanken waren wie
Gewitterwolken durch ihren Kopf gezogen, hatten sich immer
wieder in Tränen entladen – doch als sie später nach Hause
zurückgekehrt war, fühlte sie sich leichter.

Orla presste die Lippen aufeinander, dann schaltete sie die
Kamera ein und spähte durch den Sucher, bis sie ihre Tante
entdeckte. Lachend, wohlig vertraut. Nachdem sie abgedrückt
hatte, wanderte sie weiter: Gesichter hinter aufstiebenden
Funken. Orla liebte Porträts und versuchte, nicht nur heran-
zuzoomen, um eine Oberfläche abzubilden, sondern in andere
Menschen hineinzuzoomen, um zu zeigen, was sich hinter den
Fassaden verbarg. Gefühle und Geschichten.

Gerade wollte sie die Kamera sinken lassen, um die Bilder
anzusehen, als sie innehielt. Seán stand zwischen drei Männern,
die angeregt miteinander diskutierten, doch er nahm nicht an
dem Gespräch teil, sondern starrte in ihre Richtung. Das fla-
ckernde Feuer ließ seine dunklen Augen immer wieder auflo-
dern. Orla vergaß, den Auslöser zu betätigen, und beobachtete
mit ansteigender Nervosität, wie er sich in Bewegung setzte und
auf sie zusteuerte. Die Steine und Hölzer unter seinen Füßen
knackten. Das Feuer prasselte.

»Warum sitzt du so allein am Rand?«, vernahm sie seine
heisere Stimme und spürte, wie sich die Bank bewegte, als Seán
sich dicht neben sie setzte.

»Ich bin Fotografin. Es gehört zu meinem Beruf, am Rand
zu sitzen und das Geschehen zu beobachten«, erwiderte sie
lächelnd. »Ich dachte, wir müssten heute auf dich verzichten.
Kommst du direkt aus dem *Selkie*?«

»Hatte noch Lust auf einen Absacker, bevor ich nach Hause gehe.« Wie zum Beweis hob er die Flasche empor. »Wo ist Kieran?«

»Hat die Flucht ergriffen, als Freddie gekommen ist.«

»Oh, wann war das?«

»Ich glaube, Kieran ist ungefähr vor einer Stunde abgezischt.«

»Und Freddie ist auch hier?«

»Natürlich. Unsere Familien sind doch schon seit Ewigkeiten befreundet. Er gehört quasi zum Inventar.«

Seán nahm einen Schluck Bier und wischte sich mit dem Handrücken Schaum von der Oberlippe, dann warf er ihr einen prüfenden Blick zu. »Du siehst nicht so aus, als würdest du dich amüsieren.«

»Oh, ich amüsiere mich innerlich.«

»Lässt du mich teilhaben?«

»Siehst du den Mann dort drüben? Den mit den langen Haaren?«

Orla erzählte ihm von den vielen Geschichten, die im Dorf warmgehalten und unter der Prämisse des Stillschweigens verbreitet wurden. Sie erzählte von Richard Boyle, der seiner Mutter weisgemacht hatte, es handle sich bei seiner Cannabis-Pflanze um eine brasilianische Teesorte, bis die arme Frau völlig dicht zur Totenmesse von Finuola Clark erschienen war. Von George Gorbury, der wegen kleinerer Verbrechen für vier Jahre im Gefängnis gewesen war, aber immer noch behauptete, er hätte während dieser Zeit auf einer Ranch in Texas malocht – deswegen trug er glänzende Cowboystiefel. Und von Patricia Pierce, die eine Weile bei der hiesigen Post gearbeitet hatte, bis rausgekommen war, dass sie heimlich in den Briefen schmökerte.

»Und was erzählt man sich über mich?«, wollte Seán wissen.

»Ich habe noch nichts gehört.«

»Kann ich mir nicht vorstellen.«

»Na ja, sie sagen, dass keiner so genau weiß, woher du gekommen bist und was du ausgerechnet in Saltmore verloren hast. Trotzdem sind alle ziemlich froh, dass du hier gelandet bist.«

»Ach, komm schon. Das ist alles, was sich die Leute über mich erzählen?« Er gähnte demonstrativ. »Gibt es keine Gerüchte? Werden mir nicht wenigstens heiße Affären angedichtet?«

»Mir ist nichts zu Ohren gekommen, aber die Leute schöpfen natürlich Verdacht, wenn sie uns so oft zusammen sehen.«

Seán bedachte sie mit einem erheiterten Blick. »Du und ich? Kann ich überhaupt nicht nachvollziehen.«

»Völlig absurd«, stimmte sie zu und lachte. Mit klammen Fingern schloss sie die Knöpfe des Strickmantels. »Gehst du morgen wieder zum Turm?«

»Sobald ich ausgeschlafen habe, mache ich mich auf den Weg. Kommst du mich besuchen, auch wenn man sich in Saltmore die wildesten Geschichten über uns erzählen wird?«

»Wenn dich das Gerede nicht stört.«

»Tja, weißt du, Orla ...« Er seufzte. »Es würde mich nur stören, wenn in dem ganzen Gerede kein Funken Wahrheit steckte. Wenn da wirklich nichts wäre.«

Die Worte zogen an jeder Faser ihres Körpers. Seine Hand tastete nach ihrer und drückte sie sanft. Orla betrachtete den feinen Schwung seiner Oberlippe, dann wanderte ihr Blick hinauf zu seinen Augen. *Léas*, dachte sie – ein fast vergessenes Wort für Licht in der Dunkelheit.

Mit dem Daumen strich sie über seine Hand, dann wandte sie sich von ihm ab und presste die kalte Bierflasche gegen ihre Wange. Statt seiner Augen fokussierte sie nun die Flammen. *Rónán ist bis zur Unkenntlichkeit verbrannt*, schoss es ihr durch den Kopf. *Verkohlt*. Warum konnte sie diese Gedanken nicht stoppen? Funken sprangen in die Dunkelheit. Dahinter erkannte sie Erin und Cormac, die einander im Arm hielten. Ihre Tante war fortgegangen und Jahre später zurückgekommen. Es war kein Rückschritt gewesen – im Gegenteil. Es war eine Form der Selbsterkenntnis, zu wissen, wohin man gehörte.

»Hast du immer noch vor, Saltmore zu verlassen?«, fragte sie ins Knistern des Feuers und fing seinen Blick auf.

»Heute nicht und morgen auch nicht.« Seán ließ die Flasche in seiner Hand kreisen. Gerade wollte er fortfahren, als eine sanfte Melodie ertönte.

»Wie schön!« Orla schaute sich suchend um und entdeckte Paddy O'Reilly, der auf der Tin Whistle spielte und augenblicklich alle Gespräche verstummen ließ – diese Musik war tief in der irischen Seele verwurzelt. Das Trommeln der Bodhrán wurde zum gemeinsamen Herzschlag der Menschen, die ums Feuer saßen. Frank Saunders nahm seine Schieberkappe ab, stand auf und streckte seiner Frau die Hand entgegen. Schwerfällig zog sich Noreen daran hoch. Mit dürren Fingern strich sie über ihr Haar, schlang schließlich den Schal um ihre Schultern und schloss die Augen.

»Darauf habe ich gewartet«, raunte Seán ihr zu und rückte so nah an sie heran, dass sie seine Beine spürte, die sich im Takt der Musik bewegten.

Noreen sang *Sean Nós* – ein Gesang, der seit über achthundert Jahren über die Hügel des Landes wehte. Orla war mit diesen Liedern aufgewachsen. *So wie Seán*, dachte sie, als sie seine sonore Stimme vernahm. *Casadh an tSúgáin.* Wer die Zeilen kannte, sang mit. Wer nicht so textsicher war, summte oder lauschte.

Kaum hatte der Wind die letzten Töne des Lieds fortgetragen, als sich Cormac erhob und sein Pint in einem Zug leerte. Ein breites Grinsen verzog sein Gesicht. Er klatschte in die Hände und wartete, bis die Bodhrán einstimmte. Inzwischen kannte Orla ihn gut genug, um zu wissen, dass er nun *Finnegan's Wake* anstimmen würde – ein altes Trinklied, das von einem Toten erzählt, der wiederaufersteht, nachdem er einen Tropfen Whiskey gerochen hat.

»So, liebe Leute, jetzt kommt mein Lieblingslied«, verkündete Cormac. »Ist doch ein Wunder, was mit Tim Finnegan passiert ist, oder nicht? Ist einfach von den Toten auferstanden, der Teufelskerl! War erst tot und dann putzmunter.«

Der alte Frank kletterte auf eine Bank, obwohl es ihm kaum gelang, das Gleichgewicht zu halten. *Whackfolthedah!* Er sang lauthals mit, riss die Arme in die Höhe und versuchte sich an einer Mischung aus Cancan und Sirtaki. Nicht mehr lange und Noreen würde ihn am Kragen packen und nach Hause schleifen. Sie stand mit verschränkten Armen neben der Bank und zuckte nicht mal mit der Wimper, wenn Frank ins Straucheln geriet.

»Ob das gut geht?«, fragte Seán.

»Ach, Frank ist ein harter Knochen. Ich weiß nicht, wie alt er ist, aber er war schon alt, als ich noch Kind war.«

Gerade hatte Cormac seine Arme um Erin geschlungen, um mit ihr zu tanzen, als die Beleuchtung im Haus angeschaltet wurde, sodass gleißendes Licht auf die Wiese fiel.

»Cormac, kommst du mal?«, rief eine schrille Stimme, die den Gesang durchdrang und verstummen ließ. »Cormac!«

»Tja, die suchen wohl nach mir.«

»Was ist denn los?«, wollte Erin wissen, doch da hatte sich Cormac schon in Bewegung gesetzt und stapfte mit großen Schritten zum Haus.

Frank stieg ungelenk von der Bank, klopfte seine Mütze aus und steckte sie in die Innentasche seines Jacketts.

Die Menschen im Garten warfen sich fragende Blicke zu. Kaum hatte Cormac das Haus erreicht, traten zwei Gardaí auf die Terrasse und schauten sich suchend um.

Orla erkannte Niamh, die junge Polizistin. »Ist Freddie McLaughlin hier?«, rief sie. Dabei legte sie die flache Hand über ihre Augen und spähte zum Feuer.

»Ja!« Aus der Dunkelheit löste sich ein Schatten. Freddie eilte auf die Polizisten zu, dicht gefolgt von seiner Gattin, die sich an seiner Hand festklammerte.

»Was ist los?«, fragte Orla verwirrt und wandte sich zu Seán um.

Schweiß glänzte auf seiner Stirn. Er hob die Schultern. »Keine Ahnung. Warum kommen Gardaí auf eine Gartenparty? Entweder sie wollen Spareribs oder sie wollen jemanden festnehmen, schätze ich.«

»Bestimmt hat er mit seinem Flaggschiff eine Hofeinfahrt versperrt«, flüsterte sie ihm zu. Es war der hilflose Versuch, die Wärme und Heiterkeit festzuhalten, die sie gerade noch verspürt hatte.

»Sieh dir ihre Gesichter an. Sie sehen aus, als stünden Geister vor ihnen.« Seán wischte sich mit dem Handrücken über den Mund und beobachtete die Szenerie vor dem Haus.

Inzwischen hatte Freddie seine Frau in den Arm genommen, starrte die Polizisten an und schüttelte immer wieder den Kopf. Orla kannte ihn gut genug, um aus seinem Gesicht zu lesen. Darin stand das blanke Entsetzen.

Freddie und seine Frau verschwanden mit den Gardaí im Haus. Erst jetzt regten sich die anderen Gäste. Die Atmosphäre hatte sich schlagartig verändert. Niemand lachte mehr. Niemand wagte es zu singen. Betretene Mienen, wohin man auch blickte. Cormac war inzwischen zurück ans Feuer getreten, hatte sich auf einer Bank niedergelassen und knetete seine Kappe mit beiden Händen. Einige Gäste hatten sich um ihn geschart.

Seán blies die Wangen auf. »Shit! Sieht nicht gut aus.«

»Hoffentlich ist es nichts Schlimmes.« Orla stand auf. »Ich versuche mal herauszufinden, was passiert ist.«

»Ich warte hier.«

Als Orla zu der Gruppe trat, fing sie Erins Blick auf. Ihre Tante schüttelte betroffen den Kopf.

»Freddies Scheune brennt lichterloh«, erklärte Cormac mit düsterer Stimme und zündete sich eine Zigarette an. »Die Feuerwehr ist schon vor Ort. Jetzt müssen sie verhindern, dass das Feuer aufs Cottage übergreift.«

»Verflucht! Das ist reinster Zunder«, sagte Jack, der ebenfalls herangetreten war. »Ihr kennt doch sein Haus. Das ist noch traditionell reetgedeckt.«

»Ist jemand verletzt?«, fragte Erin mit dünner Stimme.

»Zum Glück nicht. Es war ja keiner zu Hause. Allerdings hat Freddie sein Boot in der Scheune aufgebockt, wollte es reparieren. Das Boot kann er auf jeden Fall vergessen und das ist ein immenser Schaden.« Cormac presste den Filter seiner Zigarette so fest zwischen seinen Fingern zusammen, dass er ganz platt geworden war.

»Oh Mann!« Orla verzog das Gesicht. »Die *Oyster* hat er doch von seinem Großvater geerbt.«

»War sein Heiligtum«, brummte Jack. »Der alte McLaughlin soll ja drin gestorben sein, hab ich gehört. Herzstillstand, als er gerade den Anker lichten wollte. Ist kopfüber ins Wasser gefallen und war mausetot.«

Nur die Hälfte der Geschichte entsprach der Wahrheit. Orla warf Jack einen vernichtenden Blick zu, verzichtete jedoch darauf, ihn zu korrigieren. »Weiß man denn schon, wie das Feuer ausgebrochen ist?«

»Das muss noch geklärt werden«, antwortete Cormac. »Jetzt geht's erst mal um Schadensbegrenzung, nicht um Ursachenforschung.«

»Könnte ein Kabelbrand gewesen sein«, vermutete ein Mann mit eingefallenen Wangen und wettergegerbter Haut. Orla kannte ihn nur vom Sehen. »Die Leitungen waren

242

wahrscheinlich völlig überlastet, weil Freddie alle möglichen Maschinen angeschlossen hat. Er wollte den Innenborder austauschen.«

Als sich Orla umdrehte, saß Seán nicht mehr auf der Bank, sondern stand am Feuer, wärmte seine Hände. Sein Blick verlor sich in den Flammen.

Erst als Orla neben ihn trat, hob er den Kopf. »Und?«

»Zum Glück wurde niemand verletzt«, informierte sie ihn und schob mit dem Fuß ein Holzscheit ins Feuer. »Aber seine *Oyster* ist zerstört. Das ist ganz schön mies. Freddie hat die Jacht geliebt.«

»Er kommt bestimmt drüber hinweg.« Seán schob beide Hände in seine Hosentaschen. »Ist nur ein materieller Verlust.«

»Ist es nicht«, widersprach sie. »Die *Oyster* ist schon lange in Familienbesitz. Da hängen viele Erinnerungen dran. Ich bin auch oft mit Freddie rausgefahren. Damals, als wir noch Freunde waren.«

»Weiß man, weshalb das Feuer ausgebrochen ist?«

»Noch nicht, aber die Leute entwickeln gerade wilde Theorien.« Sie deutete auf die Menschen, die sich immer noch um Cormac scharten und leise miteinander sprachen. »Das wird wohl die ganze Nacht so weitergehen.«

»Nichts für mich.« Seán blies die Wangen auf, dann zog er sein Telefon hervor und ließ es aufleuchten. »Ich glaube, so langsam wird es Zeit, nach Hause zu gehen.«

»Bist du mit dem Auto hier?«

»Hab's beim *Selkie* stehen lassen und bin zu Fuß gegangen. Ist ja nicht weit.«

Orla nickte, dann streckte sie die Hände aus, bis sie die Hitze des Feuers ganz deutlich spüren konnte. »Ist es nicht merkwürdig, wie wunderschön und gleichzeitig grausam so ein Feuer sein kann?«, fragte sie und warf ihm aus dem Augenwinkel einen flüchtigen Blick zu. »Es ist warm und hell, aber es kann dir auch alles nehmen, was dir lieb ist.«

Ein paar Sekunden verstrichen, in denen Seán schwieg und von den Fersen auf die Ballen wippte. Schließlich befreite er seine Hände aus den Hosentaschen und rieb sie aneinander, als müsste er sie von Staub befreien. »Wird Zeit für mich.«

Orla bückte sich und griff nach der Leine, die von der Bank ins Gras gerutscht war. »Ich komme mit.«

Nachdem sie sich verabschiedet hatten, traten sie aus dem Gartentor auf einen breiten Feldweg. Cap schob seine Schnauze über den Boden und zog immer wieder in einen Ginsterbusch, wenn er Witterung aufgenommen hatte. Bei Dunkelheit tummelte sich hier draußen allerhand Getier. Nach wenigen Schritten erreichten sie den Küstenpfad, der sich als helle Linie aus der Finsternis erhob. Als sie auf einer kleinen Anhöhe angekommen waren, kniff Orla die Augen zusammen und ließ den Blick über die Silhouette des Dorfes wandern. Vereinzelt brannten Lichter in den Straßen. Doch dort, wo sie die große Scheune vermutete, war alles dunkel. Kein Feuer, keine Rauchsäule, die in den Himmel quoll. Offensichtlich hatte man verhindern können, dass die Flammen auf das Cottage übergriffen und alles in Schutt und Asche legten.

»Sie haben das Feuer gelöscht«, sagte sie und deutete zum Dorf hinab.

»Gut! Da hat Freddie ja noch mal Glück gehabt.«

Das Meer säuselte, der Wind war verstummt. Seán ging dicht neben ihr, immer wieder berührten sich ihre Schultern.

Irgendwann griff sie nach seiner Hand und blieb stehen. »Seán, ich muss dir noch etwas sagen«, hob sie an und wollte nicht mehr Worte verlieren, als unbedingt nötig waren. »Ich habe mich von Adam getrennt.«

»Ach, tatsächlich?« Er warf ihr einen Blick zu, den sie nicht deuten konnte. Irgendwas zwischen Bedauern und Erstaunen.

»Ja. Ich konnte nicht mehr warten und musste es einfach hinter mich bringen.«

»Ich hoffe, du bereust die Entscheidung nicht«, erwiderte er und ließ ihre Hand los.

Was auch immer Orla sich ausgemalt hatte – mit dieser Reaktion hatte sie nicht gerechnet. »Nein, ich ...« Sie lächelte unsicher, schob das Haargummi von ihrem Handgelenk und band ihr Haar zusammen, damit es ihr nicht immer wieder ins Gesicht geweht wurde. »Ich hätte schon viel früher reagieren müssen. Die Trennung hat sich emotional schon vor Monaten vollzogen. Jetzt hab ich's endlich geschafft, den letzten Schritt zu gehen.«

»Freut mich.« Es war kein Lächeln, sondern ein Zurückreißen der Mundwinkel. »Dann bist du also frei, hm?«

Frei. Das Wort klang nach allem, was sie sein wollte, und trotzdem verfehlte es seine Wirkung – Seán sprach mit ihr, als wäre er davon vollkommen unberührt.

»So in der Art«, sagte sie und setzte sich wieder in Bewegung. Schweigend verfolgten sie den Pfad, bis sie irgendwann den Hafen erreichten.

Seán deutete auf seinen Wagen, der vor dem *Selkie* parkte. »So viel habe ich nicht getrunken. Ich fahre noch.«

»O-okay.« Verblüfft blinzelte sie ihn an. »Das heißt, du gehst jetzt?«

»Aye.« Er fuhr sich durchs Haar und ließ seinen Blick über die Schiffsmasten wandern, die wie Stachel aus dem nachtschwarzen Meer ragten. »Ich bin total geschafft und will nur noch ins Bett, könnte wahrscheinlich drei Tage am Stück schlafen.«

»Klar, dann lass dich nicht aufhalten.« Sie gab sich keine Mühe, ihre Enttäuschung vor ihm zu verbergen, trat einen Schritt zurück und zerrte Cap zur Seite.

»Gute Nacht, Orla.« Er berührte im Vorbeigehen ihre Schulter, fast so, als wollte er sich entschuldigen. Vermutlich war ihm durchaus bewusst, wie befremdlich sein Verhalten auf sie wirkte.

Als sie an den Häusern vorbeistapfte, ärgerte sie sich. Was hatte sie erwartet? Dass sie Seán von ihrer Trennung erzählte und sie dann gemeinsam ins Morgenrot reiten würden, um in einer Bergkapelle zu heiraten? Aber noch viel mehr ärgerte sie sich über seine dämliche Reaktion. *Ich hoffe, du bereust die Entscheidung nicht.* Erst hielt er mit ihr Händchen, dann ließ er sie nicht nur abblitzen, sondern mutterseelenallein am Hafen stehen.

Orla riss das Haargummi aus ihrem Haar und stopfte es in ihre Hosentasche. »Dann eben nicht«, zischte sie.

Cap trottete neben ihr her, hob alle zehn Meter das Bein und ließ sich Zeit, um jeden Laternenpfahl ausgiebig zu inspizieren. Orla war zu ungeduldig, um jedes Mal zu warten, bis er seine Untersuchungen abgeschlossen hatte. Irgendwann ließ sie Cap von der Leine, wechselte von einem gemächlichen Gang in einen Stechschritt und marschierte die Straße hinauf.

Das Haus war dunkel und still. Nachdem auch Cap endlich angekommen war, schloss sie die Tür und schlüpfte aus ihrer Jacke.

»Hunger?«, fragte sie an den Hund gewandt, der sie aus großen erwartungsvollen Augen anschaute. Mit einem Lächeln beugte sie sich hinab und streichelte über seinen Kopf.

Cap liebte Hühnerherzen und Orla liebte es, die kleinen Organe mit der Gabel aufzuspießen und ihn zu füttern. Nachdem sie Cap drei Herzen gegeben hatte, kippte sie den Rest der Dose in seinen Napf und füllte frisches Wasser in seine Schale.

»Das passt doch nicht zusammen«, überlegte sie, während sie Cap beobachtete, der das Futter förmlich einatmete. »Erst haben wir diesen, na ja, romantischen Moment am Feuer, alles ist gut, und dann verhält er sich plötzlich, als würde ihn das überhaupt nicht mehr interessieren. Klar, es hat gebrannt und alle waren ziemlich durch den Wind deswegen, aber ...« Orla schüttelte den Kopf, dann zog sie den »Höllenschlund« auf, wie Siobhan zu sagen pflegte. In dieser Schublade befand sich von Hustensirup bis zur glitzernden Partybrille alles, wofür man später irgendwann, also nie, einen richtigen Platz suchen wollte. Im rechten Eck der Schublade lag ein Notizblock und daran klemmte ein Kugelschreiber mit wippender Plüschbommel.

»Weißt du, Cap, ich könnte einfach abwarten, bis sich die Sache von selbst erledigt hat oder wie von Zauberhand etwas passiert«, sinnierte sie und malte probeweise ein paar Striche aufs Papier. »Aber ich habe diese verdammte Warterei satt.«

Orla schrieb zwei Zeilen an Kieran und platzierte den Brief auf dem Küchentisch, dann schlich sie die Treppe hinauf. Als auch Cap oben angekommen war, öffnete sie die Tür zu Kierans Zimmer gerade so weit, dass der Hund hindurchschlüpfen konnte.

»Gute Nacht, ihr zwei«, flüsterte sie und schloss die Tür so langsam und leise, dass sie sicher sein konnte, ihren Bruder nicht zu wecken.

27. ORLA

Das Licht im Flur flackerte auf, dann wurde die Tür geöffnet. Seán sah aus, als hätte er schon geschlafen. Das braune Haar war wirr, die Augen verquollen, sein Shirt verknittert. Verwundert blinzelte er sie an.

»Hast du dich verlaufen?«

Orla wartete nicht darauf, hereingebeten zu werden, sondern schob sich an ihm vorbei in den Korridor.

»Was ist denn los, Orla?«

»Das frage ich mich auch«, entgegnete sie und hob die Mundwinkel zu einem kläglichen Lächeln. »Ist alles in Ordnung?«

»Ich kann dir gerade nicht folgen. Was meinst du?«

»Zwischen uns. Es war echt schön mit dir am Feuer. Aber dann kamen die Gardaí und ich hatte plötzlich das Gefühl, dass du's kaum noch erwarten kannst, mich loszuwerden.«

»Ach so!« Seán starrte hinab auf seine Füße, die in bunten Wollsocken steckten, und massierte mit einer Hand sein Genick.

»Hast du die von Erin?«, wollte sie wissen.

»Mhm. Hat sie mir zu Weihnachten geschenkt.«

»Ich habe die gleichen. Kieran auch.«

»Im Grunde trägt ganz Saltmore die Socken deiner Tante, oder?« Er grinste schief.

»Nicht ganz Saltmore. Sie strickt nur für Menschen, die sie wirklich ins Herz geschlossen hat.«

Für ein paar Sekunden herrschte Stille, dann trat Seán einen Schritt auf sie zu und streckte die Hand aus. Sie glaubte, er würde sie berühren, doch er befreite an der Garderobe nur den Ärmel seiner Wachsjacke, der sich beim Ausziehen nach innen gestülpt hatte.

»Wo hast du Cap gelassen?«, wollte er wissen.

»Bei Kieran. Wahrscheinlich überqueren sie gerade den Marianengraben.«

»Ist das echtes Seemannsgarn?«, fragte er amüsiert, doch Orla hob bloß die Schultern. Sie war nicht zu Scherzen aufgelegt. Auch seine Miene verfinsterte sich wieder.

»Wenn ich ehrlich bin, dann weiß ich einfach nicht, wie ich mich dir gegenüber verhalten soll, Orla. Das ist alles viel komplizierter, als du denkst.« Trotz seiner Worte besaß seine Stimme ein samtenes Timbre. »Einerseits will ich dich ins Meer werfen, damit ich mich nicht mehr mit dir rumschlagen muss. Andererseits will ich, dass du mich mitten in der Nacht besuchst.«

»Und du kannst dich nicht entscheiden?«

»Doch.« Ohne den Blick von ihr abzuwenden, ließ Seán die Tür ins Schloss fallen. Ein verwegenes Lächeln umspielte seine Lippen. »Entweder ich denke an dich oder ich versuche, nicht an dich zu denken, was im Grunde das Gleiche ist.«

Sie spürte ein Kribbeln, das aus ihrem Innern aufstieg und langsam ihre Wirbelsäule emporkroch.

Als sie lächelte, kam er ihr so nah, dass sie seine Wärme durch den Stoff ihrer Kleidung spüren konnte. Sie erkannte noch das Schimmern seiner Augen, dann legte er seine Lippen auf ihren Mund. Er küsste sie wie damals im Flur – so verlangend, als wäre es die letzte Chance, irgendetwas zu spüren.

Seufzend schlang Orla die Arme um seine Hüften. Ohne den Kuss zu unterbrechen, öffnete er die Knöpfe ihres Cardigans. Ein wohliger Schauer erfasste sie, als er seine Hände tief unter ihre Bluse gleiten ließ, um ihre nackte Haut zu streicheln.

Gerade hatte sie sein Shirt aus dem Bund gezogen, als er ein wenig zurückwich. »Bist du deswegen hier?«

»Was?«, fragte sie keuchend und strich eine Haarsträhne aus ihrer verschwitzten Stirn.

»Na ja, du redest ständig davon, wie durcheinander du bist. Da dachte ich, dass ich sicherheitshalber mal nachfrage, bevor das hier, du weißt schon ...« Seán ließ seinen Blick tiefer wandern.

Ein leises Lachen schüttelte ihre Schultern. Vor ihr stand der Mann, an dessen Identität sie zweifelte und der dennoch eine so große Anziehungskraft auf sie ausübte, dass sie alle Zweifel über Bord warf, sobald er sie berührte. »Ich bin deinetwegen hier.« Orla streifte den Cardigan ab und ließ ihn auf den Boden fallen.

Als sie anfangen wollte, ihre Bluse aufzuknöpfen, war Seán wieder bei ihr und hielt ihre Hand fest. »Lass mich das machen«, raunte er. Dann küsste er ihren Hals, während er die Knöpfe aufnestelte. Alles entfernte sich von ihr, nur Seán kam näher und näher.

* * *

Auf dem Nachttisch brannte ein kleines Licht. Seán hatte den Arm um sie gelegt und spielte mit ihrem Haar, während sie auf der Seite lag und ihn betrachtete.

»Hast du da mal einen Ring getragen?« Sie drückte sein Ohrläppchen zwischen Daumen und Zeigefinger zusammen.

»Lange her. Bono von U2 war mein großes Vorbild. Der hatte zwei Ringe. In jedem Ohr einen. Das Loch hab ich mir damals mit 'ner heißen Nadel selbst gestochen. Dabei bin ich vor Schmerz die Wände hochgegangen. Deswegen ist's bei einem Loch geblieben.«

»Ich würde wahrscheinlich allein beim Anblick der Nadel ohnmächtig werden.« Orla stützte sich auf und schaute ihn an. »Zeigst du mir ein paar Bilder von früher? Ich würde den jungen Seán mit seinem Ring im Ohr nämlich sehr gern kennenlernen.«

»Geht nicht. Ich hab keine alten Bilder von mir.«

Weil sie alle verbrannt sind, schoss es ihr durch den Kopf. Orla presste die Lippen zusammen und malte mit dem Zeigefinger Wellenlinien auf seine Brust. *Rónán ist gestorben. Seán ähnelt ihm nur.* »Dann gibt es gar keine Erinnerungen mehr?«, fragte sie.

»Als Fotografin kannst du das vielleicht nicht verstehen, aber ich brauche keine Fotos, um mich zu erinnern. Wenn ich die Augen zumache, sind da tausend Bilder. Ich versuche, möglichst wenig Ballast mit mir rumzuschleppen. Materiell gesehen. Ich brauche nicht viel.«

Eine Weile schwiegen sie. Ihre Hand ruhte auf seiner Brust. Sie spürte seinen Herzschlag und beobachtete, wie sich seine Rippen unter der Haut abzeichneten, wenn er einatmete. Der Rhythmus machte sie schläfrig.

»Weißt du noch, Orla?«, fragte er so nah an ihrem Ohr, dass sie seine Lippen spüren konnte. »Damals bei der Kapelle?«

Ruckartig hob sie den Kopf und starrte ihn an. Rónán, der vor dem Altar stand und über das Leben seiner Familie sprach. Rosie, die auf einer Kirchenbank lag und traumverloren zum Deckengewölbe hinaufstarrte. Im Grau seiner Augen erkannte sie ihn. Als sie seinen Namen sagen wollte, tippte er mit dem Zeigefinger sanft an ihre Stirn.

»Von wegen Fernglas. Du hast mich heimlich fotografiert. Dein Blitz war nämlich an. Sonst hätte ich dich zwischen den Ginsterhecken nie entdeckt.« Sein Brustkorb vibrierte und das Bett knarzte, als er lachte.

Erst mittags krochen sie unter der Decke hervor. Seán stand in Jeans vor dem Herd und machte Pancakes. Der Gürtel baumelte offen von seiner Hüfte. Die Schnallen schlugen leise gegen den Herd, wenn er sich bewegte. Sein Nacken und seine Arme waren gebräunt – im Kontrast dazu wirkte sein Rücken so weiß wie Milch. Orla saß am Küchentisch, rührte in ihrem Schwarztee und betrachtete die Vertiefung seiner Wirbelsäule, die Lendengrübchen über dem Hosenbund. Ein verklärtes Lächeln hatte sich auf ihr Gesicht geschlichen.

»Kommst du später mit Kieran zum Leuchtturm?«, fragte er und beförderte einen dampfenden Pfannkuchen auf den Teller.

»Ja, warum nicht? Davor müssen wir aber noch dringend mit Siobhan telefonieren. Kieran muss ihr endlich beichten, dass er den Job verloren hat.«

»Sie weiß nichts davon?« Seán drehte sich zu ihr um und warf ihr einen ungläubigen Blick zu. »Ist das dein Ernst?« Teig tropfte von der Kelle auf den Boden.

»Kieran wollte nicht darüber sprechen.« Orla warf einen flüchtigen Blick aus dem Fenster, weil sie eine Bewegung wahrgenommen hatte. Eine getigerte Katze balancierte über die Mauer. »Und ich habe seine Entscheidung respektiert. Er ist erwachsen und soll selbst bestimmen, wem und wann er davon erzählt. Eigentlich bin ich schon viel zu weit gegangen, als ich zu Freddie gefahren bin, um ...«

Ihre Gedanken rissen ab. Früher war Freddie immer um sie herumgeschlichen. Als sie angefangen hatte, Zeit mit Rónán und Rosie zu verbringen, hatte er ihr in den Ohren gelegen: schlechter Umgang, schlechter Ruf, schlechte Menschen. In dem Zeitungsartikel hatte er jedoch behauptet, selbst mit ihnen befreundet gewesen zu sein. Damals hatte ein Caravan gebrannt, gestern eine Scheune. Orla starrte in den milchigen Tee und rührte, bis sich darauf Bläschen bildeten und das Gebräu nach etwas Giftigem aussah.

Eine Hand legte sich unter ihr Kinn. »Hat's dir die Sprache verschlagen, Orla Donovan?«, wollte Seán wissen, beugte sich hinab und drückte seine Lippen auf ihre.

Kichernd griff sie nach der Kelle. »Hey! Du tropfst auf meine Füße.«

28. ROSIE

Sommer 1997

Wir sitzen nebeneinander auf der Mauer. Ich schaue hinaus aufs Meer und zerbreche mir den Kopf, weil Orla heute einfach nicht aufgetaucht ist. Vielleicht glaubt sie den Geschichten, die man sich über uns erzählt. Vielleicht will sie nicht mit uns gesehen werden oder sie hat Angst, dass mein Bruder ihr irgendwann ein Messer an den Hals hält. Ich werfe ihm einen grimmigen Blick zu. Rónán starrt zum Küstenpfad und wippt dabei nervös mit den Füßen. Er hat die Arme vor der Brust verschränkt.

»Das war's«, zische ich. »Sie hat die Schnauze voll, weil du immer Probleme machst.«

»Es liegt nicht daran«, erwidert er, ohne mich anzusehen, dann springt er von der Mauer. »Ich weiß, wo sie wohnt. Komm!«

»Woher weißt du das?«

»Ich weiß es eben! Jetzt beweg deinen Arsch. Wir besuchen sie und fragen, was los ist.«

»Das können wir nicht«, rufe ich ihm hinterher, springe aber ebenfalls ins Gras. Rónán marschiert entschlossen voran.

Wir folgen dem Pfad über die Klippen. Es ist nicht weit bis zu dem Cottage, in dem die Familie Donovan lebt.

Vor dem Zaun bleibt Rónán stehen und dreht sich zu mir um. »Du musst klingeln.«

»Ich?« Entgeistert starre ich ihn an. »Warum?«

»Du bist ein süßes Mädchen mit Zöpfen. Du siehst völlig harmlos aus. Deswegen.«

»Ich kann nicht«, sage ich und verschränke die Arme vor der Brust. »Orla war auch nicht in der Schule. Wahrscheinlich ist sie krank, hat einen Schnupfen oder so.«

»Wir fragen sie persönlich. Ich muss wissen, warum sie heute nicht gekommen ist.«

»Könnte auch daran liegen, dass du ihrem Freund ein Messer an den Hals gehalten hast und sie nichts mit jemandem zu tun haben will, der so drauf ist«, erwidere ich schnippisch.

»Bitte, Rosaleen. Du musst nur zur Tür gehen und klingeln, okay? Wenn du das tust, übernehme ich den Abwasch für eine ganze Woche.« Rónán tritt einen Schritt auf mich zu.

»Zwei Wochen«, verhandle ich. Erst rümpft er die Nase, will protestieren, aber dann nickt er. Ich kann mein Glück kaum fassen. Die Sache muss ihm echt wichtig sein.

Wir durchqueren den Vorgarten, doch als ich die drei Treppenstufen zur Tür hinaufstapfe, bleibt Rónán unten stehen. Mein Zeigefinger zittert, als ich ihn ausstrecke, um zu klingeln. Ein schriller Ton dringt nach draußen. Zum Glück hat unser Caravan keine Klingel. Das Geräusch ist furchtbar und würde mich jedes Mal zusammenzucken lassen.

Während ich warte, starre ich auf das Namensschild. Donovan.

Im Haus ertönt erst ein Poltern, dann höre ich Stimmen. Türen werden zugeworfen. Es kommt mir vor, als hätte ich etwas explodieren lassen. Irritiert schaue ich mich zu Rónán um, doch er zuckt nur mit den Achseln.

Plötzlich wird die Tür aufgerissen. Orla steht in einem Tenniskleid und einer Herzchensonnenbrille vor mir. Ihr Haar sieht aus, als hätte sie in eine Steckdose gefasst.

»Hallo Rosaleen!«, sagt sie laut. »Heute kann ich dir leider nicht bei den Hausaufgaben helfen.«

»Hallo.« Ich grinse schief und wickle mir eine Haarsträhne um den Zeigefinger. »Wir wollten eigentlich nur wissen, warum du nicht gekommen bist.«

»Oh, tja, also ...« Sie lächelt. »Ich hab's einfach total vergessen. Tut mir leid.«

Als sie Rónán entdeckt, tritt sie einen Schritt vor und zieht die Tür hinter sich so weit zu, dass nur ein schmaler Spalt offen bleibt. »Sollen wir uns morgen treffen?«, fragt sie leise.

»Wer ist das?«, dröhnt eine Männerstimme aus dem Innern des Hauses. Erschrocken fährt Orla herum. »Niemand, Daddy, nur Schulkameraden.«

»Niemand oder Schulkameraden?«

»Schulkameraden.« Orla dreht sich zu uns um und hält mit beiden Händen ihre Sonnenbrille fest. »Geht lieber. Er mag es nicht, wenn Leute hier vorbeikommen.«

»Wir wollen doch nur kurz mit dir reden.«

»Trotzdem. Er ist heute nicht so gut gelaunt.«

In diesem Moment wird die Tür aufgerissen. Ein hagerer Mann steht vor uns. Wässrig blaue Augen, streng zurückgekämmtes Haar. Die oberen Knöpfe seines Hemdes stehen offen, sodass man krause Brusthaare und ein Unterhemd erkennen kann. »Was seid ihr für welche?«, fragt er misstrauisch und reibt mit dem Zeigefinger über seine schmale Nase.

Zu meiner Verwunderung tritt mein Bruder vor. »Ró-Rónán und Rosaleen McDonagh.«

»Und was wollt ihr hier?«

»Orla besuchen.«

»Hat leider keine Zeit.« Der Mann packt Orla am Oberarm und zerrt sie zu sich, dann legt er eine Pranke auf ihre Schulter. »Das junge Fräulein hat heute noch jede Menge zu erledigen.«

Rónán tritt näher heran. »A-aber wir wollten nur …«

»Hier wird nicht diskutiert«, knurrt der Mann. »Orla geht jetzt schnurstracks auf ihr Zimmer und ihr verschwindet. Ich will euch hier nicht mehr sehen. Kapiert?«

»Wann kommt Orla denn wieder in die Schule?«

Der Mann schnaubt auf. »Und wann packt ihr euer Gerümpel zusammen und verschwindet? Keiner will euch hier.«

Kaum haben wir realisiert, was er gesagt hat, als uns auch schon die Tür vor der Nase zugeknallt wird.

Rónán starrt mich aus großen Augen an. »Ähm.« Er hüstelt.

Im Haus werden wieder Türen zugeschlagen.

»Keiner will euch hier«, äffe ich den Mann leise nach, doch Rónán verzieht keine Miene.

Schweigend gehen wir zurück zu unserem Stellplatz neben den Mülltonnen. Jemand hat Küchenabfälle dort abgeladen – Fischköpfe, Innereien und anderes Zeug, das fürchterlich stinkt. Dad ist gerade dabei, ein Feuer zu machen, um die Abfälle zu verbrennen.

»Was ist denn mit deinem Bruder los?«, will Mam wissen, als Rónán im Caravan verschwindet und fluchend in den Schränken herumkramt.

»Dem geht's nicht so gut, weil Orla …«

»Mir geht's super!«, bellt er.

Wir schauen ihm nach, wie er energisch den Hügel hochmarschiert. Er hat mich nicht gefragt, ob ich mitkommen möchte. Wenig später sitzt er auf der Kalksteinmauer. Er kehrt uns den Rücken zu, hört Musik und schaut hinaus aufs Meer.

Auch als der Mond am Himmel steht, sitzt er noch dort.

»Er macht gerade ganz schön viel durch«, murmelt meine Mutter. Ich weiß nicht genau, was sie damit meint, aber ich weiß, dass sie recht hat. Rónán macht ganz schön viel durch. Nachdem Mam mir den schlafenden Joseph in die Arme gelegt hat, steht sie auf. Mit Biskuits und einer Decke macht sie sich auf den Weg zu Rónán.

Ich liege schon im Bett, als sie zurückkommen. Morgen muss Rónán den Abwasch machen. Das werde ich ihm unter die Nase reiben und es ist mir dabei völlig egal, ob er gerade ganz schön viel durchmacht. Ich hab's auch nicht leicht.

* * *

Tief in der Nacht schrecke ich auf, als ein Knall ertönt. Habe ich geträumt? Eins der Babys fängt an zu schreien. Kein Traum. Ich schaue mich um. Der Wind bläht die Vorhänge auf. Mein Puls rast.

»Was war das?«, höre ich die erstickte Stimme meiner Mutter.

Dad springt aus der Koje. Ich erkenne seinen Schatten, der sich geduckt durch den Gang bewegt. Wieder ertönt ein Knall, dann noch einer. Diesmal spüre ich die Erschütterung. Etwas wird gegen unseren Wagen geworfen. Dad schaltet das Licht ein. Meist genügt das, um die Angreifer zu vertreiben.

Rónán hat ganz verquollene Augen. Meine Mutter ist kreidebleich und hält sich an ihrem geflochtenen Zopf fest, als wäre er ein Rettungsseil. Der Wind rauscht, das Meer tost. Wir sind ganz still und harren aus.

Nichts geschieht. Dad legt den Kopf in den Nacken und atmet tief durch, dann nickt er.

»Waren das Steine?«, frage ich und presse ein Kissen gegen meinen Bauch.

»Nein! Das waren Arschlöcher.« Rónán schiebt den Vorhang zurück und späht in die Dunkelheit.

»Bestimmt nur gelangweilte Jugendliche«, beschwichtigt uns Dad und geht zurück zu seinem Bett.

Mam flüstert: »Ich weiß nicht, wie lange wir noch bleiben können, Daniel. Es wird langsam ungemütlich.«

* * *

Am nächsten Tag lungern wir herum, behalten den Caravan im Auge und suchen die Umgebung nach Beweismitteln ab. In den Hecken liegen zerbeulte Getränkedosen, Plastiktüten, Seile und die Überreste eines Kinderfahrrads. Mehr finden wir nicht. Wer auch immer die Steine geworfen hat – er wird ungeschoren davonkommen.

»Meinst du, es war dieser Tomás, den du mit dem Messer bedroht hast?«, frage ich, doch Rónán zuckt nur mit den Achseln. Er ist ungewöhnlich still. Auch wenn er es nicht zugeben würde, weiß ich, dass er ängstlich ist. Seine Augen huschen umher, suchen alles ab. Deswegen entdeckt er sie auch zuerst, als sie hinter den Bäumen auftaucht.

»Hey, Orla.« Seine Miene erhellt sich. Sie trägt eine kurze Latzhose, ihre Herzchensonnenbrille und sitzt auf einem Fahrrad, das viel zu groß für sie ist. Ihre Hüfte wippt hin und her, als sie auf uns zufährt.

»Was macht ihr?« Sie stützt sich an einem Stein ab. Ihre Wangen sind gerötet und auf den Armen hat sie einen leichten Sonnenbrand.

»Nichts.«

»Wollt ihr mal den Leuchtturm sehen?«

»Können wir hoch?« Rónán steht auf und wischt kleine Grashalme von seinen Jeans.

»Nee, das geht nicht. Meine Mutter versteckt den Schlüssel und ich weiß nicht, wo.«

»Und was machen wir dann dort?«

»Einfach sein.« Die Sonnenbrille sitzt schief auf ihrer Nase. Mit dem Zeigefinger schiebt Orla sie zurück. »Ist doch egal. Schnappt euch eure Räder. Wir fahren ein bisschen rum.«

Wir düsen durchs Dorf. Wir fahren auf Trampelpfaden, die sich über die Klippen schlängeln. Wir kreischen mit den Möwen. Die Sonne brennt, der Wind verwirbelt unser Haar und wir vergessen, was gestern geschehen ist. Kein Wort über Steine, nicht mal Gedanken.

Der Leuchtturm ist klein und steht auf einem Felsen im Meer. »Und hier hat dein Urgroßvater gewohnt?«, frage ich.

»Nicht gewohnt, nur gearbeitet.«

Vorsichtig setze ich einen Fuß vor den anderen. Die Felsen sind glitschig, dazwischen hängen Algen.

»Ich liebe diesen Geruch«, sagt Orla und atmet tief durch, dann deutet sie hinaus aufs Meer. »*Loinnir.* So nennt man das Schimmern auf den Wellen, dieses Funkeln. Wusstet ihr das?« Als sie sich nach einer Muschel bückt, rutscht ihr die Brille von der Nase und landet vor den Füßen meines Bruders.

Er hebt sie auf und als er sich wieder aufrichtet, sehen wir es beide: Ihr rechtes Auge ist angeschwollen. Die Haut ist violett, fast schwarz, stellenweise grün. »Was ist passiert?«, fragt Rónán mit erstickter Stimme.

»Bin hingefallen.« Sie reißt ihm die Brille aus der Hand und setzt sie wieder auf.

Ich halte die Luft an.

»Glaub ich dir nicht.«

»Ist aber so. Bin gestolpert und richtig blöd hingeknallt.«

Rónán schüttelt den Kopf. »Ich bin nicht dumm, Orla. Ich weiß, wie's aussieht, wenn man eine verpasst bekommt. Wer hat das getan?«

»Niemand.« Ruckartig dreht Orla sich um, stapft zur Tür des Nebenhauses und rüttelt daran, dann legt sie den Kopf in den Nacken und starrt hinauf zum Leuchthaus.

»Wurde sie geschlagen?« Mein Flüstern geht im Wellenrauschen unter. Nachdem Rónán mir einen grimmigen Blick zugeworfen hat, folgt er ihr. Ich bleibe wie angewurzelt stehen und beobachte, wie er seine Hand auf ihre Schulter legt.

»Wer hat dir wehgetan? Sag's mir!«

»Kümmer dich um deine eigenen Probleme. Davon hast du mehr als genug. Weißt du, was sie im Dorf über euch sagen?«

»Mir egal.«

»Das, was bei der Kapelle passiert ist ... Sie sagen, du hättest Tomás mit dem Messer angegriffen, um ihn auszurauben. Sie erfinden die wildesten Geschichten.«

Rónán zuckt mit den Achseln. »Nichts ist passiert. Der Typ hat keinen Kratzer abbekommen. Du warst doch dabei.«

»Die Leute glauben, was sie glauben wollen«, murmelt sie.

»Was interessieren mich die Leute? Du und ich – wir kennen die Wahrheit.«

Ich will ihnen sagen, dass auch ich dabei gewesen bin, dass auch ich die Wahrheit kenne, aber stattdessen presse ich die Lippen aufeinander. Sie stehen voreinander und schauen sich an, als würden sie versuchen, einander zu hypnotisieren. *Wer zuerst lacht ...* Ich warte darauf, dass sie sich bewegen, wenigstens etwas sagen, aber nichts passiert.

»Heute Nacht hat jemand Steine auf unseren Wagen geworfen!«, bricht es aus mir heraus. Heftiger als beabsichtigt.

»Steine?« Orla reißt den Kopf herum und starrt mich mit ihrer Herzchensonnenbrille an.

29. ORLA

Orla schlenderte die Straße entlang. Ihre Gedanken flatterten umher, sprangen zwischen zerwühlte Laken und in Seáns Arme, in die Kapelle und nach Dublin. In der Nacht hatten sie kaum geschlafen. Sie war todmüde und gleichzeitig in höchstem Maß euphorisiert.

Der Anstieg zum Cottage kam ihr steiler vor als sonst. Bei jedem Schritt brannte die Muskulatur ihrer Oberschenkel und erinnerte sie daran, wie untrainiert ihr Körper war. Gerade hatte sie den Entschluss gefasst, wieder täglich schwimmen zu gehen, als sie ein Auto vor ihrem Cottage entdeckte und sah, wie die Tür ins Schloss fiel. Was hatte die Garda hier verloren? Orla beschleunigte ihre Schritte, stieß das Gartentor auf und hastete zur Haustür. Hektisch kramte sie den Schlüssel aus ihrer Hosentasche und schloss auf. Die Stimmen, die dumpf in den Korridor gedrungen waren, verstummten. Dann ertönte ein fragender Ruf.

»Orla?«

»Ja, ich bin's. Wo steckt ihr und ...«

»Im Wohnzimmer.«

Drei Augenpaare starrten ihr entgegen, als sie den licht-durchfluteten Raum betrat. Kieran saß auf dem Sofa, hielt

Captain auf dem Schoß – gegenüber standen zwei Gardaí. Tomás und seine junge Kollegin Niamh. Über ihren blauen Uniformen trugen sie leuchtend gelbe Warnwesten.

»Entschuldigung, ich war, äh ...« Ein breites Grinsen erschien auf ihrem Gesicht. »Unterwegs.«

»Du hast bei Seán geschlafen«, präzisierte ihr Bruder, ohne sie anzusehen. Stattdessen deutete er auf den Zettel, den sie gestern Nacht geschrieben und auf dem Sofatisch hinterlassen hatte.

Ich bin bei Seán. Du kannst mich anrufen, wenn etwas sein sollte. Lässt du Cap morgen früh in den Garten? Dann machen wir nachmittags eine große Runde zusammen.

Orla spürte, wie Hitze in ihre Wangen schoss. »Aber ich gehe nicht davon aus, dass ich deswegen festgenommen werde, oder?«, versuchte sie zu scherzen.

Tomás trat vor, nahm seine Mütze ab und räusperte sich. Ein Blick genügte und Orla wusste, dass er etwas zu sagen hatte, das ihr missfallen würde.

»Gestern hat es gebrannt«, erklärte er. »Bestimmt hast du davon gehört. Du warst ja auch bei Erin. Es hat Freddies Scheune erwischt.«

»Ja, ich war da, als ihr gekommen seid. Aber was hat das mit uns zu tun?« Orla runzelte die Stirn und nahm im selben Moment wahr, wie heftig ihr Herz schlug.

»Die Scheune, aber auch seine Fahrtenjacht sind komplett zerstört worden. Das war eine Mariner 35. Du kennst sie ja. Wir wissen noch nicht, weshalb das Feuer ausgebrochen ist. Vielleicht war es eine defekte Zeitschaltuhr, bei den billigen Dingern entstehen ja gern mal Probleme, wenn die Kontaktstellen nicht ordentlich verbunden sind. Das muss noch geprüft werden.« Er schluckte trocken und warf Niamh einen flüchtigen Blick zu.

Die junge Frau nahm ihre Mütze ab und strich sich über das blonde Haar, dann räusperte sie sich. »Wir ermitteln in alle Richtungen. Deswegen hätten wir ein paar Fragen an Kieran Donovan.«

»An Kieran?«, fragte Orla entsetzt.

»Wollen wir uns nicht setzen?« Tomás deutete zum Tisch, auf dem eine unangetastete Schüssel Porridge stand. Offensichtlich hatte Kieran gerade frühstücken wollen, als die Gardaí gekommen waren.

Dieser Besuch hatte ihnen gerade noch gefehlt. Orla verschränkte die Arme vor der Brust. »Kieran hat nichts damit zu tun«, presste sie hervor. »Was wollt ihr denn?«

»Das ist keine offizielle Vernehmung. Wir wollen uns nur unterhalten, um besser nachvollziehen zu können, was gestern geschehen ist. Das ist unser Job als Garda Síochána.«

Eine Minute später saß sie neben Kieran am Tisch und hörte sich an, was man ihnen zu sagen hatte.

»Kieran ist gestern um zweiundzwanzig Uhr dreißig von der Party verschwunden. Dafür gibt es genug Zeugen. Danach wurde er nicht mehr gesehen. Wie denn auch? Das ganze Dorf war bei Erin zu Gast, nicht wahr?«

»Er ist nach Hause gegangen.«

»Ich denke, dein Bruder kann für sich selbst sprechen, Orla, aber danke für deine Hilfe.« Tomás wich ihrem Blick aus und lehnte sich zurück. »Also, Kieran, erzähl uns doch bitte mal, wohin du gegangen bist, nachdem du das Haus deiner Tante verlassen hast.«

Anstatt zu antworten, presste Kieran die Lippen zusammen und starrte hinab auf seine Hände, die er flach auf seinen Oberschenkeln abgelegt hatte. Orla wusste, wie angestrengt er versuchte, sich richtig zu verhalten, dass sein Gehirn tausend Möglichkeiten durchspielte und nach den richtigen Worten suchte. Anderen Menschen hätte es vielleicht geholfen, wenn man ihnen eine Hand auf die Schulter gelegt hätte – Kieran nicht.

»Lass dir Zeit«, flüsterte sie ihm zu. »Du bist mit dem Fahrrad nach Hause …«

»Orla«, wurde sie von Tomás scharf unterbrochen. »Wenn du dich einmischst, muss ich dich bitten, den Raum zu verlassen.«

»Das ist immer noch mein Haus und das hier ist kein Verhör, sondern eine Befragung. Das hast du vorhin zumindest behauptet.«

»Schon richtig. Trotzdem geht es jetzt um Kieran und nicht um dich. Also bitte.« Er klopfte mit den Fingerknöcheln auf den Tisch. »Was hast du gestern Abend nach zweiundzwanzig Uhr dreißig gemacht, Kieran?«

»War zu Hause. Wo sonst?« Ihr Bruder hob den Kopf und starrte die Polizisten an.

»Und du bist auf dem Heimweg nicht bei Freddie McLaughlin vorbeigekommen? Hast keinen kurzen Abstecher gemacht?«

»Nein, ich bin mit dem Fahrrad nach Hause gefahren.«

Einige Sekunden verstrichen, in denen Tomás und Niamh nickten und darauf zu warten schienen, dass Kieran fortfuhr, doch er schwieg.

»Es gab doch diesen Vorfall drüben auf der Skellig«, nahm Niamh den Faden wieder auf. »Ich kann verstehen, dass du ausgerastet bist. Die Frau war völlig hysterisch und du wolltest nur deinen Job machen. Immerhin hast du Anweisungen bekommen, richtig? Aber da war diese Frau und du wusstest dir nicht anders zu helfen, als …«

»Worauf willst du hinaus?«, fragte Orla und beugte sich vor, um die junge Polizistin eindringlich anzusehen.

»Es war wirklich ein Glücksfall, dass Freddie dir damals den Job gegeben hat«, schaltete sich Tomás ein. »Für dich, aber auch für Freddie. Keiner kennt sich besser da drüben aus, keiner weiß mehr über die Skellig.«

»Ich habe den Job nicht mehr.«

»Mhm. Davon habe ich gehört. Tut mir leid.« Seine Augen wanderten zu Orla, ein kurzes Blinzeln, dann zurück zu Kieran. »Das muss dich sehr verletzt haben, oder? Freddie wirft dich raus. Nach all den Jahren setzt er dich einfach auf die Straße.«

Orla legte eine Hand auf die ihres Bruders – um ihretwegen, weil sie sich an ihm festhalten wollte. »Hör auf, so mit ihm zu reden«, empörte sie sich. »Ich weiß genau, worauf du hinauswillst, aber du irrst dich, Tomás.«

»Warst du wütend, Kieran? Wütend, dass er dir die Möglichkeit genommen hat, jeden Tag zur Skellig rauszufahren und dein eigenes Geld zu verdienen?«

»Natürlich war ich wütend«, hörte Orla ihren Bruder sagen. Seine Antwort überraschte sie nicht. Es war ihm schon immer leichter gefallen, Suggestionen zu bestätigen, als seine Gefühle selbst zu formulieren.

»Das ist nicht fair!« Orla blitzte die Polizisten an. »Was wollt ihr damit andeuten? Dass Kieran das Feuer gelegt hat, um sich an Freddie zu rächen? Ist es das?«

»Wir ermitteln in alle Richtungen. Das ist unser Job und zu unserem Job gehört es eben, Verdächtige zu befragen, weißt du?«, erwiderte Niamh und starrte zwischen Orla und Kieran hindurch in den Garten. Ihre Stimme klang unsicher und die Worte so wackelig, als könnten sie jeden Moment umstürzen.

»Verdächtige?«, wiederholte Orla mit schriller Stimme und drückte die Hand ihres Bruders so fest, dass er sie ihr fluchend entriss.

Die Müdigkeit war verpufft. Aufgekratzt tigerte Orla durchs Wohnzimmer, während Kieran auf dem Sofa saß und sie beobachtete.

»Ich frage das ein einziges Mal und dann nie wieder, Kieran. Was auch immer du mir sagst – ich bin auf deiner Seite, ja? Ich glaube dir, aber ich muss es ein einziges Mal von dir hören. Hast du etwas mit dem Feuer zu tun?«

»Nein, ich bin nach Hause gefahren und dann war ich hier und habe im Wohnzimmer *Taytos* gegessen, bevor ich schlafen gegangen bin«, erwiderte er ruhig. »Ich bin ein guter Mensch. Ich lüge nicht.«

»Ich weiß!« Orla ließ ein Lächeln durchscheinen. »Und deswegen hast du auch nichts zu befürchten.«

»Ich befürchte, dass ich vergessen habe, Cap in den Garten zu lassen. Das ist nicht gut. Ich werde mit ihm in den Garten gehen.«

Nachdem Kieran verschwunden war, zückte Orla ihr Telefon. Sie musste mit Erin sprechen. Oder sollte sie endlich bei ihrer Mutter anrufen, um ihr zu erzählen, was in Saltmore los war und dass sich die Lage stetig zuspitzte? Gedankenverloren nagte sie an ihrer Unterlippe, dann schüttelte sie den Kopf und wählte die Nummer ihrer Tante. Eine Weile lauschte sie dem Freizeichen und wollte gerade auflegen, als sie eine verschlafene Stimme vernahm.

»Orla, ich bin gerade aufgewacht. Alles gut?«

»Nein! Nichts ist gut. Tomás und Niamh waren hier, Erin, und weißt du, was sie wissen wollten?« Sie schnaubte auf. »Ob Kieran etwas mit dem Feuer zu tun hat. Ob er's gewesen ist.«

»Welches ... Ach, wegen gestern?« Erin hüstelte. »Sie verdächtigen unseren Kieran? Meinen sie das ernst?«

»Ganz offensichtlich.«

Während Orla ihre Tante über den Besuch informierte und dabei versuchte, kein Detail auszulassen, wuchs ihre Wut. Wie konnte Tomás auch nur im Entferntesten daran denken, dass Kieran sich zu so einer Tat hinreißen ließe? Allein der Gedanke war abwegig.

»Verstehe ich das richtig? Du hast die Nacht bei Seán verbracht?«

»Jaja. Ich war bei ihm«, erwiderte Orla ermattet. »Aber darum geht es jetzt nicht. Wir haben ganz andere Probleme, Erin.«

»Sehe ich nicht so.« Die Stimme ihrer Tante war klar und beruhigt. »Kieran ist unschuldig. Das ist die Wahrheit und ich vertraue darauf, dass die Gardaí das herausfinden werden. Gerade haben sie noch keine Ahnung und gehen allen Spuren nach. So ist das eben.«

»Menschen irren sich und manchmal erklären sie jemanden zum Sündenbock, nur damit der Frieden wiederhergestellt ...«

»Jetzt hör schon auf, Orla!«, wurde sie von ihrer Tante unterbrochen. »Kieran hat damit nichts zu tun. Das ist so sicher wie das Amen in der Kirche. Warum sollten wir uns also Sorgen machen?«

»Weil es nicht immer gerecht zugeht. Es ist einfach, jemanden herauszupicken, der anders ist, der nie so richtig dazugehört hat. Es ist fast schon naheliegend, dem Sonderling die Schuld zu geben«, erwiderte sie und presste ihre Hand gegen die kühle Fensterscheibe. Dahinter stapfte Kieran durchs Gras, während Cap seine Schnauze tief in einem Erdloch vergraben hatte.

Am Ende der Leitung war es still geworden.

Kieran wiederholte gebetsmühlenartig, was er getan hatte, nachdem er von der Party nach Hause gekommen war. Er zeigte Orla sogar die leere Packung der *Taytos. Salt & Vinegar.* Nicht mal für den Bruchteil einer Sekunde hatte sie den Gedanken zugelassen, dass ihr Bruder lügen könnte. Umso mehr empörte es sie, dass die Garda ihn ins Visier genommen hatte.

Irgendwann stellte sich Orla in die Küche, um *Barmbrack*, das traditionell irische Fruchtbrot, zu backen. Sie verzichtete auf Whiskey und verwendete Äpfel, weil Kieran weder Alkohol noch Sultaninen mochte.

Als das Früchtebrot im Ofen war, stapfte sie hinauf ins Obergeschoss und klopfte an seine Tür.

»Komm rein.« Kieran lag auf dem Bett und streichelte Cap, der sich auf seinem Bauch zusammengerollt hatte.

Der Anblick rührte Orla so sehr, dass sie blinzeln musste. Endlich! Es war nur eine Frage der Zeit gewesen, bis Kieran sich an Cap gewöhnte.

Lächelnd lehnte sie sich in den Türrahmen. »Na, ihr zwei? Ruht ihr euch ein bisschen aus?«

»Ich denke nach«, erwiderte Kieran, ohne sich zu ihr umzuwenden.

»Seán hat gefragt, ob wir ihn beim Leuchtturm besuchen wollen. Hast du Lust?«

»Nein.«

»Oder möchtest du heute Abend vielleicht ins Kino nach Killarney? Es kommt ein Film über Maria Stuart.«

»Danke, aber ich habe kein Interesse an Unternehmungen. Ich bleibe lieber zu Hause. *Father Ted* läuft im Fernsehen.«

»Verstehe. Wenn ich zwischen Maria Stuart und Father Ted entscheiden müsste, würde ich auch den Priester nehmen.« Schon vor vielen Jahren hatte Kieran angefangen, menschliches Verhalten zu studieren, indem er sich immerzu Komödien ansah. Worüber lachten Menschen? In welchen Situationen zeigten sie

Humor? Wie konnte man Ironie entlarven? Angestrengt und ausdauernd versuchte er, hinter das Geheimnis zu kommen.

Orla wickelte den Cardigan um ihren Körper und verschränkte die Arme vor der Brust. »Stört es dich, wenn ich ein bisschen rausgehe?«

»Quatsch, geh nur. Du wirst Cap mitnehmen, oder?«

»Ich kann ihn auch gern bei dir lassen. Ihr scheint euch ja prächtig zu verstehen.«

»Wir haben uns aneinander gewöhnt. Ich mag seine Gesellschaft.« Kieran wandte den Kopf zu ihr um und musterte sie vom Scheitel bis zur Sohle. »Bist du jetzt mit Seán zusammen?«

»Nein, ich ...« Hitze wallte in ihr auf. »Keine Ahnung, aber ich mag ihn sehr.«

»Wie soll es jetzt weitergehen?«

Orla trat ans Bett ihres Bruders und setzte sich vorsichtig auf den Rand. »Darüber mache ich mir noch gar keine Gedanken, Kieran. Aber es gibt etwas, worüber ich mit dir sprechen muss. Es hat sich viel verändert in der letzten Zeit, weißt du? Ich war immer so verdammt wütend auf Siobhan und Erin, weil sie uns damals alleingelassen haben. Jede auf ihre Art«, sagte sie und strich über den steifen Baumwollstoff der Decke. »Erin ist abgehauen und Siobhan hat einfach die Augen zugemacht, damit sie nicht dabei zusehen musste, wie zu Hause alles den Bach runterging.«

»So ist es gewesen, aber Erin ist zurück und Dad ist tot.« Anders als sie selbst war Kieran kein nachtragender Mensch. Nur selten kramte er Ereignisse aus der Vergangenheit hervor.

»Mhm. Ich weiß noch, wie mir im ersten Moment ein Stein vom Herzen gefallen ist, als Siobhan uns gesagt hat, dass er tot ist. Klar, ich war auch traurig, aber diese Trauer hat nicht erst angefangen, als er gestorben ist, sondern früher. Und dann wurde ich total wütend.« Orla legte ihre Hand auf den Unterarm ihres Bruders, er zog ihn nach kurzem Zögern unter die Decke. »Jetzt ist das anders ... Es ist so viel Zeit vergangen und irgendwo auf dem Weg habe ich die Wut verloren. Sie ist einfach nicht mehr da. Stattdessen habe ich Heimweh.«

»Das verstehe ich. Du könntest doch öfter zu Besuch kommen«, schlug Kieran vor, blickte knapp an ihrem Gesicht vorbei und lächelte.

»Ich könnte aber auch meine Sachen packen und mir in Saltmore eine Bleibe suchen.«

»Um hier an den meisten Tagen des Jahres zu wohnen?«

Als sie nickte, sah sie Schatten über sein Gesicht wandern. Erst ermatteten seine Augen, dann schienen sie von innen heraus zu glühen. »Die meisten Familien hier sind unvollständig, weil immer irgendjemand fehlt. Wer jung ist, geht in die Stadt, sucht sich dort einen Job und kommt nicht mehr. Das ist traurig, aber normal. Wenn du zurückkommst, wäre das außergewöhnlich.« Seine Mundwinkel hoben sich. »Und schön, denn dann müssten wir nicht mehr jeden Montag telefonieren.«

Ihr Blick ruhte auf dem Gesicht ihres Bruders. Sie könnte niemals in Worten ausdrücken, wie sehr sie ihn liebte. In diesem Haus war es Kieran gewesen, der ihr das Gefühl gegeben hatte, irgendwohin zu gehören, unzertrennlich mit einem Menschen verbunden zu sein. Keine Mutter, kein Vater hatte ihr je dieses Gefühl vermitteln können.

»Weißt du, was ich uns morgen besorge?«, fragte sie und musste die Worte dabei durch ihre enge Kehle drücken. »*Paddy Charmes*! Wie früher. Du begnügst dich mit den braunen, die nach nichts schmecken, und ich bekomme die bunten.«

»Das ist ungerecht.«

»Ja, das stimmt, aber gleichzeitig ist es Liebe.« Sie wuschelte durch sein lockiges Haar.

Kieran hatte den Anblick wild gemischter *Paddy Charmes* nie ertragen, weswegen er sie stets sortieren musste, bevor er sie aß. Wenn Orla traurig gewesen war, hatte er ihr wortlos die Schüssel mit den bunten Cornflakes zugeschoben. Diese *Paddy Charmes* waren bei allen Kindern heiß begehrt. Das war seine Art, sie zu trösten – mit pappsüßen Kleeblättern und Regenbogen, die in Milch aufgeweicht ihre Farben verloren.

30. Rosie

Sommer 1997

Dad hat heute die Plastikhüllen von einem Haufen alter Kupferdrähte weggebrannt, um das Kupfer später verkaufen zu können.

Der Gestank liegt immer noch in der Luft. Jedenfalls kommt es mir so vor. Ich habe gar keinen Hunger.

Mit der Gabel zerdrücke ich die Kartoffeln, damit ich die Zwillinge füttern kann. Ich liebe es, wie sie mit ihren Händen auf den Tisch schlagen und dabei ihre Münder aufreißen – wie Vögelchen in einem Nest. Aus dem Caravan dringen die dumpfen Stimmen meiner Eltern nach draußen. Sie lachen und klappern mit dem Geschirr. Als ich aus dem Augenwinkel eine Bewegung wahrnehme, hebe ich den Kopf.

Rónán schlendert gemächlich auf uns zu. Ein breites Grinsen verzieht sein Gesicht. »Was? Ihr habt schon gegessen?«, fragt er, lässt sich auf einen Stuhl fallen und streckt die Beine von sich. »Bin ich echt so spät dran?«

Ich lasse die Gabel sinken und nicke. »Allerdings, aber es ist noch was übrig.«

»Hab sowieso keinen Hunger.«

273

»Was ist mit dir?«, frage ich misstrauisch. »Warum grinst du so dämlich?«

»Nichts ist.« Er beugt sich vor, um James mit dem Zipfel seines Lätzchens Kartoffelbrei von der Stirn zu wischen. »War nur ein bisschen mit dem Fahrrad unterwegs.«

»Hast du jemanden getroffen?« Der Kartoffelbrei fällt vom Löffel auf den Tisch.

»Könnte sein, dass Orla mir über den Weg gelaufen ist«, erklärt er scheinbar beiläufig, als er ihn aufnimmt und Joseph zwischen die Lippen steckt.

»Ihr seid den ganzen Nachmittag zusammen gewesen? Bis jetzt?«

Ohne mich anzusehen, zuckt Rónán mit den Achseln, dann hebt er James auf seinen Schoß und küsst seinen Kopf.

»*Bug me a gåp!* Gib mir einen Kuss. Orla, küss mich«, flöte ich und unterdrücke ein Lachen. »Ich weiß genau, was zwischen euch läuft!«

»Du weißt gar nichts, *lackeen*.«

»Ach?« Herausfordernd ziehe ich die Augenbrauen hoch. »Als Mam gekocht hat, war ich mit Dad und den Kleinen spazieren. Rate, wen wir da auf dem Spielplatz gesehen haben?«

»Wir haben nur geredet.« Worte und Stimme klingen lässig, aber seine Wangen haben sich gerötet. »Ich wollte wissen, wer ihr das blaue Auge verpasst hat.«

»Hat sie's dir verraten?«

»Wenn ihr Vater zu viel getrunken hat, rastet er manchmal aus. Er will nicht, dass sie mit uns rumhängt.« Sein Blick verfinstert sich. Mit den Lippen streicht er über das seidige Babyhaar, dann drückt er James an sich.

»Ihr Vater hat sie wegen uns geschlagen?«, frage ich schockiert und spüre, wie mir das schlechte Gewissen in den Nacken springt.

»Hat sie nicht gesagt, aber er hat ihr verboten, zum Caravan zu kommen und mit uns in der Kapelle abzuhängen. Wenn er uns noch mal zusammen sieht, würde sie ihr blaues Wunder erleben. Du kannst dir ja denken, was das heißt.«

»Scheiße!« Ich schüttle den Kopf. »Sie wollte mich doch noch zu ihrer Tante mitnehmen, weil die zu Hause ganz, ganz viele Nagellacke hat und ...«

»Rosie! Hör auf, so kindisch zu sein! Orla hat echt Probleme, okay? Das ist nicht wie bei uns. Das ist anders. Wenn ich irgendwie könnte, würde ich ...« Er verstummt und ballt die Hände zu Fäusten, während sein Blick suchend über die dunkle Silhouette des Hügels wandert.

Die Tür schwingt auf. Mein Vater springt aus dem Wagen. »Was würdest du, mein Sohn?«, will er wissen.

»Nichts.« Rónán fängt an, mit den Beinen zu wippen. James gluckst und streckt seine Arme in die Höhe.

»Ist wohl besser, wenn du die Füße still hältst, was?« Dad zieht sich einen Stuhl heran, setzt sich und reibt die Handflächen aneinander. »Mir kam zu Ohren, dass hier bald Geburtstag gefeiert wird. Soll ein richtiges Spektakel werden. Kann das sein? Deine Schwester hat schon angefangen, die obligatorische Geburtstagskrone zu basteln. Und außerdem hat sich jemand auf sein Motorrad gesetzt, um den ganzen Weg von Sligo bis hierher ...«

»Onkel Eamon kommt?« Rónán runzelt die Stirn, dann lacht er laut auf. »Echt jetzt?«

»Ist auf jeden Fall so besprochen. Ich hoffe, er hat's nicht wieder vergessen. Bei ihm kann man ja nie wissen.«

Eamon ist nicht nur Rónáns Patenonkel, sondern auch sein großes Vorbild, größer als Bono von U2 oder Kurt Cobain oder sonst jeder Rockstar. Keiner weiß so genau, womit er sich diese Bewunderung verdient hat. Seit er aus dem Knast rausgekommen ist, lebt er in Sligo. Früher war er eine Weile mit uns unterwegs. Erst hat er Rónán das Fahrradfahren beigebracht, dann hat er ihn auf sein Motorrad gesetzt und ihm gezeigt, wie man die Maschine bedient. Seitdem wird er von Rónán wie ein Held verehrt.

Ich mag Onkel Eamon nicht. Manchmal macht er mir sogar Angst, weil ich in seinen Augen nicht erkennen kann, welche Absichten er hat. Außerdem saß er im Knast, weil er einen Pub ausgeräuchert hat – so nennt er das, was er getan hat. Wenn wir ihn treffen, fragt er meinen Dad früher oder später nach Geld. Dann regt sich Dad zwar tierisch auf, weil er selbst nicht viel hat, aber irgendwann zückt er seinen Geldbeutel. Das liegt daran, dass Eamon sein kleiner Bruder ist, sagt Mam, der Einzige aus der Familie, der noch zu ihm hält.

31. Orla

Sie schnitt das *Barmbrack* in fingerdicke Scheiben, trug die Hälfte mit Gewürzbutter nach oben zu Kieran und wickelte den Rest in ein Baumwolltuch. Es war spät. Eigentlich hatten sie verabredet, dass sie schon mittags zum Leuchtturm käme, aber die Gardaí hatten ihr einen Strich durch die Rechnung gemacht. Nachdem sie ihren Sweater ausgezogen hatte und stattdessen in ein leichtes Shirt mit einem hübschen Spitzensaum geschlüpft war, wollte sie noch kurz ihr Aussehen im Badezimmerspiegel überprüfen. Doch beim Anblick ihres bleichen Gesichts verlor sie sich in Gedanken.

Eine Weile dachte sie darüber nach, was nun mit ihrem Bruder geschehen würde. Konnte sie darauf vertrauen, dass die Gardaí nicht eher ruhten, bis die Wahrheit ans Licht kam? Hatte die Polizei damals sorgfältig ermittelt, als die Familie am Skellig Drive umgekommen war? Konnte sie sich auf ihr Bauchgefühl verlassen, das ihr beständig signalisierte, dass Seán nicht so fremd war, wie er vorgab?

Sie lächelte bei der Erinnerung daran, wie er gestern ihre Hand gehalten hatte. Wie damals auf dem Spielplatz, als sie Rónán ... Orla bürstete kräftig durch ihr Haar, riss förmlich daran und pfefferte die Bürste schließlich in die Schublade. Sie musste damit aufhören, ständig in die Vergangenheit abzutauchen. Es war doch schon kompliziert genug, in der Gegenwart zu leben.

Weil sie das Gefühl hatte, vollkommen farblos auszusehen, trug sie ein wenig Rouge auf, dann trat sie hinaus in den Korridor. »Bis später, Kieran«, rief sie, während sie ihren Cardigan überzog und in die Gummistiefel stieg. »Ich hab das Handy dabei, ja?«

Im Gehen schulterte Orla ihren Rucksack und setzte ihre In-Ear-Kopfhörer ein. Es war Zeit für *Pure Shores*. Sie passte sich dem Rhythmus des Liedes an, während sie hinab zum Küstenpfad stapfte. Zwar stand die Sonne noch hoch über der See, aber ihr Licht hatte sich verändert – sie beleuchtete die Federwolken in sanften Tönen und legte ein Glitzern auf die Wellen.

Orla ließ ihren Blick über das Meer wandern. Nach dieser Weite und Tiefe hatte sie immer gesucht – an den falschen Orten, bei den falschen Menschen, aber das hatte sie erst spät erkannt.

Als sie das Leuchthaus entdeckte, musste sie an eine Sage denken, die man sich in Saltmore gern erzählte. Angeblich war der heilige Brendan hier an Bord eines Curragh gegangen, um zu einer siebenjährigen Reise aufzubrechen. Irgendwann, nachdem er in seiner Nussschale alle Weltmeere überquert hatte, gelangte er endlich ins verheißene Land – das Ziel seiner Reise, der Ort seiner Träume. Dennoch war er zurückgekommen. Sehr wahrscheinlich hatte ihn nicht der Wind, sondern ein irrsinniges Heimweh nach Hause getrieben, überlegte Orla.

Leise durchquerte sie das Nebenhaus und zog die Tür auf, die in den Turm führte. Nun konnte sie deutlich das Krächzen des Schleifgeräts vernehmen, mit dem Seán die Planken in der ersten Etage bearbeitete.

Orla stieg die steile Treppe empor, bis sie das einzige Zimmer des Leuchtturms betrat. Hier hatten die Wärter früher Aufzeichnungen angefertigt, das Wetter beobachtet, die Funkanlage bedient und auf Nacht oder Nebel gewartet, um die Laterne zu entzünden. Die Möbel waren längst weggeschafft worden. Durch das einzige Fenster fiel glitzerndes Sonnenlicht in den Raum – Staubpartikel wirbelten darin umher.

Seán trug einen Gehörschutz und hatte ihr den Rücken zugekehrt. Das weiße Shirt klebte an seinem Rücken.

»Hey!«, rief sie, doch er arbeitete unbeirrt weiter. Orla trat vor das Fenster, ins Licht, und grinste zu ihm hinab.

»Oh, da bist du ja.« Seán schob den Gehörschutz von seinen Ohren und sprang auf. »Ich dachte schon, du kommst nicht mehr.« Im Gehen zog er seine Handschuhe aus, stopfte sie in seine Gesäßtasche und stand schließlich direkt vor ihr. »Musstest du Schlaf nachholen?« Lächelnd legte er eine Hand auf ihre Wange, strich mit dem Daumen sanft darüber, dann küsste er sie.

Keinesfalls würde sie ihm von den Gardaí erzählen. Heute nicht. Dafür waren ihre Knie viel zu weich. »Ich habe *Barmbrack* gebacken.«

»Jetzt schon? Du bist früh dran. Den sollte es doch traditionellerweise erst zu Samhain geben«, sagte er belustigt.

»Traditionellerweise, ja, aber ich bin keine sehr traditionsbewusste Frau, wie du vielleicht schon bemerkt hast.«

»Mhm, ist mir aufgefallen. Hast du wenigstens etwas darin versteckt, das die Zukunft vorhersagt und an dem man sich die Zähne ausbeißen kann? Einen Ring zum Beispiel?«

»Einen Ring? Nein, damit kann ich leider nicht dienen.«

»Das ist einerseits erfreulich, weil du dann offensichtlich noch zu haben bist, aber auch ein wenig bedauerlich, da du anscheinend nicht vorhast, dir auf diese Weise einen Mann zu angeln.«

»Nicht auf diese Weise. Das stimmt.«

»Willst du draußen auf mich warten? Ich mache das hier nur noch schnell fertig.«

Nebeneinander saßen sie auf dem Felsen, der wie der Bug eines Schiffs ins Meer ragte. Das Früchtebrot war nicht mehr warm, aber süß und würzig. Nachdem sie gegessen hatten, wuschen sie ihre klebrigen Finger im Wasser.

Obwohl Seán so dicht neben ihr saß, dass sie seinen Körper an ihrem spürte, konnte sie nicht aufhören, an Kieran zu denken. Über ihm schwebte die dunkle Wolke des Verdachts. Jetzt waren die Worte ausgesprochen, jetzt existierten sie und wirkten in den Köpfen: Kieran, der sich an Freddie rächen wollte, weil er seinen Job verloren hatte. War es wirklich so einfach, wie Erin gesagt hatte? Genügte ein bisschen Vertrauen?

»Wegen gestern Nacht ...« Seán trocknete die Hände an seinen Jeans ab und wandte sich zu ihr um. Forschend glitten seine Augen über ihr Gesicht. »Was denkst du darüber?«

Orla winkelte die Beine an und stützte ihr Kinn auf den Knien ab. »Ich bin natürlich froh, dass nichts Schlimmeres passiert ist. So ein Feuer kann ja wahnsinnig schnell um sich greifen.«

»Na ja, eigentlich meinte ich das andere Feuer, ähm, du weißt schon. Das zwischen dir und mir.« Verlegen kratzte er sich am Hinterkopf.

»Oh.« Ihr Lachen wurde vom Wind fortgerissen. »Das war intensiv. Schön, meine ich. So ziemlich das Schönste, das mir seit langer Zeit passiert ist.«

»Geht mir auch so«, sagte er mit rauer Stimme. »Das war so ziemlich das Schönste.«

Seán legte seine Hand in ihren Nacken und zog sie nah zu sich heran. Seine Augen wurden dunkler, sein Blick weicher.

Als er ihren Namen aussprach, klang er wie ein Wort, das alles bedeuten und alle Fragen beantworten konnte.

Im selben Moment spürte sie warmen Atem an ihrem Mund, dann seine Lippen, die sie küssten. Er schmeckte so süß wie der Kuchen, den sie gerade gegessen hatte, und roch nach Holzspänen und Rauch. Er vergrub seine Finger in ihrem Haar, während er den Kuss vertiefte.

Orla malte sich aus, wie sie aussahen. Hinter ihnen ragte der Leuchtturm in den Abendhimmel und vor ihnen erstreckte sich das Meer, während sie in weiches Licht getaucht wurden. Möwen glitten über das Wasser, der Wind strich über die Heide. Sie spürte ihren Herzschlag, hörte ihn trotz des Wellenrauschens. Manchmal, in Momenten wie diesen, ergriff sie ein bittersüßes Gefühl, weil das Glück sie überflutete und ihr noch im selben Augenblick bewusst wurde, dass es vergehen würde. Als Kind hatte sie geglaubt, man könnte es irgendwie festhalten, dieses Glück, und dass die meisten Menschen immer glücklich wären – nur sie selbst nicht. Erst später hatte sie begriffen, dass Glück für keinen Menschen auf der Welt ein dauerhafter Zustand war.

Behutsam löste sie sich von Seán und blinzelte ihn an. »Das war Glück«, flüsterte sie.

»Du kannst mehr davon haben. Kommst du mit zu mir?«, fragte er und küsste ihre Wange. »Ich koch uns was.«

Orla wollte nicken, doch dann dachte sie daran, wie Kieran beteuert hatte, nach der Party sofort nach Hause gegangen zu sein. Sie sah die leere Packung *Taytos*, die er aus dem Müll gekramt und ihr unter die Nase gehalten hatte, und die Furcht in seinen Augen.

»Ich möchte Kieran heute nicht allein lassen.«

»Kann er nicht selbst auf sich aufpassen? Er kommt mir sehr erwachsen vor, weißt du?« Seán neigte den Kopf zur Seite.

»Doch, natürlich kann er das, aber ihm geht's zurzeit nicht so gut. Auch wenn er nicht der Typ ist, der mir sein Herz ausschütten würde – ich will einfach da sein.«

»Verstehe, aber was wird dann aus mir?« Er stieß einen inbrünstigen Seufzer aus und blickte hinaus aufs Meer. Sein Schmunzeln verriet, dass er sich der Theatralik durchaus bewusst war. »Das bedeutet wohl, dass wir heute Nacht in getrennten Betten schlafen müssen, Orla Donovan.«

»Nicht unbedingt«, erwiderte sie verschwörerisch. »Ich wohne in meinem alten Kinderzimmer. Mein Bett ist weich und so groß, dass man sich darin verlieren kann.«

»Ist das eine Einladung?«

Seán war zum Duschen nach Hause gefahren. Während Orla auf ihn wartete, telefonierte sie mit Erin und schälte dabei Kartoffeln für ein Gratin.

»Niamh war mit ihrer Freundin hier, um nach der Arbeit noch einen Happen zu essen«, erzählte ihre Tante. Im Hintergrund hörte man dumpfes Stimmengewirr und das Klirren von Gläsern. »Sie meinte, dass wir uns keine Sorgen machen müssen. Heute hätten sie ganz Saltmore abgeklappert und mit ganz unterschiedlichen Menschen gesprochen. Mit Colm und Clarissa Maddox, mit den Saunders und auch mit Seán.«

»Sie haben mit Seán geredet?«, fragte sie verblüfft und ließ den Sparschäler sinken.

»Na, hätte ja sein können, dass er etwas mitbekommen hat. Im *Selkie* wird viel geredet, wie du weißt.«

»Davon hat er mir gar nichts erzählt, als ich ihn vorhin gesehen habe.«

»Tja, der gute Seán hat jetzt wahrscheinlich ganz andere Dinge im Kopf, könnte ich mir vorstellen.« Erin lachte hell auf. »Wenn Siobhan erfährt, dass du jetzt mit unserem ...«

»Wir müssen endlich mit ihr reden«, unterbrach Orla ihre Tante, um das Gespräch auf ein anderes Thema zu lenken. »Es ist so viel passiert. Wenn sie zurückkommt und nicht darauf vorbereitet ist, bekommt sie wahrscheinlich einen Herzinfarkt und muss gleich wieder ins Krankenhaus.«

»Du wolltest es Kieran überlassen, dachte ich.«

»Ich weiß, aber er ist nicht gerade mitteilungsfreudig.«

Erin murmelte etwas, das Orla nicht verstehen konnte, dann stieß sie einen lang gezogenen Seufzer aus. »Du oder ich?«

»Du! Unbequeme Wahrheiten aussprechen – darin bist du richtig gut, eine Meisterin sozusagen.«

»Oh, da täuschst du dich. Ich kann sehr feige sein, wenn es um die Wahrheit geht. Dann halte ich lieber den Mund und hoffe, dass keiner unbequeme Fragen stellt.«

»Aber du bist ihre Schwester«, argumentierte Orla. »Mein Verhältnis zu Siobhan ist, na ja, belastet. Außerdem habe ich keine Zeit. Seán kommt gleich vorbei und ich habe hier noch einen ganzen Sack mit Kartoffeln, die ich schälen muss.«

»Ach, was du nicht sagst!« Orla konnte das grinsende Gesicht ihrer Tante deutlich vor sich sehen. »Kannst du ihn daran erinnern, dass er morgen eine Schicht im *Selkie* hat? Könnte ja sein, dass er das vor lauter Glückseligkeit vergisst.«

»Richte ich aus.« Orla griff zu einem Feuerzeug und wollte gerade das Gas des Herdes aufdrehen, als sie innehielt. »Sag mal, was weißt du eigentlich über Seán? Du kennst ihn ja schon eine Weile.«

»Ich glaube nicht, dass ich tiefere Einblicke habe als du.«

»Du erlebst ihn jeden Tag. Ich will einfach nur wissen, was du von ihm hältst. Was sagt deine Menschenkenntnis?«

»Meine Menschenkenntnis sagt, dass Seán hier goldrichtig ist. Wenn er nicht schon so alt wäre, würde ich sofort die Adoptionspapiere unterzeichnen. Dieser arme Kerl. Das muss man sich mal vorstellen – da stirbt deine ganze Familie und plötzlich bist du mutterseelenallein auf der Welt und musst dich allein durchschlagen.«

Orla stockte der Atem. »Was?« Das Feuerzeug rutschte aus ihrer Hand, fiel auf den Boden und blieb vor einem Tischbein liegen.

»Hat er dir nicht davon erzählt? Seine Eltern und seine Geschwister sind bei einem Unfall ums Leben gekommen.«

»Nein! Was?« Sie schüttelte ungläubig den Kopf. »Er hat mir nur von seinen Eltern erzählt, nicht von seinen Geschwistern. Wie ist das passiert?«

»Wenn ich das wüsste. Gott habe sie selig, die armen kleinen Seelen.« Erin hüstelte verhalten. »Seán hat doch diese Tätowierung am Handgelenk, nicht wahr? Fünf Striche, fünf Menschen. Mehr wollte er mir nicht verraten, hat nur in sein Bier gestarrt und behauptet, dass er durch dieses Unglück ein neuer Mensch geworden sei. Posttraumatisches Wachstum, weißt du? Ich habe viel darüber gelesen.«

»Ein neuer Mensch?«, echote Orla. »Wann hat er das gesagt?«

»War im Dezember. Ich wollte wissen, ob er seine Familie denn nicht über die Feiertage besuchen möchte. Da ist er kreidebleich geworden und hat eine Weile rumgedruckst, bis er mit der Sprache rausgerückt ist. Es gibt niemanden mehr.«

Orla spürte ein leises Pochen hinter der Stirn.

»Ich hab ihm natürlich angeboten, Weihnachten mit uns zu feiern. ›Gib dir einen Ruck‹, habe ich zu ihm gesagt. ›Komm einfach vorbei und schlag dir den Bauch voll.‹ Wollte er nicht. Hat sich lieber eine Pizza in den Ofen geschoben, als mit uns Truthahn zu essen. Vielleicht kommt er ja dieses Jahr. Immerhin kennt er uns jetzt besser – dich vor allem.«

»Manchmal glaube ich, dass ich ihn schon viel länger kenne. Kommt er dir nicht auch bekannt vor?«, fragte Orla. »Als hättest du ihn schon mal gesehen?«

»Nein, aber ich bin auch nicht verliebt und suche nach irgendwelchen Wundern, die sich schicksalhaft vollzogen haben, um euch zu vereinen.« Ihre Tante lachte trocken.

»Ich suche nicht nach Wundern, aber ... Er erinnert mich an jemanden, den ich von früher kenne. Das ist alles.« Orla hatte es eilig, das Gespräch zu beenden. »Ich muss jetzt aufhören, Erin. Rufst du bei Siobhan an?«

»Wird gemacht, sobald ich hier rauskomme. Das wird ein Donnerwetter geben. Kann's förmlich riechen.«

Das Telefon landete zwischen den Kartoffeln. Fünf Menschen. Joseph, James, Rosaleen, Daniel und Maureen. Orla starrte aus dem Fenster, bis die Straßenlaterne, die einsam in der Dunkelheit glühte, vor ihren Augen verschwamm.

Sie hatte den ausgebrannten Wohnwagen mit eigenen Augen gesehen und die Gardaí beobachtet, die wie ein Fliegenschwarm über das Dorf hergefallen waren. In Panik war sie zur Kapelle gerannt, um nach Rónán zu suchen, war stundenlang durch die Straßen gewandert, weil sie nicht wahrhaben wollte, was im Dorf an diesem Tag geflüstert wurde: »Keiner hat's geschafft.«

Wochen später hatte sie ihren ganzen Mut zusammengenommen und bei Patrick O'Reilly, dem Bestatter, nachgefragt: »Was bleibt übrig, wenn ein Mensch verbrennt?«

»Kommt drauf an. Drei bis fünf Kilo so im Schnitt. Weiße Asche und gemahlene Knochen. Das ist alles. Aber weißt ja, wie das mit der Einäscherung ist, Orla. Machen wir nicht. Sind doch gottesfürchtig, du und ich, oder? Wollen doch alle mal auferstehen, wenn's so weit ist und der Herrgott uns zu sich holt, was?«

Es war unmöglich und trotzdem spürte sie mit tiefer Gewissheit, dass Rónán lebte. In ihrem Kopf überschlugen sich die Gedanken. Als sie Seán nach seinen Geschwistern gefragt hatte, war er ausgewichen, hatte nur gesagt, dass er allein sei.

Orla wusste, dass sie die Wahrheit nur herausfinden würde, wenn er beschloss, ihr diesen Einblick zu gewähren. Wie sollte sie ihn dazu bewegen? Es gab nur einen Schlüssel und der schlug kräftig in ihrer Brust. Stöhnend bückte sie sich und klaubte das Feuerzeug auf. Nachdem sie die Gasflamme entzündet und einen Topf mit Wasser auf den Herd gestellt hatte, schloss sie für einen Moment die Augen.

Machte es einen Unterschied, ob sie den Menschen, in den sie sich verliebt hatte, Rónán oder Seán nannte?

32. ROSIE

Sommer 1997

Wir sitzen auf unseren quietschenden Campingstühlen vor dem Caravan. Auf dem Tisch stehen Teetassen und zwei Schüsseln mit Haferbrei, mit dem wir die Zwillinge füttern. Dad hat sich zurückgelehnt und die Arme im Nacken verschränkt, während er uns von seiner Arbeit erzählt.

Die anderen Männer sprechen zwar kaum mit ihm, aber sie sind freundlich, sagt er. »Denen ist nicht wichtig, wer du bist oder woher du kommst. Die wollen nur, dass du fleißig bist und dir nicht ins Hemd machst, wenn du dir versehentlich einen Nagel in die Hand hämmerst«, erklärt Dad achselzuckend. »Sind wortkarge Burschen. Wer am Meer lebt, hält lieber den Mund, um die Wellen reden zu lassen. So ist das eben.«

»Wann fahren wir weiter?«, frage ich und werfe über die Schulter einen Blick zur Klippe.

»Bald. Noch drei Tage, höchstens vier, dann packen wir unsere Sachen und verschwinden.«

»Hätte nichts dagegen, morgen schon loszufahren«, wirft Mam ein. »Ich fühle mich hier nicht wohl. Wir sind nicht mehr sicher.«

»Ich weiß, Maureen. Sobald ich das Geld in der Tasche habe, hauen wir ab.«

Ich betaste die weißen Steine, die ich in meiner Hosentasche gesammelt habe, dann stehe ich auf.

»Oh, gehst du rein?« Meine Mutter blickt von ihrem Buch auf, das sie sich von Emma geliehen hat. »Dann bring doch bitte die Ingwer-Biskuits mit, ja?«

Im Caravan angekommen, klappe ich mein Fach auf und nehme die Stofftasche heraus, die Mam für mich genäht hat. Darin bewahre ich die Steine auf. Winzig, rund gewaschen, schneeweiß. Zwanzig habe ich inzwischen gesammelt. Gerade habe ich die Tasche geschlossen, als ich draußen dumpfe Stimmen vernehme. Auf Zehenspitzen schleiche ich zu Rónáns Matratze und presse die Lippen aufeinander. Er hat die Geburtstagskrone, die ich für ihn gebastelt habe, einfach unter sein Kissen gestopft. Der gelbe Karton blitzt darunter hervor. Ich reiße meinen Blick davon los und starre aus dem gekippten Fenster. Jetzt weiß ich, wohin Rónán verschwunden war und mit wem er sich getroffen hat.

»Können wir uns später noch mal treffen?«, fragt Orla. Sie sitzt auf ihrem Fahrrad und hat sich die Herzchensonnenbrille ins Haar geschoben.

Rónán steht vor ihr und hält mit einer Hand den Lenker fest. »Geht nicht«, antwortet er, bevor ich mich auf die Matratze drücke, damit sie mich nicht entdeckt. »Heute muss ich den ganzen Tag mit meiner Familie zusammen sein. Ist so Tradition bei uns.«

»Auch abends?«

»Mhm. Darfst du abends überhaupt noch raus?«

»Es kümmert niemanden, wenn ich verschwinde. Meine Mutter arbeitet im *Selkie*, mein Vater pennt vor dem Fernseher und Kieran kartografiert die Weltmeere oder veranstaltet sonst was in seinem Zimmer. Ich kann machen, was ich will.«

»Dein Vater hat dir doch verboten, mit uns abzuhängen. Was ist, wenn er dich erwischt und dann ...? Du weißt schon.«

»Wenn er getrunken hat, schläft er wie ein Toter. Ich kann mich rausschleichen. Davon bekommt er nichts mit.«

»Heute geht's leider nicht, auch nicht später«, erwidert Rónán und seufzt inbrünstig auf. »Aber wir können uns morgen bei der Kapelle treffen, wenn du willst.«

»Nur du und ich?«

Mein Brustkorb zieht sich zusammen. Sie wollen mich nicht mehr dabeihaben. Mir wird heiß. Steine knirschen, als sich jemand bewegt, Stoff raschelt.

»Dann fahren wir mit den Rädern weg, irgendwohin, wo uns niemand aus dem Dorf entdecken kann«, höre ich die Stimme meines Bruders.

»Ach, ist doch egal.«

»Und was ist, wenn dein Vater davon Wind bekommt?«

»Wird er nicht. Er verbarrikadiert sich im Haus, weil er glaubt, das ganze Dorf hätte sich gegen ihn verschworen.«

»Das Dorf ... Die Leute werden irgendwelche Geschichten erfinden, wenn sie dich mit mir sehen.« Rónán lacht heiser. Ich kenne diesen Klang. So lacht er, wenn er unsicher ist.

»Aber es sind nicht unsere Geschichten. Wir erzählen unsere eigenen«, erwidert Orla mit warmer Stimme, die klingt, als würde sie lächeln. »Was glaubst du, was die Leute über meinen Bruder sagen? Oder über meinen Vater? Ich darf mir nicht alles zu Herzen nehmen, sagt Erin, sonst werde ich irgendwann noch ganz verrückt.«

»Aber ich bin ein *Tinker*«, erinnert er sie und spricht das letzte Wort aus, als besäße es einen widerlichen Geschmack.

»Ich weiß.«

»Und das macht dir nichts aus?«

»Doch, es stört mich.« Für einen Moment hält sie inne, dann fährt sie im Flüsterton fort: »Aber nur, weil ihr gehen werdet und niemand weiß, ob ihr jemals wiederkommt.«

»Orla.« Wieder knirschen Steine, raschelt Stoff, sonst ist es ganz still. Sekunden später ertönt ihr leises Lachen. Am liebsten würde ich aus dem Fenster spähen, um sie zu beobachten, aber ich wage nicht, meinen Kopf zu heben.

»Irgendwann kommen wir wieder nach Saltmore. Ich zumindest«, verspricht er. »Dann nehme ich dich mit. Und Kieran auch.«

»Und wohin gehen wir?«, fragt sie mit gedämpfter Stimme.

»Überallhin. Wir fahren nur auf Küstenstraßen und bleiben, wo's uns gefällt. Wir brauchen nicht viel und das, was wir brauchen, besorge ich uns.«

Ich unterdrücke ein Lachen und gleichzeitig wird mein Herz ganz schwer. Rónán redet, als wäre er ein Mann, kurz davor, in sein eigenes Leben aufzubrechen. Mein Bruder ist heute erst fünfzehn Jahre alt geworden und hätte seine Geburtstagskrone tragen sollen – so wie an allen Geburtstagen zuvor. Er ist viel zu jung für dieses schmierige Gerede. Ich spüre ein Brennen in der Brust.

»Orla, willst du vielleicht ...«

»Mammy!« Ich springe auf und remple absichtlich gegen den Einbauschrank. »Wo sind diese verdammten Biskuits?«

33. ORLA

Kieran deckte den Tisch, mürrisch und unordentlich, während Orla sich umzog und versuchte, ihr Haar zu bändigen. Der Wind hatte einzelne Strähnen verknotet, das Salz hatte sie ausgetrocknet. Sie musste aufhören, diesen Geistern hinterherzujagen, beschwor sie sich. So viele Jahre waren seit dem Unglück vergangen. Niemand sprach mehr davon. Warum konnte sie sich nicht einfach auf den Mann konzentrieren, der jeden Moment an der Tür klingeln würde? In seinen Augen erkannte sie keinen Menschen, den das Leben gebrochen hatte, sondern jemanden, der ein Feuer in sich trug, das … *Feuer*! Ihre eigenen Gedanken machten sie wahnsinnig. Orla schüttelte den Kopf, pfefferte den Kamm auf ihr Kopfkissen und stürmte die Treppe runter.

»Ist hier alles fertig?«, fragte sie, als sie ins Wohnzimmer trat. Kieran lümmelte im Sessel und starrte in sein Smartphone.

»Seán verspätet sich«, erklärte er.

»Hat er dir geschrieben?«

»Nein, aber er verspätet sich immer. Es würde mich wundern, wenn er pünktlich käme.«

»Er wollte duschen und dann direkt losfahren. Wir hatten gar keine Uhrzeit ausgemacht«, sagte sie und setzte sich auf die Armlehne des Sessels. »Demnach kann er weder zu früh noch zu spät kommen.«

Kieran legte das Telefon beiseite und sah zu ihr auf. »Als du bei Seán warst, habe ich mit Mam telefoniert und sie darüber informiert, dass ich arbeitslos bin und von meinen Ersparnissen lebe.«

»Du hast bei Mam angerufen?«, fragte sie erstaunt.

»Ich dachte, das wäre ein guter Zeitpunkt, reinen Tisch zu machen. Wenn ich ins Gefängnis komme, möchte ich nämlich nicht, dass sie mir vorwirft, sie hätte nichts davon gewusst.« Kieran verzog seine Lippen zu einem bitteren Lächeln.

»Ach, hör auf, so einen Blödsinn zu reden!« Energisch schüttelte sie den Kopf, musste aber lachen. »Hast du ihr auch von der Scheune erzählt?«

»Nein, denn ich bin unschuldig und habe nichts damit zu tun. Erin sagt, ich soll einfach abwarten, bis die Wahrheit ans Licht kommt.«

»Und damit hat sie auch recht!«, bekräftigte Orla ihren Bruder. »Ich frage mich allerdings, warum Siobhan noch nicht bei mir angerufen hat. Ich dachte, sie macht mir die Hölle heiß, wenn sie erfährt, dass du deinen Job verloren hast.«

»Was hast du damit zu tun? *Ich* habe meinen Job verloren, Orla. Das ist meine Angelegenheit.«

»Ich weiß, aber sonst hat Siobhan mich doch auch immer für alles verantwortlich gemacht, was schiefgelaufen ist.«

»Nun, heute hat sie keine Zeit dafür«, erklärte Kieran ungerührt, lehnte sich zurück und schlug die Beine übereinander. »Sie begleitet Fergus zu einem Dinner, bei dem man nur weiße Kleidung tragen darf. Sie war sehr gestresst, weil sie zugenommen hat und sich in ihrem Kleid nicht hinsetzen kann, ohne dass der Reißverschluss aufplatzt.«

»Ihr scheint es in der Reha ja blendend zu gehen. Vielleicht könnte sie sich für dieses Abendessen einen weiten Arztkittel ausleihen?«

Orla hatte es sich mit einem Glas Wein im Sessel bequem gemacht und tauschte mit Molly ein paar Nachrichten aus, während Kieran mit Blick zur Haustür auf einem Stuhl saß. Als es endlich klingelte, sprang er auf und marschierte in den Flur.

»Guten Abend, Seán.«

»Hi, Kumpel. Alles klar?«, vernahm sie eine beschwingte Stimme, dann das Rascheln von Stoff, als Seán aus seiner Jacke schlüpfte.

»Ich bin hungrig.«

»Trifft sich gut. Ich auch.«

Orla legte das Telefon auf dem Fensterbrett ab und ordnete mit beiden Händen ihr Haar.

»Seán ist jetzt da«, wurde sie von Kieran informiert, der wieder zurück ins Wohnzimmer getreten war und sich direkt an den gedeckten Tisch setzte. »Wir können essen.«

Schließlich erschien Seán im Türrahmen und ließ den Blick suchend durch den Raum schweifen, bis er sie entdeckte. »Orla.« Er befreite seine Hände aus den Taschen seines Hoodies. »Hey, das riecht echt fantastisch.« Seine Wangen waren rosig, seine Augen glänzten verschwörerisch.

Als sie auf ihn zuging, musste sie schmunzeln. Er trug wieder die bunten Wollsocken, die Erin für ihn gestrickt hatte. Am liebsten hätte sie ihn geküsst, aber Orla spürte den wachsamen Blick ihres Bruders im Rücken.

»Schön, dass du da bist«, sagte sie. Aus der geplanten Umarmung wurde ein halbherziges Schulterklopfen, begleitet von nervösem Lachen. »Setz dich schon mal. Ich hole schnell das Gratin aus dem Ofen.«

»Brauchst du Hilfe?«

Orla schüttelte den Kopf und eilte in die Küche. Es fiel ihr schwer, vor Kieran unbefangen mit einem Mann umzugehen, an den sie sich gerade herantastete. Alles zwischen ihnen war noch frisch und fragil.

Seán hatte neben Kieran Platz genommen und unterhielt sich mit ihm über ein Videospiel, als Orla mit dem Gratin zurückkam.

»Ihr habt schon lange nicht mehr miteinander gezockt«, stellte sie fest und unterteilte das Gratin mit dem Pfannenwender in sechs gleich große Portionen.

»Das ist nicht gut. Wir haben die Mission aus den Augen verloren«, erklärte Kieran fachmännisch. »Seán, du solltest nach dem Essen mit auf mein Zimmer kommen. Wir müssen uns einen Überblick verschaffen und einen Plan entwickeln.«

Ihr war der hilfesuchende Blick nicht entgangen, den Seán ihr zugeworfen hatte, doch sie ignorierte ihn geflissentlich und stellte stattdessen eine dampfende Portion vor ihm auf den Tisch.

»Äh, du meinst, dass wir heute noch zocken?«, fragte er zögerlich und griff zur Gabel.

»Was sonst?«

»Jetzt essen wir erst mal und dann ... mal sehen. Orla ist ja auch noch da.«

»Keine Sorge. Ich kann mich wunderbar selbst beschäftigen, wenn's sein muss«, erklärte sie leichthin und trank einen Schluck Wein.

»Du hast eine ziemlich große Tasche mitgebracht.« Kieran griff nach der Pfeffermühle und drehte daran, bis schwarze Flocken auf seinen Teller rieselten. »Hast du vor, hier zu übernachten?«

»Tja, was soll ich sagen? Ich weiß nicht«, stammelte Seán. Inzwischen hatten sich nicht nur seine Ohren, sondern auch seine Wangen gerötet. Sein eindringlicher Blick gab ihr zu verstehen, dass sie das Reden übernehmen sollte.

»Ich hab ihm angeboten, bei uns zu schlafen.«

»Bei dir, meinst du.« Kieran schob sich eine Gabel in den Mund. »Das ist wirklich nett von dir, Orla, deine Gastfreundschaft.«

»Danke«, erwiderte sie stirnrunzelnd. Obwohl sie Kieran schon ihr ganzes Leben lang kannte, gab es immer wieder Momente, in denen sie nicht genau wusste, ob er jedes Wort so meinte, wie er es sagte, oder ob er sich über sie lustig machte.

»Scheint ein unterhaltsamer Abend zu werden.« Seán rieb sich den Nacken und schaute auf seinen Teller hinab. »Was gibt's Neues, Kieran?«

Mit keiner Silbe erwähnte Kieran, dass gestern eine Scheune niedergebrannt war und dass die Gardaí im Dorf herumschwirrten, um einen Täter ausfindig zu machen. Stattdessen erzählte er vom Golf von Alaska, in dem süßes Schmelzwasser auf salziges Meerwasser traf, sodass es aussah, als würden sich zwei Ozeane in unterschiedlichen Blautönen begegnen – und unterlegte den Bericht mit Bildern auf seinem Handy. Wie so oft verlor er sich in einem feurigen Monolog.

Es fiel ihr schwer, sich auf Kieran zu konzentrieren, wenn Seán ihr direkt gegenübersaß. Er hatte sich entspannt zurückgelehnt, nippte gelegentlich an seinem Bier und suchte immer wieder ihren Blick. Ein sanftes Lächeln lag auf seinen Lippen. Er sah aus wie Rónán ...

»Das Meer verliert sein Salz. Salziges Wasser ist schwerer und sinkt in tiefere Ozeanschichten ab. Wenn aber die Pole schmelzen ...« Während ihr Bruder über schmelzende Polkappen sprach und beklagte, dass der Golfstrom dadurch immer schwächer wurde, dachte Orla an die Erwärmung ihres Körpers. Sie wollte mit Seán allein sein, doch stattdessen saß sie bei einem Vortrag und streute gelegentlich Kommentare ein, die Aufmerksamkeit vortäuschten. »Puh, echt? Hätte ich nicht gedacht.«

Schließlich hatten sich Kieran und Seán zurückgezogen, um die Konsole anzuwerfen. Es störte Orla nicht, allein zu sein. Leise vor sich hin summend räumte sie die Küche auf, goss sich noch ein Glas Wein ein und verzog sich damit in ihr Zimmer. Die Nacht war noch jung und Kieran war pedantisch, was seine Schlafenszeiten anbelangte, weshalb Seán schon bald bei ihr wäre.

Gerade hatte sie das Notebook aufgeklappt, als sie das Knarzen einer Tür und eine Stimme vernahm. »Gehe kurz ins Bad. Bin gleich zurück.«

Kurz darauf öffnete sich ihre Tür und Seán schlüpfte herein. Er legte seine Hände auf ihre Wangen. »Ich beeile mich. Schlaf bitte nicht ein, okay?«, flüsterte er zwischen zwei Küssen, dann huschte er wieder aus dem Zimmer. Nur Sekunden später hörte sie die Klospülung. Breit grinsend lehnte sie sich zurück und schloss für einen Moment die Augen. Vielleicht war es dem Wein geschuldet, aber ihr war auf eine angenehm berauschende Art schwindelig.

Am Rand ihres Bewusstseins nahm sie wahr, wie die Matratze einsank und sich ein warmer Körper an sie drückte.

»Schlaf weiter«, flüsterte eine Stimme in ihr Ohr und die Ränder lösten sich wieder auf, um Orla in einen unruhigen Schlaf abgleiten zu lassen. Sie träumte von Ozeanen, deren Wellen so gewaltig aneinanderschlugen, dass sich ein Feuer entzündete. Panisch riss sie den Kopf herum und suchte nach Land, fand jedoch nur lähmende Grenzenlosigkeit. Orla ruderte mit den Armen, strampelte. Wohin? Eine Welle schlug über ihr zusammen. Das Wasser begrub sie in Dunkelheit und sie sank, bis sie etwas an den Schultern packte. Japsend riss sie die Augen auf.

»Du hast geträumt.« Hände streichelten über ihren Arm, Lippen küssten ihre Wange.

»Du?«, fragte sie benommen und drehte sich um. Das Nachtlicht beleuchtete ein entspanntes Gesicht.

Seán beugte sich über sie. »Darf ich mich vorstellen? Mein Name ist Seán Gallagher. Schön, Sie kennenzulernen.«

Lachend rieb Orla mit dem Handrücken über ihre Augen. »Oh Mann, ich hab echt tief geschlafen.«

»Und heftig geträumt.« Seán rutschte nah an sie heran und glitt mit der Hand unter ihr Shirt, dann küsste er ihren Hals, worauf ihr Körper mit einem wohligen Schaudern reagierte. »War's ein schlimmer Traum?«

»Geht so. Jetzt bin ich ja wach«, flüsterte sie. »Wie war's mit Kieran? Habt ihr die Menschheit gerettet?«

»Fast, aber dann ist ihm aufgefallen, dass er sofort schlafen muss, und hat mich rausgeschmissen.«

»Das macht mich echt glücklich.«

»Was genau?« Amüsiert zog er eine Augenbraue hoch.

»Du bist sein Freund.«

»Ich bin gern sein Freund. Und deiner noch viel mehr.« Seán streichelte ihre Wange und ließ seine grauen Augen über ihr Gesicht wandern – nicht forschend, nicht verlangend, sondern liebevoll.

»Weißt du, was *Tarrthaí* bedeutet?«, fragte sie.

Er schüttelte den Kopf. »Nie gehört.«

»Das ist ein altes Wort, das nur wenige Menschen kennen. Erin muss es mir beigebracht haben, als ich noch ganz klein war«, erklärte sie mit einem versonnenen Lächeln. »Damit beschreibt man eine Felsenhöhle an der Küste. Keine Welle, kein Sturm – nichts dringt zu dir durch. Dort bist du so sicher wie im Mutterleib, geborgen und geschützt. Ich musste gerade daran denken. Als Kind kannte ich solche Orte nicht.«

»Und jetzt?«

»Jetzt kenne ich sogar mehrere, und bei allen davon handelt es sich eigentlich um Menschen.« Sie hob den Kopf, um ihm einen Kuss zu geben, dann tippte sie mit dem Zeigefinger an seine Stirn. »Gibt es ein Wort, das du schöner findest als alle anderen Worte?«

»Puh. Du hast da echt einen Tick, hm?« Er fuhr mit den Fingern in ihr Haar. »Aber die Antwort ist simpel: Orla.«

»Mein Name?«

Er lachte und küsste ihre Stirn, dann befeuchtete er seine Lippen. »*Tōber*. Das war für mich immer das Gegenteil von deinem Wort und gleichzeitig dasselbe. Ich weiß nicht mehr, wo ich's aufgeschnappt habe, aber ich muss immer dran denken, wenn ich unterwegs bin. *Tōber* riecht nach Benzin und Abenteuer, aber auch nach Gefahr und verkochten Kartoffeln.«

»Was bedeutet *tōber*?«

»Straße.«

Kaum hatte er das Wort ausgesprochen, sprang ihr das Herz an die Gurgel. Rónán hatte sein ganzes Leben auf der Straße verbracht. War das der Moment, in dem er sich zu erkennen gab? Da war etwas in seinem Blick, eine Weichheit, die sie ermutigte. Orla richtete sich auf und legte ihre Hand in seinen Nacken.

»Ich glaube, ich weiß, wer du bist«, flüsterte sie.

»Das wäre vorteilhaft.«

»Bist du Rónán?«

Die Muskulatur seines Körpers versteifte sich. »Der ist doch tot«, erwiderte er mit rauer Stimme.

Orla küsste seinen Hals und glitt mit den Fingern durch sein zerzaustes Haar. »Aber vielleicht hat er überlebt?«

Sein Kehlkopf bewegte sich und seine Mundwinkel zuckten, als gäbe es Worte, die so schwer auszusprechen waren, dass er sie nicht über die Lippen brachte. »Orla.« Mit dem Daumen massierte er seine Nasenwurzel.

»Rosie hat blütenweiße Steine gesammelt. Sie durften nicht größer sein als ein Daumennagel. Ich erinnere mich noch genau daran, wie wir nachmittags über die Felsen gekraxelt sind und nach diesen Steinen gesucht haben.« Sie drückte sein Ohrläppchen zwischen Daumen und Zeigefinger. »Ich erinnere mich an euren uralten Caravan, an deinen Ohrring und unser ...«

»Scheiße, Orla! Du musst aufhören.«

»Was?«, fragte sie verblüfft.

»Ich hatte so was in der Art schon befürchtet.« Seán stöhnte auf und packte sie an den Schultern. »Rónán ist tot, verstehst du? Er ist verbrannt wie der Rest seiner Familie. Diese Menschen gibt es nicht mehr. Ich bin Seán Gallagher! Das ist mein Name, hörst du? Seán Gallagher!«

Während er sprach, spürte sie, wie ihre Entschlossenheit bröckelte, dennoch schüttelte sie den Kopf. »Aber du hast seine Augen. Was ist mit den ganzen Büchern über die Travellers? Was ist mit deinen Eltern?«

»Meine Eltern sind tot. Und Rónán ist es auch. Okay? Rónán ist tot!«, beteuerte er.

Orla wickelte sich eine Haarsträhne um den Zeigefinger. In Gedanken wiederholte sie seine Worte. »Du siehst ihm so wahnsinnig ähnlich. Wenn du vor mir stehst, kommt es mir manchmal so vor ... dann sehe ich Rónán. Wir wollten zusammen durchbrennen. Davon haben wir jedenfalls geredet. In unseren Köpfen sind wir meilenweit gereist. Aber dann war da plötzlich nichts mehr, nur dieser verbrannte Haufen. Ich weiß, dass es schräg klingt, aber es kam mir damals so vor, als hätte ich die einzige Chance verloren, jemals aus Saltmore rauszukommen.«

»Tut mir leid, Orla. Ich glaub dir ja, dass dich die Sache ganz schön mitgenommen hat, aber ich bin ...«

»Damals sind fünf Menschen gestorben. Du hast doch auch fünf Menschen verloren, oder nicht? Erin hat mir von deinen Geschwistern erzählt und ...«

»Nein, Orla! Sechs Menschen sind in diesem Caravan gestorben, nicht fünf«, unterbrach er sie und verstärkte den Druck seiner Hände. »Wie erklärst du dir das?«

Es gab keine Erklärung, nur ihre Intuition, doch dieses Gefühl galt nichts angesichts der Fakten. Orla kam sich einfältig und hysterisch vor. Indem sie die Hände zu Fäusten ballte, versuchte sie, ihre zitternden Finger zu verstecken. »Ich weiß manchmal nicht, was ich denken soll. Du könntest Rónán oder zumindest sein Bruder sein, so ähnlich siehst du ihm. Mein Kopf stellt tausend Fragen und sucht überall nach Antworten. Ich verwirre mich selbst die ganze Zeit.«

Seine Augen wanderten über ihr Gesicht, dann ließ er eine Hand in ihren Nacken gleiten und küsste sie zärtlich. »Ich bin Seán Gallagher. Mehr kann ich dir leider nicht bieten.«

Sekundenlang hielt er ihren Blick gefangen. Seán streichelte über ihre Wange. Plötzlich schämte sie sich für ihre Fragen, selbst für ihre Gedanken. Hatte sie wirklich geglaubt, einem tot geglaubten Jungen begegnet zu sein?

»Du musst denken, ich hätte völlig den Verstand verloren«, sagte sie kraftlos.

»Nee, ich denke, du bist zurzeit ein bisschen überfordert mit allem«, erklärte er besonnen. »Die Trennung, Siobhan und jetzt die Sache mit Kieran.«

»Und Seán Gallagher, den ich echt mag, obwohl ich in ihm einen toten Jungen sehe«, ergänzte sie und seufzte gequält auf. »Werde ich verrückt?«

»Quatsch. Es ist nur ziemlich viel im Umbruch. Daher ist es wohl ganz normal, durcheinander zu sein und sich dabei ein bisschen verrückt vorzukommen.«

»Tut mir leid, dass du dieses Chaos gerade so hautnah erleben musst.«

Er zog sie in seine Arme und küsste ihren Scheitel. »Alles gut, Orla. Damit kann ich schon umgehen. Es kommen auch wieder bessere Zeiten.«

Eine Weile lagen sie still beieinander. Gedankenverloren streichelte sie seinen Bauch, während er mit ihrem Haar spielte, Strähnen um seine Finger wickelte.

Irgendwann stieß Seán einen tiefen Seufzer aus.

»Woran hast du gedacht?«, fragte sie.

»Daran, dass sich da draußen gerade die Wolken auswringen. Die Straßen fangen an, ins Meer zu fließen, die Wiesen werden zu Matsch und ich muss schon bald los, um das *Selkie* aufzumachen, aber meine Sneakers sind blütenweiß.« Ein Lächeln umspielte seine Lippen, als er ihren entgeisterten Gesichtsausdruck registrierte. »Welcher Gedanke aber noch viel wichtiger ist: Orla Donovan liegt halb nackt in meinen Armen und ich würde liebend gern alles sausen lassen, um den ganzen Tag mit ihr in diesem unfassbar bequemen Bett zu bleiben ... Aber ihre Tante ist meine Chefin und erwartete mich zur frühen Schicht.«

Orla lachte hell auf, nahm sein Gesicht in ihre Hände und küsste ihn.

Erst dachte sie, es wäre der Regen, der an ihr Fenster klopfte. Unregelmäßig und leise. Orla drückte ihr Gesicht ins Kissen, doch dann hörte sie dumpf ihren Namen. Es waren keine Regentropfen, sondern Steinchen, die an ihr Fenster geworfen wurden. Das Geräusch erinnerte sie an Freddie, der seine heimlichen Besuche früher auf diese Art angekündigt hatte.

Orla schälte sich aus der Decke und trat fröstelnd ans Fenster. Nachdem sie es geöffnet und sich hinausgebeugt hatte, entdeckte sie Seán. Er stand im Garten und deutete mit großer Geste zum Himmel.

»Während der großen Hungersnot dachten die Leute, der Mond wäre eine leuchtende Kartoffel. Wusstest du das?«

»So ein Schwachsinn.« Lachend schüttelte sie den Kopf.

»Eigentlich wollte ich nur noch mal dein Gesicht sehen, bevor ich verschwinde, und fragen, ob du mir meinen Geldbeutel runterwerfen kannst. Ist mir wohl aus der Hose gerutscht.«

»Klar, einen Moment.«

Sie drehte sich um und entdeckte den speckig glänzenden Geldbeutel vor einem Haufen Klamotten, die sie gestern im Eifer des Gefechts achtlos auf den Boden geworfen hatte. Gerade wollte sie das Portemonnaie aufheben, als sie sich besann. Wie zufällig stieß sie mit dem Fuß dagegen und ließ es aufklappen. In der Sichttasche neben dem Münzfach erkannte sie ein zerknittertes Bonbonpapier. Orla schmunzelte. Als Kind hatte sie sich damit vollgestopft, bis ihr davon schlecht geworden war. Diese sauren Drops wurden schon lange nicht mehr produziert – ein Relikt aus ihrer Kindheit und vermutlich auch aus seiner. Wieso sonst sollte Seán ein Bonbonpapier aufbewahren? Was sie jedoch viel mehr interessierte …

»Puh! Wo hast du ihn denn verloren?«, rief sie, um Zeit zu schinden. Während Seán laut überlegte, fuhr sie mit dem Zeigefinger über die Karten, zog seinen Führerschein hervor und warf einen kurzen Blick darauf. Seán Gallagher. Es war unverkennbar sein Gesicht – düster dreinblickend zwar, aber mit denselben grauen Augen, denselben Lippen und derselben schmalen Nase. Sie hätte erleichtert sein müssen, aber stattdessen kroch etwas Saures ihre Speiseröhre empor. Nun hatte sie es schwarz auf weiß. Rónán war tot. Was hatte sie sich nur eingebildet? Welchen Geistern war sie nachgejagt?

Als sie ans Fenster trat, raste ihr Puls. »Seán!«, sagte sie, als müsste sie seinen Namen laut aussprechen, um sich ihre Erkenntnis selbst zu bestätigen.

»Hast du ihn?«

»Er lag unter meinen Klamotten.« Orla hob den Geldbeutel hoch. »Fängst du?«

Mit gemischten Gefühlen beobachtete sie, wie er das Portemonnaie in seine Gesäßtasche schob, sich die Kapuze über den Kopf zog und sie ein letztes Mal anlächelte. Der Regen hatte die Erde aufgeweicht und in ein Matschfeld verwandelt, das bei jedem seiner Schritte schmatzende Geräusche von sich gab.

Erst als Seán hinter der Fuchsienhecke verschwunden war, schloss Orla das Fenster und kroch zurück in ihr Bett. Seán Gallagher war kein Deckname für einen Jungen, der sich aus den Flammen gerettet hatte. Es bestand kein Zweifel mehr. Orla schloss die Augen und glitt in einen traumlosen Schlaf.

34. ORLA

Die Wärme der Nacht war drei Stunden später verpufft, als Tomás verschwitzt und keuchend vor der Tür stand. Er trug einen türkisfarbenen Jogginganzug.

»Ich komme gerade von meiner Morgenrunde und muss kurz etwas überprüfen, Orla. Habe kein Auge zugekriegt deswegen. Molly meinte, ich soll einfach zu euch gehen. Das ist kein offizieller Besuch, ja? Das ist ein Freundschaftsdienst.«

Hatte sie von Tomás einen Durchsuchungsbeschluss der Staatsanwaltschaft verlangt? Natürlich nicht. Sie hatte ihn in den Keller begleitet, das Licht angeschaltet und ihm alles gezeigt, was sich dort unten befand – ein Freundschaftsdienst. Durchweichte Kartons stapelten sich aufeinander, prall gefüllt mit Erinnerungen. Möbel verbargen sich unter weißen Laken. An der Wand lehnten zwei alte Fahrräder und daneben stand der Flipper – ihr Vater hatte ihn reparieren und verkaufen wollen, war aber nie dazu gekommen.

Tomás war zielstrebig auf das Regal zugesteuert, in dem die Flaschen mit dem selbst gebrannten Schnaps lagerten. Eine dicke Staubschicht hatte sich darübergelegt. »Lass mich kurz einen Blick auf die Chargennummer werfen.«

Erst studierte er eine Flasche, wahllos aus dem Regal gegriffen, dann eine Fotografie auf seinem Telefon. »Wir haben einen Flaschenboden gefunden, also die Spurensicherung. Sie gehen davon aus, dass jemand einen Brandsatz geworfen hat, weil das Feuer total ungleichmäßig abgebrannt ist.«

»Ist das nicht normal? Eine Scheune aus Holz brennt eben besser als ein Boot.«

»Da war Brandbeschleuniger im Spiel. Jemand wollte, dass alles zerstört wird.« Tomás wischte sich mit der Hand über den Mund. »Orla, es wäre ratsam, wenn ihr euch um rechtlichen Beistand bemüht. Sucht euch einen Anwalt. Ich kenne jemanden in Tralee. Helen Wright. Da könntest du gleich mal …«

»Warum?« Schockiert starrte sie ihn an. »Kieran hat damit nichts zu tun. Er ist nach Hause gefahren, hat *Taytos* gegessen und sich ins Bett gelegt. Das war's!«

»Ich wünschte, es wäre so gewesen, aber die Chargennummern stimmen überein. Später werde ich vorbeikommen und ein paar Flaschen als Beweismittel sichern. Habe den Durchsuchungsbeschluss schon auf dem Schreibtisch liegen. Tut mir leid, Orla, aber so, wie's aussieht, steckt Kieran echt in Schwierigkeiten.«

»Gibt es nicht noch andere Verdächtige? Du kennst Freddie doch genauso lang wie ich. Ihm gehört das halbe Dorf. Er könnte sich Feinde gemacht haben, oder nicht?«, fragte sie und klang dabei fast hoffnungsvoll.

»Sicher, aber den anderen fehlt das Motiv. Jedes Verhalten dient einem Zweck, jede Tat verfolgt ein Ziel. Bei Kieran liegt's auf der Hand.«

»Nur für Leute, die ihn nicht kennen. Kieran besitzt keinerlei kriminelle Energie. Das weißt du doch. Er liebt Regeln, hält sich streng an alle Gebote und Gesetze, die er kennt«, protestierte sie.

»Aber manchmal brennt ihm 'ne Sicherung durch.«

»Kann sein, dass er sich im Affekt nicht immer richtig ver-hält, aber er würde niemals einen Brandsatz bauen mit dem Plan, damit eine Scheune abzufackeln«, zischte sie.

»Wie kommt die Flasche aus eurem Keller zum Tatort?«

Orla raufte sich das Haar. »Woher soll ich das wissen? Wie viele Flaschen wurden denn produziert, hä?«

Tomás hob das Kinn und schloss den Reißverschluss seiner Trainingsjacke. »Das war kein Zufall«, murmelte er.

»Und wenn alle Flaschen aus dem Regal fallen und man in dem Scherbenmeer keine einzige Chargennummer mehr finden kann – was dann?«

»Orla, du musst jetzt einen kühlen Kopf bewahren. Besorgt euch Rechtsbeistand, okay? Wenn er unschuldig ist, hat er nichts zu befürchten. Da kannst du mir ruhig vertrauen.«

»So läuft das nicht. Wie viele Justizirrtümer hat es schon gegeben, hm? Man liest doch ständig davon.«

»Wir lassen keinen Irrtum zu. Du hast mein Wort.« Tomás trat einen Schritt auf sie zu und legte beide Hände auf ihre Schultern. Mitfühlend blickte er sie an. »Hey, ich weiß, wie schwer das jetzt ist, aber ihr werdet das durchstehen.«

Ihr Magen verkrampfte sich. »Es ist eine Katastrophe, Tomás. Du kannst dir gar nicht ausmalen, was das alles ...« Sie verstummte, als sich ihre Kehle zusammenschnürte, sodass sie kein Wort mehr hindurchschieben konnte. Orla brach in Tränen aus.

* * *

Die Krähen, die in den Bäumen vor dem Haus saßen, schienen sie zu verspotten, als sie sich am frühen Abend aufs Fahrrad schwang.

»Scheißviecher!«, beschimpfte sie die Vögel, deren gehässiges Geschnatter sie verfolgte, als sie auf die Straße einbog. Der Wind drückte sich vom Meer her den Hügel hinauf und schien sie zurück nach Hause schieben zu wollen. Die Schlaglöcher waren tiefer als sonst. Der Geruch, der in der Luft lag, besaß eine modrige Süße, als würde irgendwo etwas verrotten. Orla war speiübel. Nach einem langen Telefonat schrillte Siobhans Stimme immer noch in ihren Ohren. »Orla, du musst mit Freddie reden, bitte, du musst ihm klarmachen, dass dein Bruder unschuldig ist. Du musst Tomás anrufen. Besorgst du die Nummer dieser Anwältin?«

Als Orla an einer kargen Koppel vorbeifuhr, konzentrierte sie sich auf ein langmähniges Pferd, das einzelne Büschel Gras aus der Erde rupfte, während es seinen Schweif von einer Seite zur anderen peitschen ließ. Sie musste kurz Atem schöpfen.

Seán öffnete mit blutunterlaufenen Augen und einem zerknitterten Gesicht, auf dem man noch die Spuren eines Kissens erkennen konnte. Mit einer Hand tätschelte er seine Wange, strich sein Hemd glatt.

»Ich hab geschlafen«, erklärte er und gähnte, als müsste er seine Behauptung belegen, dann grinste er sie breit an. »Hab eine ziemlich wilde Nacht hinter mir.«

Orla lächelte, obwohl es sie Mühe kostete, die Mundwinkel zu heben.

»Alles okay?« Noch ehe sie antworten konnte, griff er nach ihrer Hand und zog sie in den engen Korridor. Mit dem Schließen der Tür verstummte das Rauschen des Windes und es wurde mucksmäuschenstill um sie herum.

Seine Augen glitten forschend über ihr Gesicht, dann hob er die Hand und berührte mit den Fingerspitzen ihre Wange. »Hast du geweint?«

»Sie verdächtigen Kieran.«

»Kieran«, echote er und blies sich eine Haarsträhne aus der Stirn. »Was soll er denn getan haben?«

»Erin telefoniert schon mit der Anwältin.«

»Mit wem?«

»Helen Wright aus Tralee. Tomás hat uns ...«

»Mit einer Anwältin? Ich versteh überhaupt nicht, wovon du sprichst.« Er legte seine Hand unter ihr Kinn, zwang sie sanft, ihn anzusehen. »Orla, was ist passiert?«

»Die Gardaí waren bei uns. Sie verdächtigen Kieran. Er soll das Feuer gelegt haben, weil Freddie ihn rausgeschmissen hat. Und dann ist er früher von der Party verschwunden. Genau zu dem Zeitpunkt, als die Scheune angezündet wurde. Er hat kein Alibi, aber ein Motiv.«

»Scheiße! Das ist doch Wahnsinn. Kieran ist ...«

»Und das ist noch nicht alles.« Orla wischte sich mit dem Ärmel ihres Sweaters über die Wangen. »Poitín. Mein Vater hat ihn schwarz gebrannt und im Keller gelagert. Dort stehen immer noch ein paar Flaschen. Keine Ahnung, warum Siobhan sie nicht rausgeschmissen hat. Ich hatte sie längst vergessen, aber ...« Ihre Stimme versagte, Tränen verschleierten ihren Blick. Sie wischte sich unsanft über die Wangen. »So eine Flasche wurde dort gefunden, Seán, in der Scheune. Sie haben die Chargennummern verglichen.«

Er schwieg, hob nur hilflos die Schultern.

»Sie sagen, Kieran hätte einen Molotowcocktail gebaut und damit diese beschissene Scheune in Brand gesetzt. Es ist so absurd, dass ich darüber am liebsten lachen würde, aber ich kann nicht, ich kann nicht ...«

»Tut mir leid!«

»Erin fährt morgen los, um Siobhan abzuholen. Die Familie muss zusammen sein, um die nächsten Schritte zu besprechen. Wir brauchen eine Anwältin und dann ...« Orla starrte hinab auf ihre schlammverkrusteten Boots. »Was geschieht dann? Was ist, wenn sie ihn drankriegen?«

»Das wird nicht passieren«, erklärte er mit rauer Stimme.

»Alle Indizien deuten darauf hin, dass er's gewesen ist. Erst wollten sie ihn vorläufig festnehmen, aber Tomás hat die Staatsanwaltschaft davon überzeugt, dass keine Fluchtgefahr besteht. Stell dir mal vor, man würde Kieran aus seinem Leben rausreißen und in eine Zelle sperren. Wenn das passiert – ich weiß nicht, wie er das überstehen soll.« Orla presste die flache Hand gegen ihre Stirn und sah Seán an, als erhoffte sie sich von ihm Hilfe.

»Wenn Kieran sagt, dass er's nicht gewesen ist, dann ist das die Wahrheit. Ich bin mir sicher, dass sie den Täter finden werden. Es ist nur eine Frage der Zeit.«

Orla spürte, wie etwas Kaltes ihre Wirbelsäule hinaufwanderte. Seit Stunden bekam sie dieses Gefühl nicht mehr los – dieses Grauen. »Niemand kann das wissen«, antwortete sie erschöpft. »Im Moment sieht es düster aus. Erin und Siobhan sind völlig außer sich und telefonieren in der Weltgeschichte herum. Ich habe Freddie geschrieben, aber er tut so, als wären ihm die Hände gebunden. Er will nur den Schaden ersetzt haben. Alles andere interessiert ihn nicht. Dabei kennt er Kieran schon sein ganzes Leben lang.«

»Wo ist er jetzt? Kieran, meine ich. Sollen wir ihn abholen?«

»Erin hat ihn zu einem Ausflug verdonnert. Er fährt mit Cormac in die Falknerei nach Killarney, damit er auf andere Gedanken kommt.«

»Wolltest du sie nicht begleiten?«

»Ich wollte zu dir, aber in einer Stunde muss ich zurück. Wir halten eine Krisensitzung. Dabei können wir gar nichts machen, nur abwarten und den Teufel an die Wand malen.«

Seán zog sie in seine Arme, küsste ihre Stirn und vergrub dann das Gesicht in ihrem Haar. »Das kommt wieder in Ordnung«, beteuerte er.

Als Orla ihren Kopf an seine Brust lehnte, spürte sie, wie heftig sein Herz schlug. Schnell und hart. »Kaum bin ich hier, verliert er seinen Job und jetzt seine Freiheit. Ich bringe ihm einfach kein Glück«, murmelte sie und schob ihre Hände unter sein Hemd, weil sie das Gefühl warmer Haut schon immer tröstlich gefunden hatte.

»Soweit ich informiert bin, bist du nicht als Glücksbringerin zurückgekommen.« Sein Brustkorb vibrierte, als er lachte. »Und trotzdem blühen alle auf, seitdem du hier bist. Selbst ich fühle mich wie eine Blume.«

Orla lehnte sich zurück, um ihm einen belustigten Blick zuzuwerfen. »Du fühlst dich wie eine Blume?«

»Ach, keine Ahnung. Was ich damit sagen will: Du machst alles besser. Ganz nebenher, ohne Absicht. Sogar die Wellen rollen an Land, um in deiner Nähe zu sein. Ist dir das schon mal aufgefallen?«

In diesem Moment hätte sie ihm gern gesagt, dass sie ihn liebte. Es war kein kompliziertes Gefühl, sondern simple Gewissheit. Dennoch schaffte sie es nicht, etwas zu erwidern. Alles, was sie hinbekam, war ein Blinzeln.

»Was muss ich tun, Orla? Sag mir, was ich tun muss, damit ich ganz kurz dein Lächeln sehen kann.«

»Könntest du irgendwas tun, um Kieran da wieder rauszuholen?«

»Ich geb mein Bestes!«

Sein Lachen war verebbt. Nun sah er ihr so eindringlich in die Augen, dass sie ihm fast glaubte.

»Das reicht schon«, sagte sie, legte ihre Hände auf seine Wangen und küsste ihn.

Seán zögerte einen Moment, doch dann schlang er seine Arme um ihre Taille und öffnete die Lippen, um ihren Kuss zu erwidern.

Seine Nähe war genau das, was sie jetzt brauchte. Eine Atempause. Orla wollte nicht reden, sondern sich mit geschlossenen Augen fallen lassen, nur um das Kribbeln im Bauch zu spüren, nicht um anzukommen.

Während sie sich küssten, knöpfte sie sein Hemd auf und schob es von seinen Schultern, dann löste sie sich von ihm. Seáns Blick glitt über ihren Körper, als sie aus ihrem Sweater schlüpfte. Sie zog das Zopfgummi aus ihrem Haar und kämmte mit den Fingern durch die Strähnen.

»Genug frisiert.« Er griff nach ihrem Hosenbund und zog sie daran zu sich.

Sie verloren die restliche Kleidung im Flur und fanden sich im Schlafzimmer wieder. Zuerst hatte sie ihn noch angesehen, um keine seiner Regungen zu verpassen, doch als er zwischen ihren Beinen lag, schloss sie die Augen. Mal griffen seine Hände fest und entschlossen zu, mal streichelten sie zärtlich über ihre Haut. Ihre Gefühle spielten verrückt. Und dann, im schönsten Moment, geschah etwas, das Orla nie zuvor erlebt hatte: Als sie den Kopf in den Nacken legte und ihren Empfindungen freien Lauf ließ, kamen ihr die Tränen. Alle Gefühle wallten gleichzeitig in ihr auf, überzogen ihren Körper mit einer Gänsehaut. Die Intensität dieser Nähe überwältigte sie. Wie war es möglich, erregt und im selben Moment so gerührt zu sein?

»Weinst du?«, fragte Seán perplex und hielt inne. Schweiß glänzte auf seiner Stirn und bedeckte seine Brust mit einem schimmernden Film.

Orla lachte und legte den Unterarm über ihre Augen. »Alles gut.« Sie wollte ihn an den Schultern wieder zu sich hinabziehen, doch er stemmte sich dagegen.

»Was ist denn?«

»Keine Ahnung. Das ist mir noch nie passiert!«

Orla hob den Kopf, um ihm einen Kuss zu geben, dann ließ sie sich zurückfallen. »Das war so intensiv, dass ich nicht anders konnte. Kennst du das Gefühl, wenn Wellen den Sand unter deinen Füßen wegspülen und du das Gleichgewicht verlierst? So war das.«

Seine Mundwinkel zuckten, als wären sich seine Lippen nicht sicher, ob sie ein Lächeln hinbekämen.

»Das war total schön«, sagte sie. »Genau das, was ich gebraucht habe.«

Seán ließ sich neben ihr auf die Matratze sinken und lachte leicht konsterniert. »Ich hab eine Frau im Bett zum Heulen gebracht. Super, Seán! Das klingt so verquer. Du solltest es genießen, nicht in Tränen ausbrechen.«

»Ich hab's total genossen«, unterbrach sie ihn mit glühenden Wangen. »Dich, meine ich.«

»Ich muss leider los«, flüsterte sie.

»Noch nicht.« Er küsste ihre Fingerspitzen, dann die Innenseite ihres Handgelenks.

»Beim nächsten Mal bleib ich länger.« Sie stand auf, suchte ihre Kleidung zusammen und zog sich an.

Seán lag mit hinter dem Kopf verschränkten Armen auf dem Bett und ließ sie nicht aus den Augen. Als sie die Tür öffnete, sprang er auf und folgte ihr. Im Gehen schlüpfte er in sein Shirt und stieg danach in seine Shorts, die im Korridor gelegen hatten.

Orla zog die Tür auf. Es war kälter und dunkler geworden. Im Haus gegenüber brannte Licht und hinter dem Fenster im Erdgeschoss erkannte sie die alte Mrs O'Shea, die vor einem Topf stand, aus dem es kräftig dampfte. Als hätte sie den Blick gespürt, wandte sie den Kopf um. Sie schaute Orla und Seán an und öffnete den Mund, als wollte sie zu einer Strafpredigt ausholen, zog stattdessen jedoch die Vorhänge zu.

»Tja, jetzt weiß es sicher bald der ganze Ort«, scherzte Orla und stieg auf ihr Fahrrad.

Seán verzog keine Miene und trat auf sie zu. »Das kommt wieder in Ordnung«, sagte er. »Das ist jetzt eine beschissene Zeit, ich weiß, aber sie geht vorbei.«

»Das hoffe ich«, erwiderte sie mit einem matten Lächeln.

»Orla, da wäre noch was. Ich wollte dir sagen, dass …« Er verstummte, presste die Lippen aufeinander. Für einen Moment herrschte Stille, dann winkte er ab.

»Was?«

»Nicht wichtig.«

»Sag's mir«, forderte sie und stützte sich mit dem Fuß auf der untersten Treppenstufe ab.

»Du kommst zu spät zum Krisengipfel.«

»Macht nichts. Wolltest du mir zufälligerweise sagen, dass die Gardaí dir einen Besuch abgestattet haben? Erin hat mir davon erzählt.«

Ein Schatten zog über sein Gesicht, dann schüttelte er den Kopf. »Nein, das ist es nicht.«

»Sondern?«

Seán starrte auf seine nackten Füße und kratzte sich am Hinterkopf. »Es ist echt einfach, mit dir zusammen zu sein und daran zu glauben, dass man nichts anderes mehr braucht.«

Ihr Herzschlag hatte sich dem Rhythmus seiner Worte angepasst. Die Haut über ihren Knöcheln war weiß geworden, so sehr klammerte sie sich am Lenker fest. Orla blinzelte. »Kommst du mich später besuchen?«, fragte sie.

Er ließ ein Lächeln durchscheinen. »Heute Abend bin ich bei Tomás zum Pokern. *Texas Hold'em.* Wenn ich schon wieder absage, bekomme ich bestimmt einen Strafzettel.«

»Weißt du eigentlich, was man über das Glück im Spiel und in der Liebe sagt?«

Seán nickte. »Meine Chancen stehen echt schlecht, heute mit vollen Taschen nach Hause zu gehen, hm?«

»Das hoffe ich zumindest.« Lächelnd stieß Orla sich ab und rollte mit dem Fahrrad auf die Straße. »Ruf mich an, wenn du lieber zu mir kommen willst, als beim Poker zu verlieren.«

Sie trat fest in die Pedale, während Kieran durch ihre Gedanken jagte. Ihr Bruder hatte sie schon oft überrascht, aber er hatte sie nie enttäuscht. Bevor sie beim letzten Haus um die Ecke bog, warf sie einen Blick über die Schulter. Seán lehnte immer noch im Türrahmen.

35. ORLA

Noch nie war es draußen so still gewesen wie in dieser Nacht. Die Fenster ihres Zimmers standen sperrangelweit offen, doch die Vorhänge hingen schlaff von der Stange. Nicht mal die Blätter mit ihren Notizen, die lose auf dem Schreibtisch lagen, bewegten sich. Orla hatte gehofft, einer donnernden Brandung lauschen zu können, einem brausenden Wind, einem tiefen Grollen. Aber es herrschte gespenstische Stille. Die berühmte Ruhe vor dem Sturm, dachte sie und ließ ihr Telefon aufleuchten. Seán hatte ihre Nachricht nicht mal gelesen. Wahrscheinlich schlief er schon. Zwar hätte Orla sich seine Gesellschaft gewünscht, doch es war vernünftig, die Nacht allein zu verbringen. Morgen mussten sie früh raus, sich fit machen, mit der Anwältin sprechen und eine Strategie entwickeln. Wenn Orla alle Gefühle zuließ, die in ihr aufkamen, dann musste sie sich eingestehen, dass sie eine Scheißangst hatte. Steine in der Brust.

»Das ist nicht nur eine juristische, sondern auch eine mentale Herausforderung. Wir müssen daran glauben, dass wir gewinnen. Wir müssen überzeugt sein«, hatte Erin sie vorhin eingeschworen und ihr dann einen kaltfeuchten Kuss auf die Wange gedrückt.

Um sich abzulenken, scrollte Orla durch *Instagram*, betrachtete fremde Menschen, las irgendwelche Zitate. Schließlich schaltete sie einen Podcast an: *Coffee & Crime*. Es ging um ein Dienstmädchen, das 1957 spurlos aus einem Nest namens Clonamaddy verschwunden war. Ein Herrenhaus inmitten der Einsamkeit, dottergelbe Blumen ... Die monotone Stimme der Sprecherin lullte sie ein und trug Orla schon nach wenigen Minuten in einen traumlosen Schlaf.

Orla schreckte auf, als das Telefon neben ihrem Kopf vibrierte und ihr grell ins Gesicht strahlte. Die Buchstaben verschwammen vor ihren Augen, doch sie erkannte den Namen: Seán. Es war zwei Uhr nachts.

»Lässt du mich rein?«, fragte er, kaum dass sie den Anruf entgegengenommen hatte.

»Wo bist du?«

»Vor der Tür!«

Benommen schüttelte sie den Kopf, wischte sich mit dem Handrücken über die Augen.

»Orla, bitte!« Etwas in seiner Stimme ließ sie zusammenzucken – sie klang gehetzt und überreizt.

»Moment.« Sie schlug die Decke zurück. Mittlerweile war es eiskalt im Zimmer, doch anstatt das Fenster zu schließen, hastete sie in den Flur und die Treppe hinab. Was hatte Seán so tief in der Nacht hier verloren? Etwas musste passiert sein. Etwas Schreckliches. Die Erkenntnis überfiel sie so klar und stechend, dass sie den Atem anhielt, als sie die Hand auf die Klinke legte. Kaum hatte sie die Tür geöffnet, zwängte Seán sich an ihr vorbei in den Korridor. Obwohl es kalt war, trug er nur ein dünnes Shirt, das sich im Brustbereich mit Feuchtigkeit vollgesogen hatte.

»Was ist denn los?«, fragte sie alarmiert.

Seine Hände waren so schmutzig, als hätte er in feuchter Erde gegraben. Dennoch griff sie danach, trat dicht an ihn heran und erkannte nun auch die Blutschlieren, die dunkel auf seiner Oberlippe angetrocknet waren.

»Mein Gott. Was hast du gemacht?«

Als sie die Hand heben und seine Nase berühren wollte, wich er ihr aus. »Nicht. Die ist schnurgerade und soll auch so bleiben. Da darf jetzt niemand dran rumfingern.«

»Hast du dich geprügelt?«

Mit zusammengepressten Lippen musterte er sie. Schweiß glänzte auf seiner Stirn, auch das Haar war feucht und fiel ihm strähnig ins Gesicht. »Scheiße!«, stieß er aus. »Ich hab Scheiße gebaut.«

»Wo bist du gewesen?«

Seán entriss ihr seine Hände und ballte sie zu Fäusten. Sein Blick glitt zur Tür, als überlegte er, wieder abzuhauen.

»Bist du betrunken?«, fragte sie misstrauisch.

»Bin ich nicht.«

»Okay, hör zu!« Sie legte ihre Hände auf seine Schultern und versuchte, seinen Blick aufzufangen. »Ich mache uns jetzt erst mal eine Tasse Tee und dann …«

»Vergiss den Tee«, unterbrach er sie bissig. »Damit kannst du vielleicht deine Oma trösten, aber hier geht's um … das ist echt was anderes, okay?«

»Du kommst hier mitten in der Nacht an, bist völlig überreizt und siehst aus, als hätte dir im Pub jemand …«

»Verflucht!«, donnerte er. »Du verstehst nicht, was hier los ist, Orla.«

»Kieran wacht auf, wenn du so ein Getöse machst«, zischte sie und griff seine Hand. »Außerdem müssen wir deine Nase kühlen, sonst wird daraus eine rote Kartoffel, also demnach eine Tomate.« Trotz seiner grimmigen Miene und der blutverkrusteten Oberlippe musste sie lachen.

»Das ist nicht lustig«, wies er sie zurecht.

»Aber Lachen macht's einfacher. Komm mit.«

Widerstandslos ließ er sich von ihr die Treppe hinaufbugsieren. Seán lief dicht hinter ihr – kein Alkohol, zumindest kein Alkohol, den man gegen den Wind hätte riechen können. Vorsichtig öffnete sie die Tür zu ihrem Zimmer, schob Seán hinein und wollte gerade wieder verschwinden, als er sie festhielt. »Bleib hier.«

»Ich wollte nur was Kaltes für …«

»Nicht wichtig!« Sein Gesicht verzerrte sich. »Ich hab nicht mehr viel Zeit.«

Widerwillig schloss sie die Tür und lehnte sich mit dem Rücken dagegen. In ihrem Kopf überschlugen sich die Gedanken.

Seán trat vor das Fenster. Inzwischen wehte ein kalter Wind, verwirbelte sein Haar und bauschte die Vorhänge auf.

Aus zusammengekniffenen Augen taxierte sie ihn. »Also, was ist los?«, fragte sie mit einer Stimme, die darüber hinwegtäuschte, wie erschrocken sie war.

»I-ich hab's nicht gepackt«, wisperte er. »Der alles entscheidende Moment und ich hab's einfach nicht hinbekommen. Aber wenn ich's nicht schaffe, bleibt alles, wie's ist. Dann muss keiner dafür bezahlen.«

»Wovon redest du denn?«

Anstatt zu antworten, fummelte Seán den Tabakbeutel aus der Gesäßtasche seiner Jeans und drehte sich mit flinken Griffen eine Zigarette. Sie hörte das *Ratsch* seines Feuerzeugs, dann sah sie Rauch aufsteigen.

Als er auch nach drei Zügen noch nichts gesagt hatte, trat Orla neben ihn. »Sag's mir!«, forderte sie. »Was ist los?«

»Ich wollte ihn umbringen.« Er sagte die Worte so schlicht, als spräche er von einer Lappalie. Langsam drehte er sich zu ihr um und schnippte die Zigarette in den Garten.

»Du wolltest jemanden umbringen? Das ist ein Scherz, oder?« Fast hätte sie gelacht, doch in seinem Gesicht erkannte sie keine Regung, selbst seine Augen wirkten versteinert.

»Ich wollte ihn leiden sehen, damit er am eigenen Leib erfährt, wie's ist, wenn …«

»Bei wem warst du?«, unterbrach sie ihn und krallte sich an seinem Unterarm fest.

Seine Augen wanderten sekundenlang über ihr Gesicht, schienen darin nach etwas zu suchen – dann senkte er den Kopf und starrte auf den bunten Webteppich unter seinen Füßen. »Heute wollte ich mit Freddie abrechnen.«

Ein Name. Ein Schlag in die Magengrube. Orla ließ ihn abrupt los und trat einen Schritt zurück. Ihr Herz fing an, so schnell zu pumpen, dass sie das Blut in ihren Ohren rauschen hörte. »Was hast du getan?«

»Nichts.« Das Wort wich kraftlos über seine Lippen. »Nichts. Ich hab's nicht hinbekommen.« Er klang, wie er aussah – vollkommen entkräftet. »Ich war so verdammt wütend, aber plötzlich hatte ich Schiss und dann habe ich an dich gedacht. Ich hab dein Gesicht gesehen und mir vorgestellt, was du sagen würdest, wenn du wüsstest …«

Es kam ihr vor, als würde Galle in ihr aufsteigen und sich durch ihre Speiseröhre ätzen. Orla verschränkte die Arme vor der Brust.

»Oder Rosie …« Er hob den Blick und seine Augen kamen ihr so tieftraurig vor, dass sie blinzeln musste. »Sie hatte immer Angst, wenn ich so wütend geworden bin.«

»Deine Schwester?«

Er stieß ein Geräusch aus, das sie an das Jaulen eines Hundes erinnerte. Das war der Moment, den Orla in Gedanken schon tausendmal durchexerziert hatte. Das Geständnis, die Enthüllung. Sie schloss den Mund und schluckte. Ihre Kehle war so eng, dass sie den Speichel hinunterwürgen musste. Vor ihr stand der Junge von damals mit seiner ganzen Wut und Verletztheit, mit dem ganzen Schmerz.

»Rónán«, flüsterte sie.

»Da war plötzlich nichts mehr. Kein Mensch, nicht mal ein beschissener Ort. Alles wurde aus mir herausgerissen. Und während ich tausendmal durch die Hölle gegangen bin, macht Freddie sich hier in aller Selbstgerechtigkeit ein schönes Leben, schippert mit ein paar Touristen durch die Gegend, fett und glücklich. Das ist so scheiße ungerecht!«

»Bist du es wirklich? Bist du Rónán?«

Seine Augen fanden zu ihr zurück. »Ach, Orla, du weißt es doch schon längst.«

»Deswegen bist du nach Saltmore gekommen«, schlussfolgerte sie. »Weil du hier wirklich etwas verloren hast.«

Seán war Rónán. Er hatte überlebt, war davongekommen. Doch es war kein Wunder wie in ihren Träumen, sondern ein Schrecken. Der Moment war nicht romantisch, sondern besaß eine bizarre Grausamkeit.

»Ich konnte es dir nicht sagen. Ich lebe schon seit Jahren als Seán Gallagher. Ich *bin* Seán Gallagher. Rónán ist nur noch ...« Seine Mundwinkel zuckten, dann wischte er sich mit dem Handrücken über die Lippen. Das geronnene Blut bröckelte. Orla drehte sich um und griff nach der halb leeren Wasserflasche und einer Packung Taschentücher, die auf ihrem Nachttisch lag. Wortlos befeuchtete sie das weiche Papier, um damit über seine Oberlippe zu tupfen.

»Das musst du nicht tun.« Bevor er sein Gesicht abwenden konnte, hielt sie sein Kinn fest und versuchte vorsichtig, das Blut unter seiner Nase zu entfernen.

»Es tut mir leid. Alles, was passiert ist, tut mir wahnsinnig leid.«

»Mir auch.«

320

Schließlich warf sie das wässrig-rote Taschentuch neben die Gartenbücher, die auf dem Schreibtisch lagen, und Seán rieb sein Gesicht am Ärmel seines Shirts trocken.

»Schon besser.« Orla bemühte sich um ein Lächeln. Ihre Brust war zweigeteilt. Einerseits war sie überwältigt davon, dass Rónán noch lebte. Andererseits wurde ihr schlagartig bewusst, dass diese Enthüllung nicht folgenlos bleiben würde. »Warum Freddie?«

Seán lehnte sich mit dem Rücken gegen die Wand und vergrub seine Hände in den Hosentaschen. »Damals, als wir am Skellig Drive standen ... Diese Jungs waren immer da, haben uns wie Sniper beobachtet. Mein Vater meinte, man könnte den Leuten das Glotzen ja nicht verbieten. Deswegen haben wir sie ignoriert. In der besagten Nacht, als ich zur Kapelle aufgebrochen bin, habe ich einen Haufen Müll entdeckt – genau dort, wo diese Typen immer rumgelungert haben. Und zwischen den ganzen Bierdosen lag dieses verdammte Feuerzeug.« Er kramte es aus seiner Hosentasche und präsentierte es auf seiner Handfläche. »Damals wusste ich nicht, wem es gehörte und ob es etwas mit dem Tod meiner Familie zu tun hatte. Ich hab's einfach eingesteckt, wollte es meinem Vater schenken oder zu Geld machen. Aber ein paar Stunden später habe ich dann unseren Caravan gesehen. Das, was davon übrig geblieben ist.«

»Und deswegen dachtest du, es wäre einer der Jungs gewesen?«

»Ich hatte nur einen Verdacht, keinen Beweis. Du hast mir den Namen geliefert, als wir zur Skellig gefahren sind. Freddie McLaughlin. Da war ich mir sicher, dass er's gewesen ist. Er ist mir schon damals aufgefallen, weil er auch öfter allein gekommen ist. Manchmal saß er stundenlang auf der Klippe und hat uns beobachtet.«

Ihre Gedanken überschlugen sich. Sie dachte an den Artikel im *Saltmore Chronicle*, in dem stand, dass Freddie mit seiner Familie im *Selkie* gewesen war. Siobhan und Erin.

»Du bist also davon überzeugt, dass Freddie ...«

»Ja, verdammt«, unterbrach er sie. »Jedes Mal, wenn ich ihn gesehen habe, hatte ich Gewaltfantasien, so einen heftigen Hass. Am liebsten hätte ich ihn längs aufgeschlitzt und zum Ausbluten an einen Mast gehängt.«

Bei seinen Worten leuchtete ihr unmittelbar ein, was er getan hatte. »Warte!«, stieß sie aus. »Du hast seine Scheune angezündet. Das warst du!«

Er rieb die Handflächen aneinander, langsam und sorgfältig, dann nickte er. »Vor ein paar Wochen hat Siobhan mir Poitín vor die Tür gestellt. War 'ne nette Geste, aber so ein Zeug trinke ich nicht. Na ja, und dann habe ich die Flasche umgebaut, um daraus ...«

»Sag mal, spinnst du eigentlich?«, rief sie aufgebracht. »Du hast in Kauf genommen, dass Kieran verurteilt wird. Hast du sie nicht mehr alle? Was bist du für ein Mensch?«

Seán trat vor und packte sie bei den Schultern. Eindringlich sah er sie an. »Deswegen bin ich doch hier! Morgen ist alles vorbei. Morgen stelle ich mich der Garda.«

»Das solltest du auch!«, herrschte sie ihn an, doch dann zog sich ihr Magen schmerzhaft zusammen. »Sie werden dich wegen Brandstiftung verurteilen, Seán!«

»So wird's wohl kommen. Das ist die Gerechtigkeit, von der alle reden, oder? Man muss für alles bezahlen, was man sich nimmt.«

Schiefergraue Augen, so bewegt wie das Meer an stürmischen Tagen. Als ihre Blicke ineinanderflossen, überschlug sich ihr Herz. Sie erkannte Rónán so deutlich, dass es ihr unvorstellbar war, jemals daran gezweifelt zu haben. Orla schlang ihre

Arme um ihn. Sein Körper versteifte sich, doch sie drückte sich an ihn, bis er nachgab und ihre Umarmung erwiderte.

»Ich wollte das allein erledigen. Es war nie mein Plan, mich in dich zu verlieben oder Kieran mit reinzuziehen«, sagte er mit belegter Stimme. »Als du mir erzählt hast, dass er verdächtigt wird, wusste ich, dass ich nicht mehr viel Zeit habe. Kieran ist heilig. Das hast du früher oft gesagt. Aber ich hab's erst jetzt kapiert: Alles, was man liebt, ist heilig. Meine Familie zum Beispiel.«

Orla sah ihn prüfend an. »Man hat damals sechs Leichen gefunden. Deswegen hat auch niemand nach dir gesucht. Alle dachten, du wärst tot. Wer war die sechste Leiche?«

Sie konnte den Atem, den er ausstieß, warm auf ihrer Haut spüren. »Mein Onkel. Er hat uns besucht und sich mit meinem Vater betrunken. Beide waren sternhagelvoll. Deswegen habe ich ihm mein Bett überlassen und bin woanders hingegangen. Wir hätten unmöglich alle in unserem winzigen Caravan schlafen können.«

»Wo warst du?«

»Habe mich in der Kapelle einquartiert.«

»Du warst die ganze Nacht in unserer Kapelle?«

Seán nickte.

»Und dann hast du sie am nächsten Morgen gefunden?«

Orla beobachtete, wie sein Blick aus dem Fenster in die Ferne schweifte. Am Horizont, dort wo in wenigen Stunden die Sonne aufgehen würde, erkannte man eine silberne Linie über dem Meer.

Bevor Seán sprach, räusperte er sich mehrmals, als müsste er einen Pfropfen loswerden. »War nicht sehr gemütlich. Irgendwann hatte ich die Schnauze voll und wollte meinen Onkel aus dem Bett werfen, um selbst noch ein bisschen zu schlafen. Aber da waren nur Rauch und dieser bestialische Gestank. Das war der Moment, in dem ich den Verstand verloren habe. Ich kann mich nicht mehr richtig erinnern. Ich stand dort, war völlig paralysiert. Dann kam die Panik.« Er hob die Schultern. »Da habe ich mir das Motorrad geschnappt und bin zu Emma gefahren. Gott weiß, wie ich das geschafft habe. Meine Erinnerung ist weg, komplett ausgelöscht. Irgendwann stand ich in Beldare. Das war's dann.«

»Emma Gallagher aus Beldare?« Ihr Puls raste, als sie sich an das Gespräch mit Tomás erinnerte, bei dem er ihr von einem Anruf viele Jahre nach der Tragödie erzählt hatte. »Ist das deine Tante?«

»So habe ich sie genannt, ja. Sie hat sehr zurückgezogen gelebt, hatte kaum Kontakt zu anderen Leuten. Das war ziemlich praktisch, wie du dir vorstellen kannst. Wir haben allen im Dorf erzählt, ich wäre ihr Neffe. Seán Gallagher. Es hat niemanden interessiert.«

»Warum hast du mir nie gesagt, dass du lebst? Du hättest zu mir kommen können. Wir waren doch Freunde.«

»Ach, Orla. Du warst noch ein Kind. Was hättest du schon tun sollen?«

»Deine ganze Familie ... Wolltest du nicht wissen, wie es passiert ist? Warum sie gestorben sind?«

»Ich habe versucht, irgendwie klarzukommen. Du kannst dir das nicht vorstellen ... Nach so einem Verlust weiterzumachen, überhaupt zu leben. Das war echt hart. Ich konnte mich lang nicht richtig erinnern, hab alles verdrängt. Das Gehirn macht merkwürdige Dinge, wenn die Realität zu hart ist.« Er lachte tonlos. »Aber jetzt bin ich bereit. Ich will wissen, was mit meiner Familie passiert ist. Deswegen habe ich mich in Saltmore eingenistet, weil ich dachte, dass die Chancen am besten stehen, wenn ich das Dorf von innen heraus kennenlerne.«

»Bist du nie zur Garda gegangen?«

»Natürlich nicht.« Angewidert verzog er das Gesicht. »Du weißt, wie ich aufgewachsen bin! Die Garda stand nie auf unserer Seite. Im Gegenteil. Wir haben eine Anzeige nach der anderen kassiert. Als sie unseren Lagerplatz geräumt haben, sind sie uns mit Schlagstöcken hinterhergerannt, haben uns mit Pfefferspray eingenebelt, bis wir nicht mehr atmen konnten. So habe ich die Garda Síochána kennengelernt. Ich wäre nie zu ihnen gegangen, niemals.«

Orla neigte den Kopf zur Seite und betrachtete ihn nachdenklich. Schon damals hatte Rónán überall Gefahr gewittert, überall Feinde gesehen. Im Grunde hatte er immer Angst gehabt. So war das ja oft. Aus Gefühlen, die einen innerlich zerlöcherten, wurde Wut, die sich nach außen richtete. Doch irgendwann verschwand die Wut und darunter lagen die Gefühle, die sie verdeckt hatte: Angst, Schmerz, Trauer.

»Es tut mir leid«, sagte Orla und hätte die Worte noch hundertmal wiederholen können. »Es tut mir so wahnsinnig leid, Seán. Du konntest nicht mal dabei sein, als sie beerdigt wurden.«

»Ich war bei ihrer Einäscherung«, knurrte er, doch dann stieß er einen inbrünstigen Seufzer aus. »Seitdem ich in Saltmore bin, war ich ein paarmal bei ihrem Grab, aber das gibt mir nichts. Sie sind schon lange nicht mehr dort.«

Orla nickte und legte ihre Hände auf seine Wangen. »Was machen wir denn jetzt?«

»Na ja, wir verabschieden uns voneinander. Morgen ist sowieso alles vorbei«, sagte er mit brüchiger Stimme. »Freddie ist immer noch im Leuchthaus.«

»Was?« Ihr stockte der Atem.

»Deswegen bin ich hergekommen. Weil ich's nicht gepackt habe. Ich habe komplett die Nerven verloren.«

»Wieso ist Freddie im Leuchtturm? Lebt er?«

»Was ist das für eine Frage? Natürlich lebt er«, erwiderte er und riss sich von ihr los. »Wir waren bei Tomás, haben ein paar Runden Poker gespielt. Danach bin ich ihm gefolgt, habe ihn mit dem Auto über die Klippen gejagt und dann im Leuchtturm eingesperrt. Keine Ahnung, was ich mir dabei gedacht habe. Ich wollte ihn verhören wie ein richtig harter Bulle, ihm die Seele aus dem Leib prügeln. Nichts davon habe ich hinbekommen.«

»Du hast ihn entführt?« Ihre Brust zog sich zusammen und ihr Kopf schien sich um die eigene Achse zu drehen.

»Ich habe ihn eingesperrt, weil ich plötzlich nicht mehr wusste, was ich machen soll, weil ich ...« Seán pustete Luft aus seinem Mundwinkel. »Scheiße! Mir ging der Arsch auf Grundeis.«

»Seán!«, ächzte sie. »Ich weiß nicht, was ich sagen soll. Das ist eine einzige Katastrophe.«

»Ich hätte dich nicht mit reinziehen sollen«, sagte er und blickte hinab auf seine Hände. Dreckig und zitternd.

Die Kraft entwich aus ihrem Körper wie Luft aus einem Ballon – sie wurde kleiner und erschlaffte. Es erschien ihr plötzlich unmöglich, auch nur eine Sekunde länger zu stehen. Mit weichen Knien tapste sie zu ihrem Bett und ließ sich darauf sinken.

Nach kurzem Zögern folgte er ihr und setzte sich neben sie. Als er seinen Arm um sie legte, wäre sie am liebsten von ihm abgerückt. Sie war empathisch genug, um sein Verhalten nachvollziehen zu können, aber es machte sie rasend, dass er damit alles aufs Spiel setzte.

»Okay«, sagte sie in einem Tonfall, der offenbarte, dass überhaupt nichts okay war. »Du gehst auf keinen Fall zurück.«

»Ich muss es zu Ende bringen.«

»Du musst gar nichts. Ich gehe!« Orla stand auf und riss ihren Cardigan von der Stuhllehne.

»Nein«, protestierte Seán. Er war nun ebenfalls aufgesprungen und baute sich vor der Zimmertür auf. »Das ist meine Angelegenheit.«

»Tja, jetzt nicht mehr. Du hast sie mir anvertraut.« Über die Schulter warf sie ihm einen angriffslustigen Blick zu, dann schlüpfte sie in die schwere Wolljacke. »Ich rede mit Freddie.«

»Auf keinen Fall!«

»Oh doch! Glaub ja nicht, dass ich dich noch mal in seine Nähe lasse, Seán. Das ist zu deinem eigenen Schutz. Kapierst du das nicht?«

»Halt dich da raus. Du hast deine eigenen Probleme.«

»Das ist deine Schuld«, fauchte sie. »Das hat alles mit dir zu tun. Und jetzt baust du so eine Scheiße. Das fliegt uns alles um die Ohren.«

Als er auf sie zutrat, hob sie abwehrend die Hände, doch er ließ sich davon nicht beeindrucken und zog sie an seine Brust. »Du musst mich verstehen«, raunte er ihr zu. »Ich hatte einen Plan. Als ich mitbekommen habe, dass du in Dublin lebst und so gut wie nie nach Hause kommst, war ich gottfroh, aber dann bist du hier aufgekreuzt und alles wurde so verdammt kompliziert.«

»Es wurde schön! Das ist dein Problem, Seán. Es wurde zu schön, als dass du einfach alles kaputtmachen dürftest.«

Er lehnte sich ein wenig zurück, um ihr in die Augen zu sehen. »Aber so funktioniert mein Plan nicht.«

»Von welchem Plan redest du denn?«, fragte sie aufgebracht und löste sich von ihm. »Freddie umbringen? Sein Haus anzünden? Nichts wird dadurch besser. Gar nichts. Nicht mal dein eigenes Leben. Was hast du denn gegen Freddie in der Hand? Ein Feuerzeug, mehr nicht.«

»Jemand muss dafür bezahlen!«

»Du bekommst sie nicht zurück, Seán. Du könntest ganz Saltmore in Schutt und Asche legen und sie wären immer noch tot.« Orla war selbst erstaunt darüber, wie abgeklärt sie klang. »Es hört nie auf, wenn du deine Wunden ständig offen hältst.«

»Das verstehst du nicht«, sagte er erschöpft.

»Ich kann mir vorstellen, wie er sich anfühlt, dieser Schmerz, wie er dir fast den Verstand raubt und dich dazu zwingt, irgendwas zu tun, nur damit er aufhört. Und das verstehe ich. Du glaubst, Rache würde dich stärker machen, aber das stimmt nicht. Du schadest dir selbst, Seán, und deswegen fahre ich jetzt zum Leuchtturm.«

Ruckartig hob er den Kopf. »Nein!«

Orla legte beide Hände auf seine Wangen und sah ihn eindringlich an. »Jetzt überleg doch mal. Wenn Freddie jemandem die Wahrheit sagt, dann mir. Ich kenne ihn. Er vertraut mir.«

36. ORLA

Ihre Hände zitterten, als sie den Schlüssel ins Zündschloss frie-
melte und den Motor startete. Seán saß mit erstarrter Miene
neben ihr. Irgendwann hatte er aufgegeben, mit ihr zu diskutieren. Morgen wäre es vorbei. Aber eine Frage blieb: Wie würde
es zu Ende gehen? Sie musste daran denken, wie sie sich auf den
Felsen geküsst hatten. Dieser schaurige Glücksmoment – kaum
begriffen, schon vorbei.

Weil Seán nur ein dünnes Shirt trug, hatte sie ihm Kierans
Jacke gegeben. Morgen würde sie ihrem Bruder sagen, dass er
aufatmen konnte. Der Täter war gefasst und alle konnten wieder im trägen Takt des Dorfes versinken – erleichtert, dass es
den Fremden getroffen hatte. Man würde sagen, dass man's im
Urin gehabt habe, dass da irgendwas in seinem Blick gewesen
sei – eine wilde Durchtriebenheit, über die man sich nicht mehr
wunderte, seitdem man wusste, wie er aufgewachsen war. *Feen
of the tōber* – Mann der Straße.

Als sie auf den schmalen Weg einbog, der flankiert von
einem undurchdringbaren Dickicht zum Leuchtturm führte,
setzte Regen ein. So heftig, dass es sich anhörte, als würden
Steine aufs Wagendach knallen. Mit zusammengepressten
Lippen schaltete sie die Scheibenwischer ein und manövrierte

das Auto über den zerklüfteten Asphalt. Die Straße war marode, wurde nur noch von ein paar Farmern genutzt, die nach ihrem Vieh sehen wollten, oder von Menschen, die am Leuchtturm beschäftigt waren.

»Du hättest nicht hierherkommen sollen«, sagte sie düster.

»Ich weiß.«

Sie warf ihm einen kurzen Blick zu, dann konzentrierte sie sich wieder auf die Straße. »Jetzt ist's zu spät. Wir müssen die Sache irgendwie zu Ende bringen, oder?«

Seán beugte sich zu ihr und legte seine Hand auf ihren Oberschenkel. »Tut mir leid, Orla. Du hast dich wohl in den Falschen verliebt.«

»Keine Ahnung«, antwortete sie wahrheitsgemäß. Es war sinnlos, über diese Frage nachzudenken, denn was auch immer sich zwischen ihnen entwickelt hatte – es wäre vorbei, noch ehe sie herausfinden konnten, was ihre Gefühle bedeuteten.

»Es tut mir leid«, wiederholte er und lehnte sich in seinem Sitz zurück. »Manchmal habe ich mich hier echt wohlgefühlt. Im *Selkie*, aber vor allem mit dir im Leuchtturm. Das war die schönste Zeit. Ich hab dazugehört. Die Leute haben mich sogar zu sich nach Hause eingeladen. Eine Weile dachte ich, dass ich's hinbekommen könnte. Dieses Leben. Aber da war immer diese Stimme in mir. Ich hatte Rosie vor Augen ... Und ich hatte so einen Drang. Ich musste irgendwas tun!«

Im Licht der Scheinwerfer sah der Regen aus wie ein Vorhang – Orla wollte nicht wissen, was sich dahinter verbarg. Plötzlich überkam sie der dringende Wunsch, umzukehren und sich in ihrem Zimmer zu verbarrikadieren. Sie wollte nicht, dass die Nacht endete, wollte so tun, als wäre nie etwas gewesen.

»Scheiße«, fluchte sie leise und drosselte die Geschwindigkeit. »Du hättest ihn nicht einsperren sollen, verdammt. Warum hast du das getan? Wenn's nur das Feuer gewesen wäre ... Vielleicht hätten wir das ja irgendwie hinbekommen.«

Seán erwiderte nichts, aber aus dem Augenwinkel erkannte sie, dass er den Kopf schüttelte.

Ein Weg führte hinauf in die Berge, zu verlassenen Cottages und dem Torfmoor. Der andere Weg mäanderte durch die Heide zu den Klippen. Am liebsten hätte sie das Lenkrad herumgerissen, um irgendwohin zu fahren, nur nicht zum Leuchtturm.

»Kannst du ihn wirklich zum Reden bringen?«, fragte Seán, als sie ein Wegschild passierten, das den Weg zum Leuchtturm auswies. »Denn darum geht's, Orla. Es geht nicht darum, dass du mich aus der Scheiße reitest, sondern um die Wahrheit.«

»Lass das mal meine Sorge sein.« Sie warf ihm einen flüchtigen Blick zu. »Weißt du eigentlich, dass ich erst kürzlich wegen dir bei der Garda war? Ich habe mit Tomás über deine Familie gesprochen.«

»Dann weiß er, wer ich bin?«, fragte er entsetzt.

»Nein, er hat keine Ahnung.«

»Weswegen hast du mit ihm geredet? Was wolltest du von der Garda?«

»Ich wollte wissen, wie deine Familie gestorben ist.« Der alte Volvo kam ächzend zum Stehen. Orla zog die Handbremse.

»Und was haben die cleveren Gardaí rausgefunden?« Seine Augen verengten sich, wurden zu einem dunklen Glänzen zwischen seinen Wimpern. »War's ein Feuer?«

»Später, ja, aber erst kam es wohl zu einem Schwelbrand«, antwortete sie und zog den Zündschlüssel. »Dadurch haben sich im Caravan giftige Gase gesammelt. Sie sind sehr wahrscheinlich an einer Rauchgasvergiftung gestorben.«

»Warum sagst du mir erst jetzt, dass du bei der Garda warst?«

»Erst jetzt? Vor einer Stunde hast du mir verkündet, dass Rónán McDonagh gar nicht tot ist, sondern putzmunter vor mir steht. Mein Bruder wird verdächtigt, ein Brandstifter zu

331

sein, weil du Feuer gelegt hast. Ich weiß gar nicht, wie ich das alles in meinem Kopf sortiert bekommen soll.«

»Du hast ja recht. Tut mir leid.«

»Ich muss jetzt mit Freddie reden.« Sie hob ihre Mundwinkel zu dem besten Lächeln, das sie hinbekam. »Wenn er etwas damit zu tun hat, finde ich's raus. Gibst du mir das Feuerzeug?«

Wortlos kramte er es aus seiner Hosentasche, dann zog er den Schlüssel zum Leuchtturm hervor, hielt aber beides in seiner Faust verborgen. »Er wird hinter der Tür lauern und entweder auf dich eindreschen oder flüchten. Ich könnt's mir nicht verzeihen, wenn dir was passiert, Orla.«

»Keine Sorge. Ich mache mich bemerkbar, bevor ich die Tür aufschließe. Freddie würde mir niemals wehtun.«

»Er ist wütend. Wer weiß, wie er reagiert? Vielleicht sollte ich doch besser mitkommen und …«

»Nein! Du wartest hier!«, unterbrach sie ihn und umschloss seine Faust mit beiden Händen. »Sobald ich mit ihm geredet habe, komme ich zurück und dann fahren wir nach Hause.«

Sie wusste, wie unpassend ihre Worte klangen – als würde sie nur kurz in den Supermarkt springen, um Toastbrot zu besorgen. Vorsichtig öffnete sie seine Finger und nahm das Feuerzeug und den Schlüssel an sich.

Gerade hatte sie beides eingesteckt, als Seán sie am Revers ihres Mantels zu sich zog. »Alles, was ich dir gesagt habe, war auch so gemeint. Meine Gefühle … Das war immer ich. Nichts davon war Fake.«

Die Situation war so bizarr und Orla derart aufgewühlt, dass die Worte kaum zu ihr durchdrangen. »Oh, okay, ich bin gleich zurück.« Nachdem sie ihn verhuscht angelächelt hatte, griff sie nach der Taschenlampe und setzte ihre Kapuze auf. Sie rechnete damit, dass Seán sie zurückhielte, doch nichts geschah.

Regen und Dunkelheit empfingen sie. Orla schaltete die Taschenlampe an und stapfte mit eingezogenem Kopf den Pfad hinab. Das Meer sprudelte und warf hohe Wellen an Land, während der Leuchtturm unbeeindruckt vor ihr aufragte. Orla lauschte, doch sie hörte nur das Strömen des Regens und das Gurgeln des Wassers.

Freddie harrte seit mindestens zwei Stunden aus. Orla zog die Tür des Nebenhauses auf und schlüpfte in einen gespenstisch leeren Raum. Obwohl sie wusste, dass Freddie nicht hier war, leuchtete sie alle Ecken aus. Zusammengeknüllte Folien lagen als bizarr verformte Skulpturen an der Wand. Leere Eimer, das alte Transistorradio, eine Kabeltrommel und schmutzige Lappen – es sah immer noch nach der Baustelle aus, auf der sie tagelang mit Seán geschuftet hatte. Der Geruch nach frischen Lackierungen kroch in ihre Nase.

Langsam bewegte Orla sich auf die schwere Tür zu, die zum Leuchtturm führte. Und jetzt? Sie blieb davor stehen und lauschte. Dumpf drangen Regen und Meer ins Innere des Hauses, keine menschliche Stimme, kein Poltern.

»Freddie«, rief sie mit belegter Stimme, räusperte sich und rief erneut, diesmal lauter. »Hier ist Orla. Bist du da, Freddie? Ich bin's!«

Nichts rührte sich. Vielleicht hatte er sie nicht gehört? Zur Sicherheit trat sie mit dem Fuß gegen die Tür.

»Freddie! Hier ist Orla!«

Sie spürte eine leichte Erschütterung, dann vernahm sie eine Stimme. »Orla?«

»Bitte tu mir nichts. Ich öffne jetzt die Tür, okay?«

»Mach auf!«, donnerte er.

Nervös schob sie den Schlüssel ins Schloss und atmete tief durch, bevor sie ihn umdrehte. Freddie stürzte sich nicht auf sie, drängte nicht an ihr vorbei.

»Verdammte Scheiße!«, ertönte seine erstickte Stimme. »Was zum Teufel hast du damit zu tun, Orla? Warum machst du das?«

»Bitte, du musst mir zuhören! Mehr will ich gar nicht von dir. Ich kann dir alles erklären.«

»Wo ist der Typ?«

»Nicht hier. Er hat mich geholt, damit ich mit dir rede. Bist du verletzt?« Als sie die Taschenlampe hob, um ihm ins Gesicht zu leuchten, hob er sich den Arm vors Gesicht.

»Bin ich nicht, aber ich habe das Arschloch erwischt, als er auf mich losgegangen ist. Der ist komplett ausgerastet. Hat mich einfach hier eingesperrt, diese feige Ratte! Ich sitze seit Stunden fest.«

»Tut mir leid, wirklich. Er wusste nicht ...« Orla schloss für einen Moment die Augen, um ihr Herz zu beruhigen, das wild durch ihre Brust tobte. »Was hat er dir gesagt? Weißt du, wer er ist?«

»Natürlich weiß ich das!« Er spuckte vor ihr aus. »Will wohl den edlen Ritter spielen und mich dazu bringen, die Anzeige gegen Kieran zurückzuziehen. Hast du ihn dazu gebracht?«

Verblüfft blinzelte sie ihn an. »Ich? Nein! Natürlich nicht. Was denkst du von mir?«

»Für Kieran würdest du alles tun. Das denke ich.«

Orla stopfte die Taschenlampe in ihre Jackentasche und ließ die Tür hinter sich ins Schloss fallen. Die Dunkelheit um sie herum vertiefte sich.

»Freddie«, sagte sie und bemühte sich um einen sanften Ton. »Ich verstehe, dass du wütend bist, aber du musst mir jetzt einfach zuhören, okay? Nur ein paar Minuten. Ich kann dir alles erklären.«

Als er nichts erwiderte, trat Orla noch einen Schritt auf ihn zu und legte ihre Hand vorsichtig auf seinen Unterarm. »Ich weiß, dass du mir nie wirklich verziehen hast, dass ich gegangen bin, aber früher ... du und ich. Wir waren wie Pech und Schwefel, haben alles miteinander geteilt. Das ist immer noch da, dieses Vertrauen zwischen uns, oder?«

Unbewegt stand er vor ihr und starrte sie an, als würde er die Worte auf ihren Gehalt abklopfen, dann stieß er einen tiefen Seufzer aus. »Sicher, Orla, sicher vertraue ich dir noch, aber es ist viel Zeit vergangen. Wir haben uns verändert.«

»Natürlich, aber wir sind trotzdem noch dieselben.«

»Und wenn schon? Tut das was zur Sache?«, fragte er scharf. »Erklär mir lieber, was die Scheiße hier soll, anstatt diese sentimentale Weißt-du-noch?-Show abzuziehen. Was ist los, verdammt?«

Die Heftigkeit seiner Worte ließ sie zurückschrecken. Orla hob abwehrend die Hände. »Okay, okay«, sagte sie und lehnte sich mit dem Rücken gegen die Wand. »Erinnerst du dich an die Familie McDonagh?«

Er schüttelte den Kopf. »Wer soll das sein?«

»Das war die Familie, die am Skellig Drive gestorben ist.«

»Lange her.«

»Aber nicht vorbei.« Orla starrte hinab auf ihre Gummistiefel und kratzte damit über den staubigen Boden, während sie nach den passenden Worten suchte. So wie sie die Situation einschätzte, war Freddie nicht gerade zu einem Gespräch aufgelegt, konnte jederzeit explodieren. »Ich mach's kurz, damit das hier schnell vorbei ist. Rónán McDonagh war damals nicht im Wohnwagen, sondern sein Onkel.«

»Was soll das heißen?«

»Rónán lebt.« Sie lachte tonlos und hob den Blick. »Ist abgehauen und bei seiner Tante untergekommen. Jetzt ist er wieder in Saltmore und er will die Wahrheit. Seán will wissen, was mit seiner Familie passiert ist.«

»Seán Gallagher?« Freddie löste seine verschränkten Arme und schüttelte den Kopf. »Willst du mir erzählen, dass Seán Gallagher der Junge von damals ist?«

»Seán Gallagher ist Rónán McDonagh.«

»Ach du Scheiße! Woher weißt du das?«

»Ich hab ihn erkannt, schon vor einer ganzen Weile. Er hat es immer abgestritten, aber vorhin ... Er hat's mir gesagt.« Orla wickelte sich eine Haarsträhne um den Zeigefinger und warf einen Blick aus dem Fenster. Am Horizont erkannte man die ersten Sonnenstrahlen – es sah aus, als kämen sie aus dem Meer. »Du kannst dir ja denken, was er von dir will, oder?«

Freddie blies die Wangen auf. »Was weiß ich? Ich kenne diesen Typen doch kaum. Er wollte einen Job von mir, aber ich hatte keinen. Tja, und dann war er ein paarmal dabei, wenn wir Poker gespielt haben. Das war's.«

»Du weißt, was er von dir will«, insistierte sie.

»Woher soll ich das bitte wissen?«

»Was ist, wenn ich dir sage, dass er für das Feuer in deiner Scheune verantwortlich ist, weil er dich verdächtigt, etwas mit dem Tod seiner Familie zu tun zu haben?«

Die Sekunden versickerten. Freddie schwieg so lange, dass die Stille fast unerträglich wurde, doch dann legte er den Kopf in den Nacken und atmete geräuschvoll aus.

»Freddie«, sagte sie leise. »Sag mir die Wahrheit.«

»Nein.« Das Wort kam so weich über seine Lippen, dass es nach einer Bitte klang.

»Da gibt es etwas, das ich dir zurückgeben muss.« Orla schob eine Hand in ihre Hosentasche und zog das Feuerzeug hervor. Es wog schwer, war trotz ihrer Körperwärme eiskalt. »Das hat deinem Großvater gehört. Ich weiß noch, wie stolz du darauf gewesen bist. Hast es immer mit dir rumgeschleppt und jedem unter die Nase gehalten, aber keiner durfte es anfassen. Nur ich, wenn du mich dabei beaufsichtigt hast. Weißt du noch?«

»Ist das mein Dunhill?«

»Zweifelsfrei.« Sie lächelte traurig. »Rónán hat's gefunden. Du hast es auf dem Hügel am Skellig Drive verloren. Damals, als der Caravan ausgebrannt ist.«

Freddie schüttelte den Kopf. »Das hat doch nichts miteinander zu tun. Das ist nur ein Feuerzeug, Orla. Wenn ich etwas mit diesem Brand zu tun hätte, wäre ich doch nicht so dämlich, ausgerechnet …«

Plötzlich wurde die Tür aufgerissen und ließ sie herumfahren. Seán stand schnaufend vor ihnen. Sein Blick huschte gehetzt über ihre Gesichter – Orla erkannte darin etwas Wildes, Unkontrollierbares.

»Was machst du hier?«

»Hat mir zu lange gedauert«, erwiderte er, ohne Freddie dabei aus den Augen zu lassen. »Raus mit der Sprache!«

»Ich habe keine Ahnung, wovon du …«

Orla schrie auf, als Seán vorsprang, Freddie gegen die Wand stieß und an der Gurgel packte. »Hör auf mit der Scheiße! Du weißt ganz genau, worum es hier geht!«

Freddie ruderte mit den Armen, dann krallte er sich an Seáns Schultern fest, um ihn wegzudrücken, doch vergebens. Ein Krächzen quoll aus seiner Kehle.

»Er bekommt keine Luft mehr.« Ihre schrille Stimme zerschnitt die Luft. Orla zerrte an seiner Jacke, aber Seán riss sich los und drückte nur noch fester zu. Freddie hob ergeben die Hände und bemühte sich, ein Wort hervorzubringen, brachte aber nur ein jämmerliches Japsen zustande.

»Lass jetzt los, verdammt!«, brüllte sie und riss nun mit aller Kraft an seinem Arm. Seán versuchte, sie abzuschütteln – ein greller Schmerz durchzuckte ihren Schädel, als sein Ellbogen in ihr Gesicht donnerte. Orla taumelte zurück.

Etwas Warmes floss über ihr Kinn. Keuchend beugte sie sich vornüber, hielt die hohle Hand vor ihren Mund. Dunkle Tropfen, schwer und warm. Sie spürte Hände, die in fahriger Hilflosigkeit über ihren Rücken streichelten.

»Scheiße, tut mir leid. Das wollt ich nicht, echt, tut mir leid«, hörte sie Seán sagen. »Ich wollte doch nur, dass du …«

337

Orla wich ihm aus, zog den Ärmel ihres Shirts herunter, bis der Stoff ihre ganze Hand bedeckte, und drückte den Handballen gegen ihre Unterlippe. Die Kompression linderte den Schmerz. Als sie sich umdrehte, stand Seán mit verzerrter Miene vor ihr. Schatten vertieften die Furchen seines Gesichts und ließen ihn so scharfkantig aussehen wie eine unvollendete Statue.

»Tu-tut mir leid.«

»Schon gut«, murmelte sie in den vollgesogenen Stoff, wobei sie versuchte, ihre Lippen so wenig wie möglich zu bewegen. Vom Geschmack des Blutes wurde ihr übel.

»Ich …« Seán ließ die Schultern sinken, fuhr sich mit einer Hand durchs Haar.

»Redet«, presste sie hervor und heftete ihren Blick auf Freddie, der atemlos an der Wand lehnte und seinen Hals rieb. »Redet endlich.«

Die Atmosphäre hatte sich schlagartig in etwas Kaltes verwandelt, in dem sich ihre Gedanken und Bewegungen verlangsamten. Das Surren in ihrem Kopf ebbte ab, nur um kurz darauf wieder anzuschwellen. Orla beobachtete die beiden Männer, während ihre Lippe von einem pulsierenden Schmerz durchzuckt wurde.

»Was hast du getan?« Seáns Stimme war zu einem gefährlichen Zischen geworden. »Was ist mit meiner Familie passiert?«

»Wenn du die Wahrheit willst, dann musst du wissen, dass auch die Donovans mit drinhängen.«

»Die Donovans?«, echote Orla.

Freddie hatte eine Hand um seinen Hals gelegt, als würde er ohne diese Stütze einfach umknicken. Sein Blick ruhte auf ihr. Wartete er darauf, dass sie ihm ein Signal gab?

Vorsichtig löste Orla den Druck auf ihre Lippe. Der Stoff ihres Shirts hatte sich vollgesogen, das Blut war an den Rändern schon angetrocknet. »Seán muss es wissen«, flüsterte sie und dachte an das, was sie über die Feuernacht herausgefunden hatte. Siobhan und Erin waren im *Selkie* gewesen. Ein Bierchen mit Freunden, während der Caravan lichterloh brannte. Wahlkampfvorbereitungen für Desmond McLaughlin, während sechs Menschen starben.

»Okay. Dann soll es wohl so sein.« Freddie setzte sich auf die unterste Treppenstufe und stützte die Ellbogen auf seinen Oberschenkeln ab. Für einen Augenblick herrschte gespenstische Stille, dann erhob er die Stimme. »Wir waren ein paar Jungs, haben oft zusammen abgehangen, an unseren Mopeds rumgeschraubt und wollten keinem was Böses. Klar, es gab immer mal Ärger. Vor allem, wenn wir gesoffen haben, aber das war alles völlig harmlos.«

»Rührende Geschichte.« Seán pustete Luft aus seinem Mundwinkel. »Komm auf den Punkt.«

»Na ja, irgendwann stand dieser Caravan am Skellig Drive. Wir wussten alle, was das bedeutete. Keiner im Dorf wollte die Travellers. So war das eben damals. Man hat viel gehört: Schlägereien, Diebstahl, Verwüstung. Das wollten wir nicht. Wir dachten, dass wir sie vertreiben könnten, wenn wir ihnen genug Angst einjagten. Deswegen haben wir ein bisschen Krawall gemacht. Da war so eine Dynamik in der Gruppe. Schwer zu beschreiben. Wir haben uns darüber nicht groß den Kopf zerbrochen, haben's einfach durchgezogen.«

Seán verschränkte die Arme vor der Brust und stieß einen verächtlichen Laut aus, doch er schwieg. An seiner linken Schläfe war eine Ader hervorgetreten. Orla glaubte, das Blut darin pulsieren zu sehen. Alles in ihm brodelte.

»Für mich war's aber nicht nur ein bisschen Krawall«, fuhr Freddie fort und warf Orla einen langen Blick zu. »Ich hab euch gesehen, dich und diese Kids. Ihr wart ständig am Meer, in der Kapelle, sogar hier am Leuchtturm. Du hast so getan, als hättest du nur darauf gewartet, dass sie nach Saltmore kommen, als wär's das Allergrößte. Kaum waren sie da, hast du mich links liegen lassen. Dabei war ich ... Ich war immer da.«

Betreten senkte Orla den Kopf und vergrub die Hände tief in ihren Hosentaschen.

»Ich war oft am Skellig Drive, hab oben auf der Klippe rumgehangen und Musik gehört. Manchmal waren die Jungs dabei, aber in der besagten Nacht war ich allein.« Freddie fing an, nervös mit den Beinen zu wippen. »Ich hatte ziemlichen Frust und schon ein paar Bier intus. Erst war noch Licht im Wohnwagen, dann nicht mehr.«

»Du hast ständig dort oben rumgelungert.«

»Tja.« Er lachte bitter. »Nicht, um den Ausblick zu genießen. Ich wollte eben beschützen, was mir wichtig war.«

»Orla zum Beispiel«, sagte Seán in gereiztem Ton.

»Und das Dorf. Ich hatte das Gefühl, darauf aufpassen zu müssen, weil's doch sonst keiner gemacht hat.« Freddie hob die Schultern. »Mann! Ich war erst sechzehn Jahre alt und hab mir das wildeste Zeug ausgemalt!«

»Du hast also dort oben gesessen und das Licht im Caravan ist ausgegangen«, lenkte Orla das Gespräch wieder in die Spur. »Wie ging es dann weiter?«

»Na ja, nach 'ner Weile hab ich Rauch bemerkt, dachte mir aber, dass sie wahrscheinlich wieder einen Haufen Kabel verbrennen. Das haben sie ja immer gemacht, um an den Kupferdraht zu kommen«, erzählte Freddie, während er unentwegt seine Hände knetete. »Dann habe ich gesehen, dass der Rauch aus dem Wagen kam. *Müssen Zigaretten sein*, dachte ich mir. Qualmerei auf engem Raum. Kam mir nicht besorgniserregend vor. Ich bin dann über den Küstenpfad spaziert. Dachte, dass ich dich besuchen könnte, Orla. Haben wir ja oft so gemacht – diese heimlichen Besuche, damit dein Vater nichts mitbekommt.« Er verzog seine Lippen zu einem wehmütigen Lächeln. »Aber in deinem Zimmer hat kein Licht mehr gebrannt. Ich hab 'ne Weile gewartet, hab Steinchen an dein Fenster geworfen, aber du hast nicht aufgemacht. Deswegen bin ich irgendwann wieder umgekehrt.«

»Wie lange warst du fort?«, fragte Orla.

»Vielleicht eine Stunde. Ich war ziemlich betrunken, kann's nicht mehr genau sagen. Aber als ich zurückgekommen bin, war da noch mehr Rauch, richtig dicker Qualm, und Feuer. Es hat richtig gebrannt.«

Seán trat so dicht an Orla heran, dass sie seinen Arm an ihrem spürte. »Und dann?«, fragte er mit belegter Stimme.

»Ich bin panisch geworden. Ich wollte nichts damit zu tun haben, mit diesen Leuten und diesem Feuer, aber dann habe ich an die zwei Babys gedacht. Also bin ich runter zum Caravan gerannt, hab gegen die Wände gehämmert und geschrien, aber da hat sich nichts gerührt. Da wusste ich – scheiße! Ich wollte ins Dorf und bin um mein Leben gerannt, hab meine Jacke verloren, bin immer wieder hingeknallt, als wären meine Beine Pudding. Ich war schon fast bei der Telefonzelle, als ich Erin in die Arme gelaufen bin.«

»Erin?« Der Name wich als Keuchen über Orlas Lippen. Sie presste die Zähne aufeinander.

»Ich hab sie angefleht, mir zu helfen. Sie war völlig zugedröhnt, hat erst gar nicht kapiert, was abgeht. Ich hab ihr den Caravan gezeigt und Erin wurde total hysterisch. ›Da lebt keiner mehr!‹, hat sie geschrien. ›Die sind alle tot.‹«

Nun hob Freddie den Kopf und blickte direkt in ihre Gesichter. »Wir sind dann ins *Selkie* gerannt. Siobhan war noch dort, mitten in der Nacht, hat gerade geputzt. Zuerst dachte sie, dass wir sie verarschen wollen. Es hat ewig gedauert, bis wir ihr erklärt hatten, was am Skellig Drive passiert ist.«

»Und dann kam dein Vater, oder?«, fragte Orla. »Ich habe vor ein paar Tagen mit James Keane gesprochen. Er hat mir davon erzählt.«

Seán riss den Kopf herum und starrte sie an. »Der alte James Keane? Was hat der damit zu tun?«

»Damals hat er für die Zeitung geschrieben, war sozusagen das Sprachorgan des ganzen Dorfes. Alle Infos landeten auf seinem Tisch. Desmond McLaughlin wollte, dass er einen Artikel über das Feuer schreibt.«

»Warum?«, fragte er verwirrt.

»Kann ich dir erklären«, sagte Freddie und zog sich am Treppengeländer hoch. Erst jetzt erkannte Orla die roten Striemen an seinem Hals. »Meine Familie lebt seit Generationen in Saltmore und war immer sehr engagiert, was unser Dorfleben anbelangt. Deswegen hat mein Vater auch fürs *County Council* kandidiert. Er war mitten im Wahlkampf, hat sich echt ins Zeug gelegt, um zu gewinnen.«

»Da kamen sechs tote Travellers natürlich ungelegen, was?«

Seán schüttelte kaum merklich den Kopf, während er den Tabakbeutel aus seiner Hosentasche zog, ein Blättchen daraus hervorkramte und anfing, sich eine Zigarette zu drehen.

»Er ist noch zum Skellig Drive gefahren, wollte sich ein eigenes Bild der Lage machen. Was soll ich sagen? Da war nichts mehr. Nur dieser ausgebrannte Caravan. Wir saßen dann stundenlang zusammen – Siobhan, Erin, mein Vater und ich. Wir wussten einfach nicht, was wir tun sollten, aber irgendwann …« Seine Stimme war immer leiser geworden und dann verstummt. Freddie verschränkte die Arme vor der Brust und wandte sich zum Fenster um. »Wir haben angefangen zu streiten. Was ist richtig, was falsch? Keiner wollte etwas damit zu tun haben. Am Ende haben wir beschlossen, den ausgebrannten Wagen zu melden und dann einfach den Mund zu halten.«

»Feuer?« Die Zigarette steckte schief in seinem Mund. Seán streckte seine Hand aus und erst jetzt bemerkte Orla, dass sie das Feuerzeug die ganze Zeit umklammert hatte. Mit einem entschuldigenden Lächeln reichte sie es ihm.

»Welche Geschichte hat man den Leuten verkauft? Wie ist das Feuer denn ausgebrochen?«, fragte er an Freddie gewandt und pustete Rauch in die Luft. »Die Erklärung interessiert mich echt brennend. Es war Sommer, wir haben nicht geheizt, keine Kerzen angezündet und unsere Propangasflaschen standen immer draußen.«

»Ich weiß es nicht.«

»Das hab ich mich auch gefragt. Deswegen habe ich mit Tomás gesprochen und er hat die Ermittlungsakten durchgesehen«, brachte Orla sich wieder ein. Freddie starrte sie ungläubig an, verzichtete jedoch auf eine Frage. »Die Gardaí sind davon ausgegangen, dass es zu einem Schmorbrand gekommen ist. Irgendwas hat da sehr lange vor sich hingekokelt. Dein Onkel und dein Vater waren betrunken. Vielleicht sind sie eingeschlafen und haben vergessen ...«

Seán betrachtete die qualmende Zigarette, drehte sie zwischen Daumen und Zeigefinger und warf sie dann auf den Boden.

»Mein Dad hat immer draußen geraucht, keine Ausnahmen, nicht mal im Winter, wenn ihm die Nasenhaare eingefroren sind. Aber mein Onkel ... Wer weiß. Könnte so gewesen sein«, sagte er und wischte sich mit dem Handrücken über die Lippen, bevor er sich Freddie zuwandte. »Aber wie kann ich sicher sein, dass du die Wahrheit sagst?«

»Gar nicht.« Kraftlos hob Freddie die Schultern.

»Und jetzt?«, fragte Orla mit schwacher Stimme, die sich kaum über das Wellenrauschen erhob, das von draußen in den Leuchtturm schwappte.

Keiner antwortete. Freddie nagte an seiner Unterlippe, während seine Augen über die nackte Wand huschten. Seán drückte zwei Finger in die Augeninnenwinkel.

»Was machen wir jetzt?«, wiederholte sie ihre Frage. »Wie geht es jetzt weiter?«

343

Schulterzucken.

»Ich will nach Hause!«, drängte sie weinerlich. »Meine Lippe tut höllisch weh und außerdem ist bald ganz Saltmore auf den Beinen.«

»Okay«, sagte Seán mit brüchiger Stimme. »Dann solltest du wohl besser gehen.«

»Ich lasse euch hier sicher nicht allein. Ihr kommt beide mit zurück ins Dorf.«

Freddie schloss seine Jacke und zog den Reißverschluss so weit hoch, dass die Würgemale hinter dem Kragen verschwanden, dann räusperte er sich. »Es war ein Unfall«, erklärte er leise. »Und es tut mir wahnsinnig leid, dass ich nicht sofort reagiert habe. Ich konnte die Situation damals nicht richtig einschätzen, diesen Qualm, habe falsche Schlüsse gezogen. Vielleicht hätte ich's verhindern können, wenn ich nicht so dicht gewesen wäre … Es tut mir leid, Seán, ehrlich. Danach war mir wochenlang schlecht. Ich war richtig krank, konnte kein Feuer mehr sehen oder riechen. Manchmal habe ich immer noch Albträume, dann schrecke ich nachts auf und sehe den …«

»Soll ich jetzt Mitleid haben, oder was?«, unterbrach Seán ihn brüsk.

»Ich will dir nur sagen, dass ich's nie vergessen habe, dass ich immer noch daran denke, an deine Familie.« Freddie blinzelte, als versuchte er, wieder klar zu sehen. »Es tut mir leid, dass ich nichts mehr für sie tun konnte.«

Einen endlos langen Augenblick lang starrte Seán ihn an, die Hände zu Fäusten geballt. Orla wusste nicht, ob er jeden Moment auf Freddie losgehen oder kraftlos in sich zusammenfallen würde.

»Seán«, flüsterte sie beschwörend.

Mit schweren Schritten trat er ans Fenster und verschränkte die Arme vor der Brust. »Da war immer diese extreme Wut in mir und ich wusste, wenn ich sie anrühre, wenn ich der Wut nur ein kleines bisschen nachgebe, dann geht alles in die Luft.«

»Hast du nachgegeben?«, fragte sie unsicher, obwohl sie die Antwort längst kannte.

»Sonst hätte ich die Scheune nicht abgefackelt und wir stünden nicht hier.« Er warf einen Blick zu Freddie, der nervös an seinem Daumennagel knabberte. »Ich wollte dich kaputtmachen. Ich wollte, dass du dafür bezahlst. Mit allem, was dir heilig ist, mit deinem Leben, wenn's sein muss. Die Wut hat mich angetrieben. Ich hatte einen Plan und ein klares Ziel vor Augen. Aber wenn es stimmt, was du sagst, und es ein Unfall war – was bleibt mir jetzt?«

»Du hast Gewissheit«, sagte Orla.

Er bedachte sie mit einem bekümmerten Blick. »Wenigstens das.«

37. ORLA

Schweigend fuhren sie über die holprige Straße hinab in Richtung des Dorfes, das still vor ihnen lag. Die ersten Schiffe waren für den frühen Fang rausgefahren, pflügten zielstrebig durch die Wellen. Rauch kroch aus den Schornsteinen, tänzelte im Wind. Jeden Moment würden die Straßenlaternen erlöschen und der neue Tag mit einer Wucht heranrollen, auf die sie nicht vorbereitet waren. Es blieben nur noch wenige Stunden, bis Orla ihre Familie informieren und Seán zur Garda gehen würde.

In den letzten Stunden war so viel Adrenalin durch ihren Körper gerauscht, dass Orla sich nun vollkommen leer gesaugt fühlte, doch sie schaffte es noch, Seán davon zu überzeugen, bei ihr zu schlafen. Erschöpft öffnete sie die Haustür. Erschöpft schlüpfte sie aus den Gummistiefeln, dann aus der Jacke. Auch Seán bewegte sich, als könnte er kaum noch die Kraft dazu aufbringen.

Nachdem sie beide Ibuprofen mit Wasser runtergespült hatten, gingen sie hinauf ins Badezimmer. Orla half ihm, sich auszuziehen. Langsam und schweigend. Dann legte sie seine Kleidung zusammen und stapelte sie auf dem Stuhl, der seit Jahren neben der Badewanne stand. Seán setzte sich auf den Wannenrand und verfolgte sie mit seinen Augen, als sie einen

Waschlappen aus der Kommode nahm, eine Salbe hervor-kramte, warmes Wasser ins Waschbecken plätschern ließ. Orla wusch sein Gesicht, betupfte vorsichtig seine geschwollene Nase und fuhr dann mit dem Waschlappen über seine Schultern. Schließlich cremte sie seine Nase mit Ringelblumensalbe ein und gab ihm eins von Kierans Shirts. *Seal Rescue Kerry. Wie passend*, dachte sie mit einer Bitterkeit, die ihr eiskalt den Rücken herunterjagte.

Während der ganzen Prozedur hatten sie kein einziges Wort gesprochen und nicht länger als nötig Blickkontakt gehalten, doch jetzt kam er ihr so nah, dass sie die Salbe riechen konnte.

Seán streichelte mit der Rückseite seiner Finger behutsam über ihre Wange. »Sieht echt schlimm aus, deine Lippe. Tut's noch sehr weh?«

Orla zuckte mit den Achseln. »Geht schon.«

»Es tut mir leid. Alles, was passiert ist«, sagte er, schüttelte aber im selben Moment den Kopf. »Das meiste, meine ich, nicht alles.«

Schweigend trat Orla vor den Spiegel und betrachtete ein kalkweißes Gesicht mit geröteten Augen, unter denen sich dunkle Schatten abzeichneten. Ihre Lippe war angeschwollen und sah in der Mitte aus wie eine Kirsche, die im Regen aufgeplatzt war. Mit dem Zeigefinger tupfte sie Salbe darauf und versuchte, nicht bei jeder Berührung zusammenzuzucken.

»Glaubst du ihm?«, fragte Seán. Er stand hinter ihr und sie blickte durch den Spiegel in das Gesicht des Jungen, den es nicht mehr gab.

»Ist es wichtig, was ich glaube?«

Er nickte. »Ich könnte es glauben, wenn ich wüsste, dass du es auch glaubst. Ich vertraue dir.«

Es klang, als wollte er ihr die Verantwortung zuschieben, um sich nicht auf sich selbst verlassen zu müssen. Doch Orla wusste nur, was sie unbedingt glauben wollte.

»Es war ein Unfall«, sagte sie kraftlos.

»Okay.« Seine Lippen wurden zu einer schmalen Linie in seinem Gesicht.

»Kannst du glauben, dass es so gewesen ist?«

»Ich versuch's«, antwortete er. »Wir sollten uns jetzt ausruhen, Orla. Morgen wird ein anstrengender Tag.«

Allein beim Gedanken daran wurde ihr schlecht. Sie sollte erleichtert sein, weil sie Kieran entlasten konnten, aber stattdessen lagen Steine in ihrem Bauch. Orla schlüpfte aus ihrem Cardigan, dann aus ihrem Shirt. Das Blut klebte hart und dunkel im feinen Gewebe. Achtlos schmiss sie das Shirt in den Wäschekorb, dann öffnete sie ihre Hose.

Seán stand immer noch wie angewurzelt mitten im Badezimmer, als wüsste er nicht, wohin mit sich.

Trotz ihrer schmerzenden Lippe lächelte sie. »Ab ins Bett.« Sie bugsierte ihn durch den Korridor, dann in ihr Zimmer, das so kalt war, als hätte darin stundenlang ein Schneesturm gewütet. Fröstelnd schloss sie das Fenster und hastete zum Bett.

Nachdem Seán zu ihr unter die Decke gekrochen war, drehte er sich auf den Rücken. Vorsichtig hob Orla seinen Arm an, um sich an ihn zu kuscheln. In dem schmalen Lichtstreifen, der zwischen den Vorhängen ins Zimmer fiel, sah er älter und erschöpfter aus. Seine Lider flatterten, als würde er jeden Moment in den Schlaf abgleiten.

»Ich bin auf deiner Seite«, flüsterte sie und streichelte durch sein Haar. »Ich war schon damals auf deiner Seite.«

Er wälzte sich herum und drückte sie mit seinem Gewicht tief in die Matratze. »Weißt du, was mir die ganze Zeit durch den Kopf geht? Damals, als ich in der Kapelle war, habe ich mir vorgestellt, wie wir zusammen durchbrennen. Ich hab uns an fremden Häfen gesehen, in irgendwelchen Shops, in denen wir uns haufenweise Essen unter die Pullover steckten, um es rauszuschmuggeln. Du hast auf meinem Gepäckträger gesessen, während wir durch die Heide gerast sind. Wir haben *Zombie* von den Cranberries gegrölt, unsere Namen in Kirchenbänke geritzt und sind nachts auf den Leuchtturm geklettert. Das war wie ein Film in meinem Kopf. Und wenn's nur für einen Tag gewesen wäre … Das wär für mich so ziemlich das Größte gewesen.« Er streichelte über ihre Wange, küsste ihre Stirn. »Du warst jedenfalls der letzte schöne Gedanke, bevor das Licht ausgegangen ist. Danach hatte ich für sehr lange Zeit nur noch ziemlich beschissene Gedanken. Und dann seh ich dich plötzlich wieder – das Mädchen aus meinen Hirngespinsten. Wahrscheinlich habe ich insgeheim immer gehofft, dass du mich erkennst.«

»Du hast es mir nicht gerade leicht gemacht, Rónán«, flüsterte sie.

»Verrat mich nicht, okay? Sag niemandem, wer ich bin.«

»Was ist mit meiner Familie?«

Seine Augen glitten forschend über ihr Gesicht, während er an seiner Unterlippe nagte. Seán seufzte. »Ich weiß nicht. Darüber muss ich nachdenken. Aber was die anderen Leute anbelangt, Jack und so … Ich will ihnen nicht dabei helfen, das alles zu verstehen. Ich bin Seán Gallagher. Mehr müssen sie nicht wissen.«

»Freddie weiß, wer du bist.«

»Er wird den Mund halten und froh sein, dass niemand in Saltmore drüber spricht. Glaub mir. Der wird keiner Menschenseele etwas verraten.«

»So funktioniert das Leben hier draußen«, murmelte sie verdrossen. »Die Leute reden sich den Mund fusselig, aber wenn's drauf ankommt, schweigen sie wie Gräber.«

»Fluch und Segen zugleich, oder? Jetzt kommt es darauf an.« Seán küsste ihre Oberlippe. Es hätte eine Schneeflocke sein können, so leicht und flüchtig war dieser Kuss. Die vergangenen Tage liefen im Zeitraffer durch ihren Kopf. Schwimmen in eiskaltem Wasser, Staub auf ihrer Haut, graue Augen, Funken so verheißungsvoll wie Glühwürmchen – Blut, das in ihre offene Hand tropfte.

Was würde aus Seán werden?

Eine niedergebrannte Scheune, ein zerstörtes Segelschiff. Nichts war dadurch besser geworden oder hatte irgendeinen Schmerz gelindert. Im Gegenteil. Morgen würden sie gemeinsam zur Garda gehen, damit Seán eine Aussage machen konnte. Kurz spielte Orla mit dem Gedanken, abzuhauen. Sie könnten sich in den Vauxhall setzen und die Fähre nach England oder Frankreich nehmen. Plötzlich sah sie Adam vor sich, der sie höhnisch angrinste. *Nach Frankreich?* Orla verscheuchte den Gedanken – stattdessen musterte sie Seán, der sich auf die Ellbogen gestützt hatte und gedankenverloren ins Leere starrte. »Meinst du, sie stecken dich ins Gefängnis?«, fragte sie.

»Schätze schon.«

Obwohl sie damit gerechnet hatte, versetzte ihr seine Antwort einen Stich ins Herz. »Du musst ihnen sagen, wer du bist. Wenn sie von deiner Familie erfahren – das wird bestimmt zu einer Strafmilderung führen. Vielleicht bekommst du sogar Bewährung.«

»Kann sein«, sagte er und ließ sich wieder sinken.

»Du hast im Affekt gehandelt. Jeder, der von deiner Geschichte erfährt, könnte das nachvollziehen. Du wolltest doch nur irgendwas tun, um deinen Schmerz …«

»Orla«, murmelte er kraftlos. »Lass gut sein. Keiner soll wissen, wer ich bin. Es reicht, wenn sie mich mit der Scheune in Verbindung bringen.«

»Ich will nicht, dass alles zu Ende geht.«

»Tja …« Seán sog geräuschvoll die Luft ein und ließ sie durch die Nase wieder ausströmen. »Mein Kopf explodiert gleich. Du musst doch komplett erledigt sein, Orla. Lass uns schlafen. Morgen fahre ich zur Garda und dann sehen wir weiter.«

»Warte noch ein paar Tage.«

Kaum merklich schüttelte er den Kopf. »Wir müssen die Sache so schnell wie möglich auflösen, damit Kieran nicht länger im Kreuzfeuer steht.«

»Ich kann den Gedanken kaum ertragen, dass du gehst.«

»Vielleicht muss ich ja gar nicht ins Gefängnis. Vielleicht brummen sie mir nur eine fette Geldstrafe auf, die ich dann abstottern kann.« Er schnalzte mit der Zunge. »Morgen wissen wir mehr.«

»Könntest du in Saltmore bleiben, obwohl du jetzt alles weißt?«, fragte sie mit einer Ergriffenheit, die ihre Kehle enger schnürte.

»Weiß nicht.« Er küsste ihre nackte Schulter, dann zog er die Decke darüber. »Vielleicht schon.«

Eine Weile streichelte sie über seine Brust und beobachtete, wie der Luftzug, der durch das gekippte Fenster ins Zimmer strömte, die Vorhänge bewegte, dann stützte sie sich auf die Ellbogen.

»Ich stell mir vor, dass wir in einem Cottage wohnen, vielleicht ein bisschen außerhalb, aber mit Blick aufs Meer. Kieran käme jeden Samstag zum Abendessen vorbei. Dann würden wir Pizza bestellen und Filme anschauen, die er für uns schon Wochen im Voraus ausgesucht hat. Und ich würde dich heimlich Rónán nennen, so als gehörte der Name nur uns beiden. Wir hätten ein richtig gutes Leben.«

»Ach, Orla!« Das Grau seiner Augen verschwamm. Seán griff nach ihrer Hand und küsste ihre Fingerspitzen.

* * *

Sein Brustkorb drückte sich in regelmäßigen Abständen an ihren Rücken. Er schnarchte leise, fast wohlig. Orla rutschte näher an ihn heran und wäre wieder eingeschlafen, wenn sie nicht versehentlich mit der Handkante ihren Mund gestreift hätte. Sofort schoss der Schmerz in ihre Lippe und ließ Bilder der vergangenen Nacht aufblitzen. Ein Blick aus halb geöffneten Lidern verriet, dass sie höchstens eine Stunde geschlafen hatte.

Vorsichtig drehte sie sich um und betrachtete Seán, dessen Haut auf dem weißen Bezug aussah wie Honig. Er lag auf der Seite und hatte den Arm unter das Kopfkissen geschoben. Nur die geschwollene Nase zeugte von dem Chaos, in das sie sich gestern gestürzt hatten. In Gedanken schritt sie den Weg ab, den er hinter sich hatte. Das Trauma, die Suche nach einem anderen Leben und den Drang, Rache zu üben, um aus der Opferrolle herauszukommen. Der Junge mit den grauen Augen, der mit einer Baseballkappe vor ihr stand und seine Verlegenheit niemals zugegeben hätte, obwohl seine Ohren krebsrot angelaufen waren. Der Mann, der neben ihr auf den sonnenwarmen Felsen lag, ihre Hand hielt und niemals verraten hätte, dass sie in ihrer Kindheit einen Traum geteilt hatten. Die Melodie von *Fast Car* kam ihr in den Sinn. Ein Ticket irgendwohin, nur weg, und ein besseres Leben, ohne viel zu verlangen.

Orla brachte es nicht übers Herz, Seán aufzuwecken und seine Ruhe zu stören – sie würde ohnehin früh genug vorbei sein.

Auf Zehenspitzen schlich sie hinaus in den Korridor. Kaum hatte sie die Tür hinter sich geschlossen, sprang die Tür am Ende des Gangs auf und Kieran trat in seinem blau gestreiften Bademantel aus seinem Zimmer. Er stellte seinen Wecker immer auf sechs Uhr. Es machte keinen Unterschied, ob er arbeiten musste oder nicht. Kieran stand um sechs Uhr auf und war zehn Minuten später unter der Dusche.

»Morgen, Orla«, grüßte er.

»Seán schläft hier«, wisperte sie und wollte den Zeigefinger auf ihre Lippen legen, um ihm zu deuten, leise zu sein, als der Schmerz sie erneut durchzuckte. »Verflucht.«

Mit einem Surren glomm die Deckenlampe auf, als Kieran das Licht anschaltete.

»Warum sieht deine Lippe so aus?«, fragte er und warf ihr einen besorgten Blick zu. »Was ist passiert?«

»Es war dunkel und da hab ich mich ganz blöd an der Schranktür gestoßen. Keine große Sache.« Sie winkte ab.

»Ist das wahr?« Sie konnte in seinem Gesicht den Zweifel erkennen, der ihm als Kind eines alkoholkranken Vaters eingepflanzt worden war.

»Mach dir keine Sorgen, Kieran. Ich war einfach total verschlafen und bin mit dem Kopf an die Tür geknallt. Seán hat mich verarztet.« Sie verzog ihre Lippen trotz des Schmerzes zu einem Lächeln. »Ich koch uns jetzt eine Kanne Tee und dann muss ich dringend mit Erin telefonieren, bevor ihr losfahrt, um Mam abzuholen.«

»Und ich muss duschen«, erklärte Kieran und war schon fast im Badezimmer verschwunden, als er sich noch mal zu ihr umdrehte. Ein Grinsen huschte über sein Gesicht. »Ich hab geträumt, dass Bean zurückgekommen ist. Er war wieder da und hat an den Stuhlbeinen genagt. Von dem Geräusch bin ich aufgewacht. Und da lag Captain neben mir. Kurz dachte ich: Er ist auferstanden von den Toten.«

»Ach, Kieran!« Orla lächelte ihren Bruder liebevoll an, dann stieg sie die Treppe hinab. Es war richtig, dass sich Seán zu seiner Schuld bekannte und die Konsequenzen trug – vor allem war es jedoch unumgänglich. Kieran musste so schnell wie möglich entlastet werden.

Orla füllte Wasser in den Kessel, pflückte zwei Teebeutel Earl Grey aus der Schublade und wartete an den Kühlschrank gelehnt, bis das Wasser kochte. Währenddessen antwortete sie Molly und verschob ihr Treffen auf den nächsten Tag, dann scrollte sie durch *Instagram*, ohne eins der Bilder wirklich anzuschauen.

Der Tee war knallheiß. Orla beobachtete, wie sich Milchwolken darin ausbreiteten, und griff wieder zum Telefon. Ungeduldig wippte sie mit dem Fuß, während sie dem Freizeichen lauschte, dann stand sie auf und trabte ins Wohnzimmer.

»Ja?«, ertönte die Stimme ihrer Tante.

»Ich muss mit dir reden. Bist du schon wach?«

»Und ob ich wach bin«, erwiderte ihre Tante gereizt. »Cormac hat mich aufgeweckt, weil Freddie tausendmal angerufen hat. Gott weiß, was in den Kerl gefahren ist, hier so früh Terror zu machen.«

Orla blieb wie angewurzelt stehen. »Was wollte er denn?«

»Woher soll ich das wissen? Er hat getan, als ginge es um das größte Geheimnis der Menschheitsgeschichte. Ich muss ihn gleich zurückrufen, aber zuerst brauche ich einen Kaffee, einen sehr kräftigen Kaffee.«

»Erin, gestern ist etwas passiert«, flüsterte sie und setzte sich auf die Lehne des Sessels. »Es geht um Seán.«

»Um Seán, natürlich, um was auch sonst.« Erin seufzte. »Hast du eigentlich noch etwas anderes im Kopf als …«

»Es ist wichtig, dass du mir jetzt zuhörst«, unterbrach Orla ihre Tante. »Du erinnerst dich doch an die Familie, die am Skellig Drive verbrannt ist, oder? Alle dachten, auch Rónán wäre gestorben, aber so war es nicht. Rónán lebt.« Die Ungeheuerlichkeit dieser Erkenntnis packte sie erneut und wurde zu einem erstickten Lachen.

»Ist das wieder so eine verschwurbelte Theorie von Heneghan?«

»Seán hat mir gestern alles erzählt. Er ist nach Saltmore gekommen, um herauszufinden, was in der Nacht passiert ist. Er ist Rónán. Seán ist der Junge von damals.«

Erst wurde es mucksmäuschenstill, dann hörte sie, wie sich Erin auf einen knarrenden Stuhl setzte. »Das glaubst du doch selbst nicht, Orla.«

»Deswegen hat Seán auch die Scheune angezündet. Er war sich sicher, dass Freddie etwas mit der Sache zu tun hatte, und wollte sich an ihm rächen«, fuhr sie unbeirrt fort.

»Was?« Die Stimme ihrer Tante drang schrill und scheppernd aus dem Telefon. »Du glaubst doch nicht ernsthaft auch nur ein einziges Wort von dem, was Seán dir da erzählt hat? Wir kennen ihn doch kaum.«

Erin reagierte reflexartig und es geschah, was immer passierte, wenn eine Gefahr von außen auf die Dorfgemeinschaft zueilte: Die Menschen verschmolzen miteinander, wurden zu einer zähen, widerstandsfähigen Einheit – was fremd war, wurde zum Feind erklärt.

»Freddie hat uns gestern alles erzählt. Er hätte sie vielleicht noch retten können, aber stattdessen ist er einfach an dem qualmenden Caravan vorbeispaziert. Und als es längst zu spät war, hat er dich getroffen. So war es doch, oder? Du hast das Feuer gesehen. Siobhan wusste davon und auch der alte McLaughlin. Ihr habt gewartet und diskutiert, anstatt Hilfe zu rufen.« Ihre Worte klangen vorwurfsvoller, als sie beabsichtigt hatte, und entfalteten binnen Sekunden ihre Wirkung.

Erin stieß einen japsenden Laut aus. »Wer ist Seán? Ich versteh es nicht.«

»Er ist Rónán, der Traveller-Junge. Damals hat sein Onkel im Caravan übernachtet, nicht er. Sein Onkel ist gestorben. Es war eine Verwechslung.«

»Und die Scheune? Seán hat die Scheune angezündet?«, fragte Erin mit einer Stimme, der jegliche Kraft fehlte.

»Nachher gehen wir zur Garda, um Kieran zu entlasten.«

»Ihr geht zur Garda?«

»Natürlich. Und das hättet ihr auch tun sollen, aber stattdessen habt ihr versucht, euch selbst zu retten, um ja nicht in diese Geschichte verwickelt zu werden. Immerhin hat McLaughlin gerade Wahlkampf geführt und war schon immer sehr gönnerhaft, was das *Selkie* anbelangt, oder? Wie oft hat Siobhan ihn um Geld angepumpt?«

»Jetzt ist es also so weit«, flüsterte Erin. »Ich habe es ihnen von Anfang an gesagt. Das geht nicht gut, habe ich gesagt. Mein Gott, der Junge wusste doch nicht, was er da tat.«

»Freddie hat die Situation nicht richtig eingeschätzt.«

»Woher sollte er denn wissen, dass aus dieser Zigarette so eine Tragödie wird? Das konnte man doch nicht ahnen. Wie denn? Mein Gott, wie?«

Ihre Gedanken stolperten, ihr Kopf ratterte – Orla sprang auf und krallte sich an dem lindgrünen Vorhang fest, der vor dem Fenster hing. »Diese Zigarette …«

»Freddie war nicht bei Sinnen. Er war … Damals hat man solche Leute nicht gern in den Dörfern gesehen. Noch weniger als heute. Er hat nicht drüber nachgedacht, wollte ihnen nur eins auswischen.«

Gedankenlos riss Orla die Terrassentür auf, eilte barfuß über die regenglatten Steinplatten, durch nasses Gras – entfernte sich vom Haus. Sie zwängte sich zwischen den Haselnusssträuchern durch. Statt der gepressten Stimme ihrer Tante hörte sie nun ihren eigenen Herzschlag. »Was hat Freddie getan?«

Der Wind griff nach ihrem Haar und das Meer toste an Land. Erin schwieg.

»Sag mir, was er getan hat, Erin!«, schrie sie.

* * *

Wut brodelte wie Magma in ihrem Bauch – kurz vor dem Ausbruch. Vor ihrer Zimmertür blieb sie stehen, zählte innerlich bis zehn, dann trat sie ein. Seán saß auf dem Bettrand, hatte die Ellbogen auf den Beinen abgestützt und riss erschrocken den Kopf herum.

»Ah, da bist du ja.«

»Hi.« Sie war sich bewusst, wie gekünstelt ihr Lächeln wirkte. »Schon wach?«

»Seit ein paar Minuten.« Mit beiden Händen fuhr er sich durchs Haar und versuchte, es in Form zu bringen, dann stand er auf. »Wie hast du geschlafen?«

»Kurz, aber tief.« Orla zerrte eine Jeans aus dem Schrank und schlüpfte hinein.

Gerade hatte sie ein Shirt hervorgeholt und ausgeschüttelt, als er sie am Hosenbund packte und zu sich zog. »Nicht so eilig«, sagte er und schloss sie in die Arme. »Beim Lüften hab ich gesehen, wie du durch den Garten geflitzt bist. Ist alles okay?«

»Oh, ich hab nur mit Erin telefoniert.« Das Geräusch, das nach einem Lachen klingen sollte, erinnerte an einen Zwerchfellkrampf. »Ich fahre jetzt zu ihr. Wegen der Sache.«

»Soll ich mitkommen?«

»Nein. Es ist besser, wenn ich erst mal unter vier Augen mit ihr rede.« Orla löste sich aus seiner Umarmung und bemühte sich um ein Lächeln. »Bleib ruhig hier. Kieran ist auch schon wach. Ihr könntet zusammen frühstücken oder so. Ich bin höchstens eine Stunde weg.«

»Weiß er, wer ich bin?«

Orla schüttelte den Kopf, dann schlüpfte sie in ein Shirt. Der Stoff lag angenehm kühl auf ihrer Haut. Sie strich ihn glatt, band ihre Haare zu einem Zopf zusammen und wandte sich wieder zu Seán um. Er trug immer noch das Shirt der Seehundrettung.

»Du wirst Erin sagen, wer ich bin, oder?«

Blut schoss ihr in die Wangen. Kaum hatte sie sein Geheimnis in die Hände genommen, reichte sie es über seinen Kopf hinweg weiter. Orla kam sich vor wie eine Verräterin, schaffte es aber nicht, ihm zu beichten, dass sie längst ausgeplaudert hatte, wer er war. Hilflos hob sie die Schultern.

»Was soll's.« Er seufzte gequält auf. »Früher oder später wäre es sowieso rausgekommen. Ich muss deiner Familie ja irgendwie erklären, warum ich diese Scheune abgefackelt habe. Zumindest Kieran bin ich was schuldig.«

Er lehnte am Schreibtisch. Hinter ihm leuchtete der Tag durchs Fenster. Das Licht verlieh seiner Silhouette einen magischen Schimmer.

»Ich bin bald zurück«, sagte sie, legte ihre Hände auf seine Schultern und gab ihm einen Kuss.

»Kommst du später mit zur Garda?«

»Natürlich. Wir machen das zusammen, okay? Sobald ich bei Erin war, kümmern wir uns darum. Du musst da nicht allein durch.«

»Okay.« Er nickte langsam. »Danke.«

Am liebsten hätte sie ihm versichert, dass sich alles wieder einrenken würde. Schulterklopfen, Zuversicht. Aber für tröstende Worte fehlte ihr die Überzeugung.

Im Gehen schnappte sie sich ihren Schal, dann öffnete sie die Tür.

»Orla?« Seán lächelte. »*Bug me a gåp!* Wie kann es sein, dass du dich daran erinnert hast?«

»Wahrscheinlich, weil du der Junge warst, der gestorben ist, bevor ich mit ihm durchbrennen konnte.«

38. Orla

Orla schoss die Straße zum Hafen hinab, bog am Postamt scharf links ab und stieg kräftiger in die Pedale, um die schmale Gasse hinaufzufahren, die zu den Feldern führte. Unterwegs begegneten ihr irgendwelche Menschen, die sie jedoch nur schemenhaft im Augenwinkel registrierte. Das Handy in ihrer Tasche vibrierte. Weder drosselte sie ihre Geschwindigkeit noch versuchte sie, das Telefon aus ihrer Hosentasche zu friemeln.

Von der Scheune war kaum noch etwas übrig. Schwarze Balken ragten wie die Rippen eines Walskeletts in den Himmel. Inzwischen hatte man die *Oyster* weggeschafft. Orla warf ihr Fahrrad ins Gras und marschierte auf das Cottage zu, in dessen Fenstern goldenes Licht brannte. Rauch kroch träge aus dem Schornstein.

Ihr Zeigefinger klebte auf dem Klingelknopf. Sie klingelte, bis der Schlüssel im Schloss umgedreht wurde und sich die Tür öffnete.

»Orla, na, sieh mal einer an!« Mary lachte erstaunt und hielt ihre Hand unter eine Kelle, von der bräunlicher Teig tropfte. »Was machst du denn hier?«

»Guten Morgen, Mary. Ich müsste zu Freddie. Wo ist er denn?«

»Gestern hat er mit den Männern gepokert.« Mary pustete sich eine rote Locke aus der Stirn und grinste hämisch. »Jetzt geht's ihm nicht gut, dem Ärmsten. Du weißt ja, was das bedeutet. Er sitzt im Wohnzimmer und versinkt im Elend.«

Orla straffte die Schultern. »Ich muss trotzdem mit ihm reden. Es ist wichtig.«

»Dein Bruder ...« Mary hob die Schultern. »Es tut mir wirklich leid. Wenn's nicht das Schiff gewesen wäre, hätten wir bestimmt eine andere Lösung gefunden, aber du weißt ja, wie viel die *Shenanigans* ihm bedeutet hat.«

»Stimmt, er hat die *Oyster* damals *Shenanigans* getauft.« Orla rang sich ein Lächeln ab. »Ich hatte den Namen total vergessen. Wie auch immer, könnte ich bitte zu ihm? Es dauert nicht lange.«

»Es geht ihm wirklich nicht gut, Orla.«

»Er wird's überleben.«

Freddie saß im Halbdunkel. Der Wollschal war so dick, dass es aussah, als hätte er sich eine Kegelrobbe um den Hals geschlungen. Auf dem Tisch stand eine Tasse Tee. Es roch nach Fenchel und dem Torffeuer, das im Kamin flackerte.

»Guten Morgen«, grüßte sie und setzte sich ungefragt in den Sessel, der auf der anderen Seite des Tisches stand.

»Hat Mary dir nicht gesagt, dass ich krank bin?« Er warf seiner Frau einen irritierten Blick zu.

»Stört mich nicht«, erwiderte Orla ungerührt und schlug die Beine übereinander. »Ich muss unter vier Augen mit dir reden, Freddie, und das kann nicht warten.«

Er taxierte sie, griff nach seiner Tasse und trank einen vorsichtigen Schluck, dann wandte er sich zu Mary um, die immer noch mit der Kelle in der Tür stand. »Gibst du uns einen Moment, Schatz?«

Mary warf ihrem Mann einen missbilligenden Blick zu, doch dann schloss sie die Tür hinter sich.

»Warum bist du hier?«, fragte Freddie.

»Du hast versucht, Erin zu erwischen, bevor sie mit mir spricht, aber ich war sehr früh wach.« Orla beugte sich vor und fing seinen Blick auf. »Ich weiß es!«

»Ich wollte ihr eine außergerichtliche Einigung zwischen Kieran, eurer Familie …«

»Hör doch auf, Freddie«, unterbrach sie ihn und ließ die Schultern sinken. »Du hast uns gestern nicht die ganze Geschichte erzählt und wolltest verhindern, dass Erin etwas rausrutscht.«

»Sie hat dir also alles erzählt?« Freddie presste die Lippen aufeinander und senkte den Blick. Seine Ohren waren tiefrot. Wie immer, wenn er sich schämte.

»Warum hast du das getan? Diese Kippe … Wie konntest du nur? Das sieht dir doch überhaupt nicht ähnlich.«

»Ich wollte ihn bestrafen.«

»Was hat er dir denn getan?«, fragte sie mit erstickter Stimme.

»Was soll ich sagen, Orla?« Er raufte sich das Haar, sodass es wild von seinem Kopf abstand. »Du bist ihm nachgerannt, als wärst du sein Hündchen, und er musste sich nicht mal dafür anstrengen. Er hat's nicht verdient, weil … Mein Gott, ich wollt ihm doch nur einen Denkzettel verpassen. Ich dachte, der verbrennt sich die Zehen und das war's.«

»Und deswegen hast du deine Kippe in den Caravan geworfen, als wär's nichts anderes als ein großer Aschenbecher?«

»Die Fenster waren nie verriegelt. Man musste nur ein bisschen ziehen und schon standen sie auf Kipp. Ich wusste ja, wo er schläft, und da habe ich die Zigarette reingeschnippt. Ich hab mir doch nichts dabei gedacht«, krächzte er. »Mein Gott, ich wollte das nicht. Ich wollte nichts davon. Wenn ich es irgendwie ungeschehen machen könnte, Orla, ich würde es tun. Es war meine Schuld. Das war alles meine Schuld.« Seine Hände zitterten, als er zur Tasse greifen wollte. Er zog sie zurück und presste sie stattdessen auf seine Oberschenkel.

»Meine Güte, Freddie!« Bestürzt schüttelte sie den Kopf. »Aus diesen Grund war dein Vater auch so erpicht darauf, dass du ein Alibi bekommst und nicht als Zeuge aussagst, oder?«

»›Die Toten bleiben tot, aber du hast noch dein ganzes Leben vor dir, Junge.‹« Das Lachen entwich als Keuchen aus seiner Kehle. Mit den Handballen rieb er über seine Augen. »Die Schuld klebt an mir. Da kann man noch so heftig beten – ich bleibe ein Mörder.« Freddie schluchzte auf. »Und das kann niemand je entschuldigen. Das ist unmöglich. Kein Priester, kein Gott. Danach hat mein Vater mich behandelt wie einen Schandfleck. Erinnerst du dich noch an seine Rede auf der Hochzeit? Wie froh die Familie ist, dass es endlich jemanden gibt, der sich freiwillig mit mir rumschlägt? Dass es ein Wunder ist, dass ich jemanden abbekommen habe? Alle haben darüber gelacht, aber ... Er hat mir bei jeder Gelegenheit zu verstehen gegeben, was für eine große Enttäuschung ich bin.«

Sprachlosigkeit füllte den Raum. Orla beugte sich vor, griff nach der Tasse und trank, bis sie leer war. Es kam ihr vor, als würden ihre Stimmbänder unkontrolliert schlingern, als sie sprach.

»Ich hab Seán noch nichts gesagt. Er weiß nicht, was du getan hast.«

»Warum?«

Es gab keine Antwort auf diese Frage, jedenfalls fiel ihr keine ein. Sie zuckte mit den Achseln. »Ich weiß es nicht.«

»Wann sagst du's ihm?« Freddie starrte sie an. Seine Lippen bebten und seine Augen waren so blutunterlaufen, als hätte er seit Minuten nicht mehr geblinzelt. Auch wenn Jahre vergangen waren, erkannte sie immer noch den sommersprossigen Jungen, der jeden Morgen mit dem Fahrrad auf sie gewartet hatte, um mit ihr zur Schule zu fahren.

Was würde geschehen, wenn der alte Fall wieder aufgerollt würde? Orla starrte aus dem Fenster. Über den Feldern schwamm der Nebel, hüllte Sträucher und Bäume in einen weißen Schleier. *Wer etwas verbirgt, will auch sich selbst schützen*, dachte Orla. Das galt für alle Menschen, die damals im *Selkie* zusammengesessen und nach einer Lösung gesucht hatten, die keine Verantwortung von ihnen verlangte.

Plötzlich flammte Adam in ihren Gedanken auf. Sie hatte monatelang verschwiegen, wie unglücklich sie war, hatte sich den Ring an den Finger stecken lassen, um ihn vor der Wahrheit zu schützen – und sich selbst. Aus Angst vor seiner Reaktion und ihrer Überzeugung, nicht damit umgehen zu können, schuld zu sein.

Als Kinder in einem erzkatholischen Dorf waren sie mit Schuldgefühlen aufgewachsen – *bereue deine Sünden und dir wird vergeben*. Der Zustand des Schuldigseins war zur Gewohnheit geworden, doch mit der Gewissheit leben zu müssen, dass sechs Menschen wegen der eigenen fahrlässigen Tat gestorben waren ...

Orla stand auf, ging um den Tisch herum und setzte sich dicht neben ihn. Selbst durch den Stoff ihrer Jeans spürte sie die Kälte des glatten Ledersofas. »Ich frage mich, was geschieht, wenn Seán davon erfährt, und ob wir dadurch nicht alles nur noch schlimmer machen, als es jetzt schon ist«, sagte sie leise.

»Wovon redest du, Orla?«

Sie umschloss seine Hände mit ihren. »Wenn man die Sache aus den Augen der Justiz betrachtet, wäre es richtig, jetzt sofort bei der Garda anzurufen und ihnen zu sagen, was in der Nacht wirklich geschehen ist. Du müsstest dich stellen, Freddie, und die Wahrheit sagen. Schuld verlangt nach Strafe, aber keine Strafe der Welt würde die Familie wieder lebendig machen. Es gibt keine Wiedergutmachung.« Sie senkte den Blick auf ihre Hände, verstärkte den Druck.

»Entschuldige, aber ich verstehe wirklich nicht, worauf du hinauswillst.«

»Was hat Seán davon, wenn du verurteilt wirst? Wird sein Leben dadurch besser?«

»Orla«, flüsterte er. Seine Augen weiteten sich, als er begriff, was sie damit andeuten wollte.

»Dass ich Rónán wiedergetroffen habe, dass er immer noch lebt, ist so ziemlich das Schönste für mich. Ich will zurück nach Hause kommen und ich hoffe, dass er dann hier ist, weil ich … Er darf wegen der Scheune und dieser Sache am Leuchtturm nicht in den Knast gehen.«

»Daher weht also der Wind.« Freddie presste seine Lippen aufeinander, sodass ihnen jegliche Farbe entwich.

»Seán hat sich hier ein Leben aufgebaut, in dem er sich wirklich wohlfühlt. Erin hat ihn unter ihre Fittiche genommen und bemuttert ihn, als wäre er ihr eigener Sohn. Sogar Kieran hat sich mit ihm angefreundet. Wenn Seán bestraft wird, würde er das alles verlieren. Und er hat doch schon genug verloren.«

»Das ist es also, was du willst?«, fragte Freddie mit heiserer Stimme. »Ich soll Seán entlasten.«

»Damit würdest du ihm die Chance geben, ein gutes Leben zu führen. Das hat er verdient! Es wäre so, als würdest ihm etwas zurückgeben, oder nicht?«

Freddie wandte den Blick ab und starrte durch das kleine Ofenfenster ins Feuer. »Ich hatte daran gedacht, Kieran wieder an Bord zu holen, sobald sich die Sache geklärt hat, weißt du?«

»Wirklich?« Orla hob überrascht die Augenbrauen. Das Lächeln, das gerade aufgeflackert war, erstarb wieder. »Du meinst, sobald Seán als Täter angeklagt worden ist.«

Freddie blies die Wangen auf. »Ich weiß nicht, wie ich das verhindern soll, Orla. Die Ermittlungen laufen doch schon längst. Tomás ist ganz wild deswegen. Sie haben die Flasche gefunden und andere Indizien, die auf Brandstiftung hindeuten. Wie soll man einen fahrenden Zug aufhalten? Kannst du mir das sagen?«

»Es gibt nur eine einzige Möglichkeit«, erwiderte sie düster.

39. ORLA

Mit gespaltenen Gefühlen radelte Orla zurück nach Hause. Der Wind blies ihr unsanft ins Gesicht, riss an ihren Haaren und wurde zu einem Kreischen in ihren Ohren. Bevor sie aufgebrochen war, hatte sie mit Erin telefoniert. Nun würden sie den Dingen ihren Lauf lassen, würden nur noch reagieren.

Schon vor der Tür hörte sie ein buntes Stimmengewirr. Mit Herzrasen schloss sie die Tür auf – dann ertönte eine vertraute Melodie und Orla atmete auf. Nur der Fernseher, kein unangekündigter Besuch. Sie schlüpfte aus ihrer Jacke, dann aus ihren Stiefeln und marschierte ins Wohnzimmer.

Hinter der Lehne des Sofas erkannte sie zwei dunkle Haarschöpfe. Kieran mit seinen rötlich schimmernden Locken und Seán, der die Arme hinter dem Kopf verschränkt hatte. Im Fernseher lief *Father Ted* und Seán erklärte, dass er die Kultserie zum ersten Mal vor drei Jahren gesehen hätte.

»Tja, und dabei ist mir aufgefallen: Mrs Doyle, die Haushälterin, hat gar keinen Vornamen.«

»Sie braucht auch keinen, weil sie Mrs Doyle heißt«, erwiderte Kieran trocken. Auf dem Tisch standen zwei Tassen, daneben zwei leer gekratzte Schüsseln. Der Geruch warmer Haferflocken hing immer noch in der Luft.

»Father Ted ist einen Tag nach dem Dreh für die letzte Folge gestorben. Wusstest du das, Seán?«

»Ich hab mal davon gehört. Könnte sein, dass es jemand im *Selkie* erzählt hat. Ganz schön mies.«

Der Anblick der beiden war so wohltuend alltäglich, unaufgeregt und echt, dass ihre Augen glasig wurden. Sie wollte mehr davon, wollte Momente sammeln, in denen sie einfach nur zu Hause waren und das vollkommen genügte.

Leise klopfte sie an den Türrahmen.

Ihre Füße lagen auf dem Sofatisch, über ihren Beinen hatten sie den Quilt ausgebreitet, den Siobhan eigenhändig genäht hatte.

Während Kieran und Seán das Geschehen im Fernseher sehr aufmerksam verfolgten, blickte Orla mit wachsender Anspannung aus dem Fenster. Nach dieser Folge wollten sie aufbrechen, um zur Garda-Station zu fahren. Jedenfalls war Seán der Meinung, dass er in zwanzig Minuten in seine Jacke schlüpfen würde, um wenig später ein Geständnis abzulegen. Ihr Herz flatterte. Jeden Moment musste das Telefon klingeln, wenn Freddie nicht einknickte.

»War bei Erin alles okay?«, raunte Seán ihr zu, nachdem er Kieran einen kurzen Seitenblick zugeworfen hatte. Unter der Decke tastete sie nach seiner Hand und verschränkte ihre Finger mit seinen.

»Mhm, wir sind alle ziemlich aufgekratzt.«

»Das legt sich bald wieder.« Er lächelte, als würde es ihn keinerlei Mühe kosten, doch sein unsteter Blick verriet, dass alles in ihm in Aufruhr war. Er lächelte einzig und allein, um sie zu beruhigen.

War es richtig, ihm zu verschweigen, dass es einen Schuldigen gab, der für den Tod seiner Familie verantwortlich war? *Nein!*, schrie eine Stimme, die felsenfest davon überzeugt war, dass erst die Wahrheit so etwas wie Heilung möglich machte. Man durfte Kindern die harte Wahrheit verschweigen, um sie zu schützen – Seán war jedoch ein erwachsener Mann, der nicht darauf angewiesen war, beschützt zu werden.

Aber es gab auch eine andere Stimme – weniger moralisierend, milder. Mit dieser Stimme im Ohr konnte Orla sich die Argumente zurechtziehen, sodass sie haargenau in das Puzzle passten. Sie dachte dabei an Seán, natürlich, aber auch an ihr eigenes Leben.

Als das Telefon im Flur klingelte, zuckte Orla zusammen.

»Gehst du?«, fragte sie an Kieran gewandt, doch ihr Bruder schüttelte den Kopf. Er reagierte nur auf Anrufe, die vorher angekündigt waren. Mit flatterndem Herzen schob Orla die Decke von ihren Beinen und stand auf. *Jetzt ist es so weit*, dachte sie. Jetzt wurde eine neue Wahrheit geboren, die den Lauf der Dinge veränderte.

Kieran stellte den Fernseher stumm. Das Klingeln des Telefons wurde gellender, je näher sie ihm kam.

»Hallo?«

»Garda Síochána Saltmore, Niamh Kennedy hier«, meldete sich eine sanfte Frauenstimme. »Bist du's, Orla?«

»Ja, ich bin's. Hallo Niamh.« Orla warf einen Blick über die Schulter. Die Tür zum Wohnzimmer stand offen. Dort würde man jedes Wort hören, das sie sprach.

»Tomás ist gerade bei Freddie McLaughlin. Eigentlich wollte er persönlich mit euch sprechen, mit Kieran primär, aber er schafft's zeitlich nicht und ihr solltet sofort informiert werden, meint er.«

»Worum geht es denn?«, fragte sie. Die Nervosität in ihrer Stimme war echt. Orla presste die Lippen zusammen und heftete ihren Blick auf Kieran, der inzwischen aufgestanden war und sie konzentriert beobachtete.

»Könnte ich mit deinem Bruder sprechen?«

»Oh, ich weiß nicht. Er hat jetzt eine Anwältin.«

»Lass mich bitte mit ihm sprechen. Dafür braucht er keine Anwältin. Versprochen.«

»Moment.« Die Hand, die sie über die Sprechmuschel legte, zitterte. Orla trat zurück ins Wohnzimmer. »Kieran? Das ist die Polizei. Garda Kennedy möchte mit dir sprechen.«

Seine Augen weiteten sich. Kaum merklich schüttelte er den Kopf, dann presste er die Lippen gegen seinen Handrücken.

»Niamh, wäre es in Ordnung, wenn ich die Freisprechanlage anmache?«

»Ist Kieran bei dir?«

»Ja, er steht direkt neben mir«, antwortete sie leise, streckte ihre Hand aus und berührte sanft seine Schulter.

»Na, dann wollen wir mal ...« Niamh atmete tief durch.

Als Orla den Lautsprecher einschaltete, begegnete ihr ein graues Augenpaar. Seán taxierte sie, während er seine Arme derart anspannte, dass Muskeln und Sehnen hervortraten.

»Kieran, hörst du mich?«

»Ja«, antwortete er, ohne dabei den Blick von Orla abzuwenden. Ihr flüchtiges Lächeln schmerzte, nicht nur wegen der Verletzung.

»Gut. Ich habe dir etwas zu sagen«, hob die Polizistin an und hüstelte verhalten, ehe sie fortfuhr. »Der Geschädigte, Freddie McLaughlin, hat heute bei uns angerufen. So etwas hat es hier noch nie gegeben, aber offensichtlich ... Er hat angegeben, dass er selbst für den Brand verantwortlich war.«

»Was?«, stieß Seán aus und ließ die Arme sinken.

»Na ja, er wollte eine Aussage machen und sich selbst anzeigen. Deswegen ist Tomás bei ihm.« Niamh klang verunsichert. »Ich verstehe es nicht, aber so wie es aussieht, wollte er die Versicherungssumme kassieren und damit ein neues Cottage bauen. Dort, wo die Scheune stand. Es sollte ein Gästehaus werden, wenn ich ihn richtig verstanden habe.«

»Was bedeutet das?«, fragte Orla. Obwohl sie damit gerechnet hatte, war ihr vor Aufregung so schlecht, dass sie kaum den Mund öffnen konnte.

»Was bedeutet das?«, echote die junge Polizistin und seufzte inbrünstig auf. Man hörte das Rascheln von Papier. »Durch die Selbstanzeige von Freddie McLaughlin werden wir unsere Ermittlungen jetzt auf ihn konzentrieren.«

»Und Kieran?«

Inzwischen war Seán aufgesprungen und stand mit verzerrter Miene vor ihr. Fassungslos schüttelte er den Kopf.

»Na ja, so wie es aussieht, hat er die Wahrheit gesagt und muss sich keine Sorgen mehr machen«, sagte Niamh.

»Werde ich freigesprochen?«

»Du warst nie angeklagt, Kieran, nur verdächtig.«

»Bin ich noch verdächtig?«

»Auf welcher Grundlage sollten wir dich jetzt noch verdächtigen? Freddie hat uns glaubhaft dargelegt, weshalb er Scheune und Schiff loswerden wollte.«

Zu erleben, wie schnell sich eine Lüge entfaltete und die Zahnräder ineinandergriffen, raubte ihr den Atem. Orla vermied es, Seán anzusehen. Stattdessen trat sie dicht an ihren Bruder heran und klammerte sich an seinem Arm fest.

»Ich hab die Wahrheit gesagt«, sagte er. »Ich bin's nicht gewesen.«

»Ich weiß!« Orla streichelte über seine Wange. »Daran hab ich nie gezweifelt.«

»Das kann nicht sein«, murmelte Seán und raufte sich das Haar, doch als sein Blick auf Kieran fiel, ließ er die Schultern sinken. »Das ist unglaublich ... gut, meine ich. Das ist echt gut, Kumpel!«

Orla spürte, wie heftig ihr Herz pochte, als sie die Freisprechanlage ausschaltete und sich das Telefon wieder ans Ohr drückte.

»Heißt das, wir können die Anwältin zurückpfeifen, Niamh? Keine Verhöre mehr?«

Nachdem sie aufgelegt hatte, blies sie die Wangen auf und schüttelte kaum merklich den Kopf. »Wahnsinn«, flüsterte sie und trat dicht an Kieran heran. »Bist du erleichtert?« Liebevoll wuschelte sie durch sein Haar.

»Natürlich bin ich erleichtert. Ich werde *Father Ted* schauen, bis Erin kommt.« Er warf einen kurzen Blick auf seine Armbanduhr und tippte mit dem Zeigefinger darauf. »Das ist in vierzig Minuten, also schaffe ich noch eine Folge.«

»Wie bitte?« Sie lachte hell auf. »Kieran, du hast gerade erfahren, dass du nicht mehr unter Tatverdacht stehst.«

»Ich hätte mich im Gefängnis nicht allzu wohlgefühlt.« Er grinste schief. »Ist es nicht bedauerlich, dass Freddie ausgerechnet diese Flasche benutzt hat? Das war ein Geschenk von Mam. Sie wollte den Poitín nicht wegkippen und hat angefangen, die Flaschen im ganzen Dorf zu verteilen.«

»Siobhan hat ihm Poitín geschenkt?«, fragte Orla stirnrunzelnd.

»Sie wollte das Zeug endlich loswerden. Seán hat auch eine Flasche bekommen, aber er meinte, den Schnaps könnte man höchstens zum Desinfizieren benutzen, nicht zum Trinken, weil man sich damit die Kehle wegätzen würde. Stimmt's?«

»Wie kann das sein?« Seán stand leichenblass vor ihnen und hielt die Lehne eines Stuhls umklammert. Seine Kiefermuskeln traten hervor, als er die Lippen aufeinanderpresste und sie anstarrte. Er verlangte eine Erklärung von ihr. Panisch suchte Orla nach Worten, denen er glauben konnte. Hitze schoss in ihre Wangen.

»Na ja, offensichtlich hat Freddie ...«

»Ich muss hier raus«, unterbrach er sie brüsk und drängte an ihr vorbei. Das Holz der Stufen knarzte, als würde es unter seinen schweren Schritten zerbersten.

»Seán!«, rief Orla und eilte ihm nach. Er war schon im Badezimmer und hatte sich das Shirt über den Kopf gezogen. »Was machst du denn?«

»Das ist nicht richtig!«

Sie griff nach dem Shirt, das er in den Händen hielt, warf es achtlos auf den Wäschekorb und legte ihre Hände auf seine Brust. »Es ist völlig verrückt und ich kann's mir nicht erklären, aber …«

»Ich muss das klarstellen!« Er blitzte sie an. »Vielleicht ist es eine Falle. Keine Ahnung. Ich traue dem Typen nicht.«

»Aber ich. Ich kenne Freddie schon mein ganzes Leben lang. Er hat sich das gut überlegt. Weißt du, was ich glaube?« Orla wartete darauf, bis sein Blick auf ihr ruhte und sie seine volle Aufmerksamkeit hatte. »Damit beruhigt er sein Gewissen. Das ist seine Art, sich bei dir zu entschuldigen.«

»Warum?«

»Warum wohl?«, fragte sie, streichelte über seine Wangen, fuhr mit den Fingern durch sein Haar. »Er hätte den Brand vielleicht verhindern können. Wenn er die Situation richtig eingeschätzt und sofort gehandelt hätte, wären sie vielleicht noch am Leben.«

»Er nimmt die Schuld auf sich, weil er ein schlechtes Gewissen hat? Ernsthaft?«

»Das kannst du vielleicht nur schwer glauben, aber er ist echt sensibel. Wahrscheinlich haben die Schuldgefühle ihn langsam aufgefressen und …«

»Orla! Was ist los mit dir? Das stinkt doch zum Himmel. Ich meine, wie kannst du nur so verdammt ruhig sein?«

Hilflos hob sie die Schultern. »Wahrscheinlich, weil's genau das ist, was ich mir gewünscht hab. Ich weiß nicht, warum

Freddie sich gestellt hat, aber ich kann's mir denken. Das ist ein Geschenk. So ziemlich das Beste, was uns hätte passieren können.«

»Aber es ist nicht logisch«, protestierte er. »Warum hält er seinen Kopf hin und lässt mich einfach davonkommen? Wenn er's für Kieran getan hätte, okay, aber für mich?«

»Damit beruhigt er sein Gewissen.«

Seán ließ seinen Blick prüfend über ihr Gesicht wandern, dann schüttelte er den Kopf. »Irrsinn. Das ist absoluter Irrsinn.«

»Und wenn schon? Es ist auch eine Chance.«

»Was machen wir denn jetzt?«, fragte er hilflos.

»Wir kommen zur Ruhe.«

»Aber ich kann doch nicht einfach so tun, als wär nichts. Als hätte ich nicht den leisesten Schimmer davon, was hier abgeht!«

»Und warum nicht? Du hast mir wochenlang weisgemacht, nicht zu wissen, wer die McDonaghs waren, Rónán. Du hast dir meine ganzen Geschichten angehört, aber immer so getan, als würde dich das überhaupt nichts angehen.«

»Weil ich nicht konnte. Ich will keine Geheimnisse vor dir haben, aber sie waren nötig, um meinen Plan durchzuziehen. Wenn ich dafür zahlen muss, zahle ich. Ich bin kein Feigling.«

»Ich weiß, aber denk doch mal nach! Niemand ist verletzt worden, als du die Scheune angezündet hast. Es ist nur ein materieller Schaden, mehr nicht. Freddie übernimmt die Verantwortung. Die Leute werden sich deswegen zwar noch jahrelang über ihn lustig machen, aber sonst kostet ihn das nicht so viel. Und du gewinnst was. Du bekommst eine echte Chance.«

»Was für eine Chance soll das deiner Meinung nach denn sein, hm?«

»Hier zu sein, wirklich anzukommen. Willst du das nicht?«

»Du glaubst, dass ich bleiben könnte?«, fragte er und hob die Augenbrauen. Seine Stimme verriet nicht, ob die Frage hoffnungsvoll oder zynisch gemeint war.

»Weißt du noch, was du mir gestern erzählt hast? Wie wir beide durchbrennen?« Orla setzte sich auf den Badewannenrand und blickte zu ihm auf. »Wir müssen nicht mehr abhauen, um dem Glück hinterherzujagen. Wir können uns hier etwas aufbauen.«

»In Saltmore?«

»Rosie hat mir damals ein Wort beigebracht. Es ist mir erst kürzlich wieder eingefallen. *Havara*. Das bedeutet …«

»Ich weiß, was das bedeutet«, unterbrach er sie und setzte sich ebenfalls auf den Wannenrand. »Aber *Havara* ist kein Ort. Wir hatten immer ein Zuhause, auch wenn's keinen Ort gab, der sich so angefühlt hätte. Wir hatten dieses Gefühl, wenn wir zusammen waren.«

»Hast du dieses Gefühl, wenn du bei mir bist?«

»Manchmal?« Er lächelte matt.

»Dann gib uns eine Chance. Ich weiß, dass wir dieses Gefühl haben könnten. Nicht nur manchmal, sondern immer. Alle lieben dich. Siobhan, Kieran und Erin sowieso.«

»Oh, apropos.« Seine Miene verfinsterte sich. »Fährst du eigentlich mit, um Siobhan abzuholen?«

»Nein, nein. Ich bleib hier bei dir«, sagte sie und griff nach seiner Hand.

Nachdenklich starrte er zu ihren Händen hinab. Seán blies die Wangen auf. »Ich frage mich, wie das alles werden soll. Mit Erin und Siobhan, meine ich.«

»Das kommt wohl darauf an, ob du ihnen verzeihen kannst. Sie sind nicht schuld daran, dass es passiert ist. Nur ihr Umgang damit, nur dieses Schweigen …« Sie verstummte.

Nur dieses Schweigen. Nur dieses Schweigen.

»Tja, ich weiß nicht ...«, sagte er und strich mit dem Zeigefinger langsam über ihren Handrücken. »Jetzt sind wir dran und müssen die Wahrheit vertuschen. Du weißt, dass ich das Feuer gelegt habe. Freddie weiß es. Ist das unser Weg, Orla? Dieses Schweigen?«

Sie hatte sich längst entschieden. Das Geheimnis existierte außerhalb ihrer Beziehung und dort würde es bleiben. Man konnte die verschwiegene Wahrheit eine Lüge nennen – vielleicht konnte man sie aber auch als Versuch begreifen, Verantwortung zu übernehmen.

»Es muss so sein.« Sie hob das Kinn, um ihm entschlossen in die Augen zu sehen.

»Was ist eigentlich mit dir?«

»Was meinst du?«

»Du hast vorhin alle Menschen aufgezählt, die mich lieben, aber du warst nicht dabei.«

»Was glaubst du, hm?«

»Schwer zu sagen.«

Obwohl ihr zum Heulen zumute war, musste sie lachen. Sie legte beide Hände auf seine Wangen und küsste ihn. Sie liebte ihn so selbstverständlich, wie der Wind die Wellen formte.

40. ORLA

Wie besprochen, fuhr Erin mit ihrem roten Ford vor und hupte, um auf sich aufmerksam zu machen. Nun würde sie mit Kieran nach Cork fahren, wo Siobhan auf gepackten Koffern und glühenden Kohlen saß. Erin hatte heute Morgen lange mit ihr telefoniert, um sie auf das vorzubereiten, was sie in Saltmore erwartete.

Orla lehnte an der Kommode im Korridor, während Kieran in seine dunkelgrüne Jacke schlüpfte und seine Schuhe schnürte.

»Ich habe lange darüber nachgedacht und bin zu dem Entschluss gekommen, dass ihr lügt«, richtete er das Wort an sie. Erschrocken starrte sie ihren Bruder an. »Angeblich hat sich Seán nachts an deinem Schrank die Nase gebrochen. Du hast dir daran die Lippe aufgeschlitzt. Dass sich zwei Menschen unabhängig voneinander in ein und derselben Nacht an ein und demselben Möbelstück verletzen, ist so unwahrscheinlich, dass es im Grunde unmöglich ist.«

»I-ich weiß nicht ...«

»Aber ich akzeptiere, dass ihr nicht ins Detail gehen wollt. Was im Schlafzimmer passiert, ist schließlich eure Privatsphäre und geht niemanden etwas an.«

»Danke, sehr rücksichtsvoll!«, murmelte sie. Eine unerträglich Hitze war in ihren Kopf gestiegen. Hektisch riss sie die Tür auf und ließ den Wind ins Haus wehen. »Sag Mam, dass ich mich auf sie freue, okay? Gute Fahrt!«

»Tschüss.«

Kaum war er über die Schwelle getreten, warf Orla die Tür zu. Kieran war nicht nur ein wandelndes Mysterium, sondern auch ein präziser Salzstreuer – offene Wunden waren sein Spezialgebiet. Kopfschüttelnd stapfte Orla die Treppe empor. Ihnen blieben knapp sechs Stunden.

Nebeneinander lagen sie auf dem Bett. Das Notebook stand aufgeklappt auf einem Stuhl und spielte im Autoplay irgendwelche Videoclips ab.

Seán nickte immer wieder ein, aber Orla war hellwach. Sie hatte sich auf die Seite gedreht und eine Hand auf seiner Brust abgelegt. Rónán lebte. Sie konnte ihn anfassen, sein Leben spüren.

Vorsichtig beugte sich Orla über ihn und küsste seine Stirn, dann hob sie die Decke an und schlüpfte aus dem Bett. Leise zog sie die Schublade des Buffetschranks auf und nahm ihr Tagebuch hervor.

Auf der Rückseite des Bildes klebten noch die Fetzen der Tagebuchseite, von der Orla es abgerissen hatte. Die Farben waren so strahlend wie früher, weil sie das Bild all die Jahre vor Licht geschützt in ihrem Tagebuch aufbewahrt hatte. Seán saß auf dem Schreibtisch und hob das Foto ins schummrige Licht der Lampe.

»Da-das gibt's doch nicht.« Die Worte wichen als atemloses Keuchen über seine Lippen.

»Ich hab euch heimlich beobachtet. Ihr seid gerade erst angekommen, habt euer Lager aufgeschlagen. Niemand hat

377

mich bemerkt.« Sie deutete auf die Heckscheibe, hinter der man ein bleiches Jungengesicht erkannte. »Nur du.«

»Nur du«, echote er und hob den Kopf. Erst als ihr sein Blick begegnete, begriff sie, was diese Fotografie bedeutete. In seinen Augen schimmerten Tränen, aber auch etwas anderes – etwas, das so warm war wie dieser Tag vor vielen Jahren, als der Sommer mit all seinen kindlichen Verheißungen nur ihm gehört hatte. Orla wünschte, sie könnte ihm dieses Gefühl zurückgeben, die Geborgenheit dieses Sommers und seine Unschuld.

Seán hatte sich wieder vorgebeugt und fuhr mit dem Zeigefinger langsam über die Gesichter seiner Familie, als könnte er sie dadurch spüren. Orla umschlang seinen Arm und lehnte sich an ihn.

»Es ist merkwürdig. Ich hab kein einziges Foto von ihnen. In all den Jahren haben sie nur in meiner Fantasie existiert, nur in verschwommenen Erinnerungen, und plötzlich bekommen sie wieder ein Gesicht. Rosie hatte wahnsinnig lange Haare, oder nicht? Und meine Eltern waren noch so unfassbar jung.«

»Kommen sie dir fremd vor?«, fragte sie.

Seán schüttelte langsam den Kopf. »Nur weit weg.«

Einige Minuten verstrichen, in denen sie beieinandersaßen und die Fotografie betrachteten.

»Du hast doch diesen sonderbaren Fimmel«, brach er das Schweigen und drehte sich zu ihr um. »Diese Wortliebhaberei. Soll ich dir noch ein Wort aus unserer Geheimsprache verraten?«

»Unbedingt.« Orla warf einen flüchtigen Blick zum Buffetschrank, in dem ihre bunten Hefte lagen. »Wenn's mir gefällt, schreibe ich's auf.«

»Okay, dann hör gut zu«, sagte er und legte den Arm um ihre Taille. »Das Wort heißt *Olomi*. Es bedeutet Nacht. Aber oft beschreibt man damit auch eine Phase, in der alles an Bedeutung verloren hat und du nicht weißt, wofür du morgens überhaupt noch aufstehen sollst. Du weißt schon … Wenn du keine Hoffnung mehr hast, dass dein Leben jemals besser wird.«

»Dann ist es ein sehr trauriges Wort.«

»Ja und nein.« Sein Gesicht erhellte sich. »Wenn du den schwärzesten Punkt der Nacht erreicht hast, darfst du nicht stehen bleiben. Das ist der Trick. Es kann nur heller werden, wenn du durchhältst und weitermachst. Am Anfang hast du natürlich keine Ahnung, wie du das anstellen sollst. Wofür überhaupt … Aber mit der Zeit geht's immer besser.«

»Du hast verdammt gut durchgehalten, Rónán. Wenn sie dich jetzt sehen könnte, deine Familie, und wenn sie wüsste, was du alles geschafft hast … Sie wäre so wahnsinnig stolz auf dich«, sagte sie mit belegter Stimme und deutete auf die Fotografie, die er immer noch in der Hand hielt.

»Mhm. Rosie würde mir garantiert eine Krone basteln, mit der ich dann den ganzen Tag rumlaufen müsste! Das war so Tradition bei uns.«

Als Orla die Arme um seinen Hals schlang und ihn küsste, flatterte das Foto zu Boden.

* * *

Stunden später – es war früh am Abend – wurde die Haustür aufgeschlossen und fiel kurz darauf donnernd ins Schloss. Seán und Orla sprangen vom Sofa auf und hefteten ihre Blicke auf die Tür, die zum Korridor führte. Stoff raschelte. Die Schubladen der Kommode wurden aufgezogen und geschlossen.

»Orla? Bist du hier?«

Nachdem sie Seán zugelächelt und seine Hand gedrückt hatte, löste sie sich von ihm und folgte der Stimme ihrer Mutter in den Korridor. Sie hatten sich seit Monaten nicht mehr gesehen, nur telefoniert, um schmerzlose Oberflächlichkeiten auszutauschen.

379

»Siobhan, hallo!« Orla grinste, als sie ihre Mutter vor sich sah. »Da bist du ja endlich.«

»Mein Liebling!« Siobhan breitete die Arme aus und zog sie an ihre Brust.

Unbeholfen streichelte Orla über die weichen Schultern ihrer Mutter. »Wie war die Fahrt?«

»Ganz gut. Die Fahrkünste deiner Tante halten sich zwar in Grenzen, aber ich hab's überlebt. Erin wollte kurz im *Selkie* nach dem Rechten sehen und hat Kieran mitgenommen. Wir haben also noch ein paar Minuten für uns.«

»Geht's dir gut?« Orla trat einen Schritt zurück und deutete auf die Gehhilfen, die neben der Garderobe an der Wand lehnten.

»Die Hüfte heilt, aber mein Kopf kommt nicht mehr hinterher. Himmel, es ist so viel geschehen, während ich weg war. Alles hat sich verändert, nicht wahr? Geht morgens denn noch die Sonne auf?«

»Darauf kannst du dich verlassen. Die Sonne geht auf und abends wieder unter.«

»Wenigstens etwas.« Siobhan blickte zu Boden und tastete mit beiden Händen über ihre kastanienbraunen Locken, dann fuhr sie mit dem Zeigefinger ihren Scheitel entlang, der erkennen ließ, dass sie ihre Haare schon lange nicht mehr gefärbt hatte.

»Ich muss dir noch etwas sagen. Es geht um Seán.«

»Erin hat mir alles erzählt. Es ist unglaublich, was dieser Junge durchgemacht hat. So eine Tragödie«, sagte Siobhan leise. Das anfänglich so strahlende Lächeln war verschwunden. »Wir dachten immer, dass alle gestorben wären und wir nie damit konfrontiert ... Seán!«

Erst jetzt bemerkte Orla, dass er hinter sie getreten war.

»Hier bin ich«, erklang seine sonore Stimme.

Für einige Sekunden herrschte Stille, doch dann straffte Siobhan die Schultern und atmete tief durch. »Seán«, flüsterte sie. »Ich wollte heute noch zu dir fahren, um mit dir zu sprechen, aber jetzt bist du hier und ich ... Ich weiß nicht, was ich sagen soll.«

»Wir müssen nicht viele Worte darüber verlieren, Siobhan. Ich wollte wissen, was damals passiert ist. Jetzt weiß ich, wie's abgelaufen ist. Es war keine Absicht, kein Mordanschlag«, erklärte er zurückhaltend. »Und du weißt, dass ich noch lebe. Daher gibt es eigentlich nicht mehr viel zu sagen, denke ich.«

»Deine Familie ...« Siobhan tupfte mit dem Zipfel des Seidenschals Schweiß von ihrer Stirn. »Es tut mir von Herzen leid, Seán. Oder soll ich dich Rónán nennen? Ist dir das lieber?«

»Vergiss den Namen. Ich bin Seán Gallagher.«

»Natürlich«, murmelte sie und senkte den Blick hinab zu ihren ledernen Halbschuhen, auf denen Goldschnallen prangten und ihnen ein billiges Aussehen verliehen.

Erneut füllte Stille den Korridor aus und ließ sie unsicher voreinander stehen.

»Das ist so bizarr.« Seán lachte heiser. »Ich hab echt keine Ahnung, wie ich mit dieser Situation umgehen soll.« Vorsichtig schob Orla ihre Hand in seine und streichelte mit dem Daumen darüber. Siobhan registrierte die Berührung. Ihre grünen Augen leuchteten auf, doch nur ein Blinzeln später nahm ihre Miene wieder einen finsteren Ausdruck an.

»Du warst so jung«, sagte sie mit bebender Stimme. »Wenn wir nur gewusst hätten, dass du am Leben bist ... So ein Glück.«

»War mir nie so ganz sicher, ob's Glück ist, wenn deine ganze Familie stirbt und du allein zurückbleibst.«

Erschrocken riss Siobhan den Kopf empor. »Bitte glaub mir! Wenn ich etwas tun könnte ... Wir dachten, es wäre zu spät, um jemanden aus dem Caravan zu retten. Wenn wir geahnt hätten, dass du lebst, dann wären wir für dich da gewesen, ganz bestimmt wären wir das.«

»Zu spät. Die Zeit ist vorbei, um daran noch etwas zu ändern«, murmelte er und warf Orla einen hilfesuchenden Blick zu.

»Aber jetzt.« Siobhan griff nach seiner Hand. »Können wir irgendwas für dich tun, Seán? Brauchst du Startkapital?«, fragte sie fast schon verzweifelt.

»Macht das, was ihr schon immer getan habt«, erwiderte er. »Sagt niemandem, wer ich bin. Ich will kein Geld oder so. Ich will nur dieses Leben hier. So, wie es ist.«

Siobhan runzelte zwar die Stirn, doch sie nickte. »Das ist alles, was du verlangst?«

»Na ja.« Seán trat von einem Fuß auf den anderen. »Kann ich den Job im *Selkie* behalten?«

»Wie bitte? Nach allem, was passiert ist? Es gibt tausend andere Pubs, in denen du arbeiten könntest, aber du willst ausgerechnet im *Selkie* bleiben?«

Kurz wanderten seine Augen zu Orla, dann nickte er. »Klar.«

»Meine Güte. Was für eine Frage! Natürlich kannst du weiterhin im *Selkie* arbeiten. Ich hätte bloß nicht erwartet, dass du das überhaupt in Erwägung ziehst.«

»Der Job gefällt mir. Ich mag das Dorf, die Leute hier. Wenn's was für mich zu holen gibt, dann ist's genau dieses Leben, denke ich. Außerdem war das der letzte Ort, an dem ich mit meiner Familie zusammen gewesen bin. Deswegen …«

»Von mir wird niemand etwas erfahren, Seán. Wenn es dein Wunsch ist, bleibt alles, wie es ist. Zumindest vordergründig. Du arbeitest im *Selkie* und keiner wird wissen, dass du ein Traveller bist.«

»Es geht mir nicht darum zu verschweigen, dass ich ein Traveller bin, sondern um den Namen McDonagh und die Geschichte dahinter. Das ist der Punkt.«

»Für mich bist du Seán Gallagher, wenn du das willst«, sagte Siobhan.

»Da fällt mir noch was ein, Siobhan«, sagte er. »Ich wollte schon immer mal mit deiner Tochter durchbrennen und dafür bräuchte ich ein paar freie Tage.«

»Mi-mit meiner Tochter durchbrennen?« Siobhan humpelte einen Schritt zurück und warf ihnen einen skeptischen Blick zu. »Ich versteh nicht recht.«

»Hast du ein schnelles Auto?«, fragte Orla unbeirrt und wandte sich zu Seán um.

»Geht so. Kommst du trotzdem mit?«

Statt zu antworten, schlang Orla die Arme um ihn und drückte ihr Gesicht an seine Brust. Obwohl ein strahlendes Lächeln ihre Lippen erklommen hatte, füllten sich ihre Augen mit Tränen. Orla erinnerte sich an ein Mädchen, das immer davon geträumt hatte, endlich rauszukommen, und sie erinnerte sich an einen Jungen, in dem sie damals eine Chance erkannt hatte.

Plötzlich wurde die Tür aufgerissen und Kieran trat mit einer Windböe in den Flur. »Hier bin ich wieder!«, verkündete er und ließ den Blick über ihre Gesichter huschen. Sein Stirnrunzeln verriet, dass er Mühe hatte, die Szenerie einzuordnen. Langsam knöpfte er seine Jacke auf. »Tja, Mam, jetzt weißt du, weswegen Orla nicht mitkommen konnte, um dich abzuholen. Ich war auch sehr erstaunt, als ich erfahren habe, dass sie sich ausgerechnet in Seán Gallagher verliebt hat. Immerhin war sie lange mit Adam zusammen. Das hat sie mittlerweile beendet.«

»Oh! Wirklich?« Siobhan lächelte gequält. »Das ist gut zu wissen, Liebling, vielen Dank. Dann kann ich ihn wohl von meiner Geburtstagsliste streichen.«

»Ja, du kannst ihn streichen und stattdessen Seán eintragen.« Kieran hängte seine Jacke an die Garderobe, schloss erst den Reißverschluss und danach mit geduldiger Sorgfalt die Knöpfe.

»Gibt's Tee?« Erin kam in den Flur gestolpert, schlüpfte aus ihrem Mantel, schüttelte ihn aus und hängte ihn an die Garderobe. »Ich hab Cormac gesagt, dass wir unter uns sein wollen. Er hat's nicht verstanden, aber an diese Ahnungslosigkeit ist er ja gewöhnt.«

Als sie sich umdrehte, flackerte ein Grinsen auf, doch dann fiel ihr Blick auf Seán und ihre Gesichtszüge erschlafften. »Kannst du uns wirklich noch ertragen?«

* * *

Die Stimmung war bizarr. Erin konnte nicht aufhören, Seán so fasziniert anzustarren, als wäre er jüngst vom Himmel herabgestiegen. Immer wieder streckte sie den Arm aus, um ihn anzublinzeln und dabei seine Hand zu tätscheln. Währenddessen erklärte Kieran ausführlich, warum er seinen Job verloren hatte und weswegen Siobhan froh sein sollte, dass er die Kündigung so lange vor ihr verheimlicht hatte.

»So konntest du immerhin deine Fangopackungen genießen.«

»Oh, mein lieber Sohn, da muss ich dich enttäuschen. Ich hab mir schon gedacht, dass da was im Busch ist. So merkwürdig, wie ihr euch verhalten habt«, erklärte Siobhan, pflückte eine schwarze Olive von ihrer Pizza und warf einen amüsierten Blick in die Runde. »Plötzlich kommen von Orla nur noch Fotos und Kieran erzählt mir jeden Tag das gleiche Märchen: *Heute hat irgendjemand irgendetwas auf der Skellig vergessen und wir mussten umdrehen.* Spätestens, als er mir weismachen wollte, sie wären wegen eines Kugelschreibers umgekehrt, wusste ich, dass er die Geschichten nur erfunden hat.«

»Meine Fantasie hat ihre Grenzen. Ich kann nicht lügen«, verteidigte sich Kieran.

»Und für Erin gab's sowieso nur ein einziges Thema.« Siobhan blickte die anderen versonnen an. »Orla ist zurück, und anstatt jede freie Minute mit ihrer Tante im *Selkie* zu verbringen, treibt sie sich aus unerfindlichen Gründen mit Seán beim Leuchtturm rum.«

»Tja, Orla hat sich selbst zur Bauaufsicht ernannt und jeden Handgriff dokumentiert. Da war sie sehr akribisch.« Seán schaute Orla vielsagend an.

»Immerhin musste ich herausfinden, ob dieses Projekt mit dir Zukunft hat.«

Kieran pustete die Wangen auf. Ihm missfiel das Gespräch, weil zu viel Bedeutung zwischen den Zeilen lag und dort verschwand – zumindest für ihn. »Du warst Rónán Malachy McDonagh«, sagte er und starrte über Seáns Kopf hinweg aus dem Fenster. Es wurde ganz still. »Jetzt lebst du als Seán Gallagher. Das ist ein typischer Name. Im Vergleich zu deinem alten Namen allerdings ein wenig einfallslos.«

»Stimmt, aber ich hab mich dran gewöhnt. Gallagher bedeutet Fremder. Das passt zu mir. Außerdem hieß so der beste Gitarrist der Welt, wenn du meinen Vater gefragt hättest. Er hat die Musik von Rory Gallagher geliebt.«

»Wie bist du eigentlich dazu gekommen, so zu heißen?« Erin spielte mit ihrer Perlenkette. »Ich hab doch deine Papiere gesehen. Seán Gallagher. Du trägst den Namen nicht wie eine Verkleidung. Das ist deine Identität.«

»Lange Geschichte.« Seán griff zu seiner halb leeren Flasche Ale und ließ sie in seiner Hand kreisen. »Ich bin bei einer Frau untergekommen. Sie war eine enge Freundin unserer Familie. Im Winter standen wir mit dem Caravan immer in ihrem Garten. Bei einem Autounfall hat Emma ihren Mann und ihren Sohn verloren. Sie war allein, aber im Haus sah es immer noch so aus, als würden dort drei Menschen leben. Hausschuhe im Flur, die Trainingsjacke über dem Treppengeländer, der Rasierhobel im Badezimmer. Als hätte Emma einfach nicht kapiert, dass sie seit Jahren tot sind.« Seán trank einen Schluck Bier, dann stieß er einen tiefen Seufzer aus. »Wir hatten beide niemanden mehr, waren völlig aufgeschmissen und deswegen ... Emma hat keine Sekunde gezögert und mich bei sich aufgenommen. Ich war ungefähr so alt wie ihr Sohn. Emma hat mir sein Zimmer vermacht, seine Klamotten und irgendwann, als ich Papiere gebraucht habe, sogar seinen Namen. Ich bin da reingewachsen, in diese neue Identität, in dieses Leben. Andere Menschen können das nicht verstehen, aber es hat uns beiden geholfen. Emma hat so getan, als wären die Toten noch da, und ich hab so getan, als hätte es sie nie gegeben. Das klingt verquer, ich weiß, aber so haben wir gelebt. Rónán ist für mich genauso gestorben wie für den Rest der Welt.« Orla wollte protestieren, seinen Namen sagen, tausendmal wiederholen, aber ehe sie den Mund öffnen konnte, fuhr Seán fort: »Und so muss es bleiben. Niemand soll wissen, wer ich früher gewesen bin.«

»Warum?«, fragte Kieran. »Schämst du dich, ein Traveller zu sein?«

»Nein.« Seán lehnte sich zurück und streckte seine Beine aus, dann ließ er den Blick über die Gesichter wandern. »Ich bin stolz auf meine Herkunft, aber ich hab nicht das geringste Interesse daran, meine Geschichte mit der ganzen Welt zu teilen. Es reicht, wenn ihr davon wisst.«

»Okay.« Kieran griff zu einer Papierserviette und fing an, seine Gabel zu polieren. »Als Freund respektiere ich deine Entscheidung.«

»Unsere Familie war schon immer gut darin, den Mund zu halten. In ganz Saltmore findest du niemanden, der besser schweigen kann.« Erin tippte mit dem Zeigefinger auf ihre gespitzten Lippen.

»Wir sind im Grunde wie das Meer«, sagte Siobhan verschwörerisch. »Keiner, der an unseren Ufern steht, würde je vermuten, wie tief es da runtergeht. In uns kann alles versinken, jedes Geheimnis.«

»Danke, äh, das war sehr poetisch«, sagte Seán und kratzte sich an der Nase.

»Was ist mit Cormac?«, erkundigte sich Kieran. »Er gehört zur Familie. Darf er wissen, dass du damals nicht gestorben bist? Und was ist mit Jack Thompson? Schließlich arbeitet ihr zusammen im *Selkie* und verbringt viel Zeit miteinander.«

Die nächsten zehn Minuten brachte Kieran damit zu, nach Ausnahmen der Regel zu suchen, um sicherzustellen, keinen Fehler zu begehen.

»Ich habe verstanden. Es wäre mir ohnehin schwergefallen, mich an einen neuen Namen zu gewöhnen«, sagte er und legte das Besteck auf den leer gekratzten Teller.

Eine Weile versuchten sie, miteinander zu plaudern – über den Leuchtturm, künstliche Hüftgelenke und die neue Zapfanlage –, doch ihre Befangenheit dämpfte die Stimmung.

»Meine Augen sind müde und ich bekomme so langsam Kopfschmerzen. Seid ihr mir böse, wenn ich mich zurückziehe?«, fragte Siobhan, nahm ihren Seidenschal ab und faltete ihn sorgfältig zusammen. Schwerfällig stand sie auf. »Das wird sicher nicht der letzte Abend gewesen sein, nicht wahr?«

Ihre grünen Augen huschten von Seán zu Orla und zurück.

»Ich wollte mich so oder so auf den Weg machen«, erklärte er und rutschte auf seinem Stuhl zurück.

Orla legte ihre Hand auf seine. »Ich komme mit!«

»Du weißt doch gar nicht, wohin er will«, warf Kieran ein.

»Stimmt.« Orla funkelte ihren Bruder an. »Aber er sucht bestimmt das Weite und das suche ich auch.«

EPILOG

Der schwarze Rosenkranz pendelt hin und her, wirft tanzende Schatten auf das Armaturenbrett. Immer wieder stoßen die Perlen aneinander. *Klack-klack-klack*. Die Taschen rutschen über die Ladefläche, sobald die Straße eine enge Kurve macht. Vorhin sind zwei Äpfel aus der Tüte gerutscht, kullern herum oder prallen dumpf an die Wände des Wagens. Vor zehn Minuten haben wir einen Reisebus überholt, danach einen Traktor, aber jetzt sind wir allein auf der Küstenstraße unterwegs. Wir wollen zum Burren, in diese unwirkliche Karstlandschaft, um danach die Insel zu durchqueren, bis wir die Ostküste erreichen.

Die letzten Monate stecken mir bleischwer in den Knochen, gleichzeitig erfüllt mich eine Leichtigkeit, die sich in manchen Momenten zu einer regelrechten Euphorie aufschwingt.

Ich kurbele das Fenster herunter und lasse salzige Luft ins Wageninnere flattern. »Das ist unser erster Roadtrip«, sage ich begeistert und versuche, mit beiden Händen mein verwirbeltes Haar zu zähmen. »Wir könnten von mir aus ewig so weiterfahren.«

»Der Tank ist voll. So wie ich das sehe, kann nichts uns aufhalten.« Seán beugt sich vor, um seine Sonnenbrille aus dem Handschuhfach zu kramen. Nachdem er sie aufgesetzt hat, dreht er die Lautstärke des Radios herunter. »Aye! Dieses Lebensgefühl … Wie der Motor brummt. Blech auf Asphalt, dieses Klappern, der Geruch von alten Polstern. Fühlt sich an, als würde ich zurück in meine Kindheit fahren.«

»So geht's mir, sobald ich die Tür zum *Selkie* aufmache. Plötzlich stehe ich mitten in einer Kindheitserinnerung.«

Meine Füße habe ich gegen das Handschuhfach gestemmt und es kommt mir vor, als würde mein ganzer Körper vibrieren. Die scharfen Bässe der Musik, das Ruckeln des Wagens, das Rattern des Motors. Am Ende einer langen Kette von Entscheidungen steht dieser Moment. Deswegen sitzen wir jetzt hier, fahren über Umwege nach Dublin und hören schon zum dritten Mal an diesem Tag ein Lied von Rory Gallagher. Am Horizont sinkt die Sonne ins Wasser und zeichnet eine silberne Straße bis zu den Klippen. Das Abendlicht lässt alle Konturen verschwimmen. Selbst die Felsen, die wie Splitter aus dem Meer ragen, sehen weich und fließend aus.

»Manchmal stell ich mir vor, wie es wäre, sie plötzlich am Straßenrand zu sehen. So als wär kein Tag vergangen, als wären wir immer noch jung.«

»Wen siehst du am Straßenrand?«, frage ich, obwohl ich ahne, von wem er spricht.

Seán drosselt die Geschwindigkeit und lenkt den Vauxhall um eine scharfe Kurve. »Ich stell mir unseren Caravan vor, diesen alten Hymer. Und dann sehe ich Rosie mit ihrer roten Mähne. Sie macht ein trotziges Gesicht, so als wollte sie mich fragen, wo zur Hölle ich so lange abgeblieben bin. Mam steht in ihrem grünen Cardigan in der Tür und Dad hat die Zwillinge auf dem Arm. Er zwinkert mir zu. So wie damals, wenn ich was ausgefressen hab, das er in Wahrheit gar nicht so schlimm fand. *Junge, wo in Gottes Namen bist du gewesen? Deine Mammy hat sich Sorgen gemacht.* Ich kann solche Bilder mit einem

Fingerschnipsen heraufbeschwören, aber man sollte sich nicht zu sehr damit befassen.«

»Warum nicht? Klingt doch schön.« Ich habe mich tief in den Sitz gelehnt, streichle über seinen Unterarm und registriere, wie sich die Härchen unter meiner Berührung aufstellen.

»Das ist, als würde man das Gaspedal durchdrücken und stur geradeaus fahren, während man sich nur auf den Rückspiegel konzentriert«, sagt er. »Das verdreht einem die Sinne und du weißt ja, wozu das geführt hat.«

»Na ja, wir haben im letzten Moment noch die Kurve gekratzt, oder nicht?« Ich schließe das Fenster, dann drehe ich mich wieder zu ihm um. »Die Scheune und die *Oyster* – das sind nur materielle Verluste. Nicht mehr lang und die Sache ist vergessen. Klar, Freddie muss sich jetzt damit rumschlagen, aber du kannst durchatmen und Kieran auch. Das ist alles, was zählt.«

Sein Blick streift mich kurz, bevor er ihn wieder auf die Straße richtet. »Mein Vater hat immer gesagt: Menschen, die am Meer leben, lassen lieber die Wellen reden. Da ist was dran. Ihr habt überhaupt kein Problem damit, euch auszuschweigen.«

»Wenn's drauf ankommt, klar.«

»Schweigen ist Gold, hm? Ich hatte schon immer das Gefühl, dass ich's mit Orla Donovan noch weit bringen könnte. Das wusste ich schon in dem Moment, als du wie eine Kampfmaschine angerauscht gekommen bist, um Kieran zu helfen. Das Mädchen ist echt was Besonderes, dachte ich mir.«

»Ach, Rónán.«

Es gefällt mir, ihn bei seinem alten Namen zu nennen – heimlich und liebevoll.

Als wir den Schutz der Felsen verlassen, erstreckt sich vor uns eine verkarstete Ebene. Gelegentlich sieht man die Ruinen verlassener Cottages, dann Inseln aus Gras, auf denen Schafe mit schwarzen Gesichtern weiden. Der Wind jagt über den Atlantik und peitscht nun ungehindert gegen den Wagen.

Ich stelle mir vor, neben Seán am Liffey zu sitzen. Der Verkehr hüllt uns in ein konstantes Dröhnen, das beruhigend wäre, wenn es nicht immer wieder von Hupen oder Möwengeschrei unterbrochen würde. Wir beobachten Menschen, die an uns vorbeihasten, ohne uns anzusehen. Unsere Augen verfolgen Doppeldeckerbusse, die den Fluss entlanggondeln und immer wieder anhalten, um Menschen in die Stadt zu spülen oder einsteigen zu lassen. Wir werden am Ufer sitzen, bis irgendwann die Laternen auf der Ha'penny Bridge erstrahlen, Leuchtreklamen die Straßen säumen und sich alle Lichter auf dem Fluss spiegeln, sodass er aussieht wie eine flimmernde Schlange. Dann werden wir hinauf zum Himmel schauen und Seán wird mit einer gewissen Enttäuschung sagen, dass es über Dublin gar keine richtige Dunkelheit gibt. »Ist ja ganz schön hier, aber ich brauch Myriaden von Sternen, tosende Wellen und einen Wind, der nur kurz innehält, um Luft zu holen.« Und ich werde nicken, weil es mir genauso geht.

Ich beuge mich vor und krame den Fotoapparat aus meinem Rucksack. Mein Zeigefinger hüpft über den Auslöser. Glänzender Asphalt, Hände am Lenkrad und schiefergraue Augen. Verrückt! Vor vielen Jahren hatten wir uns in eine Spielplatzhütte gezwängt und mit wilder Entschlossenheit darüber gesprochen, irgendwann miteinander durchzubrennen. *Orla, ich hau mit dir ab!*

Wir haben uns eine Weile aus den Augen verloren, aber am Ende sind wir wieder dort gelandet, wo alles angefangen hat. Ich blinzle, fange zwischen meinen Wimpern Sonnenlicht und ein paar Tränen ein. Nun sitzt Seán neben mir. Rónán ist zurück und alles daran macht mir Mut.

»Das ist Glück«, sage ich, als müsste ich diesem Moment einen Namen geben.

Seán schiebt sich die Sonnenbrille ins Haar und wirft mir einen amüsierten Blick zu. »Kommt und geht in Wellen«, erwidert er und greift nach meiner Hand, um seine Finger mit meinen zu verschränken. In diesem Moment sieht er so weich und sorglos aus, als würde er nichts auf der Welt vermissen. Ich denke an das Geheimnis, das ich vor ihm verberge. Normalerweise stehen Geheimnisse wie Mauern zwischen zwei Menschen. Bei uns ist das anders. Weil ich schweige, sind wir hier.

DANKSAGUNG

Habt ihr gehört, wie der Wind die Wellen rief?

An erster Stelle möchte ich mich bei den Menschen bedanken, die meine Bücher lesen, sie weiterempfehlen oder gar verschenken. Danke für eure Unterstützung.

Schon als Kind habe ich Geschichten gesammelt, geschrieben und erzählt. Es war immer mein Traum, irgendwann Bücher zu veröffentlichen. Die Vorstellung, dass meine Geschichten – die zu Beginn nur in meinem Kopf existiert haben – von anderen Menschen gelesen werden, ist verrückt und wunderschön gleichermaßen. Alle Geschichten beginnen im Geist des Schreibenden. Die Arbeitsstunden sind einsam – und sind es nicht, weil man gedanklich in eine Welt abtaucht, die Seite um Seite lebendiger wird. Irgendwann sind die Figuren vertraut wie Freund:innen, der Schauplatz wie ein Ort aus den eigenen Erinnerungen. Das liebe ich am Schreiben: Es gibt eine Welt, die es nicht gibt.

Bei der Entstehung von »Als der Wind die Wellen rief« waren außer mir einige Menschen beteiligt: Ganz besonders hervorzuheben sind Kathi, Caro, Henrike und Lisa, die das Werk schon vorab gelesen und mir wichtige Impulse gegeben haben. Meine Schwester Malin stand mir mit ihrer sonderpäd-agogischen Expertise zur Seite.

Außerdem möchte ich mich ganz herzlich bei Nicole Tschierschke von Amazon Publishing für ihre konstruktiven Gedanken und die schöne Zusammenarbeit bedanken.

In besonderer Weise gilt mein Dank Marketa Görgen, die als wunderbare Lektorin an dem Buch gearbeitet und viele Stolpersteine aus dem Weg geräumt hat. Abgerundet wurde das Lektorat durch Dr. Rainer Schöttle – vielen Dank für Ihre Arbeit und Ihr sprachliches Gespür.

Neben den namentlich Genannten gibt es noch sehr viele Menschen, die mich durch ihre Lebensart inspiriert und ermutigt haben.

Mögen wir im Anderssein eine Bereicherung erkennen.

Go n-éirí an t-ádh libh!
Alles Gute!
Josephine Cantrell

ZITATQUELLE

R. I. Best, Bergin Osborn, M. A. O'Brien, Anne O'Sullivan (Hrsg.): *The Book of Leinster. Formerly Lebar na Núachongbála.* Volume 1. Dublin Institute for Advanced Studies, Dublin 1954–1983, Diplomatic edition.

FSC
www.fsc.org

MIX

Papier | Fördert
gute Waldnutzung

FSC® C083411

Zeitfracht Medien GmbH
Ferdinand-Jühlke-Straße 7
99095 Erfurt, Deutschland
produktsicherheit@kolibri360.de

Druck:
CPI Druckdienstleistungen GmbH
im Auftrag der
Zeitfracht Medien GmbH
Ein Unternehmen der Zeitfracht - Gruppe
Ferdinand-Jühlke-Str. 7
99095 Erfurt